LE SOLEIL ET LA ROUE

ROSE VINCENT

LE SOLEIL ET LA ROUE

roman

FRANCE LOISIRS
123, boulevard de Grenelle, Paris

Édition du Club France Loisirs, Paris

ISBN 2-7242-2675-5
(ISBN 2-02-008676-X, éd. du Seuil)

« ... la liberté de conscience, qui autorisait également le mensonge et la vérité... »

(Assemblée du clergé au roi, 1665)

« La parole est libre, sauf pour les ennemis du peuple... »

(Sur les murs de Paris, 1968)

PROLOGUE

Delft, janvier 1698

Souvent, quand il fait froid, quand le ciel devient translucide au-dessus des entrelacs de rameaux givrés, elle va se promener le long des canaux. Une visite à rendre lui sert de prétexte. Le soleil bas irise les morceaux de glace cassés pour permettre le passage des bateaux et, dans une anse encore intacte, un vol de canards se pose en dérapant. Alors, elle dit a Cadet d'arrêter la chaise sur la berge et reste longtemps immobile, silencieuse.

« Vous prendrez froid, Madame ! » grogne Cadet qui saute d'un pied sur l'autre en soufflant dans ses doigts gourds.

Elle n'entend pas, ou peut-être n'a pas envie de répondre. Son seul désir est de demeurer là, les mains dans son manchon et les pieds sur sa chaufferette, séparée du monde par les parois de la boîte noire où elle est enfermée. Elle attend. Elle guette le moment où se défera le cercle de migraine qui lui ôte toute conscience claire, où ses pensées deviendront nettes et coupantes comme les buissons dans l'air glacé. Alors, elle accueillera quelques lambeaux du passé, un visage autrefois familier. Jamais davantage. La flamme de la lanterne magique s'éteindra toujours au même endroit, et l'obscurité retombera sur les souvenirs interdits.

Deux paysannes en bonnet blanc lui jettent un bref coup d'œil au passage. A travers la vitre de la voiturette, elles ne distinguent dans la pénombre qu'un profil incertain, une joue mate, un œil sombre et creux sous l'arc noir des sourcils, un petit nez rond qui semble garder une trace d'enfance. Une fanchon de dentelle noire cache les cheveux. Au-dessous on devine, plutôt qu'on ne voit, le contour sombre d'un mantelet agrafé sur une robe de drap.

« Encore la dame en noir, souffle l'une des femmes.

— C'est drôle, dit l'autre. Si jeune... Il y a bien trente ans que les dames ne s'habillent plus de cette manière. Sais-tu, Freda, je me demande... elle est peut-être en deuil ?

— Mais non, voyons ! coupe Freda, péremptoire. Je la connais, moi, c'est la dame française qui habite la vieille maison grise sur Tulpengracht *. Elle a un joli petit garçon de trois ou quatre ans et son mari est un ancien de l'Église wallonne **.

— Des Français, hein ? De ces réfugiés à qui nos Seigneurs des États-Généraux donnent tant d'argent, et qui nous apportent un air de scandale et de corruption !

— Pas tous. Tu n'es pas juste. Ils ont beaucoup souffert, les malheureux ! et pour leur foi ! Nous devons les aider.

— J'entends bien. Mais, tout de même, la France, c'est un pays papiste où l'on obéit à l'Antéchrist ! Tu ne les as pas vus, toi, Freda, ces papistes qu'on avait logés l'an dernier au Prinsenhof ? Tu sais bien, ceux qui étaient venus discuter de la paix à Ryswick. Moi, j'ai vu une dame monter dans une voiture. En robe rouge ! Décolletée jusqu'au nombril, avec des dentelles. Et les manières de ces cavaliers français ! Je te salue comme ça avec mon chapeau à plumes, et je tends le poing aux dames qui descendent l'escalier ! »

Son imitation est si pertinente qu'elles se tiennent les côtes de rire.

« Tu ris, tu ris, reprend Freda, mais cette dame-là n'est pas comme eux. Je jurerais qu'elle est une vraie bonne calviniste. »

Elle, n'a pas remarqué les rires, ni le claquement des sabots qui s'éloignent sur le sol durci du chemin de halage. Le froid la gagne tout à coup, la fait frissonner sous l'épaisse couverture noire. Le ciel vire au mauve du côté de la mer, au-delà

* Quai des Tulipes.

** Église calviniste de langue française (aux Pays-Bas).

des toits gris-bleu et du beffroi que les mouettes affamées encerclent en piaillant. D'un doigt, elle cogne au carreau.

« Nous rentrons, Cadet.

— Hé bé, c'est pas trop tôt. J'ai p'têt' ben attrapé la mort ! »

Cadet, homme à tout faire de la famille Rochelat, Cadet qui peut aussi bien traîner la « brouette » à deux roues de Madame que servir à table ou recoller les carreaux de faïence dans la cheminée, manque de style et garde son franc-parler, mais on lui passe tout à cause de sa bonne bouille campagnarde et de ses mérites militaires. Compagnon d'enfance de Pierre de Rochelat, il a fui avec lui son Poitou natal, peu après la révocation de l'édit de Nantes, sur un rafiot appelé *la Colline au sanglier* qui a échappé par miracle aux argousins du roi Louis XIV Avec Pierre, il est parvenu en Hollande, où le stathouder Guillaume d'Orange accueillait à bras ouverts les réfugiés protestants. Et puisque justement les huguenots formaient un régiment pour aider Guillaume à prendre aux catholiques le trône d'Angleterre, eh bien ! ils se sont engagés tous les deux. Cadet s'est fait l'ombre de Pierre, il lui a même sauvé la vie par ses soins quand il a été blessé à la bataille de la Boyne. Ils ont ainsi guerroyé pendant quatre années côte à côte et, depuis, tous deux partagent des plaisanteries secrètes d'anciens complices ; parfois, à l'heure où Cadet vient moucher les chandelles, ils échangent des souvenirs du vieux pays perdu.

La chaise cahote et saute sur les briques inégales du quai planté d'ormes où la maison Rochelat dresse son étroite façade. Pierre attend sa femme au coin du feu dans la salle lambrissée de bois sombre. Pour écrire ses comptes, dans la lumière marine diffusée par les verres colorés des fenêtres à dessins de plomb, il a retroussé l'épais tapis de Perse qui d'ordinaire recouvre la table. Louyse ne le voulait pas, ce tapis, mais il réchauffe la chambre, a dit son mari. Et puis ça se fait. Elle a cédé pour qu'il soit content. Mais aujourd'hui, comme chaque fois qu'elle pénètre dans cette pièce où le feu allume des reflets dansants dans le bois ciré des armoires et les flancs bleus et blancs des jarres de porcelaine, elle s'arrête, paralysée par une douleur qu'elle connaît bien, brusque et violente comme un coup de stylet. La vision lui vient de dalles roses, d'une fraîche cruche en terre, d'un rai de lumière brutal qui passe par la fente d'un volet et vient tomber sur une table de merisier nu. « Il y a si longtemps, pense-t-elle, si longtemps, j'étais si petite, j'ai presque oublié, pourquoi donc ai-je si mal ? » Ses doigts vont machinalement aux agrafes de sa mante, font glisser le vêtement, lissent le grand col de linon blanc qui cache la naissance du cou, se tendent vers la flamme. Que disait donc Pierre ?

« ... trop longtemps dehors, ma mie. Vous ne ménagez pas votre santé. »

Il l'examine d'un œil curieux et attentif. La longue robe noire, le col blanc, les manchettes blanches froncées dans un lien de velours, les doigts fins sans aucune bague.

« Louyse, dit-il, pourquoi cette obstination à vous vêtir ainsi ? »

Il n'a pas terminé sa phrase qu'il s'en repent déjà. A quoi bon ? Cette scène, il l'a rejouée vingt fois en vain, et il sent vaguement que Louyse trouve son insistance mondaine et déplacée. Mais il ne peut comprendre pourquoi sa femme, d'ordinaire conciliante et empressée à lui complaire, montre sur ce point un entêtement de mule. Il n'est pas loin d'y voir un affront délibéré, ou parfois, quand il s'irrite contre elle, une affectation excessive. Lui n'est pas partisan d'une si agressive austérité. Il se souvient du temps où, avec ses frères, il chevauchait dans la campagne poitevine en sautant joyeusement les fossés. Pour avoir une plume modeste à leur chapeau, et un ruban foncé noué au bas de leurs chausses, le consistoire ne les jugeait pas grands pécheurs, puisqu'on les voyait tous les trois assidus au prêche du dimanche. Certes, en bon protestant, il estime néfaste d'accorder trop d'attention à la parure et d'afficher du luxe, mais le temps est passé des grands-mères dont la seule coquetterie était un col minutieusement tuyauté, comme si, pour permettre le plaisir des yeux, il fallait qu'il fût conquis à force de lessives.

« Je suis vraiment injuste. » Pierre de Rochelat a trop l'habitude de s'analyser lucidement pour se laisser égarer par ses mouvements d'humeur. Il perçoit parfaitement que la sincérité de Louyse ne s'accommoderait d'aucune affectation. Bah ! peut-être faut-il n'y pas trop prêter attention. C'est une des « petites bizarreries » de Madame, comme se permet de dire affectueusement Cadet en racontant les promenades au bord du canal. Louyse est aussi capable de jouer avec son fils, de rire, de s'activer du matin au soir dans la maison comme une femme heureuse. Elle est heureuse, Pierre en jurerait. Il sait aussi qu'une partie de la séduction de cette femme qu'il aime tendrement, et qui est en apparence toute à lui, vient de son discret mystère. Quelque chose en elle lui échappe, refuse de se laisser conquérir ou seulement protéger.

Pierre a cru longtemps que Louyse s'obstine à porter le deuil à cause de ceux qu'elle appelle ses frères. Là-bas, dans le pays de Languedoc où elle a passé son enfance, les persécutions contre les protestants s'intensifient. Le dur intendant Bâville et son acolyte l'abbé du Chayla font du zèle. On ne parle que de femmes emprisonnées, de malheureux condamnés aux galères, de pasteurs suppliciés. Doucement, Pierre a remontré à sa femme qu'elle avait le droit d'oublier tant d'épreuves, d'accepter un peu de bonheur près de lui. Elle a souri avec tendresse. « Je l'accepte avec reconnaissance, mon ami. Nous avons, pour aider nos frères, cent moyens bien plus efficaces qu'une robe noire. Ne me tourmentez pas pour une fantaisie, Pierre. C'est... » elle a hésité « ... purement personnel. »

Serait-il possible... Mais non, le passé est bien révolu. Pierre se ressaisit, mais il ne peut, contre la panique qui l'a submergé un bref instant, lutter que par la colère. Pour une fois, il se laisse aller à un agacement inhabituel chez un homme bon et raisonnable.

« Vous n'êtes plus en deuil, Louyse, depuis six années que votre mère a disparu. Alors, pourquoi ? A vingt ans, vous ressemblez déjà à une régente d'hospice... »

Voilà, c'est dit. Il craint d'avoir blessé Louyse, mais elle ne répond que par un sourire. Un sourire étrange, à peine esquissé, qui creuse une fossette dans la joue gauche sans que les lèvres bougent vraiment. Un sourire qui nie et rejette l'interlocuteur, et ne s'adresse qu'à ses propres pensées.

Il tend la main vers elle, mais déjà elle s'est détournée pour agiter une clochette. Cadet apparaît, dans sa souquenille vilainement raccommodée : les quatre cents livres des États-Généraux de Hollande, cadeau généreux, ne permettent pourtant pas de faire mieux. La « brouette » de Louyse est défraîchie et le siège du carrosse défoncé. Tant pis. Les autres réfugiés peuvent rarement mener plus grand train.

« Cadet, dit Louyse, où sont allés Jacques et la nourrice ?

— Patiner, Madame, sur le canal derrière la maison. Le petit voulait apprendre et la nourrice a promis de lui montrer.

— Il se fait tard. Va les chercher, Cadet. »

Une large fenêtre à plusieurs panneaux s'ouvre dans l'escalier. Madame de Rochelat décroche le volet intérieur, tire les targettes et se penche. En bas, sur une vaste étendue glacée au confluent de deux voies d'eau, des centaines de patineurs au nez rougi virevoltent et s'entrecroisent. Bonnets bleus, bonnets rouges filant comme des flèches, jupes qui s'envolent, enfants juchés sur des traîneaux de bois peint. Louyse plisse les yeux pour apercevoir son fils et soudain pousse un cri. La nourrice est tombée ; sa jupe s'est retroussée, révélant des mollets grassouillets qui s'agitent pour tenter de retrouver l'équilibre, au milieu d'un cercle de gamins ravis. Et Jacques, libéré de sa tutelle et vacillant sur ses courtes jambes, s'est raccroché à la main d'une fillette en jupe rouge et casaque bordée de fourrure blanche ; une petite fille inconnue mais dont la couronne de boucles nouées de rubans trahit l'origine.

Déjà Louyse s'est précipitée, sans penser au froid ; devant elle, Cadet court et se risque sur la glace. Il saisit l'enfant qui se débat, le sépare de son amie, le traîne jusqu'au bord où sa mère le prend dans ses bras et l'emporte. « On ne joue pas avec d'affreux papistes », murmure-t-elle dans son oreille. Mais entend-on ces choses-là à quatre ans ? L'enfant ne veut rien écouter et pleure à gros sanglots son plaisir envolé. Il gémit si longtemps que Louyse le gourmande sur son manque de tenue. « Allez vous coucher, monsieur. Nous verrons si demain vous vous conduirez comme un homme ! » Le ton est fort sévère, mais une caresse sur le front en guise de bonsoir en ôte la dureté.

Pourtant, elle se reproche encore cette faiblesse un moment plus tard, quand le silence et l'ombre enveloppent la chambre où seule tremblote la flamme d'une lampe à huile. D'un coffret cadenassé elle a extrait un gros cahier de toile bleue. Là gît le passé qui la tourmente, ce passé si précieux et si pesant qu'elle n'a jamais pu en parler à personne. Un jour, sans doute, quand à force d'écrire elle l'aura exorcisé, elle se sentira assez sereine pour confier à Pierre ce récit auquel il a droit. Plus tard... pas encore...

Son doigt hésitant lisse les barbes de la plume d'oie qui gît sur le rebord du pupitre. Jamais elle n'écrit sans remords, jamais elle n'accueille ses souvenirs sans tenter, au même instant, de se défendre contre eux. Le présent, elle voudrait qu'il fût sa vie tout entière, elle voudrait être enfermée dans sa tiédeur, dans sa tendresse. Un élan la pousse à soulever la courtine du lit clos ; Jacques s'est endormi, les bras gracieusement étendus ; son ventre rond est à demi sorti de la couverture, comme si le sommeil l'avait saisi au moment où il voulait fuir. Une boucle blonde s'est collée sur le front et les joues sont encore marquées de zébrures de larmes. « Pauvre petit », murmure Louyse, et elle s'efforce en vain de chasser cette pensée trop proche d'un regret, « à son âge j'étais heureuse et je courais librement dans le soleil... »

PREMIÈRE PARTIE

La vérité a plus d'un visage

CHAPITRE I

Grézac, 1683

Le soleil. En fermant les yeux, je vois encore les taches mouvantes qu'il faisait apparaître derrière mes paupières closes, quand il jouait avec une branche de pin. J'aimais le soleil d'automne, qui chauffait si bien l'escalier sud où nous allions avec délices nous acagnarder sur la pierre tiède. J'aimais le soleil de février, clair et glacé dans un ciel balayé par le mistral, et le soleil d'été qui faisait chanter les cigales, si violent que l'on se barricadait contre lui derrière les contrevents tirés. Mais à tous je préférais le soleil du premier printemps. Un matin, à l'approche de Pâques, ma mère ouvrait les volets de la chambre et je m'éveillais devant un paysage cotonneux, imprécis, où je distinguais à peine le grand ormeau de la cour, enveloppé de blanc. Brume trompeuse, qui durait le temps d'avaler ma soupe du matin. Dès que je sortais sur le seuil, un quignon frotté d'ail à la main, les dernières traînées s'effilochaient et la campagne apparaissait baignée d'une lumière cristalline, ponctuée par les panaches roses ou blancs des amandiers. Les prés autour de la maison devenaient mauves ; on y marchait sur les violettes. Je m'amusais à en cueillir un bouquet que j'entourais malhabilement de feuilles rondes pour l'apporter à ma mère ; mais elle secouait la tête sans me remercier : « Ne cueille pas les fleurs, me répétait-elle. Laisse-les là où l'Éternel les a fait croître pour réjouir les yeux de tous. » Et j'acquiesçais docilement : « Oui, mère ! » sans oser montrer que j'avais le cœur gros de voir mon cadeau rejeté.

Je me la rappelle à la fois sévère et douce, si l'on veut bien n'y pas voir de contradiction. Sa plus grande beauté était une vive fraîcheur de teint, qui lui faisait un visage lisse et rose sous la mousseline tuyautée de son bonnet. Jamais je ne l'ai entendue élever la voix ; il est vrai que personne n'eût songé à lui désobéir. Elle murmurait que le moment était venu de saler les olives, que les carreaux de la grand'salle avaient bien besoin d'être passés à l'huile, et la maisonnée se mettait en branle sans perdre un instant. Elle remarquait dans un souffle que les châtaignes commençaient à tomber, et nous nous retrouvions tous, chargés de paniers et de gros sacs, sous les vieux arbres qui couvraient le revers sableux de la pente de Grézac, là où fleurissent les bruyères, nous écorchant les doigts sur les terribles piquants des bogues à demi éclatées. Nous aurions tous donné notre petit doigt, et bien davantage, pour mériter l'un de ses rares sourires. Après tant d'années, je n'arrive pas encore à comprendre quel était son secret.

Pour ma part, je lui vouais une adoration inconditionnelle et bien mal récompensée. A ses yeux je n'étais jamais assez sage ni assez propre. Combien de fois suis-je allée supplier la vieille Clarisse, la mère du baile * qui passait tout le jour à écosser des fèves en chauffant sa carcasse édentée et tordue sur le banc de pierre de la cour, d'explorer mes cheveux avec son peigne de buis, à la recherche de la moindre lente qui aurait pu attirer l'œil vigilant de ma mère ? Combien de fois suis-je allée à l'auge de la source pour frotter mes joues jusqu'au sang dans l'espoir de les rendre dignes d'un baiser ? Mais le baiser ne venait pas ; ma mère méprisait les caresses, qu'elle prenait pour du laisser-aller ou peut-être, ô horreur, pour une basse sensualité. Toute petite, j'avais partagé son lit ; je dormais dans le creux de son corps et, bien que je n'en aie aucun souvenir précis, j'en gardais une nostalgie diffuse, une faim de sa présence qui me faisait m'accrocher à ses jupes, longtemps après que, vers trois ans, j'eus été irrémédiablement exilée dans un lit séparé pour faire place à un nouveau bébé. Elle m'écartait, me secouait loin d'elle comme

* Baile : régisseur. Prononcer baïle.

un insecte importun. Je revenais toujours, me traînant au long des escaliers, m'efforçant de la suivre comme elle courait de la cave à la magnanerie. A condition que je ne gêne pas son travail, elle m'acceptait près d'elle. J'étais heureuse.

Je ne me souviens pas d'avoir été serrée dans ses bras. Ah si ! une fois, le jour où un chien baveux, la queue entre les jambes, s'était introduit dans la cour. C'est aussi la seule circonstance où je l'ai entendue crier, hurler même, qu'on vienne chasser ce chien à coups de bâton, qu'on ne laisse pas cette bête enragée rôder dans le voisinage et mettre ses enfants en danger. Ses bras tremblaient autour de moi. La seule fois : elle était si parfaitement maîtresse d'elle-même, d'ordinaire. Plus tard j'ai compris, en la voyant parfois s'immobiliser, le regard perdu, la respiration inégale, le visage tendu où un cerne blanc apparaissait autour des yeux, qu'elle pouvait éprouver des émotions violentes. Mais longtemps je l'ai crue inaccessible. S'il m'arrivait de tirer la queue du chat ou de me quereller avec mon frère pour une poignée de cerises, elle me regardait sans rien dire. Le soir seulement, elle me demandait de me placer sous le regard de Dieu et de me repentir de toutes mes fautes de la journée, et je me sentais soudain horriblement coupable, si imparfaite, si méchante que rien jamais ne pourrait me guérir. Combien j'aurais préféré être grondée et pardonnée !

Jamais pourtant nous n'avons douté de sa tendresse. Elle avait sa façon à elle, discrète, bien moins charnelle que des caresses, de nous en donner des preuves. Aussi aimions-nous à la folie les nuits d'orage quand, recroquevillés sous nos couettes, nous guettions la lumière bleue des éclairs à travers les fentes des volets, puis le tonnerre et ses grondements féroces qui roulaient interminablement à travers les collines. La porte alors s'ouvrait sans bruit et elle apparaissait, un jupon hâtivement passé sur sa chemise, ses cheveux pour une fois visibles tressés en natte noire ; elle allait et venait, faisait semblant de vérifier l'espagnolette et d'écouter le ruissellement des eaux ravageuses, mais nous savions bien qu'elle nous offrait sa présence comme un baume contre notre frayeur. Comme elle m'offrait, les soirs de gel, la tiédeur d'une brique chaude que je découvrais en me glissant dans mes draps rêches. Je serrais le moellon contre moi ; je l'aimais, en vérité, pour l'illusion d'une présence maternelle qu'il dispensait à mon cœur toujours affamé.

Qui aurait pu soupçonner en elle ces recoins de douceur quand, le dimanche, parée d'une jupe châtaigne plus fine qu'à l'ordinaire et d'une coiffure à hautes coques de ruban noir qui la désignait comme une dame, elle nous appelait d'une voix brève :

« Enfants ! Il est l'heure... »

Il ne pouvait être question d'arriver au prêche avec une seule minute de retard. Le baile Bourguet et sa marmaille, qui allaient à pied, étaient partis depuis longtemps ; nous nous entassions dans la charrette légère que mon père, superbe dans sa chemise empesée, conduisait lui-même. Nous avions dû avant d'y monter subir une inspection minutieuse des ongles et des oreilles ; le soin que nous prenions de nos personnes le dimanche faisait partie, répétait ma mère, du respect que nous devions au Seigneur. Nous la suivions en file indienne quand, droite comme une reine, elle s'installait sur le banc qui nous était réservé dans le temple. Elle priait et chantait les psaumes avec tous les fidèles. Pourtant, sa subtile réserve leur imposait une distance. On la disait intimidante.

Elle venait d'une très ancienne famille, fière de ses armes « au chef échiqueté de trois tires d'argent et de sable », dont le château avait été rasé pendant les guerres de religion ; mais elle s'enorgueillissait moins de quelques ancêtres soudards et pillards que de son grand-père Jean, un avocat que le Vivarais avait député au synode d'Alais en 1620. Cependant, dernière enfant d'une famille de sept à la fortune écornée, elle avait dû se contenter d'un mariage assez peu reluisant avec mon père Charles Servezanne qui, tout sieur de Grézac et de Saint-Florent qu'il était, ne pouvait se prétendre riche et menait presque la vie d'un paysan.

A quatre ans, je ne percevais guère ces difficultés, et Grézac me paraissait le séjour le plus proche du paradis que l'on pût imaginer. La maison, de pierre presque rose, se nichait dans le flanc abrité d'une colline, offrant au soleil sa terrasse encadrée de deux pigeonniers à la mode du pays. Des escaliers en arc de cercle bordés de balustres conduisaient dans la cour, près d'un lion de pierre qui crachait un filet d'eau dans un bassin où venaient boire les colombes. Là, mon frère Gabriel et les fils du baile Bourguet se livraient à d'homériques, bien que relativement courtoises, batailles. Gabriel avait cinq ans de plus que moi, et j'étais en extase devant sa haute taille, sa force, son habileté à tailler un sifflet dans une branche de saule, et son autorité naturelle, qui en faisait le chef de la bande des garnements au retour de l'école. Quel que fût le jeu, il savait le tourner à son avantage. Il était le Cid mettant les Maures en déroute avec un sabre de bois ; il était Gédéon vainqueur des Madianites, et Moïse ouvrant pour les Hébreux les eaux de la mer Rouge, tandis que l'affreux Pharaon et ses troupes étaient engloutis. De la terrasse, où je m'appliquais à confectionner des pelotes de laine, je le regardais avec envie

La liberté, pour moi, venait avec le printemps. C'était l'époque où éclosait la « graine » de vers à soie, que nous gardions l'hiver dans un grand panier près de l'âtre. Alors les femmes disposaient les vers sur des claies et envoyaient les enfants leur cueillir des feuilles de mûrier. Quelle fête ! Les garçons grimpaient dans l'arbre et parfois m'y hissaient aussi, moi, la toute petite, empêtrée dans sa jupe de futaine. Plus souvent, on me donnait à faire des bouquets de ces larges feuilles d'un vert violent qui, comparées aux feuilles anémiques des oliviers ou des micocouliers, paraissaient gonflées de tous les sucs de la vie. A mesure que les vers grandissaient, il en fallait davantage. Au mois de mai, quand ils étaient gros comme le doigt et que le crin-crin de leur grignotage incessant emplissait les magnaneries, leur appétit ne connaissait plus de bornes. Tout le monde s'y mettait : les vieux cueillaient, les jeunes portaient les corbeilles, les magnanarelles garnissaient les claies, nettoyaient, garnissaient sans relâche. Qui songeait à surveiller les enfants ? Au bout d'un moment, Gabriel et ses amis filaient discrètement vers les bois. Je criais : « Attendez-moi ! Attendez-moi ! » en essayant d'enfiler mes sabots encore plus vite. La garrigue se prélassait au soleil comme un grand lézard vert. Nous escaladions des murets abandonnés, nous nous piquions aux chênes kermès pour gagner les clairières où des iris miniatures dépliaient au ras du sol leurs pétales compliqués.

Heureuse de participer à des activités qui, pendant quelques semaines bénies, n'étaient aucunement celles d'une demoiselle de qualité, je devais en payer le prix et supporter les taquineries des grands. C'est ainsi que je me retrouvai un soir assise sur la fourche d'un énorme mûrier, où les garçons m'avaient abandonnée malgré mes cris. Impossible de descendre. J'étais seule, oubliée des adultes qui rentraient les corbeilles et n'entendaient pas mes appels. Le soleil allait disparaître derrière le mont Saint-Bénézet. Je me voyais condamnée à passer la nuit dans mon arbre en compagnie des hiboux ; j'allais étouffer de sanglots réprimés quand une voix grave et musicale, une voix qui appartenait sûrement aux chœurs célestes, dit tout près de moi :

« Eh bien, belle enfant, que faites-vous donc seule là-haut ? Chercheriez-vous à attraper des cigales ? Ne savez-vous pas que l'heure est passée ? »

Il était debout juste au-dessous de moi, la tête levée, et je ne vis d'abord que les deux virgules de sa fine moustache au-dessus d'un jabot blanc. Puis je distinguai ses yeux, bruns et doux, et qui riaient. Je décidai qu'il était beau et digne de confiance. Il me tendit les bras, je m'y jetai, il me rattrapa au vol avec une telle assurance que je n'eus pas le temps d'avoir peur.

« Là », dit-il, et il sortit de sa manche un chiffon de linon blanc pour essuyer mes joues mouillées. « Oubliez ce grand effroi, jeune demoiselle. Vous êtes en sûreté. Je vous rapporte à vos parents. »

Je passai deux bras autour de son cou et reposai ma tête contre sa poitrine. Assurément, je m'étais laissé séduire bien vite, mais j'avais cinq ans et le froid me gagnait. Je me laissai porter et bercer. Il me parlait doucement, et le son de sa voix dissipait mes dernières frayeurs. Il ne pouvait être, je m'en doutais bien, que ce cavalier grand ami de mon père, attendu depuis trois jours, en l'honneur duquel ma mère, pourtant esclave des vers à soie, avait fait frotter les meubles à la cire d'abeille. Plus tard, quand nous fûmes tous assis autour de notre dîner de châtaignes blanchettes arrosées de lait, j'appris son nom : Claude Brousson, et qu'il était avocat à Toulouse, venu pour quelque temps visiter sa famille à Nîmes. Mon père semblait l'aimer fort, et le questionnait sur ses opinions. Il répondait avec aisance, en périodes balancées où il était question de l'obéissance au roi et de la défense des Églises. Bref, je n'y comprenais rien. Mais pour autant je ne m'éloignais pas d'un pouce de mon nouveau protecteur, admirant les boucles légères de sa perruque et les longs doigts de sa main aussi potelée que la mienne, sans ressemblance avec les mains musclées et rudes que je connaissais. J'en oubliai même de tirer en cachette une langue vengeresse à mon tortionnaire de frère.

Monsieur Brousson avait amené, pour nous le présenter, un jeune homme qui, disait-il, était un de ses lointains parents venu du Poitou. Tout d'abord je ne lui prêtai guère attention, bien que mon père lui fît raconter plusieurs fois d'ennuyeuses histoires sur l'intendant du Poitou, monsieur de Marillac, et les dégâts que ses dragons faisaient chez les protestants. Je dressai pourtant l'oreille quand j'entendis la voix anxieuse de ma mère :

« Vous les avez vus, monsieur, chez vous à Rochelat ?

— Je les ai vus, et même de près. Le capitaine logé chez nous n'osait pas aller trop loin, mais les hommes dans le village ne savaient quelles horreurs inventer. Ils ont d'abord vidé les caves et les garde-manger, puis, une fois ivres, ils ont commencé à brûler les meubles et à molester les femmes. »

« Molester » me parut intéressant parce que le mot ressemblait à « modeste » que ma mère employait souvent. Il évoquait pourtant, lié à l'ivresse, quelque chose de plus sinistre. Un jour, à la foire, j'avais vu un homme battre sa femme, et l'on m'avait dit qu'il avait trop bu.

« Ils avaient imaginé, continuait Pierre, de gonfler le pauvre vieux Béteule et sa femme avec le soufflet de la cheminée pour leur faire dire où était leur or. Ils n'en avaient pas, et sont morts tous les deux. Le lendemain, tout le village s'est converti. »

« Ch... Chut ! » Ma mère glissa vers moi un rapide coup d'œil, qui ne m'empêcha pas d'entendre la voix de mon père :

« Mais vous-même, monsieur, comment avez-vous pu ne pas signer ?

— Je n'ai eu aucun mérite. J'étais le plus jeune de la famille, et ma mère m'a promptement envoyé étudier les lois à Toulouse. »

L'occasion était trop belle de faire dévier la conversation sur ce sujet, qui en effet me fit vite oublier le précédent. Pierre de Rochelat raconta volontiers son voyage. Il avait, disait-il, parcouru plus de cent lieues en bateau pour arriver ici. Gabriel ne put se retenir de lui demander naïvement s'il y avait une mer entre La Rochelle et notre Languedoc. Sur quoi, tout le monde éclata de rire.

« Nigaud, dit mon père, ne sais-tu pas que les bateaux vont aussi sur les rivières ? J'aurais dû te parler plus tôt de la grande rivière que monsieur de Riquet a fait creuser de Bordeaux jusqu'à Carcassonne. »

Pierre précisa avec un sourire que cette rivière-là franchissait même des collines et coulait à volonté d'un côté ou de l'autre, mais je vis bien que Gabriel ne le croyait pas ou même le trouvait fou. Cela m'était égal. Ma secrète ambition était de grimper sur les genoux de monsieur Brousson et de poser de nouveau ma tête sur son jabot. On m'en empêcha, et je me contentai du jabot de mon père, ce qui ne me déplaisait pas non plus.

Je m'aperçois que, tout occupée à me souvenir de ma mère et des heures que je passais près d'elle comme il sied aux filles, je n'ai guère évoqué Charles Servezanne, au risque de faire croire qu'il tenait peu de place dans ma vie d'enfant. C'est qu'il était la discrétion faite homme, et si taciturne que son épouse elle-même renonçait parfois à lui arracher une réponse. Un jour qu'il m'avait emmenée jusqu'au bois de Vaunelles, où il comptait faire abattre quelques pins, nous avions croisé un paysan qui rentrait chez lui la houe sur l'épaule et qui, en saluant, avait commenté :

« Pleuvra demain... On voit trop bien la montagne !

— Sûr !... Bonsoir, Esprit ! » avait grogné mon père, qui avait remarqué depuis un bout de temps la ligne violette des Cévennes, surgie de l'horizon pâle dans lequel elle se fondait d'habitude. Puis, comme l'autre s'éloignait, il avait murmuré près de mon oreille :

« Tu vois, petite, s'il n'avait rien dit, il n'aurait pas perdu son temps et nous non plus. »

Perdre son temps, voilà bien ce dont il avait horreur, lui qui se levait avant l'aube et consacrait toutes ses heures à travailler et à prier. Ce soir-là, je ne songeai même pas à le trouver un peu rude, et aucune ombre ne ternit ma joie. Une joie que je retrouve chaque fois que me revient le souvenir de nos escapades. Elles avaient toujours lieu en fin d'après-midi, à l'heure où s'allonge l'ombre des buissons. Mon père tout botté poussait la porte de la salle où je m'appliquais à tirer une aiguille récalcitrante et disait : « Allons, petite, il faut voir si le seigle est sorti », ou encore « si les sangliers n'ont pas fait de dégâts aux champs de La Baume ». Ma mère fronçait le sourcil mais on voyait qu'elle n'était pas fâchée. Nous passions à l'écurie chercher le cheval pommelé qui connaissait les moindres bosses du chemin et se conduisait quasi seul. Alors mon père me plantait devant lui sur la selle ; sa grande patte venait engloutir et serrer ma main minuscule Nous allions, griffés par les branches des chênes verts. Je n'osais souffler mot. J'étais bien. Son amie, sa compagne de silence.

Toute sa mise, depuis son chapeau noir jusqu'à son haut-de-chausses d'une simplicité frisant la pauvreté, proclamait son appartenance à la RPR *. Il était le digne fils de ce Jacques Servezanne qui, le premier de la famille, avait quitté l'Église catholique, dans les années vingt où Mgr de Rohan tenait le pays contre les troupes du roi. Quand le rebelle avait dû finalement se soumettre, et que plusieurs nobles du pays s'étaient ralliés à Louis XIII et à l' « abominable » Richelieu, mon grand-père avait refusé tout net de les suivre. Il avait déploré la paix d'Alais, et pris le deuil quand on avait démantelé les remparts d'Uzès. Le prenait-on pour une girouette ? Protestant il s'était fait, protestant il resterait, et bons protestants seraient ses seize enfants. Quarante ans plus tard, les trois survivants, Louis, Charles mon père et Marguerite leur jeune sœur, se montraient aussi fermes que lui dans la foi réformée. Le roi Louis XIV pouvait bien promettre des charges flatteuses aux nobles, et la Caisse de Conversion de l'affreux Pellisson arroser d'écus sonnants ceux qui se convertissaient, les Servezanne ne faisaient qu'en rire. On interdisait aux réformés d'être notaires ? Mes parents demandaient conseil à leurs amis juristes de Nîmes. Les huguenotes n'avaient plus le droit d'être sages-femmes ? On feignait de l'ignorer. Le front lisse de mes deux petites sœurs n'avait été souillé par aucune simagrée papiste, ce qui ne les avait nullement empêchées de rendre à Dieu leur âme innocente après moins d'une année de vie.

Comme toujours silencieux et secret, mon père avait calligraphié leurs noms, et les dates qui marquaient le début et la fin de leur courte existence, à la suite du mien sur la page de garde de la grosse Bible familiale. Je ne suis pas sûre d'avoir vraiment pleuré ces intruses qui m'avaient successivement volé ma place dans le lit de ma mère. On me fit inclure leurs noms, Anne et Françoise, dans mes prières, et j'y consentis

* Religion prétendue réformée, selon le vocabulaire officiel de l'époque.

d'autant plus volontiers que je restais « la petite », la favorite que mon père emmenait avec lui, celle à qui ma mère consacrait le temps qui, dans son programme, était imparti à l'éducation.

Brousson et son cousin passèrent auprès de nous une semaine qui me parut enchantée. Ma mère, accablée par ce surcroît de travail au plus dur moment de l'année, me laissait la bride sur le cou et, sitôt ma soupe avalée en me brûlant le gosier, je courais rejoindre mon idole, que j'ennuyais peut-être. Je le trouvais assis sur la margelle du puits, rêvant ou méditant, ou regardant une colombe qui se lissait les plumes au bord du toit. D'un geste, il arrêtait mon élan trop bruyant. « Tiens-toi tranquille, disait-il. Écoute ! » L'air était plein de roucoulements. « Écoute-les, répétait mon ami, elles chantent les louanges du Seigneur ! »

Je le regardai avec curiosité.

« Êtes-vous pasteur ?

— Non ! me répondit-il en riant. Non, je n'en suis pas digne, je crois. Tu sais bien que je suis avocat ; il est vrai que dans ce métier-là aussi on parle beaucoup. Et pourquoi cette question, s'il te plaît ? »

Pourquoi ? Il parlait comme notre ministre, le pasteur Noguier, qui nous apprenait à voir Dieu à travers tous les spectacles de la nature. Monsieur Noguier, quand il venait déjeuner parce que mon père avait tué à la chasse un lièvre ou un marcassin, ne manquait jamais d'appeler les enfants sur la terrasse. « Gabriel, criait-il, Louyse, regardez ! N'est-ce pas qu'Il est merveilleux ? »

Nous ne comprenions pas tout de suite ; alors, le pasteur embrassait à grands gestes les vignes rousses sous le ciel d'un bleu cru, les toits biscornus des mazets, les moulins alignés le long du Salzon et la torche jaune d'un feuillu se détachant sur un bouquet de pins sombres, et répétait : « Il a créé tout cela, Il est merveilleux ! » Ses grands bras s'écartaient comme pour un envol, ses yeux à fleur de tête s'illuminaient, son enthousiasme nous emportait. « Chantez, les enfants, chantez avec moi ! » Nous chantions. Le psaume à la gloire du Créateur s'élevait de plus en plus fort, jusqu'à ce que ma mère sortît à son tour, un doigt sur les lèvres. « Allons, grondait-elle, vous n'êtes pas raisonnable, monsieur le Pasteur. Vous savez bien que c'est défendu ! » Elle avait raison. Chanter des psaumes au-dehors était interdit depuis l'avènement de Louis XIV. Quelle catastrophe, si un catholique passant sur le chemin nous avait entendus et dénoncés ! Nous rentrions, tout penauds, pour écouter mon père réciter la prière avant de nous asseoir autour du marcassin.

Il m'était impossible de m'exprimer assez bien pour raconter tout cela, et je restai muette et rougissante, souffrant de ma stupidité. Monsieur Brousson était moins expansif que le pasteur Noguier, et je le trouvais parfois difficile à comprendre ; son prestige n'en était que plus grand. Ses pensées planaient dans un autre monde, bien au-dessus du mien. Aussi étais-je fort glorieuse de l'attention qu'il me portait. Il prenait ma main dans la sienne pour que je le conduise et murmurait : « Eh bien, Louysette, quel trésor veux-tu donc me montrer ce matin ? » Je l'emmenais voir le nid d'hirondelles dans la grange, ou les escargots que j'avais ramassés après la pluie. Il admirait. Sa tendresse égalait celle de mon père, en restant moins retenue.

Jamais je ne pouvais demeurer avec lui aussi longtemps que je l'aurais souhaité. Ma mère m'appelait pour une leçon de lecture — j'apprenais à reconnaître dans sa Bible les o et les i — ou bien mon père rentrait d'une tournée à cheval, et je savais qu'il me faudrait disparaître. Je le faisais à regret, en traînant. Vingt fois, j'ai tenté en vain de suivre leurs conversations qui se ressemblaient toutes. Monsieur Brousson jugeait que les églises interdites devaient se défendre et reprendre leurs exercices ; mon père objectait que ce serait donner au clergé catholique une belle occasion de les traiter en rebelles et de les exterminer ; l'avocat rétorquait enfin que la dignité était dans la résistance et jamais dans la complaisance ou la soumission. Je retournais dans ma tête ces mots mystérieux en essayant d'en pénétrer le sens. Je n'y parvenais pas, mais je voyais bien qu'ils plongeaient mon père dans des abîmes de réflexions.

Les visiteurs partis, notre vie reprit son rythme inexorable. Il fallut rentrer le seigle et gauler les amandes, puis vint le temps de la vendange. Je poussais vite, comme en témoignaient les marques que l'on faisait à chaque nouvelle saison en me mesurant contre la porte de l'écurie, en dépit des contes de bonnes femmes qui prétendaient que cela m'empêcherait de grandir. Je savais maintenant distinguer quelques mots dans la Bible de ma mère : l'« Éternel » fut le premier, je crois, à cause de sa belle majuscule contournée. Octobre vint, et la tramontane. La vieille Clarisse mourut une nuit dans son sommeil ; nous allâmes tous réciter une prière avec sa famille assemblée, ce qui faisait déjà plus de dix personnes et aurait pu nous attirer des ennuis. On lui creusa un trou à l'entrée du champ des Fouzes, sous le cyprès, et on l'enterra la nuit comme l'exigeait la loi depuis qu'on nous avait interdit le cimetière catholique. Il n'y avait rien là qui pût me surprendre.

Ma mère m'apprit à faire le vin de noix, mais je l'oubliai aussitôt. Elle me montrait comment saler les pélardons *, jeter le grain aux poules ou poser sur la manche d'une chemise une belle pièce aux coins bien carrés.

Ces menues tâches occupaient tout notre temps : nous manquions d'argent, je l'ai dit. Notre ancienne dignité seigneuriale ne se manifestait plus que dans les repas, où nous mangions les poulets et les lapins qu'on nous apportait, et où les femmes s'asseyaient à table au lieu de servir les hommes. Isabeau, la fille aînée du baile, qui était aussi la filleule de ma mère, venait nous apporter la soupe à l'ail, et frottait ensuite

* Fromages de chèvre.

les écuelles. A treize ans, Isabeau avait des joues rouges, la taille fine et un corsage qui commençait à gonfler ; c'était aussi un puits de science. Elle pouvait me dire où récolter des asperges sauvages et comment tresser des joncs pour en faire une cage à sauterelles, et pourquoi le ventre de la chatte s'enflait de plus en plus jusqu'à presque traîner sur le sol. Elle me semblait, après ma mère, la plus accomplie des créatures de Dieu.

Ce n'était guère l'avis de mes parents, ni des siens, qui lui reprochaient ses mines volontiers aguichantes. Plusieurs fois monsieur Noguier la garda pour la réprimander après l'enseignement du dimanche. Elle prenait un malin plaisir à se faire des boucles d'oreilles avec des fruits d'églantier, et à laisser bâiller le col de son corsage. Le jour où, curieuse, je lui demandai à voir plus loin, elle défit sans hésiter tous les boutons et découvrit, à mon intense stupéfaction, deux fruits appétissants dont elle me laissa toucher les pointes brunes. Je répétais, hébétée : « Des seins ? C'est ça, des seins ? » On m'aurait hachée menu plutôt que de me faire raconter l'histoire à ma mère. Ce mot aurait paru obscène. Nous vivions dans une superbe ignorance de nos corps.

C'est à ce moment-là — au début de l'année 1683, j'avais à peine six ans — que j'entendis de nouveau le nom de Claude Brousson.

La Bourguette nous avait invités, comme elle le faisait une fois chaque hiver, à veiller et manger des oreillons, qu'elle réussissait comme personne. Les légers nœuds de pâte molle pétillaient dans l'huile et se gonflaient soudain comme des bulles dorées. Mon frère et moi les préférions encore aux châtaignes fraîches grillées dans la poêle à trous pendant les veillées d'automne, et nous avions, pour une fois, la permission d'en manger tout notre content, ce qui ne nous empêchait nullement de tendre l'oreille pour écouter les grandes personnes. J'entendis soudain s'élever la voix du baile Bourguet :

« Quatorze églises ! Il a pris la défense de nos pauvres églises interdites, quatorze à la fois pour faire un éclat devant le Parlement ! Vous l'avez entendu, monsieur, le pasteur a dit tout à l'heure que les juges de Toulouse, pourtant malveillants, avaient été saisis d'admiration !

— Plusieurs admiraient et plusieurs autres voulaient le faire arrêter. » C'était la voix douce et posée de mon père, mais le baile secouait la tête en répétant obstinément : « Le pasteur l'a dit ! »

« Il n'y a pas de miracle, Bourguet ! Le roi ni le Parlement ne peuvent changer en un jour, et monsieur Brousson a fait preuve d'un grand courage. »

Je compris que notre ami était une sorte de héros, ce qui ne me surprit pas, et que sa renommée se répandait dans toute la province. Je devinai aussi qu'il était en danger, sans savoir comment ni pourquoi.

Un événement considérable vint bientôt m'éclairer et me faire voir contre quel péril nos églises devaient se défendre tous les jours. Notre temple d'Aigaliers fut à son tour frappé par les foudres de monsieur d'Aguesseau, l'intendant du Languedoc, et notre ministre éloigné.

Nous aimions monsieur Noguier, qui apprenaît le latin à mon frère, et qui, chaque semaine, après l'office, réunissait les enfants pour l'enseignement du dimanche. Sa théologie pour oisillons juste sortis du nid faisait nos délices. Il avait une manière bien à lui de nous faire sentir que l'Éternel était avec nous, oui, juste ici, au milieu de la salle, dans le rond que formaient nos bancs. La Bible, qui nous endormait quand mon père la lisait chaque soir en famille d'une voix unie, devenait avec lui un roman d'aventures. Nous versâmes des larmes amères le jour où il vint faire ses adieux. La consternation régnait à Grézac et dans les villages voisins. Nous perdions notre pasteur Noguier, et, pire encore, notre église allait être interdite, peut-être détruite.

Je n'en compris les raisons que des années plus tard. Toute la faute en était à Clarisse du Puget, que l'on appelait ainsi pour la distinguer de la nôtre. Le hameau du Puget comptait presque autant de feux catholiques que de protestants, et cette Clarisse-là avait jeté la honte sur sa famille en se laissant courtiser derrière les buissons par un papiste. Naturellement, pour le mariage elle avait dû abjurer et se plier à quelques rites, sur lesquels nous interrogions passionnément Isabeau toujours bien renseignée. Nous la regardions mimer les signes de croix, les génuflexions et même la confession avec une stupéfaction mêlée de fous rires. Il fallut quelque temps aux « grands » pour me convaincre que le fiancé n'était pas velu comme un bouc et pourvu de grandes dents de loup : il n'y avait pas de catholiques à Grézac et si j'en avais rencontré, c'était vraiment sans m'en douter.

Peu de temps après, on avait revu au temple Clarisse toute gémissante :

« Monsieur le Pasteur, laissez-moi revenir. Vous savez bien que l'on m'a obligée à toutes ces singeries et que mon cœur n'a pas changé.

— C'est impossible, Clarisse. Vous avez été enregistrée comme nouvelle catholique et il m'est interdit de vous accueillir. Sans compter que vous avez donné un grand scandale à l'Église de Dieu en épousant un mari de religion contraire, et plus encore en suivant ses superstitions.

— Vous avez raison, monsieur Noguier, mais je m'en repens si fort ! Je pleure mon péché chaque jour... »

Les Anciens du consistoire hochaient la tête, hésitants. La jeune femme avait si bien protesté des peines qu'elle avait de s'être polluée des souillures de la papauté qu'ils s'étaient laissés émouvoir. Et comment auraient-ils pu rejeter la fille prodigue ?

Elle avait donc été de nouveau admise à la Communion, et monsieur Noguier avait été dénoncé pour avoir accueilli une relapse. L'intendant du Languedoc ne plaisantait pas avec ces affaires-là. Il avait fermé le temple, comme c'était la règle. Et, privés de pasteur, les villageois avaient commencé à se réunir le soir dans des granges, puis chez nous, où mon père pouvait mieux que les autres lire la Bible.

Il y avait au bas de notre maison adossée au coteau de

vastes caves voûtées où l'on entreposait les fûts de vin et les jarres à huile. Les murs, qui avaient cinq pieds d'épaisseur ou davantage, ne laissaient filtrer ni la mélopée des prières ni le chant des psaumes. Mon père lisait d'une voix grave et monotone et, dissimulée dans les plis de la jupe maternelle, je me livrais aux délices défendues du suce-pouce jusqu'à m'endormir paisiblement. Je n'ai pas de ces soirées un souvenir bien précis, excepté celui d'une atmosphère chaleureuse et resserrée. La tiédeur des lampes à huile et le balancement des hymnes y ajoutaient une impression trompeuse de sécurité. Je ne l'ai plus jamais ressentie depuis, même quand j'ai enfin été hors de danger.

Il me serait impossible de raconter tous les détails de cette année 1683 où changea notre vie. Je sais qu'au mois de mai la chienne Lison produisit quatre chiots, deux noirs et deux couleur de feu, événement qui sembla laisser les grandes personnes curieusement indifférentes. Quelque souci les travaillait, car je me souviens de conciliabules à voix basse, que l'on interrompait à l'arrivée des enfants. Ma tante de Javelle vint nous visiter à ce moment, mais ne s'attarda pas. Cette sœur de ma mère avait épousé un conseiller du roi beaucoup plus riche que nous, qui possédait à Uzès un superbe hôtel avec frises sculptées et escaliers à balustres, et que nous voyions rarement. Vive, séduisante, elle était, disait-on, grande amie de l'évêque, Mgr Poncet de la Rivière, qui adorait peupler ses réceptions de jolies femmes. Il est vrai que, depuis son mariage, ma tante s'était faite bonne catholique. Je l'entendis exhorter ma mère et mon père, qui sortit assez rouge, comme s'il avait trop chaud, pour la raccompagner à sa voiture. « Jamais, entendez-vous, jamais nous ne changerons, jusqu'à notre dernier soupir », lui dit-il avant de la quitter, d'un ton plus vif que sa manière habituelle. Elle eut un geste de regret ou peut-être d'impuissance, et, comme je me tenais près du carrosse, dévorée de curiosité, elle m'appela près d'elle :

« Venez, mignonne. Louyse, quel nom gracieux, et que voilà de beaux yeux ! Vous méritez qu'on fasse votre bonheur ! »

Elle m'embrassa. Elle sentait la poudre d'iris. Si j'avais deviné ce qu'elle voulait dire et su quel danger recélait ce baiser, je ne l'aurais jamais rendu.

L'école d'Aigaliers avait été fermée en même temps que le temple, et un pâle jeune homme, monsieur Peloux, venait d'Uzès à cheval, deux fois la semaine, pour entonner à mon frère sa ration de latin. Il ne savait pas chanter, lui ! Il nous faisait bâiller. On lui avait demandé de rester une heure de plus pour montrer à lire aux petits Bourguet qui, sans cela, auraient oublié tout ce qu'ils avaient appris. Je participais aussi, en remplissant une page blanche de bâtons bien alignés et de O un peu tordus, tout en suivant de l'œil par la fenêtre le vol royal des deux faucons cresserels qui nichaient chaque printemps dans la façade de la vieille écurie.

Mes exercices d'écriture étaient cependant un soulagement pour ma mère, qui en avait grand besoin car la maison ne désemplissait pas. Le bruit s'était répandu dans les villages voisins que l'on s'assemblait secrètement chez nous ; comme on fermait de plus en plus les temples, les gens arrivaient de fort loin. Monsieur Roussière, le pasteur de Larnac, montait de temps en temps pour administrer la Cène ou pour baptiser les enfants, si bien que jour et nuit le chant des psaumes se mêlait aux cris des nourrissons en un vacarme assourdissant ; mes parents pourtant le supportaient gaiement, parce qu'il était la preuve des efforts que tous ces braves gens étaient prêts à consentir pour leur religion.

De toute évidence, cela ne pouvait durer, et certains de nos visiteurs commençaient à parler de fuite hors du royaume. Personne ne les écoutait, tant la tentation d'espérer était forte. Presque tous célébraient le grand mérite de notre roi, et pensaient qu'il suffirait de l'informer de nos maux pour qu'il y appliquât le remède.

Aussi vit-on s'allumer une grande flamme d'espoir le jour où mon père reçut une lettre de Toulouse. Il la lut à haute voix et célébra, une fois de plus, le courage de mon cher Brousson, qui était tout le sujet de la lettre. Sa voix me parut un peu altérée. Je comprends à présent son inquiétude, qui contrastait avec l'enthousiasme général. Brousson avait réuni chez lui, en grand secret, vingt-huit délégués de nos églises pour élaborer une requête au roi sur la liberté de conscience. La requête était accompagnée d'explications sur notre foi et de protestations de respect et de soumission : voilà qui était sans danger. Mais on avait aussi rédigé dix-huit articles pour ordonner à toutes les églises interdites de reprendre le culte, et aux ministres exilés de ne pas se soumettre. Que penserait la cour de cette audace, que tous, y compris ma mère, jugeaient admirable ? Comment serait reçue la petite phrase dans laquelle on osait préciser que l'on n'était pas tenu d'obéir aux ordres du roi s'ils étaient contraires au service de Dieu ?

Charles Servezanne ne pouvait que soutenir son ami Claude Brousson, en se laissant aller à l'ivresse de l'action. Mais il n'oubliait jamais de réfléchir, et la réflexion lui montrait un abîme ouvert sous ses pieds. Il aurait été bien plus inquiet encore s'il avait su que dans le Vivarais les paysans allaient déjà aux assemblées clandestines avec des armes pour se défendre.

Des semaines passèrent, sans apporter rien de nouveau Nous retrouvâmes les rites de l'été. Nous allâmes en bande, dans le bois de châtaigniers, cueillir les branches de bruyère que l'on plantait dans les claies des magnaneries ; les vers à soie y grimpaient pour s'y enrouler dans de beaux cocons jaune d'or. Plus tard, on remplit de cocons des paniers que l'on chargea sur des charrettes légères pour les livrer aux fabricants catholiques d'Uzès. C'était la première année que nous n'avions plus le droit de filer et tisser la soie ; je revoyais encore la Bourguette tirant son fil, assise près de la bassine d'eau chaude ou trempaient les cocons, tandis qu'Isabeau tournait à toute vitesse la manivelle du tour. Mais, comme tous les enfants, je trouvai la nouveauté excitante.

La chaleur devint brûlante ; les figues mûrissaient trop vite et parfois éclataient sur l'arbre, laissant apparaître sous leur peau cirée une épaisse pulpe rouge et granuleuse. Nous avions alors la permission de les manger, et nous nous en gavions jusqu'à étouffer. Je voyais bien que mes parents se rassuraient sur les affaires de religion. Le manque à gagner sur la soie, le bas prix du blé ou la mévente de notre vin, peu remarquable il est vrai, étaient devenus le sujet premier de leurs conversations. Une fois pourtant, je les entendis déclarer que Brousson, qui avait dû quitter sa charge à Toulouse depuis son coup d'éclat des dix-huit articles, était revenu à Nîmes. Il s'y cachait, ou tout au moins évitait de faire du bruit. Je demandai quand il reviendrait nous voir, et ma mère me fit taire. Au chagrin que j'éprouvai de cette rebuffade, je compris combien était grand l'attachement que monsieur Brousson m'avait inspiré en si peu de temps.

Nous devions bientôt avoir encore de ses nouvelles le jour où mon père nous emmena tous à la grande foire de Saint-Firmin, qui se tenait pendant dix jours au début d'octobre, à Uzès. Mes parents y venaient chaque année en maugréant parce que tous les droits d'impôts de la foire allaient engraisser le chapitre de la cathédrale. Mais il n'existait aucun autre endroit où mon père pût trouver de plus beaux chevaux. Ma mère portait aux couturiers nos étoffes de laine pour les vêtements d'hiver et en achetait d'autres aux tisserands de serge installés sur la place Royale ; et il y avait tant de montreurs d'ours et de faiseurs de tours que l'on n'avait pas le cœur d'en priver les enfants.

Nous nous installions donc pour trois jours à *la Croix Blanche* fuyant la catholique *Hostellerie du Merle* où avait été hébergé le cardinal de Richelieu quand il était venu négocier la maudite paix d'Alais, et avait enlevé aux protestants toutes leurs places de sûreté en échange de la liberté de conscience. Marché de dupes et insigne sottise, disait-on chez les Servezanne ; maintenant, Louis XIV voulait aussi ôter cette liberté, et les huguenots n'avaient plus les moyens de se défendre.

Gabriel questionnait sans relâche mon père sur ces affaires, dont le récit m'ennuyait passablement. Je trouvais beaucoup plus important d'aller voir les bateleurs, les marchands de coraux ou les chirurgiens qui arrachaient les dents sur une estrade. De petits ânes nous frôlaient, chargés de romarin à brûler dans les cuisines. Une fois même, nous dûmes faire place à une bourrique qui promenait un faux médecin monté à l'envers. A cette foire je pensais toute l'année : elle était la seule récréation permise dans notre vie austère partagée entre la prière et les tâches domestiques.

Parfois, nous nous levions à l'aube pour aller jusqu'à la promenade sur l'ancien rempart, où se rassemblaient les journaliers qui se louaient pour la saison. Mon père cherchait des aides pour le labour ou la taille des oliviers. Comme il discutait avec un grand escogriffe qui portait sa scie en bandoulière, je vis un jeune homme, presque un gamin, le tirer par la manche, puis lui glisser quelques mots à l'oreille. Quand il revint près de nous, il paraissait préoccupé.

« Les nouvelles sont mauvaises, dit-il. Les révoltés du Vivarais ont été écrasés, et Isaac Homel, le vieux pasteur de Soyons, condamné à mort. Des bruits fâcheux circulent. Notre ami Brousson pourrait bien se trouver en danger, et avec lui les pasteurs qui ont participé à la rédaction des dix-huit articles de Toulouse. Ils sont neuf ou dix dans Nîmes à se cacher plus ou moins. »

Ma mère se laissait rarement abattre : « Ils ont beaucoup d'amis. Ceux de la Religion les abriteront volontiers.

— Je n'en suis pas si sûr, ma chère femme. On a publié des peines terribles pour ceux qui donneraient retraite aux gens recherchés ; on menace même de démolir leurs maisons. Brousson me fait demander, justement, si nous consentirions à l'accueillir pour un jour ou deux en cas de besoin, malgré le danger. Naturellement, j'ai dit oui. Vous n'êtes pas fâchée, Marthe ?

— C'est notre devoir », acquiesça brièvement ma mère, et

je me retins de lui montrer mon contentement à l'idée que j'allais revoir mon ami Brousson.

Je l'attendis en vain chaque après-dînée. Jusqu'à ce jour des premiers de novembre où mon père dut se rendre de nouveau à Uzès pour consulter le procureur du roi au sujet d'une affaire. C'était aussi l'occasion d'essayer mes vêtements d'hiver. La ville bourdonnait comme une fourmilière dérangée, et les gens s'abordaient avec des mines de catastrophe. Les soldats du maréchal de Noailles y étaient quelques jours plus tôt pour arrêter le pasteur La Borie, qu'ils n'avaient pas trouvé. Ils étaient tous repartis pour Nîmes.

Le jeune homme de la foire nous attendait au bas de l'escalier du procureur, mâchonnant un brin de pistou. Il s'esquiva comme un lézard après quelques mots à mon père qui parut inquiet.

« Je ne comprends rien à ce message. Un certain Pierre venu de Nîmes me donne rendez-vous tout à l'heure sous les arcades de la place. Quel Pierre ? Est-ce Pierre de Rochelat ? Je le croyais à Toulouse. »

Ma mère fronça le sourcil. « S'il est ici, pourquoi n'est-il pas venu nous voir ? Pourquoi tant de mystère ?

— Il aura suivi Brousson à Nîmes. Je ne serais pas surpris qu'il soit chargé d'un message.

— Soyez prudent, Charles ! »

Mon père hocha la tête et s'éloigna. Nos trois regards le suivirent jusqu'à ce qu'il ait disparu le long d'une des ruelles qui, à travers l'ancienne Juiverie, menaient à la Grand-Place. Nous pressentions un événement funeste.

Il revint deux heures plus tard, seul, à la taverne où l'on nous servait à dîner dans un cabinet. Le souci creusait deux rides profondes entre ses sourcils. Il rapprocha sa tête des nôtres pour murmurer :

« Il y a de nouvelles troupes à Nîmes qui cherchent Brousson et les pasteurs. Elles gardent toutes les portes et tous les carrefours. Personne ne peut plus sortir de la ville sans un sauf-conduit de monsieur l'intendant. »

Le délicieux parfum de la daube dans son pot de terre

m'écœura soudain. Les mots que je venais d'entendre dansaient la sarabande dans ma tête, si bien que les phrases suivantes m'échappèrent. Je me réveillai pour écouter la voix calme de ma mère :

« Mais, alors, comment ce jeune Rochelat est-il ici ?

— Où ai-je la tête de ne pas vous rassurer tout de suite sur ce point ? Oui, Brousson et lui ont réussi à passer. C'est même une curieuse histoire... »

La main glacée qui me tenait me lâcha. Sauvé ! Il était sauvé ! Peut-être reviendrait-il bientôt à Grézac, pour jouer avec moi, pour me faire admirer la splendeur des lis des champs ou écouter la tourterelle.

« Ils étaient logés chez un marchand de drap, qu'ils ont entendu la nuit se disputer avec sa femme. Elle avait pris peur et voulait les livrer, le mari ne voulait pas. Brousson et son compagnon ont préféré ne pas attendre la décision. Ils sont partis par la fenêtre et ont erré trois jours de cave en cave, jusqu'à ce qu'un brave homme leur signale le moment où le corps de garde était occupé à dîner.

— Ces gardes ne sont guère attentifs, ne put s'empêcher de remarquer ma mère en personne habituée à exiger de l'ouvrage bien fait.

— Ils le sont d'ordinaire, mais c'était un jour d'exception. Le matin même, ils avaient arrêté un marchand qui voulait passer la porte avec un tonneau de vin. Ils ont dû voir qu'il avait peur... Ils ont sondé le tonneau, qui s'est révélé plein d'or. Quelle prise ! Naturellement, ils en ont reçu leur part et devaient s'occuper à la boire ! Nos deux amis en ont profité pour se glisser jusqu'à l'entrée d'un égout, et c'est par là qu'ils ont réussi leur fuite...

— L'Éternel protège ses bons serviteurs », conclut ma mère avec une conviction non feinte.

Ils s'étaient réfugiés dans une ferme amie, puis avaient gagné Saint-Chaptes en traversant le Gardon qui, par bonheur, manquait d'eau après un été très sec. Ils avaient alors décidé de se séparer. Pierre était déjà en chemin pour rejoindre en Poitou sa famille dont il ne savait rien depuis longtemps. Sa route était tracée, il ne demandait aucune aide ; il aurait été au regret de nous compromettre.

« Mais les autres... les ministres. Pourront-ils aussi s'échapper ?

— Attendons. Nous le saurons bientôt. »

Nous sûmes un peu plus tard qu'ils avaient réussi à s'enfuir. La patience de l'intendant et son application à terroriser les Nîmois n'avaient pas eu les résultats escomptés. J'appris que monsieur Brousson s'était réfugié dans les montagnes, puis qu'il était parvenu à gagner Genève. Pourtant, je ne sus jamais s'il s'arrêta chez nous dans la cachette que mes parents lui avaient préparée ; l'un et l'autre restèrent obstinément muets sur ce point. Peu à peu, je me souvins moins bien de celui qui avait été pour moi comme un second père indulgent et prestigieux.

J'étais déjà grande, un soir de l'été suivant où mon père, après la lecture de la Bible, après les psaumes et la prière, se leva et regarda un long moment l'assistance silencieuse. Ses mains qui tenaient un papier tremblaient, bien qu'il ne fît pas froid dans notre cave habituelle. Plusieurs fois ses lèvres remuèrent sans qu'il en sortît un son. Quand enfin il put parler, je ne reconnus pas sa voix. La répression dans le Vivarais, nous dit-il, était des plus cruelles. Quant aux pasteurs en fuite comme Claude Brousson, ils avaient tous reçu des condamnations terribles qui les empêcheraient de jamais revenir. Monsieur Laborie d'Uzès devait être pendu, et plusieurs autres que nous connaissions seraient roués si on les retrouvait, comme le pauvre vieil Homel qui avait été rompu vif à Tournon.

J'entendis ce mot pour la première fois. Personne, pas même Isabeau, ne voulut me l'expliquer. Je devinai que ce devait être quelque chose de trop horrible pour qu'on pût seulement en parler.

A partir de ce soir-là, on n'entendit plus personne rire à Grézac. On m'avait dit que sept ans serait « l'âge de raison ». Pour moi, ce fut un âge de détresse. Le commencement d'un règne, celui du silence et de la peur.

CHAPITRE II

Grézac, 1685

Je vis les dragons pour la première fois en 1685, l'année de mes sept ans. Ils étaient entrés à Nîmes le 29 septembre, et le 5 octobre à Uzès. Le 6, ils se répandaient dans les villages entre Uzès et Anduze.

Avec mon frère et les petits Bourguet, je me hissai dans le grenier à foin d'où, par la lucarne, on pouvait apercevoir les soldats qui chevauchaient sur le chemin de Foissac. Les canons de leurs mousquets brillaient au soleil et, comme ils s'approchaient, je distinguai leurs bottes brillantes, les ornements de leurs bonnets et leurs moustaches en croc. Je les trouvai beaux. Je le dis tout haut, et reçus un soufflet de mon frère. Ces soldats, semble-t-il, étaient si méchants qu'il était indécent de les admirer. Je pleurai et tentai de griffer. On peut trouver étranges, presque comiques, ces larmes versées par une petite huguenote pour des dragons.

Les gens de guerre en déplacement devaient être logés, nourris et payés par les protestants. Cette charge, qui venait s'ajouter aux suppléments d'impôts et aux innombrables brimades subies depuis des années avec patience, aurait peut-être été supportable si leur conduite avait été correcte. Mais ils avaient ordre, justement, de se montrer insupportables. Monsieur de Louvois, qui les commandait tous, pensait qu'ainsi les huguenots verraient mieux de quel côté se trouvait leur intérêt. Ses dragons ne devaient pas tuer exprès les sujets du roi, mais en deçà, il fermait les yeux sur leurs violences. Seul comptait le résultat : que tous les gens du royaume pensent de la même façon et se conduisent de la même façon.

Aucun protestant du Languedoc n'ignorait plus ce qui se

passait depuis plusieurs années dans les provinces de l'Ouest Il savait comment les soldats de Marillac, pour convaincre les huguenots de se convertir, les empêchaient de dormir, leur rôtissaient les pieds, affamaient les bébés en présence de leurs mères, forçaient les jeunes filles et ensuite leur pissaient au visage. Qui pouvait dire si nous n'aurions pas le même sort ?

Mon père, je le sus par Gabriel quand nous fûmes réconciliés, avait proposé de verser une énorme contribution en argent, vivres et fourrage pour être dispensé d'accueillir la troupe. En vain. Tout au plus avait-il obtenu de loger seulement le capitaine et quelques hommes, à condition de payer les dépenses des autres à l'auberge. On lui avait aussi promis qu'ils se tiendraient bien. Nous devions à ma tante de Javelle, grande amie de l'évêque d'Uzès, ces concessions proprement extraordinaires : dans certaines maisons, on envoyait parfois cinquante ou cent dragons, qui ne se privaient pas de boire, de piller et de violer avec la bénédiction des officiers.

« Que veut dire violer ? » demandai-je à mon frère.

Gabriel me fit une horrible grimace en roulant des yeux blancs.

« Tu es trop petite », déclara-t-il avec condescendance, et il s'en fut, laissant le mot cruellement fiché en moi comme une épine.

Je devais pourtant, le jour même, obtenir là-dessus quelques éclaircissements. Les soldats étaient arrivés, et tout le monde s'occupait à tirer du fourrage pour leurs chevaux ou à préparer leur festin du soir. Je me glissai, curieuse, hors de la maison sous le prétexte d'aller porter quelques feuilles de chou à mon lapin favori. Devant la porte des Bourguet, Isabeau, assise sur le banc de pierre, s'occupait à trier des fèves pour la soupe au pistou. Ses cheveux noirs moussaient autour de son visage au teint d'abricot que la lumière du couchant éclairait en plein. Je l'admirai comme d'habitude. Elle allait sur ses quinze ans et les yeux des valets ne la quittaient guère, je l'aurais remarqué même si mon frère ne l'avait pas taquinée sans pitié à ce sujet.

Un dragon sortit de la maison et je m'arrêtai, émerveillée par les boutons dorés de sa veste rouge. Il était petit et carré, avec des mains poilues et un visage assez gai. Il piqua droit sur le bassin des colombes et se soulagea sans la moindre honte, s'amusant comme les enfants à produire un grand jet et à rider l'eau. Puis, il se retourna, la main encore à la braguette, et aperçut Isabeau.

Isabeau n'avait peur de rien ni de personne. Elle ne rougit pas et son regard hardi ne se détourna pas. Elle continuait tranquillement à trier ses fèves quand l'homme arriva près d'elle et lui dit, avec un rire gras, quelque chose que je n'entendis pas. Mais je le vis se pencher brusquement et saisir à pleines mains les beaux fruits qu'elle m'avait un jour montrés. Alors, elle se dressa, comme enragée, et lui cracha au visage.

J'eus l'impression qu'un silence de plomb enveloppait soudain la maison ; que, pendant un instant, les oiseaux s'arrêtaient de chanter et les chevaux de piétiner leur litière. Puis, tout se remit à vivre, trop vite. Isabeau reçut un formidable soufflet et tomba, heurtant du front le coin du banc de pierre. Un chapelet d'injures inconnues sortait de la bouche du dragon qui, voyant Isabeau à terre, lui envoya en pleine figure un grand coup de botte. Puis, il s'éloigna et rentra dans la maison. Aucun des valets d'écurie, qui s'entendaient si bien à faire les jolis cœurs auprès d'Isabeau, n'avait osé se montrer pour la défendre. Au bout d'un moment, je compris qu'il n'arriverait rien de plus. La brute ne s'était pas vantée de son exploit ; nous restions protégés.

Je courus près d'Isabeau qui ne bougeait plus. Du sang coulait en ruisselet de son nez et d'une blessure au-dessus du sourcil, mais on entendait sa respiration saccadée, presque un râle. Une de ses sœurs, qui n'osait pas crier, s'agenouilla près d'elle en laissant échapper des gémissements de chiot. « Pauvre petite agnelle ! » répétait la Bourguette qui, les traits crispés, s'affairait avec une cuvette et des linges. Puis nous entendîmes Isabeau : « Du sang... du sang... » Elle soulevait son visage écrasé, refusant les soins. « Le sang de l'agneau... », dit-elle encore. Alors la Bourguette se dressa tout droit et frotta sur le linteau son chiffon ensanglanté, laissant une longue trace brunâtre. « Le sang vous servira de signe... », récita-t-elle, et je reconnus un texte de la Bible que l'on nous avait lu à l'approche de Pâques.

« L'Éternel ! » cria soudain Isabeau comme galvanisée, qui réussit à se mettre debout. « Le sang vous servira de signe ! » Sa voix résonnait fortement ; c'était folie dans une maison pleine de dragons. La Bourguette la tira vivement à l'intérieur de sa cuisine et verrouilla la porte derrière nous. J'éprouvais une horrible fascination à entendre ces cris sortir de la bouche terreuse et tuméfiée d'Isabeau. « Je suis l'Éternel et je verrai le sang », répétait-elle, et tout son corps tremblait ; ses mains s'ouvraient et se fermaient dans un mouvement convulsif. Les femmes tombèrent à genoux, comme si le Seigneur avait choisi de s'exprimer à travers ce masque sanglant pour leur promettre sa sollicitude. « Aucune plaie ne viendra vous détruire quand je frapperai le pays. » Je ne sais ce qui m'effraya le plus ce jour-là, la brutalité du soldat ou l'éclat étrange des yeux d'Isabeau hors d'elle.

Les dragons décampèrent dès le lendemain. Le capitaine rassembla sa troupe sous nos fenêtres, et je tentai de reconnaître l'homme qui avait frappé Isabeau, mais je ne pouvais guère distinguer les traits sous les hauts bonnets. Ils quittèrent aussi le village. Du grenier à foin, nous vîmes leur troupe s'allonger comme une chenille brillante sur le chemin d'Anduze, et nous redescendîmes bien vite pour l'annoncer à nos parents. Nous pensions les faire sourire de plaisir : il n'en fut rien. Ils étaient assis de part et d'autre de la table de merisier, figés, les lèvres blanches. Je sus par la Bourguette que, sans attendre d'être molestés, les villageois transis de peur s'étaient rendus en foule à l'église pour se faire catholiques. Ils n'avaient, à vrai dire, aucun autre moyen d'échapper aux dragons. Les Servezanne de Grézac restaient presque seuls, avec les Bourguet et quelques vieux, à ne pas avoir renié leur religion. Monsieur de Bâville pourrait être satisfait.

Bâville : ce nom que je devais entendre si souvent par la suite était nouveau pour moi Je ne savais pas que l'intendant du Languedoc, d'Aguesseau, peu enclin à faire intervenir la troupe, avait dû céder la place à cet homme de trente-sept ans, qui se faisait fort de convertir jusqu'au dernier tous les protestants de la province. Il avait appris comment s'y prendre près de Marillac, en Poitou. Monsieur d'Aguesseau fermait des temples, ce qui ne servait à rien, je l'avais bien vu à Grézac. Monsieur de Bâville nous montrait les dragons, et nous étions anéantis.

Notre village n'avait pas été le seul à capituler sans combattre, et les villes n'avaient pas mieux résisté. Rien qu'à Milhaud, plus de deux mille huguenots — tous moins deux hommes et quelques femmes — s'étaient convertis d'un seul coup. A Uzès, le pasteur Thomas avait abjuré lors d'une visite de l'intendant, quelle honte !

Des bruits étranges couraient sur ce qui se passait à Nîmes, mais nous ne sûmes la vérité qu'à la fin d'octobre. Le dernier jour de chaque mois arrivait le colporteur qui vendait à ma mère du fil, des aiguilles et des allumettes de sa fabrication. Contrairement à son habitude, il entra dans la maison au lieu de s'arrêter au portail. A voix basse, il raconta comment monsieur de Bâville était arrivé à Nîmes cinq jours plus tôt, avec le duc de Noailles, lieutenant général, et trois régiments d'infanterie. Le lendemain avait eu lieu, dans la cathédrale, la grande cérémonie de conversion générale.

« Pas moins de quatre mille huguenots, madame, conduits par le baron de Saint-Cosme. Une cérémonie magnifique ! »

On eût dit qu'il se pourléchait. Il avait dû faire de gras bénéfices dans l'atmosphère de fête de la journée. De toute manière, il était beaucoup trop prudent pour laisser voir son opinion vraie.

Mgr Séguier, l'évêque, avait prononcé une belle homélie pour accueillir le troupeau nîmois des brebis égarées. Puis, les huguenots s'en étaient allés faire la queue devant l'église de leur quartier, les hommes, chapeau bas, les femmes avec leurs enfants dans les bras, pour signer leur abjuration.

Il ne restait plus un Nîmois qui ne fût converti, affirma le colporteur à ma mère atterrée Impossible de fuir, les dragons gardaient toutes les portes, il était défendu, sous peine de bastonnade, d'acheter quoi que ce soit à ceux qui tentaient de liquider à bas prix leurs maisons ou leurs meubles. Ainsi, cette ville, qui avait été une grande capitale protestante, était tout entière revenue dans le sein de l'Église de Rome.

Le colporteur vida le verre de piquette que ma mère lui avait fait porter, s'essuya la bouche du revers de la main et saisit son chapeau bosselé tout blanchi par les intempéries. A la porte, il se retourna et lança un dernier jet de poison. Deux des quatre pasteurs de Nîmes avaient abjuré à la tête de leurs ouailles. Pour prix de sa trahison, le ministre Cheiron venait d'être fait premier consul * de la ville

L'homme ferma tout doucement la porte avant de s'éloigner. Malgré l'orage qui menaçait, il avait refusé une plus longue hospitalité et, bien qu'il ne fût qu'un misérable colporteur, nous nous en sentions blessés. Étions-nous si vite devenus des pestiférés ? Nos pensées s'accordaient avec le ciel devenu noir. Ma mère restait muette et pensive. Je n'osais même pas continuer ma broderie. Après un long moment, je rassemblai pourtant mon courage et demandai ce que signifiait « abjurer ».

Ma mère me regarda un moment avant de me répondre. Il y avait une profonde détresse dans ses yeux.

« C'est changer de religion, dit-elle enfin. Les gens se font catholiques pour obéir au roi. »

Longtemps, cette réponse voyagea dans ma tête. J'y pensais en tirant l'aiguille, j'y pensais la nuit au lieu de m'endormir. Ainsi, on pouvait changer sa religion quand elle devenait incommode, comme on change un habit qui vous gêne aux entournures ? Et si, comme mes parents, on refusait d'en changer, on désobéissait à ce monarque révéré pour lequel

* Équivalent de maire.

nous ne manquions pas, chaque soir, d'inclure une phrase dans nos prières ? Je me perdais dans la complexité du monde adulte que je commençais à découvrir. J'aurais voulu questionner mon père, mais il ne m'emmena pas une seule fois en promenade pendant tout cet automne. Il chassait comme un fou, ne quittant guère son cheval et son chien.

Le soir, les assemblées continuaient dans notre cave. Mais il n'y venait plus que de rares obstinés, qui se glissaient dans l'obscurité entre les buissons, éteignant leurs lanternes à l'approche de la maison.

Vers cette époque, ma tante de Javelle parut se prendre pour nous d'une grande affection. Elle était revenue nous voir, en septembre, dans une robe de gros de Tours si bien galonnée d'argent qu'Isabeau avait prétendu, contre tout bon sens, qu'elle était devenue princesse. Elle parla peu de religion, disant seulement que l'Église romaine était une tendre mère que nos ancêtres nous avaient laissée, et que tous ceux qui s'étaient séparés d'elle devaient la rejoindre. Mes parents étaient surpris de la douceur inhabituelle de ce discours ; pourtant, ils refusèrent l'invitation pressante qu'elle nous fit — et qu'ils ne pouvaient rendre — de séjourner dans son hôtel d'Uzès pendant la foire de la Saint-Firmin. Elle me fit présent d'une robe rose brodée, que ma mère enferma bien vite dans un coffre, de crainte qu'elle ne me donnât des idées de coquetterie.

Madame de Javelle revint à la fin d'octobre, et je fus tout heureuse de la revoir. C'était juste après la décision du roi de détruire tous les temples et d'expulser tous les pasteurs, sous le prétexte qu'il ne restait plus de huguenots en France, et mes parents étaient accablés de chagrin. Elle leur parla plus doucement que jamais, leur montrant combien leur obstination était contraire à leur intérêt. Tous nos alliés et amis du voisinage, disait-elle, les d'Azémar de Cavillargues, les Montgros de Sanilhac, les Malzac à Saint-Jean-de-Ceyrargues, et beaucoup d'autres, avaient déjà signé. Et pourquoi non, puisque catholiques et protestants avaient un même Dieu pour Père et un même Jésus-Christ pour Sauveur ? Il était absurde de courir tant de dangers pour de si minces désaccords, et de désobéir au roi qui, après tout, ne voulait que l'harmonieuse réunion de tous ses sujets.

Réfugiée dans un coin, j'écoutais sa voix enjôleuse et me disais qu'elle avait raison. Mais j'entendais mon père répondre calmement :

« Comment pourrais-je préférer un peu de vie sur la terre à la perte des biens éternels ? »

Je n'étais pas sûre de le bien comprendre, pas plus que je ne comprenais ses allusions à « la Dindonnante * » : j'imaginais quelque belle gardeuse de dindons ressemblant à Isabeau. Mais je savais, de toute la force de mon attachement pour lui, qu'il avait toujours raison. Il me restait cependant une curiosité enfantine pour cette religion de ma tante et pour l'évêque chamarré dont elle répétait les arguments.

Novembre vint, avec les châtaignes grillées et les panaches couleur de miel des peupliers le long de la rivière. Les journées tièdes étaient entrecoupées d'averses qui creusaient des fondrières dans les chemins ; bientôt, les lourds carrosses ne pourraient plus sans risques monter jusqu'à Grézac. Je fus surprise, une après-midi, environ une semaine après la dernière visite de ma tante, de rencontrer de nouveau sa voiture arrêtée derrière la grange.

« Louysette, appela-t-elle aussitôt, je ne vois personne, où donc se trouve madame de Grézac ? »

Je lui expliquai que ma mère était descendue jusqu'au ruisseau pour surveiller les lavandières qui faisaient la dernière lessive de l'année et dont on entendait au loin les battoirs.

« Puisque c'est ainsi, allons faire une promenade ! »

Au lieu de tourner dans notre grille, le cocher s'engagea sur le chemin qui menait au mas de l'Eau-Vive, bien au-delà de

* L'édit de Nantes.

Grézac. De la main, au fond de la voiture, j'éprouvais le moelleux des coussins de velours cramoisi. Je ne connaissais rien d'aussi beau.

Soudain, je fus frappée par un objet bizarre. A la paroi du carrosse était fixée une sorte de boîte de cuir noir doublée de soie, et, à l'intérieur, on voyait une statuette représentant une jeune femme en long manteau rouge doublé de bleu, tenant un bébé dans les bras.

« Les voyages me prennent beaucoup de temps, m'expliqua madame de Javelle. Ce petit oratoire m'aide à mes dévotions. » Puis, comme je continuais à regarder, fascinée, elle ajouta : « N'as-tu jamais vu d'image de la Vierge Marie, Louysette ? Regarde comme elle est belle et tendre. Elle est la mère de Notre Seigneur, tu le sais bien... »

Je n'avais jamais pénétré dans une église ; nos temples étaient nus, et notre culte désincarné. Jamais on ne m'avait parlé de Marie comme d'une présence chaleureuse. J'aimai tout de suite la statuette, ses joues carminées, son geste enveloppant pour protéger l'enfant.

Nous arrivions près d'un bosquet de chênes. Ma tante me fit descendre sous leur ombre et ordonna au cocher de retourner la voiture. Elle me parla longtemps ; sa robe de soie crissait légèrement, et le vent soulevait une mèche de ses cheveux blonds. J'étais engourdie de douceur. Je confondais ma tante et la Vierge Marie dans une même ivresse d'affection.

« Regarde, disait ma tante, j'ai encore un autre portrait d'Elle. Ne veux-tu pas l'embrasser ? »

Elle détacha de son cou une chaîne qui portait une médaille ornée de trois petits diamants. Gravé dans l'or, on apercevait le profil exquis d'une jeune femme dont un voile cachait les cheveux. Sans penser à rien je me penchai et mes lèvres effleurèrent la médaille. Le cocher, du haut de son siège, nous regardait.

« Pauvre petite, murmura ma tante. Une âme si tendre, et si mal dirigée ! Rentrons vite maintenant, ajouta-t-elle plus haut, ma sœur pourrait s'inquiéter. »

Je surpris le regard quasi triomphant qu'elle jeta vers le

cocher. Celui-ci, l'œil apparemment occupé des oscillations de la mèche du fouet, arborait sur sa large face rougeaude l'expression même d'un chat à qui l'on vient d'offrir une jatte de crème.

Ma tante passa une grande heure à bavarder dans la maison, puis à s'émerveiller du sanglier que mon père et mon frère rapportèrent de leur chasse, si bien que j'oubliai de raconter l'affaire de la médaille. Peut-être sentais-je confusément qu'il valait mieux me taire ; j'y pensai le soir en faisant l'examen de ma journée, avec une ombre de malaise que je m'empressai de chasser. Je parlai cependant à ma mère de l'oratoire de voyage. « Oui, me dit-elle avec mépris, les papistes adorent des morceaux de bois peint ; préservons-nous de ces indignes superstitions. » Je me le tins pour dit et n'osai pas insister davantage ; l'idée que j'avais pu commettre une faute me traversa mais resta nébuleuse.

J'avais encore grandi : en attendant qu'on pût m'acheter des chaussures neuves, j'empruntai les vieux sabots de mon frère. Monsieur Peloux ne venait plus lui enseigner le latin, et mon père devait s'en charger ; quant à moi, je commençais à lire fort bien les pages craquelées de notre vieille Bible aux coins blanchis. Jamais ma mère ne m'avait laissée ânonner sans comprendre, de sorte que j'aimais lire. Les contes de fées et autres sornettes à la mode n'entraient pas chez nous, mais je me repaissais du catéchisme de Théodore de Bèze qu'on m'avait donné, et ma curiosité active me jetait sur le moindre bout de papier écrit ou imprimé. C'est ainsi que je découvris, plié sous un chandelier, un feuillet couvert de caractères serrés ; d'après le titre plus gros, c'était une *Lettre à nos frères qui gémissent dans la captivité de Babylone.*

« Donne-moi ce papier, où l'as-tu trouvé ? » Ma mère venait de surgir derrière moi, la mine sévère. Elle parut fort contrariée d'apprendre combien aisément j'avais découvert le feuillet. Moi, je brûlais du désir de savoir d'où venait le message imprimé. Elle ne répondit pas tout de suite, pesant sans doute le risque de parler et celui de se taire, puis se décida.

« Je vais te le dire, Louysette, puisque tu as l'âge de raison, qui est aussi l'âge de savoir garder un secret. La lettre vient de Genève, elle a été distribuée dans toute la province. Elle a été écrite par notre ami Brousson, qui reproche aux Nouveaux Convertis leur lâcheté et leur apostasie... »

Que m'importait ce qu'il disait aux autres ! Il avait écrit, il ne nous avait pas oubliés. Je gardai le secret avec une résolution farouche, et comme on ne se méfiait plus de moi je vis dans la suite plusieurs autres feuillets de même provenance, que l'on se passait sous le manteau.

L'hiver, somme toute, se déroula presque calmement. Mes parents ne tinrent aucun compte de l'édit royal qui les obligeait à m'envoyer au catéchisme, et le curé fit semblant de croire que les chemins étaient trop mauvais pour que l'on pût m'y conduire. Il nous ignorait. Il avait assez à faire avec les Nouveaux Convertis, qu'il devait houspiller sans cesse pour qu'ils se rendent ponctuellement à la messe. S'ils avaient cru acheter la paix par une conversion feinte, ils s'étaient lourdement trompés. On se méfiait d'eux à l'église, on les séparait des Anciens Catholiques pour les mieux surveiller ; on comptabilisait leurs confessions. Nous étions somme toute, nous, les obstinés de Grézac, beaucoup plus tranquilles. Ma mère, aidée de la seule Bourguette pour éviter toute question de baptême, donna naissance à une nouvelle petite fille qui, non enregistrée à la paroisse, se trouva privée de toute existence légale. Peu m'importait : cette enfant-là m'inspirait plus de tendresse que de jalousie. Je lui chantonnais des psaumes en guettant son premier sourire, et, tout en soignant ma broderie, je balançais son berceau avec mon pied passé dans une boucle de corde.

A la mi-février, mon père dut aller à Uzès pour ses affaires et fut prié à dîner à l'hôtel de Javelle. Je m'en souviens parce que c'était juste au moment où un ordre du marquis de Le Trousse, commandant en Languedoc, était publié partout à son de trompe. Tous les livres des réformés devaient être détruits. Si, au bout de deux jours, on en surprenait encore chez un habitant, ses biens seraient confisqués.

L'ordre prétendait ne viser que les NC *, mais nous savions que nous ne pourrions pas y échapper. Déjà, un grand feu de bois brûlait derrière l'église, et le curé tenait un compte des villageois qui y apportaient leurs psautiers. Mon père, sur la grande table de merisier, rassembla les deux douzaines de livres qui constituaient son trésor ; les sermons de Pierre du Moulin, les psaumes de Théodore de Bèze, le *Combat chrétien*, et d'autres, et notre vieille Bible qui contenait l'histoire de notre famille écrite en pattes de mouche sur ses pages de garde.

« Si ce suppôt de Baal croit que je vais les livrer à son feu, il se trompe, dit-il à ma mère.

— Préférez-vous les jeter dans l'étang de la Capelle ?

— Oui, sûrement. Bonne idée. »

Il réfléchissait, faisait un petit tas des livres les moins précieux, caressait doucement de la paume un volume intitulé *Dialogue d'un père avec son fils sur la question si on peut faire son salut en allant à la messe pour éviter la persécution,* comme s'il voulait puiser dans ce petit livre, où était si bien posé son cas de conscience, la force de résister.

Quand il eut terminé son tri, il fit venir Bourguet et lui montra la chaise haute déjà préparée pour ma petite sœur, qui avait passé trois mois.

« Regarde... » D'un mouvement du poignet, il retourna la chaise. Les larges bandeaux de noyer qui soutenaient le siège formaient une parfaite petite caisse. « Peux-tu couper une planche en carré pour faire un fond ? Nous y cacherons la grosse Bible. Une fois l'enfant dans la chaise, ils n'y regarderont pas. Quant à ces livres-là, tu iras demain les jeter dans l'étang. »

Seuls les livres les plus précieux restaient sur la table, avec leurs ors ternis et leurs dos de cuir poli par des générations de

* NC : Nouveaux Convertis ou nouveaux catholiques.

mains respectueuses. Mon père en prit un tendrement dans ses mains. « Les sonnets de Drelincourt ! Celui qui m'obligera à les détruire n'est pas encore né ! » grogna-t-il, et tout fut dit.

Cette affaire ne m'empêcha pas de commenter avec Gabriel l'événement autrement passionnant que représentait l'invitation à l'hôtel de Javelle. Notre curiosité était à son comble, mais selon son habitude mon père ne fit rien pour la satisfaire et ne se laissa extorquer aucun détail sur la maison, ni sur le somptueux service du déjeuner. Nous étions instruits à nous tenir discrètement ; aussi je dus retenir mes questions et renoncer à savoir si Mgr Poncet de la Rivière, le brillant évêque comte d'Uzès qui se trouvait là, était habillé tout en or. Il s'était montré, semblait-il, courtois à l'extrême, cultivé et serein, sans aucune trace de fanatisme persécuteur. Un mondain, ajouta mon père avec une nuance de sévérité, qui parlait surtout de ses réceptions où brillaient les belles dames d'Uzès. On pouvait cependant lui reconnaître un amour sincère des livres et de la poésie.

Le matin suivant, je trouvai mon père occupé à ranger ses livres bien-aimés dans un coffret de cuir clouté de cuivre ; il les époussetait un à un, soufflait sur les pages et les couchait soigneusement, en marmonnant que, bien sûr, « on n'irait pas les chercher là ». Ma mère me confirma qu'il avait trouvé une cachette dont on ne pouvait parler.

Sitôt dîné, je vis Bourguet partir à cheval avec la cassette en croupe. Je réussis à découvrir, après plusieurs jours d'efforts, qu'il l'avait déposée chez le concierge de l'évêché, « pour Monseigneur ».

Cette rencontre fit beaucoup pour diminuer nos inquiétudes et nous pûmes croire un moment que les pires épreuves nous seraient épargnées. Notre vie aurait été paisible si nous n'avions reçu de temps à autre de pénibles nouvelles des cruautés des soldats. Ils parcouraient les villages à la recherche des pasteurs qui pouvaient encore s'y cacher en risquant la mort, ou des Nouveaux Convertis retombés dans l'erreur, comme ils disaient. Ils avaient ainsi arrêté notre voisin de Cabanes, qui pourrissait maintenant dans une des tours d'Aigues-Mortes. Sa sœur avait été emmenée dans une prison de Montpellier et sa fille Madon au Grand Couvent de Nîmes.

Voilà ce qu'on récoltait, disait ma mère, quand on essayait lâchement de jouer double jeu. Elle n'avait que mépris pour ces faux convertis, qui avaient tenté de s'en tirer par l'hypocrisie. Vérité et dignité étaient les deux piliers de sa morale sans indulgence. Toute compromission lui faisait horreur.

Il est vrai que la Bourguette la dépassait encore dans sa haine des NC, comme on disait. Aucun d'eux n'osait plus s'approcher de la ferme, tant elle les poursuivait de ses imprécations. « Lâches ! » Elle s'en étranglait de rage. « Vous avez pactisé avec les papistes, vous avez craché à la face du Seigneur ! Repentez-vous, ou l'Éternel vous anéantira dans sa juste colère ! » Elle montrait le poing, sa face devenait violette. Parfois, mon père la surprenait ainsi et lui ordonnait de se taire. Il réprouvait tous les excès.

Isabeau elle-même... Elle avait changé, depuis l'affaire du dragon, si fort que je la reconnaissais à peine. Son corps avait conservé la vitalité et la grâce d'une jeune plante vigoureuse, mais la vilaine cicatrice pourpre qui barrait son front avait détruit la beauté du visage. Cette coquette s'enroulait dans des fichus informes. Cette exubérante s'enfermait dans des silences distants traversés de brusques éclats d'humeur. J'avais perdu ma confidente. Elle ne semblait trouver de paix que dans la prière, pour laquelle les Bourguet et d'autres nous rejoignaient chaque soir. Je me glissais près d'elle, espérant contre toute attente une plaisanterie, un sourire comme ceux d'autrefois. Mais, abîmée dans une sorte de transe, elle ne me voyait même pas.

Un soir pourtant, elle redressa la tête et posa sa main sur la mienne. « Écoute... » Le mistral s'était levé, et l'on percevait les sifflements et les craquements des grands arbres. Le visage d'Isabeau s'illuminait lentement ; les yeux au ciel, les lèvres entrouvertes, elle semblait aspirée vers des lointains mystérieux. « Le psaume de David, souffla-t-elle. L'entends-tu, toi aussi ? » Je tendais l'oreille en vain. « Là-bas, dans le ciel, écoute... »

Sa voix un peu plus haute fit se retourner des têtes, on se serra près d'elle dans un silence attentif. La tension montait. « C'est vrai, dit une voix, on dirait un chœur d'enfants. » Il me sembla, oui, je crus entendre une musique céleste au-dessus des plaintes du vent. Était-ce un signe que nous envoyait l'Éternel ? Un gémissement plus fort nous fit sursauter et Isabeau se dressa. « La trompette des anges ! » cria-t-elle, et elle se précipita vers la porte. Il fallut l'aider, tirer les verrous, manœuvrer la grosse clef. Le vent glacé nous gifla et plaqua brutalement le lourd vantail contre le mur. Dehors, je ne vis rien que le sommet des cyprès, se démenant sur le ciel brillant d'étoiles. Rarement ai-je été aussi déçue.

Février passa et les amandiers refleurirent. Nous eûmes, au début de mars 1686, une semaine si ensoleillée et si douce que nous pouvions croire la belle saison à notre portée. Les fondrières séchaient, les chemins durcissaient sous les pieds des chevaux. Mon père put un soir m'emmener au bois de Vaunelles, où nous n'étions pas allés depuis longtemps.

Cette nuit-là... Aurai-je le courage de l'évoquer, de la revivre heure par heure ? A simplement y penser, une douleur se réveille qui me brûle de la gorge au ventre. Longtemps, alors que je croyais ce souvenir enfoui depuis des mois, ou même disparu à jamais, il surgissait soudain en m'arrachant au sommeil. Je me dressais, hagarde, en sueur, et je criais. Alors sœur Marie des Anges s'approchait de mon lit et posait sur mon front une main rassurante. « Ce n'est qu'un cauchemar, disait-elle, dormez, enfant ! » Elle restait un long moment près de moi, m'obligeant au silence. Peut-être ne désirait-elle ni savoir ni comprendre. Et comment aurais-je pu lui dire, oui, même à elle...

Je ne sais par où commencer. Par le clignotement affolé des lanternes autour du bassin des colombes ? Ou par l'assourdissant vacarme qui se fit soudain tout autour de nous ? C'est ce bruit qui nous a tous réveillés, de grands coups frappés sur un vantail de bois, et aussi des voix impérieuses qui hurlaient des commandements. Je courus pieds nus vers la fenêtre. On tapait au portail de la cour. Un piétinement de sabots et un cliquetis d'armes indiquaient la présence d'un groupe de cavaliers. Déjà le baile Bourguet sortait hâtivement de chez lui, balançant un lumignon d'une main et boutonnant sa culotte de l'autre.

Mon père apparut tout habillé dans le couloir et, d'une voix brève que je ne lui connaissais pas : « Que les enfants se recouchent, et vous aussi, Marthe. Ne vous montrez pas. Ces soldats ont sans doute l'ordre de loger ici cette nuit. Ouvre le portail, Bourguet. J'accueillerai l'officier au bas de l'escalier. »

Les valets de l'écurie étaient sortis à leur tour et levaient des torches dont l'odeur de résine montait jusqu'à nous. Dehors, des hennissements se mêlaient aux voix furieuses des hommes. Quand on eut ôté la grosse barre de bois, les vantaux se rabattirent brusquement sous la poussée des chevaux, renversant deux valets qui se mirent à crier. La troupe, une dizaine de cavaliers, contourna le bassin et s'arrêta net devant mon père.

« Ordre de monsieur l'intendant, monsieur, dit l'officier sans descendre de sa monture. Veuillez me remettre vos enfants Gabriel et Louyse. »

J'entendis près de moi un gémissement étouffé. Ma mère m'avait saisie convulsivement dans ses bras et répétait : « Plutôt mourir ! » Gabriel nous avait rejointes. Nous étions tous trois fascinés par la fenêtre entrouverte d'où nous parvenaient les voix.

« Vous vous moquez, monsieur, disait mon père. On ne peut sans une bonne raison enlever des enfants à leurs parents... »

Il n'avait pas achevé que, sur un geste de l'officier, les

soldats avaient sauté à bas de leurs chevaux pour s'engouffrer dans la maison. Nous les entendions claquer les portes et renverser les meubles.

Nos yeux cherchaient désespérément un abri, mais ne pouvaient en trouver un. Il ne faudrait qu'une minute pour nous découvrir dans un coffre ou dans une armoire. D'un mouvement prompt, ma mère nous poussa tous deux vers un cabinet où une porte basse se dissimulait derrière une tapisserie. Au-delà, des marches de bois montaient vers une soupente. Nous nous réfugiâmes l'un contre l'autre dans un angle, comme si nous avions espéré passer à travers le mur pour nous dissoudre dans les airs. Je tremblais de tout mon corps. Au-dessous de nous, nous entendions les hommes marteler les planchers de leurs lourdes bottes et sonder les murs à coups de crosses.

Ce ne fut pas long. La petite porte s'ouvrit violemment et deux soldats se ruèrent dans l'escalier. L'un portait une longue pique dont il appuya aussitôt la pointe sur la poitrine de mon frère. Le second se saisit de moi malgré mes ruades désespérées.

Ma mère gémit. J'entends encore ce hoquet rauque, animal. Deux hommes tenaient leurs piques croisées devant elle. Plusieurs autres entouraient mon père.

« Madame... », dit-il doucement.

Ce seul mot lui fit retrouver ses esprits et la dignité de sa condition. Elle se redressa, se domina.

« La résistance est inutile, poursuivait mon père. Monsieur le capitaine sait fort bien que nous n'avons pas d'armes, puisqu'il est interdit à tous ceux de la Religion d'en posséder. Mais peut-être commet-il une erreur. Nous vivons tranquillement et n'avons jamais rien dit ou fait contre la volonté de Sa Majesté qui puisse justifier qu'on nous traite de la sorte. L'édit de révocation lui-même nous permet de pratiquer notre culte à l'intérieur de notre maison.

— Certes, monsieur... » L'officier déroulait son ordre couvert de cachets rouges brisés. « Mais tous les enfants doivent désormais être élevés dans la religion romaine. Or, vous n'envoyez pas les vôtres au catéchisme ni à la messe. Vous les forcez même à rester protestants alors qu'ils désirent abjurer.

— Comment cela ? » Ma mère, sûre d'elle, regardait bien en face le capitaine qui instinctivement fit un pas en arrière. « Aucun d'eux n'a jamais exprimé un tel désir.

— Vous vous trompez, madame. Nous avons des témoins. » Il se mit à lire avec application, hésitant à presque chaque mot. « Le nommé Jean Pèlerin, cocher de madame de Javelle, atteste sous serment qu'il a vu la demoiselle de Grézac baiser une médaille de la Vierge.

— Quel mensonge indigne ! », commença ma mère, puis elle se tut. Son regard venait de rencontrer le mien, qui ne pouvait lui mentir. Je lus dans ses yeux l'horreur de mon crime, bien innocemment commis et dont j'avais à peine eu conscience. Ce fut une brutale révélation, et j'eus aussitôt la certitude qu'on ne pourrait jamais me pardonner, ni m'aimer encore. La détresse et la honte me submergeaient ; je ne songeai même pas à haïr le cocher. J'enfouis mon visage contre le baudrier de l'homme qui me portait, et qui n'était peut-être pas méchant car il me serra contre lui à deux reprises, en manière de réconfort. Mais je savais que tout était perdu.

Je n'avais sur moi qu'une méchante chemise de toile, et mon frère n'était guère mieux pourvu ; il dansait d'un pied nu sur l'autre et se frottait les épaules en grelottant. « Dois-je les emmener ainsi ? dit le sergent. Ou bien Madame consent-elle à les préparer de bonne grâce ? »

Ma mère sembla sortir d'une transe. D'un geste, elle écarta les hallebardes et se dirigea vers le coffre. La nourrice de ma petite sœur, qui vint l'aider, pleurait à gros sanglots ; elle fit deux paquets de nos hardes et nous descendîmes tous dans la cour. On amena le cheval noir que Gabriel avait reçu en présent au dernier automne ; il se mit en selle et trouva le courage de me sourire. Le capitaine me prit devant lui sur son alezan et passa un bras autour de moi ; je criai et regardai mon père que je vis souffrir : il lui ressouvenait comme à moi de nos promenades dans les sentes forestières. Il prit ma main dans les siennes.

« Puis-je au moins savoir où vous les emmenez ? demanda-t-il encore.

— A Nîmes, dit assez gentiment le capitaine, qui semblait prendre peu de plaisir à la tâche qu'il devait accomplir. La fillette ira chez les religieuses, et le jeune homme poursuivra sa route jusqu'à Montpellier, où il sera éduqué au collège des jésuites. »

Il éperonna son cheval qui partit au galop. La lune s'était levée, dessinant un grand C pâle dans le ciel. Ma mère était restée raide, les yeux baissés. Ses doigts déchiquetaient le bord de son châle. D'elle, je n'emportais dans ma nouvelle vie ni un baiser ni même un adieu.

De ce début de voyage dans l'air frais du petit matin, je ne me rappelle presque rien. J'étais incapable de pleurer ni de penser ; je restais engourdie dans la vaste mante dont on m'avait emmaillotée, sans même sentir la meurtrissure de la selle à travers la couverture pliée. Nous suivions un chemin de terre bordé d'oliviers ; deux huppes aux ailes rayées s'envolèrent à notre passage. Ces images ont surgi bien des années plus tard d'un recoin de ma mémoire. Sur le moment, je ne les perçus pas. Le monde semblait s'être écarté de moi, me laissant seule avec mon angoisse dans un grand vide. Étais-je dominée par le chagrin ou la peur ? Je ne sais ; les mots ne me venaient pas. Il y avait dans ma tête un lent tournoiement d'impressions qui n'arrivaient pas à prendre forme, et dans mon ventre une douleur diffuse qui ne me lâchait pas.

Je repris conscience quand notre petite troupe arriva au gué du Gardon. Comme mon gardien poussait son cheval dans l'eau sur les pierres glissantes, je m'accrochai instinctivement à lui. « Tout va bien, n'aie pas peur, petite ! » me dit-il dans cette chantante langue d'oc que nous employions toujours avec les villageois. Ce doux parler, je ne sais pourquoi, me rassura. Le monde se remit en place. Je vis la rivière qui dessinait une courbe molle au pied d'une colline assez douce, l'eau qui frisait légèrement sur de larges roches plates, les étincelles qu'y allumait le soleil matinal. Je sentis la douleur dans ma cuisse froissée et la morsure de la faim dans mon estomac.

Des platanes énormes ombrageaient la rive, dessinant une sorte de mail au-dessous d'un village. Mon frère avait déjà attaché son cheval ; je me jetai à son cou. L'épreuve, apparemment, ne l'avait pas accablé ; il goguenardait comme d'habitude. « Si tu crois, souffla-t-il à mon oreille, que ces vilains corbeaux de jésuites vont me faire obéir, tu te trompes ! Je n'apprendrai plus un mot... » Cette dernière phrase me scandalisa, je savais le prix que nos parents attachaient à l'étude. « Pas le latin, Gabriel, n'oublie pas le latin, ou père ne sera pas content... » Nous nous aimions tendrement et nous allions être séparés, peut-être pour toujours, mais nous restions irrémédiablement différents : Gabriel vantard et sûr de lui, et moi docile et anxieuse de plaire.

Le capitaine me permit d'aller à la rivière faire un brin de toilette, puis nous fit donner du pain et des pélardons. Il nous garda tous deux près de lui en écartant les gardes, et tendit même à Gabriel son gobelet plein de vin, sans doute volé dans une cave huguenote. Ce vin venait de Bourgogne, une terre, nous dit-il, où les gens étaient moins opiniâtres qu'ici, et ne songeaient pas à désobéir au roi. Lui-même fit de son mieux pour nous rassurer et nous être agréable. Quand nous repartîmes, assuré que je ne me débattrais plus, il permit au sergent de me prendre en croupe. Ainsi je fis le reste du voyage de manière beaucoup plus confortable, à travers les hautes garrigues qui dominent Nîmes.

Je ne m'en sentis pas plus heureuse. A mesure que je retrouvais mes esprits, le souvenir de ma mère et de sa dureté revenait me torturer. Elle ne m'avait pas embrassée. Elle me haïssait, elle me rejetait loin d'elle. La pensée ne me venait pas que cette froideur distante était sa manière à elle de supporter une souffrance intolérable. Je ne pouvais sentir que ma propre peine, et un début de rancune. Mes parents avaient accepté de me livrer aux soldats, le fait était là, massif, horrible. Ils n'avaient pas su me protéger — m'aimaient-ils seulement ?

Cette pensée torturante traversa un instant ma cervelle, juste comme nous arrivions en vue des remparts de Nîmes. Une haute tour ruinée les dominait de notre côté, et, au-delà, s'étendait la plaine, d'un vert encore cru sous le jeune soleil de printemps. L'air sentait la résine et le chèvrefeuille, les aubépines étaient fleuries : la nature, indifférente à nos chagrins, nous accueillait avec un air de fête. Nous descendîmes droit vers une porte crénelée qui s'ouvrait dans la muraille ; le capitaine se fit reconnaître, en abaissa le pont-levis. Passée la porte de la Bouquerie, les ruelles me parurent humides et sombres, mais peut-être ne grelottais-je que de tristesse : c'est là qu'il me fallait quitter Gabriel. Ce dernier arrachement me parut le plus horrible. Je criai : « Non, non ! » en m'accrochant au cou de mon frère puis à sa cheville quand on lui enjoignit de se remettre en selle. Le capitaine donna un ordre bref, les chevaux s'ébranlèrent, je faillis tomber et me trouvai une fois de plus dans les bras paternels du sergent. Il restait seul avec un soldat pour me conduire, au travers des ruelles coupées d'arches ombreuses, jusqu'à une porte basse qui s'ouvrait dans un haut mur. Il sonna la clochette, me déposa sur le seuil, parlementa un instant en brandissant un papier, puis me fit un signe d'adieu. La porte grinça en se refermant.

CHAPITRE III

Nîmes, 1686-1691

La vieille m'examinait avec curiosité en roulant dans ses mains le papier remis par le sergent et que, visiblement, elle ne savait pas lire.

Elle portait un fichu gris sur une robe grise et un vaste tablier noir. Un bonnet blanc encadrait son visage gaufré de rides, décoré à l'aile du nez d'une verrue d'où sortaient trois poils blancs et raides. Je concentrai aussitôt sur cette verrue une haine violente, tandis que les petits yeux vifs, à demi cachés sous les plis des lourdes paupières, m'épluchaient en détail des cheveux jusqu'au bout des pieds.

L'examen ne parut pas la satisfaire, car elle plissa les lèvres en cul de poule avec un air de perplexité ; puis elle se baissa pour ramasser mon baluchon et me fit signe de la suivre, en marmottant quelque chose d'indistinct.

Trottant derrière elle, je suivis une galerie qui longeait une cour poussiéreuse occupée presque en entier par une basse-cour, avec, au centre, un vieux puits et un seau rouillé. Puis je tournai à droite dans un couloir voûté qui sentait l'oignon et la pisse de chat. La vieille s'arrêta devant la troisième porte, manœuvra le loquet et me poussa dans une salle où des silhouettes s'agitaient à contre-jour. Il me fallut un long moment pour distinguer des tables, des escabeaux, et au mur un grand crucifix qui m'aurait emplie d'étonnement si j'avais eu tous mes esprits. Mais j'étais anéantie, stupide, et je me laissai mener comme un mouton jusqu'à une table où étaient déjà installées trois surprenantes créatures.

L'aînée avait, me sembla-t-il, à peu près l'âge d'Isabeau, et quelque chose de sa souplesse vigoureuse. Elle était belle aussi, bien que de façon différente et plus effrontée. Des cheveux blonds frisés s'échappaient de son bonnet et elle les écartait, avec un geste impatient non dépourvu de grâce, de ses joues d'un blanc de lait marquées de taches de son. Son air insolent m'intimida ; on pouvait voir qu'il médusait les deux autres et les forçait à l'admiration. La plus petite pouvait avoir onze ou douze ans : une noiraude qui, malgré sa mine sournoise, aurait été jolie si elle n'avait eu une dent de devant gâtée et déjà presque noire. La troisième était si grosse qu'on ne distinguait pas sa taille : ses yeux comme des fentes, noyés dans la graisse, me fixaient d'un regard désabusé par une sagesse sans âge.

Parler à table devait être défendu car elles ne dirent pas un mot tant qu'une femme en gris, plus jeune que la première, se tint près de nous pour tailler dans une miche de pain bis des tranches larges comme des roues qu'elle nous distribua ; puis elle poussa devant moi une écuelle de soupe aux choux et s'éloigna. A peine avait-elle le dos tourné que déjà les questions se pressaient, chuchotées avec précaution entre des lèvres presque closes :

« Que viens-tu faire ici au Refuge, petit trognon ? Tes vieux sont crevés, ou bien ils t'ont perdue dans la rue ?

— Tais-toi donc, Suzanne ! Regarde comment Mam'zelle est fringuée ! Pour sûr, elle a jamais quitté papa-maman. Qui t'a amenée ici, hein ? Qu'est-ce que t'as fait ? »

La gorge nouée, incapable de produire un son, je me rétractais sur mon escabeau, les bras peureusement croisés devant ma poitrine, retrouvant instinctivement l'attitude des enfants qui craignent les coups. Puis je sursautai et faillis crier. La noiraude venait de me pincer vicieusement le bras et sifflait :

« On te parle ! Tu vas répondre, oui ? Ou peut-être que Mademoiselle a perdu sa langue ?

— C'est parce que... je n'allais pas au catéchisme. »

Il y eut un silence. Puis la grande blonde pouffa :

« Ça alors ! Des zuguenaos ! C'est vrai, ça ? Tes parents sont protestants ? »

Je hochai la tête, éperdue d'inquiétude. Une lueur cruelle s'était allumée dans les yeux de la fille, celle qui trahit la gourmandise des méchants devant un être sans défense. Mais elle ne dit rien de plus. La femme grise venait de rentrer et de s'asseoir à la table voisine.

« Mange ! » souffla encore la grosse Suzanne, et je me raccrochai à l'espoir de la trouver un peu plus compatissante que les autres. Je la regardai tasser des morceaux de pain dans sa soupe, mais je ne pouvais rien avaler, même pas déplier mon bras pour saisir la cuiller.

Le dîner se terminait. On se mit debout pour murmurer quelque chose que je ne compris pas, sans doute une prière d'action de grâces, puis on nous rangea deux à deux pour monter l'escalier à vis qui conduisait aux chambres, tout en haut de la maison. Il y en avait trois ; celle où j'entrai en suivant mes compagnes était la plus vaste, avec quatre couchettes alignées et un lit plus grand pour la surveillante. Sous les poutres enchevêtrées qui formaient un plafond bas, il faisait beaucoup moins froid qu'au rez-de-chaussée. La femme grise jeta sur mon lit un drap de grosse toile et m'aida à l'étendre sur la paillasse. Elle ne souriait pas, mais une sorte de douceur émanait de son regard las, de ses mains aux gestes menus. Elle était jusqu'à présent la seule personne de cette maison qui ne m'inspirât ni terreur ni dégoût.

« Couche-toi et dors. Tu en as besoin, tu n'as rien mangé. La sieste dure juste une heure. »

Elle me forçait à m'étendre, dépliait une couverture. Je jetai un coup d'œil de détresse vers la haute lucarne qui donnait sur des frondaisons.

« C'est le jardin de Monseigneur l'évêque. Nous sommes ici sous sa protection. »

Elle tripotait le loquet de la porte, se retournait encore :

« Faites silence. Je reviens dans quelques minutes. »

Je sombrai aussitôt. La fatigue de ma nuit blanche, l'excès d'émotions avaient raison de mon tourment. Puis on me secoua et je m'accrochai désespérément au bien-être cotonneux dans lequel j'étais enfouie. Un fort coup sur l'oreille me fit ouvrir les yeux et seule la terreur m'empêcha de hurler. Un grognement de cochon sortait d'un horrible visage qui flottait au-dessus de moi, yeux révulsés, langue baveuse sortant d'une bouche grotesquement tordue, cornes dressées au-dessus du front. Je ne repris conscience qu'en entendant ma voisine glousser de joie.

« T'as eu peur, hein, zuguenao ? » La grande blonde avait repris sa voix naturelle et son visage normal, et je compris à ma honte que mon abjecte frayeur avait été causée par une simple grimace. Je ne me rassurai pas pour autant. La femme grise n'était pas revenue, et je me sentais au pouvoir des trois furies qui entouraient mon lit, affectant maintenant des airs de cérémonie, singeant la surveillante.

« Voici la maison de Monseigneur l'évêque, Mademoiselle. Et voici les protégées de Monseigneur l'évêque, gna gna gna. »

Elles s'étranglaient de rire. L'aînée désigna du doigt la noiraude qui plongea en une profonde révérence.

« Voici la Cathon que ses bons parents ont oubliée dans le ruisseau, à mendier. Elle connaît tous les trucs pour attendrir les nigauds. »

La grosse fille salua à son tour et faillit tomber, pour la grande joie des deux autres.

« La Suzanne, qui gagnait sa soupe en balayant la taverne, n'a pas sa pareille pour piquer les pièces d'or dans les poches. » La fille blonde avait accroché sa main dans mes cheveux et je savais que si je gémissais elle tirerait plus fort. Elle me força à tourner la tête face à elle et me souffla en pleine figure :

« On l'a renvoyée parce qu'elle occupait trop d'espace, ha ha ! Et moi, la Pierrette, j'ai été putain ! Et je suis ici pour apprendre la vertu. Tu entends ? Nous apprenons la vertu Laver, coudre, prier le Bon Dieu et les saints. Bientôt, nous ressemblerons à ces larves en gris. »

La colère la saisit, elle me secoua violemment.

« Putain ! Parfaitement ! Tu sais ce que c'est, zuguenao ? Non, naturellement. Tu ne sais que ouipapa, ouimaman. Mais nous, à nous trois, nous savons tout, tu entends ! Tout. Nous n'avons besoin de personne. Nous ne sommes pas des demeurées comme toi. »

Elle me lâcha brusquement et me considéra, les deux poings sur les hanches, reprenant son souffle. Ses discours incompréhensibles, dont je ne percevais que la méchanceté, m'avaient plongé dans une sorte de stupeur.

« Sais-tu seulement comment ils font ensemble, tes précieux papamaman ? Petite oie ! Je vais te montrer, moi. Tiens-la, Cathon. »

Elle glissa la main sous sa paillasse et revint en brandissant une carotte. Elle ricanait. L'expression étrange de ses yeux vint décupler mon effroi. Je voulus hurler mais Cathon m'appliqua sur la bouche sa main musclée et brutale. Son autre main appuyait de toutes ses forces sur ma poitrine pour me maintenir sur le lit.

« Laissez-la ! dit soudain Suzanne. Vous êtes folles, toutes les deux ! Elle est trop petite ! »

Je ne sais si elle aurait pu se faire entendre, car le miracle se produisit en même temps. En une seconde mes tortionnaires m'avaient lâchée et avaient regagné leurs lits. Le loquet remuait. La porte s'ouvrait toute grande, livrant passage à la femme en gris et à une dame dont les cheveux blancs accentuaient encore l'air majestueux.

Un chœur de voix respectueuses l'accueillit : « Bonjour, madame la Directrice. »

Les sourcils haussés, elle examinait chaque fille avec attention.

« Que se passe-t-il ici ? J'ai parfaitement perçu de l'agitation. Ne mentez pas, mesdemoiselles.

— La fenêtre s'était ouverte. Il faisait froid. Je suis allée la refermer. » La voix de Pierrette, douce, soumise, était méconnaissable. Son visage aussi. Malgré mon désarroi, je trouvai assez de force pour admirer son expression angélique.

Mademoiselle Degilly — j'avais entendu son nom au

réfectoire — hésita un instant, puis soupira légèrement et se tourna vers moi :

« Est-ce là cette petite qui vient de Grézac ? Levez-vous, mon enfant, prenez vos affaires et venez avec moi. Votre place n'est pas ici. »

Passer devant le lit de Cathon me paraissait un impossible exploit. Il fallut bien m'y décider. Nos regards se croisèrent un instant et je lus sur ses lèvres l'injure silencieuse : zuguenao !

Quelque scribe dans les bureaux de l'intendant, estimant que mon âme avait besoin, autant que celle d'une voleuse ou d'une catin, d'être arrachée au Démon, m'avait fait envoyer au Refuge. Mgr l'évêque, en prenant de mes nouvelles sur la demande de son collègue d'Uzès, s'était montré horrifié. Il fallait me conduire d'urgence au Grand Couvent des Ursulines.

Huit de mes pas dans un sens, cinq dans l'autre, une chambrette blanchie à la chaux devint mon domaine ; un lieu parfait où faire l'apprentissage de la solitude. Je tentai deux ou trois fois d'en sortir, mais je rencontrai chaque fois dans le couloir une religieuse en robe noire et guimpe blanche qui m'y ramena avec une indulgente fermeté. Il faut dire qu'on avait fait effort pour rendre le décor agréable. Pour moi toute seule, le lit de chêne à courtepointe rouge, le pot et la cuvette d'étain, le coffre où serrer mes hardes et la petite table à écrire. Un je-ne-sais-quoi de propre et de paisible, qui émanait des dalles bien brossées ou des rideaux blancs, calmait l'angoisse qui parfois remontait en moi comme une vague de fond et me faisait gémir « Maman ! Je veux Maman ! » jusqu'à ce que j'en devienne rouge de honte.

J'inventai des jeux, comme de sauter à cloche-pied sur les dalles sans jamais effleurer les joints ; j'appris par cœur tous les détails des images fixées au mur : l'une montrait la Vierge avec son nouveau-né, l'autre un Christ en gloire entouré de rayons et je n'en avais jamais vu de pareilles à Grézac. Je m'exerçai à distinguer les sonneries des innombrables cloches et clochettes qui rythmaient la vie du couvent : les angélus de l'aube, de midi et du soir, le lourd ding-ding-dong qui annonçait les offices et le timbre guilleret qui appelait la sœur tourière, les carillons différents par lesquels la Mère supérieure convoquait les religieuses et le tintement grêle de la sonnette qui avertissait du passage d'un ouvrier ou d'un médecin. La cloche de sept heures me jetait vers la fenêtre pour guetter le glissement fantomal, vers la chapelle, des ursulines dans leurs voiles noirs. Elles escortaient le cortège irrégulier, coupé de brusques remous, que faisaient les pensionnaires, près de deux douzaines, que j'essayais chaque jour de compter, les unes déjà presque des femmes, d'autres trottinant sur de courtes jambes de quatre ans. Elles portaient des robes simples à col blanc, toutes différentes, et je m'amusais du spectacle. Quant à moi, je faisais oraison dans ma chambre. Je n'allais pas à la messe, depuis que j'avais dit non le premier jour à la Mère supérieure, dans un accès de courage qui me surprenait encore. Elle avait souri, oui, souri, avec une sorte d'indulgence qui m'inquiétait plus qu'une colère.

« Il est bien naturel, mon enfant, que vous gardiez quelque attachement pour les erreurs de vos parents. Nous ne forçons personne. Puisque vous ne souhaitez pas mener la vie de vos nouvelles compagnes, il en sera selon votre désir. »

Et clac ! La porte de la chambrette s'était refermée sur moi. Je vivais à l'écart, différente comme je l'avais voulu, me disait-on. Les premiers jours, je m'efforçai de chanter les psaumes qui avaient bercé mon enfance. Cela ne dura que très peu. Conçus pour porter un élan mystique collectif, dans ma solitude ils perdaient toute saveur.

Je demandai la permission d'écrire à mes parents ; il me fut répondu, gentiment, que cela ne se pouvait pas, mais qu'on me permettrait peut-être un mot à madame de Javelle. Je passai une heure à tailler ma plume ; puis, tirant la langue pour former de jolies boucles, j'écrivis :

« Madame et très chère tante... »

Son joli visage encadré de boucles m'apparut. Elle m'avait montré de la bienveillance, elle me soutiendrait.

« On me tient en prison, et je souffre plus qu'on ne peut dire. Je vous supplie de venir me chercher sans tarder... »

Puis je m'arrêtai, vaincue. Pas un des mots que j'avais écrits ne serait autorisé à franchir la porte du couvent. De tout ce qui me bouillonnait dans la tête et dans le cœur, je ne savais rien exprimer en un langage qui parût tolérable. J'essayai encore, puis j'abandonnai.

J'abandonnais aussi, de plus en plus souvent, les ouvrages qu'on me donnait pour m'occuper, et j'allais coller mon front à la fenêtre qui surplombait le jardin. Des buis taillés y dessinaient de grands carrés d'où jaillissaient des verdures ; mais je n'avais d'yeux que pour la croix de bois noir plantée juste au centre, et qui portait le corps presque nu, tordu de douleur, d'un homme couronné d'épines. Bien qu'il n'y eût jamais de pareilles images dans nos temples, je savais qu'il représentait le Christ et je me reprochais amèrement d'éprouver pour lui plus de curiosité que d'adoration. Peu à peu, il me devint familier. Mes pensées et mon désespoir étaient mieux accordés à lui qu'aux glorieuses et irritantes images de ma chambre.

Mais, le soir, il se dissolvait dans les ombres du jardin et ne m'était plus d'aucun secours. Je savais qu'approchait l'heure où mon père descendait dans la cave voûtée et lisait pour tous un chapitre de notre vieille Bible, et cette pensée me retournait les entrailles. Je m'efforçais de prier aussi comme chaque soir d'autrefois, Seigneur, étendez votre protection sur Grézac, sur ma petite sœur et sur la chienne Lison, sur le cheval pommelé et sur tous les Bourguet, sur Isabeau qui déjà entend l'Esprit, sur mon frère Gabriel que je ne verrai plus, sur ma mère tendrement aimée et sur mon père si bon... J'étouffais en disant leurs noms. Pourquoi, pourquoi ne venaient-ils pas me chercher ? Les souvenirs sinistres m'assaillaient : le départ à cheval dans la nuit, la froide méchanceté des filles du Refuge. Je sentais, pourtant, que dans cette chambre close personne ne viendrait me faire du mal : rien ne s'y passait, les heures s'y consumaient lentement, comme les derniers tisons dans la cheminée

Longtemps après qu'on avait soufflé la chandelle, je restais assise dans mon lit à écouter les bruits de la nuit. Mère, pardon, vous m'avez appris que la dernière pensée du jour doit être destinée à Dieu, mais je ne peux pas, je suis trop occupée à chercher dans le noir le chant des grillons et l'appel de la hulotte familière qui nichait dans le comble de la tour, et le glissement de vos pas sur les dalles, Mère ! Je tendais l'oreille ; j'espérais stupidement percevoir quelque bruit de gorge, un léger ronflement peut-être, issu de la chambre de mes parents. Seul, le silence répondait à mon attente, d'abord effrayant, puis à la longue apaisant. Je le laissais m'envelopper, me conduire au sommeil, jusqu'aux petites heures de l'aube où le couvent reprenait vie.

Au bout d'une semaine, ma faim d'une présence amicale était telle que, dès le moment où s'égrenaient les notes claires de l'angélus, je commençais à épier les bruits du couloir. Vers six heures, un frôlement, accompagné parfois du bruit sec des grains de chapelet tombant l'un sur l'autre, m'avertissait de la présence de la converse chargée de s'occuper de moi. Je guettais la serrure, je voyais le loquet se soulever lentement et j'apercevais, dans l'entrebâillement de la porte, le sourire avenant de sœur Sainte-Agathe. Avec elle entrait une bouffée des odeurs désormais familières, celle de la robe de laine rêche mêlée à celle du linon repassé de frais. Je m'appliquais à cacher mon impatience de la voir ; je restais obstinément muette, le nez tourné contre le mur, puis j'affectais d'obéir comme une automate à ses injonctions de me lever et de me laver. Mais je me demandais déjà combien de temps encore je pourrais résister à la bonne humeur contagieuse de sœur Sainte-Agathe. Tout était rond en elle, ses joues pleines, son front bombé, son nez en bille et son ventre rebondi. Rien ne a décourageait jamais, ni rebuffade ni difficulté. « Aucune besogne n'est rebutante, disait-elle, quand elle est faite au service du Seigneur. » A part cette phrase souvent répétée, elle ne me parlait jamais de religion. Je sentais bien que sa tâche était de m'amadouer et non de me contrarier, et cette idée fouettait par moments ma rancune. Je refusais de psalmodier avec elle les formules cabalistiques qui lui servaient de prières — du latin, me dit-elle — faisant exprès de répéter « Tu les éborgneras » quand elle en arrivait au « *Turris eburnea* » des litanies de la Vierge. Elle ne se fâchait de rien, sauf de me voir repousser après quelques cuillerées la soupe qu'elle m'apportait. Je n'avais pas faim. La nourriture me donnait des nausées.

« Vous perdrez toutes vos forces, grognait-elle alors. Et la Révérende Mère ne sera pas contente. »

Cette menace n'était pas vaine car la Mère supérieure m'intimidait fort, et j'appréhendais tout en les souhaitant les visites qu'elle me faisait presque chaque matin pendant sa tournée du couvent. Ma crainte ne venait pas de l'espèce de fouet, aux lanières renforcées par des nœuds, qu'elle portait suspendu à la boucle de fer de sa ceinture, et dont je sentais instinctivement qu'il ne m'était pas destiné (je sus en effet, plus tard, que les religieuses s'en frappaient tous les vendredis pendant le « *De profundis* »). Elle était causée plutôt par la perfection que respirait toute la personne de la Révérende Mère, depuis les longues mains blanches qu'elle aimait à cacher dans ses manches évasées jusqu'à la voix harmonieuse et contrôlée, jusqu'à la guimpe immaculée qui entourait, sous son voile noir, un profil aristocratiquement chevalin. Si je la défiais en répétant « Papiste ! Papiste ! » à l'intérieur de ma tête, je n'y mettais pas beaucoup de conviction.

« Savez-vous lire, mademoiselle Servezanne ? m'avait-elle demandé dès le premier jour.

— Ma mère m'apprenait à lire dans la Bible », dis-je un peu agressivement, et la sœur Sainte-Agathe, qui pliait mes mouchoirs de col, prit un air navré.

« Vous trouverez dans notre bibliothèque des livres qui conviennent mieux à votre âge. » La voix n'avait aucune inflexion qui pût trahir un sentiment. « Je vous en enverrai quelques-uns. »

Elle tint parole et, deux jours plus tard, sœur Sainte-Agathe m'apporta dans son tablier trois livres, avec un air de satisfaction et d'expectative qui me fit irrésistiblement penser à celui de Lison rapportant un perdreau à mon père. Je me sentis injuste. Elle ne songeait à solliciter ni remerciement ni caresse, puisque seule lui importait la gloire de Dieu et, si elle prenait soin de ma petite personne, c'était pour Lui et non pour moi. Mais elle ne pouvait égaler, même de loin, les vertus de la Mère supérieure, ni sa bienveillance détachée et impersonnelle de parfaite éducatrice. Des bouffées de tendresse maternelle lui échappaient, des demi-élans vite réprimés, un attendrissement dans l'œil, quelque chose d'amical dans ses jacasseries, d'instinctivement chaleureux dans ses gestes, qu'elle devait se reprocher le soir et que ma propre mère ne m'avait jamais donné.

Tandis qu'elle faisait le ménage de la chambre, je me penchai sur les livres. *La Maison de la Sainte-Vierge. La Vie de la bonne Armelle.* Des livres papistes, évidemment. Je me plongeai dans le troisième, *l'Enfance de Jésus,* dont le sujet me parut moins déroutant. Le volume était mal imprimé et relié seulement d'une feuille de parchemin plié, mais il devint vite mon compagnon favori. Je trouvais pourtant, après la forte nourriture de la Bible, tous ces textes un peu sucrés. L'idée me vint qu'ici on traitait les enfants en enfants, alors que chez nous ils étaient considérés dès le plus jeune âge comme des combattants de l'Éternel.

J'en tirai aussitôt la résolution d'affronter de nouveau la Mère supérieure. Il ne m'était pas difficile de lui parler : elle venait souvent dans ma chambre, alternant ses visites avec celles d'un haïssable missionnaire, qui croyait utile de me rabâcher, presque chaque jour pendant une heure, les fautes des « prétendus réformés ». Jamais la Révérende Mère n'aurait commis une si grossière sottise. Elle évitait toute critique, se contentait de prôner l'humilité, disant que c'était péché d'orgueil de vouloir soi-même juger de tout, et, pour le reste, ne me parlait que de mes lectures. Son attention m'encourageait. Mes révoltes la faisaient sourire, mes progrès semblaient la satisfaire. Le jour où elle me dit que je lisais bien pour mon âge, mon plaisir fut si vif que je le jugeai moi-même excessif. Elle ajouta que l'on m'apprendrait à lire aussi le latin, et j'oubliai qu'il s'agissait de lire des prières papistes pour ne ressentir que la fierté d'être promue au rang de mon frère Gabriel.

Affronter la Supérieure, c'était demander d'abord à recevoir la visite de mes parents. J'étais sûre qu'ils le désiraient, qu'ils ne m'avaient pas oubliée. Presque chaque jour, je voyais une ou deux pensionnaires traverser le jardin, appelées par la cloche du parloir et roses d'excitation. Pourquoi pas moi ?

« C'est impossible, mon enfant. Vous ne devez recevoir ni lettres ni visites de votre famille. L'ordre de monsieur l'intendant est formel.

— Alors, je veux aller chez moi ! Je ne veux plus rester seule dans cette chambre ! Laissez-moi partir ! »

Je m'étais dressée sans m'en rendre compte. Son regard me cloua sur place aussi sûrement qu'une épingle cloue un papillon.

« Retrouvez votre calme, mademoiselle. Les élèves des Ursulines ne gesticulent pas et ne disent pas “ je veux ”. Bien. Maintenant, écoutez-moi. »

Il me sembla qu'elle cherchait ses mots — une hésitation imperceptible.

« Monsieur l'intendant, au nom de Sa Majesté, nous charge d'accueillir des jeunes filles telles que vous. Nous n'avons ni demandé ni même souhaité cette tâche, mais nous ne pouvons pas non plus la refuser. Nous mettrons tous nos soins à faire de vous une bonne chrétienne. On m'a parlé de vous, mademoiselle Servezanne. Je sais que vous avez quelque attirance pour la religion catholique. »

Je baissai la tête. Ainsi ce baiser me poursuivrait toujours

« Vous abjurerez l'hérésie si vous le désirez un jour. Mais, dès à présent, à vous comme à d'autres, nous offrons refuge et consolation contre les emportements d'une famille irritée... »

Je voulus protester. Les mots ne franchirent pas ma gorge. Le visage de ma mère avait surgi devant moi, le visage froid, fermé, qu'elle avait eu dans cette nuit terrible où elle m'avait laissée partir sans un adieu. Me haïssait-elle ? M'avait-elle rejetée pour toujours ?

La fin du jour se traîna dans l'ennui et l'angoisse. Je fis tant de points de travers dans ma broderie que je dus défaire et recommencer. Jamais encore je ne m'étais sentie si abandonnée. Mes espoirs s'étaient évanouis l'un après l'autre. La cloche du parloir tinta plusieurs fois avant le souper. Deux, trois filles se hâtèrent sans doute vers une mère ou une sœur bien-aimée. Il me fut ce jour-là impossible de le supporter.

En apportant la chandelle, la sœur converse me trouva effondrée sur ma table, la tête entre les bras. Je me retrouvai le nez contre son épaule, elle tapotait mes cheveux avec des grognements de sympathie.

« Là..., disait-elle. Là..., petite enfant. Qu'est-ce donc que ce gros chagrin ? Je suis sûre qu'on pense trop à Maman, ce soir ! »

Cette seule phrase de compassion fit éclater l'orage. Moi qui depuis la nuit fatale n'avais pas versé une larme, je sanglotai éperdument. Toute ma force m'avait abandonnée. Je hoquetai et je gémis longtemps dans les bras de la vieille religieuse, je trempai son cou et sa guimpe, et finalement me laissai mettre au lit comme un bébé.

Quand elle entrouvrit la porte le lendemain matin, je luttai contre l'envie de lui tendre les bras. Je mourais de honte, mais sa présence faisait fondre ma détresse. Au moment où elle emportait la théière, je la retins par sa jupe.

« Restez avec moi, ma sœur !

— Je ne peux pas. La cloche de la messe va sonner dans deux minutes. » Elle hésita, sourit. « Mais si vous désirez venir avec moi... »

Je la suivis. Cette fois, la religieuse du couloir me laissa passer.

A dater de ce jour, je menai la vie ordinaire des pensionnaires du couvent. Je n'allais pas comme elles à confesse tous les deux mois et, quand vint la grande affaire de la préparation des communions solennelles, je n'y participai pas. Mais chaque jour, je suivais les autres aux offices aussi bien qu'aux récréations, au catéchisme tout comme aux leçons d'écriture sur les larges tables cirées du réfectoire. Je récitais les mêmes prières soir et matin, et aussi pendant la classe, quand la maîtresse ouvrait les deux battants de la porte qui dissimulait un modeste autel, surmonté du portrait de saint Charles Borromée.

Babette la dizainière était venue me prendre par la main, dès ce premier jour, pour m'emmener déjeuner après la messe. Pour la première fois, je pris mon pain et mon bol de bouillon en compagnie des filles de mon âge ; pour la première fois, j'allai dans le jardin où Babette m'apprit à rattraper avec une raquette une minuscule balle piquée de plumes qui volait comme un oiseau. J'aimai ce jeu à la folie ; j'y excellai bientôt. Quand je courais après ce volant, j'oubliais tout le reste.

Mes quelques semaines de réclusion m'avaient disposée à tout aimer de ma nouvelle vie. Je m'aperçus vite que, grâce aux efficaces leçons de ma mère, je réussissais mieux que beaucoup d'autres. Je lisais et j'écrivais bien, je cousais sans faire d'erreurs, et je comptais si vite avec les jetons que la maîtresse de jet * promit de me faire bientôt calculer à la plume. Je n'étais en retard que pour lire le latin, de sorte que je m'appliquai fort. Bientôt, mon tour vint d'être de service au réfectoire pour le couvert et la desserte, mais j'avais si souvent aidé ma chère Isabeau que ce fut un jeu. Je me sentais fière Les maîtresses me souriaient. J'avais recopié en grosses lettres une phrase d'une épître de saint Paul : « Tout ce que

* Calcul.

vous avez à faire, faites-le de tout votre cœur, comme ayant à en rendre compte à Dieu. » Ma mère n'aurait pas désavoué cette phrase, qui était dans le droit fil de l'éducation que j'avais reçue. Quand, en juin, le vicaire général nous rendit visite, la maîtresse de classe, sœur Marie des Anges, me présenta comme une bonne élève dont on était satisfait. Mon éternelle soif d'approbation y trouvait son compte.

A ma grande surprise, la messe m'enchantait. Rien de ce que j'avais connu n'approchait la splendeur de cette église où le soleil levant, illuminant les vitraux, faisait danser des taches rouges, bleues et vertes. Je me rappelle le dos brodé d'or du prêtre, à genoux devant le calice doré posé sur une nappe de dentelle et entouré de la fumée délicieusement odorante des encensoirs. Tout au fond, entre des colonnes de marbre où s'enroulaient des guirlandes, l'on voyait un grand tableau et un envol d'angelots dorés montant jusqu'à la voûte. Ce luxe éblouissant me réchauffait les yeux et le cœur, et me faisait oublier les prières étranges que l'on murmurait autour de moi, et même les gestes saugrenus que l'on me demandait d'imiter. A dire vrai, je ne comprenais pas encore pourquoi je devais tremper mes doigts, que je venais déjà de laver, dans l'eau d'un bénitier, et pas davantage comment l'ostensoir et le retable, si beaux soient-ils, méritaient la génuflexion que l'on me demandait de faire en passant. J'étais encore trop huguenote pour y percevoir un hommage à la « présence réelle » du Christ dans l'hostie.

Nous étions séparées du chœur des religieuses par une haute grille de fer forgé, à travers laquelle nous essayions de deviner les visages encore enfantins des deux novices Marguerite et Magdelaine de Chazal, deux cousines, filles de hauts officiers royaux et richement dotées, qui excitaient la curiosité générale. Les religieuses psalmodiaient l'office sans le chanter, ce qui me surprit fort, mais on me dit que c'était pour éviter de rendre vaniteuses celles qui avaient une belle voix. Le chant n'était permis qu'aux jours de fête.

Il en fut ainsi le jour de Pentecôte, qui fut aussi celui de la première communion de plusieurs de mes compagnes Elles s'avançaient en procession, un cierge dans la main, vêtues de couronnes et de longues robes blanches, un air de douceur et de piété sur le visage. J'avais neuf ans : je les admirai ; je mourais d'envie d'être parmi elles. L'orgue déversait des flots d'une musique céleste qui s'enflait sous les voûtes avant d'expirer en une plainte. Soudain, un chant monta tout droit vers le ciel comme une alouette, et j'eus l'impression qu'il m'emportait avec lui. « Ky-y-y-y-rie... » Le chant planait longtemps, vibrait avant de redescendre pour remonter encore. Ce jour-là fut le premier au couvent où j'éprouvai, au-delà des arguments du catéchisme, au-delà des fastes séduisants de la religion catholique, un véritable élan vers Dieu.

Je pensais moins souvent à mes parents. Leur souvenir commençait à se décolorer, supplanté par la présence bien réelle de Babette, Mariane et Manon, Françoise et Madelon qui partageaient ma vie et que j'avais rejointes au dortoir. Babette, qui avait mon âge, en était déjà à sa quatrième année de couvent. Son père, le ministre protestant Constantin, avait dû s'enfuir en 1683 ; les religieuses avaient recueilli sa fille gratis et se trouvaient bien payées de leur peine car Babette était devenue un modèle de zèle et de piété, si bonne catholique qu'elle priait Dieu chaque jour de lui faire retrouver son père pour le convertir. Les Mères, je le voyais bien, l'encourageaient à me parler, mais je préférais Mariane qui devint mon amie. Elle m'aidait à me défendre contre les intrigues de Manon, une rapporteuse, une vraie teigne aussi, qui ne manquait jamais, au passage d'une Nouvelle Convertie, de se boucher le nez en disant que nous sentions encore la vache à Colas *; mais le plus grand charme de Mariane était

* Allusion à une malheureuse vache mise en pièces par des protestants pour avoir pénétré dans un temple. Les catholiques avaient abondamment chansonné ce ridicule incident.

sans doute d'avoir une cousine parmi les externes qui venaient chaque matin de la ville ; on les tenait dans une classe séparée, ce qui n'empêchait pas des rencontres dans les escaliers ou aux offices ; elles nous tenaient au courant malgré les surveillantes des modes et des papotages du dehors.

La bonne sœur Sainte-Agathe rangeait notre chambre et me souriait dans le couloir, mais j'avais perdu ses soins exclusifs pour passer dans les mains de sœur Marie des Anges, notre maîtresse de classe. Je ne m'en plaignais pas. Sœur Marie des Anges était toute jeune, avec un visage au teint de pêche et des yeux noirs qui lui mangeaient les tempes. Elle nous peignait le matin avec des mains douces comme des ailes. Nous nous disputions sans bruit, mais sauvagement, la faveur d'aller dans sa chambre toute proche chercher un livre oublié. Nous embrassions nos gants qu'elle choisissait après avoir noué nos mouchoirs de cou. Elle ne nous quittait plus de la journée. Je crois bien qu'elle connaissait toutes nos pensées, à force de nous faire travailler et jouer.

Quand le tailleur me fit enfin passer une lettre, il était trop tard. Certes, si ténu fût-il, ce lien renoué avec mon enfance me bouleversa. Je lus furtivement le message derrière un arbre du jardin, sans trop m'attacher à son contenu, je le baisai passionnément, mais je le cachai aussitôt derrière le tiroir de ma table et ne trouvai plus l'occasion de l'en ressortir. J'étais déjà trop absorbée par ma nouvelle vie.

Jusque-là, je n'avais eu de nouvelles des miens que par ma tante, qui était venue deux fois au parloir. A travers la grille, sous l'œil attentif de la surveillante, nous n'avions échangé que des banalités. Mes remerciements avaient occupé la majeure partie du temps : ma tante, m'avait-on dit, payait ma pension, avec une générosité qui m'assurait d'un traitement de faveur. A Grézac, oui, mes parents se portaient bien ; ils semblaient s'être résignés à ne pouvoir me rendre visite. L'été avait été favorable ; les vendanges s'annonçaient belles.

Une autre fois, la maîtresse générale, une grande femme revêche qui m'effrayait tant son dos était raide et sa mâchoire carrée, m'avait convoquée pour me montrer une bourse de velours, qu'elle tenait avec dégoût de l'extrême bout des doigts comme si l'objet avait été porteur de peste :

« Votre famille vous envoie ceci pour vous habiller. »

Les cadeaux des miens étaient interdits, mais peut-être l'or faisait-il exception ? Il y avait deux pièces à l'intérieur.

« Je les remettrai de votre part à la boursière, et vous pourrez vous commander une robe neuve. » La voix trop grave était sans douceur, et je remerciai avec humilité, en cachant mon ravissement.

C'est ainsi que le tailleur Pautet entra dans ma vie.

Ce petit homme remuant à figure de musaraigne était un familier du couvent, bien que ses visites, deux pour chaque robe à essayer, fussent des cérémonies d'une incroyable complication. Une sonnerie chez la tourière annonçait son arrivée ; puis deux religieuses l'escortaient à travers le jardin en agitant des clochettes pour écarter les autres nonnes. La maîtresse de classe et la maîtresse générale assistaient toutes deux à l'essayage, dans une petite salle qu'il fallait chauffer exprès en hiver.

Les mains de ce Pautet voltigeaient en une multitude de gestes si déliés et rapides que l'on avait peine à les suivre, et son bavardage incessant (« Que Mademoiselle veuille bien se tourner... ah ! quel méchant pli, où donc sont mes jolies épingles, venez petites, venez, ah ! les voici, voyez, la robe ressemble tout à fait à celle que j'ai faite pour la fille du marquis de La Trousse... ») amusait même la sévère maîtresse générale. Tandis qu'elle examinait avec sœur Marie des Anges une passementerie destinée à fermer son corsage, l'étui à aiguilles du tailleur roula près de mon pied. Le minuscule cylindre de buis poli était semblable à celui de ma mère à tel point que, par habitude, je le ramassai et le tendis à monsieur Pautet, qui eut un regard d'avertissement si expressif et une mimique si désolée que je compris aussitôt : j'aurais dû le garder. Il me fut impossible de le reprendre : l'œil d'aigle de la maîtresse générale était de nouveau sur moi.

J'attendis le second essayage avec l'impatience et la curiosité que l'on devine. Quand le petit étui roula vers moi comme je l'avais espéré, je posai mon pied dessus et fus récompensée par un sourire ravi du tailleur, qui presque aussitôt plia bagage. J'enterrai l'étui dans le jardin à la récréation. Il contenait un mince papier plié et roulé, qui portait trois lignes de la haute écriture penchée de ma mère.

« Votre père et moi-même, disait-elle à peu près, espérons du fond de notre cœur que le Seigneur vous comble de sa sainte grâce. Soyez assurée que vous ne devrez jamais douter de notre tendresse. » Je lus vite, comme je l'ai dit, et ne perçus vraiment que les derniers mots. Mes parents m'aimaient donc encore ? Je ne compris pas leur exhortation à la fermeté contenue dans la première phrase ; aussi bien étais-je déjà en train de les trahir.

Je reçus deux nouvelles pièces d'or dans le mois de septembre. Je sus aussitôt que mes parents avaient payé Pautet pour qu'il m'apporte un nouveau message et, peu de temps après, je tins au fond de ma poche le mince papier roulé. La lettre était plus longue, cette fois. Je lus, relus, puis restai pâle et tremblante, sans trouver la force de détruire le papier.

« Quand vous lirez cette lettre, disait mon père, nous serons sur le chemin de l'exil. Nous sommes en grand danger d'être arrêtés et n'avons d'autre ressource que d'essayer de gagner Genève. » Il ajoutait que ses enfants ne pouvaient le retenir puisqu'il lui était interdit de les voir, mais qu'il ferait les plus grands efforts pour me tirer de là. La vente de quelques terres lui avait permis d'acheter pour Gabriel un brevet d'officier. Le reste de son bien serait confisqué, il le savait. Ma tante prendrait soin de moi. Il m'aimait tendrement et me recommandait à Dieu.

J'avais froid. Je claquais des dents. Il fallut me mettre au lit à l'infirmerie sous trois couvertures.

J'avais cru oublier Grézac. J'avais prétendu que mes parents ne me manquaient plus. Quelle sottise ! Leur abandon me terrifia. Je pensai que je ne reverrais plus jamais ni eux ni Gabriel. Grézac aussi m'était enlevé, tout, même la chienne

Lison, même le grand ormeau et le bassin des colombes. Personne n'avait jamais été aussi orpheline que moi.

Puis ma détresse se changea en colère. De quel cœur léger ils m'abandonnaient ! Je les détestai autant que je les avais aimés.

Je me réveillai dans la nuit en hurlant ; je m'accrochai à mes draps comme si quelque monstre avait fondu sur moi pour m'emporter. La religieuse de l'infirmerie, effrayée, appela sœur Marie des Anges dont le visage rassurant, penché sur moi dans le rond de lumière de la chandelle, finit par m'apaiser. On m'installa dans une chambrette voisine de la sienne pour qu'elle puisse, sans réveiller le dortoir entier, s'occuper de moi si je criais la nuit. Aussi bien elle était devenue, avec mes compagnes, la seule famille qui me restât.

Mes terreurs s'espacèrent. Cependant, pendant des années, des cauchemars me tourmentèrent. J'étais de nouveau seule, oubliée dans le mûrier derrière Grézac. Tous les paniers de feuilles étaient rentrés, je voyais s'éloigner une dernière silhouette, c'était sœur Sainte-Agathe, je le savais bien qu'elle fût enveloppée non de noir mais de blanc comme un fantôme, pourtant je criais : « Maman ! Maman ! » Elle ne se retournait pas. Au moment où elle allait disparaître, la hulotte poussait son cri lugubre au-dessus de ma tête et je me réveillais suant d'angoisse.

Madame de Javelle avait eu pour la première fois, à l'approche de la Toussaint, la permission de m'emmener une heure en promenade. La date m'est restée en mémoire, car c'était juste après les États-Généraux du Languedoc que monsieur de Bâville avait cette année-là tenus à Nîmes, et qui avaient agité même le couvent par les contes que nous faisaient les externes des cérémonies qui se déroulaient en ville. Les maisons étaient encore parées des verdures et des draperies qui les avaient décorées pour la grande procession où le cardinal de Bonzi avait porté le Saint-Sacrement, devant le duc de Noailles et quatorze évêques, la noblesse et tous les corps de métier. Ma tante voulait me raconter, mais j'avais d'autres idées. Je voulais savoir ce qui avait obligé mes parents à fuir. Répondrait-elle ? On lui avait demandé, je ne l'ignorais pas, de ne pas me parler d'eux.

« Ils ont été dénoncés à l'intendant, dit-elle enfin. Des assemblées interdites se tenaient dans leur maison. »

Je savais bien que c'était vrai.

« Qui les a avertis du danger ? »

Elle fit une drôle de petite grimace et je devinai que c'était elle, sans qu'elle pût me le dire. Elle avait dû avoir vent de l'affaire par un de ses amis puissants qu'elle avait partout.

« Sa Grandeur l'évêque d'Uzès m'a proposé son aide. Il ne voulait pas souffrir que mes parents soient molestés, et d'ailleurs il ne croit pas que la prison soit une bonne méthode pour ramener les gens à la vraie religion.

— Que pouvait-il faire ?

— Il voulait prétendre qu'il était secrètement d'accord avec votre père, qu'il avait souhaité lui-même qu'on réunît ces assemblées, pour mieux connaître les protestants opiniâtres de son diocèse. Mais vos parents ont repoussé avec horreur cette offre généreuse. »

Je l'imaginais aisément. Mes parents étaient si absolus dans leurs idées. Ils n'auraient pas voulu qu'on pût les soupçonner de trahir. Et encore moins accepter de l'habile évêque une faveur qui les aurait obligés à abjurer par reconnaissance. Ils avaient préféré tout quitter.

Tout. Même leur fille.

Le temps passa. Les cauchemars s'espacèrent. De nouveau, je crus oublier.

Je me jetai avec passion dans l'étude de ma nouvelle religion. Puisqu'on m'avait abandonnée, pensais-je, je n'avais pas d'autre recours. Je priai assidûment au pied de cette statue de la Vierge que ma mère aurait méprisée comme une stupide idole. Mon ressentiment fouettait mon ardeur. Je demandai bientôt à être instruite pour un nouveau baptême dans la foi catholique. Alors seulement, je me sentis en pleine harmonie avec ce qui m'entourait.

La Mère supérieure m'accordait de nouveau son attention. Elle aimait les « orphelines » comme moi, tout entières abandonnées entre ses mains d'habile éducatrice. Parfois, elle entrait à l'improviste dans l'atelier de couture, où nous apprenions la peinture à l'aiguille avec des fils de soie ; là, le silence n'était pas exigé comme au réfectoire, et nous avions de chaudes discussions sous l'œil encourageant des maîtresses. Nous nous arrêtions net quand la Révérende Mère poussait la porte.

« De quoi parliez-vous, enfants ? », demandait-elle avec bienveillance, et Babette, la moins timide, expliquait :

« Révérende Mère, Louysette prétendait que l'hostie, après tout, n'est que du pain.

— Et que répondiez-vous ?

— Que ce n'est pas possible, car je sens bien, moi, par la lumière dans mon cœur, qu'il y a tout autre chose… »

La Mère supérieure souriait bénignement et s'en allait. Elle ne me connaissait que trop, et savait bien que j'étais plus sensible aux sentiments qu'aux arguments théologiques.

Je mentirais en prétendant que j'étais malheureuse. L'univers autour de moi paraissait simple et harmonieux. Dieu avait créé son Église pour faire connaître sa volonté sur terre. Le roi de France tenait de Dieu son pouvoir, nous devions donc lui obéir sans discussion. De la même manière, la Mère supérieure était toute-puissante à l'intérieur du couvent. Soumission et humilité étaient les seules attitudes possibles devant ceux qui étaient ainsi désignés par Dieu pour le représenter parmi nous. Toute opinion contraire aurait introduit la disharmonie et la division, et témoigné d'un insupportable orgueil.

La discipline minutieuse du couvent, avec ses tâches soigneusement réglées, m'apportait une paix que ne m'avait jamais donnée la vie heurtée et traversée d'angoisses que j'avais connue à Grézac. On m'avait habituée déjà à suivre des règles, mais, ici, je me laissais aller aux délices de la dépendance. Chacune de mes actions, chacun de mes gestes, était à l'avance décidé et prévu par d'autres, depuis le matin à six heures, quand l'Angelus du matin nous tirait du lit et que sœur Marie des Anges frappait dans ses mains pour nous rassembler autour de la fontaine d'étain où nous nous lavions le museau, jusqu'à huit heures du soir, quand elle éteignait les chandelles et nous souhaitait bonne nuit.

Notre temps lui appartenait. A chaque minute elle faisait correspondre une occupation précise, si bien que les journées passaient comme des flammes. Après tant d'années, quand je ferme les yeux pour me souvenir d'elle, son image reste associée à celle de l'horloge. Les religieuses venaient d'en acheter une à pendule, grande nouveauté dont elles étaient très fières, et que nous allions admirer dans la salle de réunion. C'était un monstre étrange, une boîte énorme qui pouvait avoir six pieds de haut. Au sommet, des feuilles sculptées entouraient le cadran ; par un trou vitré percé sur le ventre, on pouvait voir un soleil d'or osciller sans trêve. Tous les quarts d'heure, la boîte émettait une ou plusieurs notes argentines. Où que nous fussions, en classe ou sous nos couvertures, nous prêtions l'oreille à ce carillon ténu qui découpait notre vie en tranches musicales. Nous savions que chacune d'elles devait, de quelque manière, être consacrée à Dieu.

Je communiai en couronne blanche au mois de mai, après avoir supplié d'être admise. Ma tante de Javelle vint à l'église et m'embrassa tendrement. Personne ne prononça le nom de mes parents.

Je devins une des meilleures élèves du couvent, une des plus sages, une des plus pieuses, rivale de Babette dans l'estime et l'affection des Mères qui pourtant combattaient sans relâche nos élans sentimentaux.

Ces cinq années paisibles sont derrière moi comme l'eau d'un lac tranquille, à peine ridée de temps en temps par la chute d'une feuille. Comment pourrais-je les raconter ? Comment peut-on décrire la durée ou la paix ?

Aucune pensionnaire ne passait jamais la nuit hors de la maison. Le couvent était pour nous un nid, un cocon presque entièrement préservé du monde extérieur. Les grands événements du dehors, qui s'abattaient en vagues brutales sur les gens de la ville, venaient mourir à nos pieds en ridules atténuées. Nous savions qu'on chantait un *Te Deum* à la cathédrale pour fêter la victoire du dauphin à Philipsburg mais de quelle guerre s'agissait-il ? Nous en ignorions tout Les sanglantes querelles de préséance entre le gouverneur et le juge-mage, qui convulsaient la ville et avaient retardé de plusieurs heures le feu de joie, nous échappaient aussi. Nous apprenions que monsieur Cheiron, le pasteur apostat, n'était plus premier consul, sans nous douter qu'il ne pouvait plus supporter de vivre entouré de soldats, par peur d'être assassiné par les huguenots, ses anciens fidèles trahis. Quant à la grande affaire de l'évêché, qui occupa tout Nîmes et aussi, j'en suis certaine, les Ursulines pendant ces années-là, je n'appris la vérité là-dessus que bien des années plus tard.

Mgr Séguier, l'évêque aimé de tous, épuisé par les tourments que lui causaient les difficultés issues de la révocation, demanda à se retirer dans une abbaye, et le roi nomma pour lui succéder Esprit Fléchier, un brillant ambitieux qui s'était fait remarquer en célébrant par des vers latins un carrousel royal. Il avait traduit du latin *l'Art de se choisir un patron* et avait bien su, en effet, choisir le sien, puisqu'il se trouvait aumônier de la dauphine. Il nous arriva en 1687 et vint aussitôt promener chez nous sa perruque bouclée. Le couvent admira sa curieuse éloquence : une diction glacée sur des paroles de feu. Hélas ! Il ne fut pas sacré *. Le pape, qui n'aimait pas Louis XIV et n'avait pas vraiment apprécié la révocation, n'envoyait pas la bulle d'investiture. Rome et Versailles voulaient tous deux nommer les évêques, si bien que le pauvre Fléchier, en dépit de ses poèmes latins, restait

* Il le fut en 1692.

tristement vicaire général. Nous nous étonnions de ne pas le voir avec mitre et crosse dans les cérémonies, mais nous ne pûmes jamais en obtenir une explication pertinente.

Au reste, nous n'en étions préoccupées que par brèves périodes, car nos petites affaires nous importaient bien davantage. Dans notre monde confiné, elles prenaient des proportions hors de toute mesure. Je fus un jour punie pour avoir regardé par la fenêtre dans la rue, et je m'en fis un drame pendant des semaines. Un autre jour, je heurtai dans l'escalier sœur Sainte-Agathe qui faillit tomber, encombrée de ses balais, et comme je n'avais pas cessé de l'aimer j'en demandai cent fois pardon à Dieu, même après m'être confessée. A l'inverse, je crus mourir de joie quand à mon tour je devins dizainière, responsable d'un groupe : c'était une preuve qu'on me faisait confiance.

Je faisais jouer mes ouailles au jeu de l'oie pour Nouvelles Converties ; je m'amusais de les voir contentes quand elles tombaient sur un converti célèbre, comme saint Paul ou saint Augustin, qui leur permettait de jouer une deuxième fois, ou déconfites d'arriver à la case de la damnation qui les obligeait à tout recommencer. Cependant, je devais avoir en moi encore un peu de huguenoterie, car je ne tombais jamais sur la case 35, où le Roy Louis le Grand, en détruisant les temples hérétiques, nous faisait sauter d'un seul coup à la case 59 de la Jérusalem céleste, sans avoir ma satisfaction gâchée par un petit pincement au cœur.

Je me brouillai avec Mariane puis me réconciliai. Je me pris d'affection pour Suzon, la toute petite fille bouclée d'un tailleur de Saint-Hippolyte, que le couvent nourrissait gratis et que je peignais comme une poupée. Broutilles que tout cela, en comparaison de l'attachement fervent que je gardais à sœur Marie des Anges. Aucune nouvelle maîtresse n'avait pu la remplacer. Privée d'elle, je me cachais dans les couloirs pour guetter son passage, je dissimulais dans ma paillasse de menus objets qu'elle avait touchés. Je ne la voyais plus que dans la classe d'ouvrage, dont elle avait maintenant la charge , c'est à cause d'elle que je devins habile. A Grézac, je m'étais appliquée à faire des ourlets réguliers pour plaire à ma mère ; au couvent, c'est par amour de l'institutrice et non de la dentelle que j'appris à faire voler un fuseau entre mes doigts. Nos chefs-d'œuvre étaient renommés. Pour moi, le premier chef-d'œuvre était le visage de sœur Marie des Anges éclairé de biais par la fenêtre de l'atelier. Il surgissait d'un monceau de soies multicolores, il se penchait vers un soleil de fils d'or entrecroisés sur le satin d'une chasuble, et mon cœur défaillait. Je décidai que je me ferais moi aussi religieuse. Je me voyais déjà, naïvement, partageant mon temps entre les soies brodées, les bouquets pour l'autel de la Vierge et de longues oraisons où mon cœur fondrait d'amour pour Jésus.

Le sourire espéré transfigura sœur Marie des Anges quand je lui fis part de mon intention. Elle chuchota :

« Vous avez une belle âme, mon enfant. Je n'en ai jamais douté. »

Il fallut mettre au courant la Mère supérieure, qui me transperça de son regard perspicace.

« Une vocation religieuse est tout autre chose qu'une crise d'enthousiasme, dit-elle sèchement. Nous en reparlerons. »

Elle voyait toujours juste. Nous n'en reparlâmes jamais.

Je cessais peu à peu d'être une petite fille. Mes bras et mes jambes devenaient de maigres pattes d'araignée ; de vilains boutons que j'écorchais apparaissaient sur mon nez. Un soir, en me défaisant au dortoir, je vis sur mon jupon de grandes taches sombres, et je m'évanouis. Sœur Marie des Anges m'aurait bien vite rassurée, mais j'avais depuis longtemps changé de classe, et notre nouvelle maîtresse, anguleuse et dure, me traita comme un objet déplaisant qu'il valait mieux cacher. La religieuse de l'infirmerie eut beaucoup de mal à me convaincre que je n'étais pas mourante.

C'est vers cette époque, je pense, que j'entrai dans la classe des grandes. Un autre monde encore. Deux des demoiselles y avaient leur appartement séparé et leur propre fille de chambre. Je vivais des largesses de ma tante et ne payais pas une pension si élevée : on me mit dans une chambre où ma voisine était Ninette Rassiguier, qui avait deux ans de plus que moi. Elle passait parmi nous pour une beauté, rieuse et pulpeuse, que j'avais souvent admirée au réfectoire quand c'était son tour de lire au pupitre. Jamais elle ne m'avait prêté attention jusqu'à ce que je fusse assise près d'elle à la table des grandes.

Nos relations commencèrent par un trafic de petits papiers qu'elle me faisait passer sous la table par d'autres filles. Je découvris qu'elle adorait l'intrigue ; il n'existait aucun règlement qu'elle ne sût tourner. Je ne savais pas lui résister quand elle riait de mes scrupules. Puis elle eut pour moi des attentions que je crus maternelles. Elle se levait sans bruit après l'extinction des chandelles pour me border dans mon lit et m'embrasser, ce qui nous aurait valu le fouet si nous avions été découvertes. Je fis à peine attention quand les baisers effleurèrent ma bouche. Je fondais de délices, ce qui ôta toute force à mes protestations quand la main de mon amie se coula sous ma camisole pour explorer les rondeurs naissantes de ma poitrine. Elle s'interrompait toujours brusquement, glissant vers son lit comme une couleuvre, me laissant toute chaude et frustrée.

Je n'ignorais pas que se lever la nuit était défendu, mais pouvais-je dénoncer mon amie ? Je fus tourmentée quelque temps par le doute sur ce qu'il faudrait dire à confesse. Nous étions, en vérité, aussi ignorantes qu'on peut l'être... Notre catéchisme était expurgé du septième commandement ; de grandes précautions étaient prises pour que les mots *luxure*, *adultère*, *fornication* et bien d'autres ne soient jamais mis sous nos yeux. Pour nous l'amour ne pouvait être que divin. Je décidai enfin, lâchement, de me taire. Après tout, moi je n'avais rien fait, que ressentir un plaisir violent et doux dont on ne parlait pas dans la liste officielle des péchés.

Cette casuistique aurait fort déplu à ma mère, qui était loin, et à la Supérieure que je ne consultai pas. Je m'arrangeai pour n'y pas penser. Au reste, cet intermède fut de très courte durée. Il ne fallut qu'une semaine à la Mère générale pour surprendre un rien, un regard de complicité. Les amitiés à deux déplaisaient. Nous fûmes séparées sans commentaires et, malgré la répugnance des Mères à mettre ensemble deux Nouvelles Converties, on me donna pour compagne Madon de Cabanes, la fille d'un de nos voisins, très tôt arrêté et emprisonné, dont on murmurait qu'il avait été déporté en Amérique. Madon était secrète, perdue dans ses prières et d'une austérité si rébarbative qu'assurément elle ne pouvait être un danger.

Je restai la favorite que l'on citait en exemple. Je redoublai même de ferveur religieuse, sans doute pour effacer les souvenirs nocturnes qui me brûlaient encore, et me causaient autant d'angoisse que de plaisir.

Peut-être — qui sait ? — serais-je revenue à mon idée de me faire nonne, si notre vie n'avait été bouleversée par l'arrivée des demoiselles de Sallargues.

Deux sœurs. L'aînée, quinze ans, et du feu dans les yeux La cadette, plus de joliesse et moins de personnalité, mais un dévouement aveugle à sa sœur. Leur enfance dans une austère bastide, dont les tours dominaient le désert vert d'une garrigue moutonnant sur des lieues, expliquait peut-être leur caractère rebelle à toute concession. On les avait enlevées trois ans plus tôt à leur père huguenot, avec une petite sœur qu'on avait, sans raison bien claire, envoyée dans un couvent de Beaucaire. Quant à elles, on les avait enfermées dans une de ces Maisons pour la Propagation de la Foi comme il en naissait partout sous la protection de l'intendant de Bâville. Désespéré, le baron de Sallargues avait abjuré et s'était fait catholique. Il espérait récupérer ses filles, mais ce n'était pas si simple. Il devrait donner de longues preuves de sa sincérité.

Les deux filles, jusque-là mauvaises têtes mais acceptant à peu près d'aller à la messe sans faire de scandale, avaient été enragées par la conversion de leur père. L'aînée, Marguerite, avait jeté son livre de catéchisme à terre, disant qu'elle en avait assez de ces sottises papistes. La seconde, Françoise qu'on appelait Fanchon, pour ne pas être en reste, se mit à chanter un psaume le soir à l'heure de la prière. On les punit, et les autres pensionnaires commencèrent à murmurer et à se révolter. Les maîtresses étaient quatre contre trente pensionnaires ; elles n'en pouvaient plus venir à bout et, désespérées, appelèrent au secours l'intendant, leur protecteur déclaré.

Monsieur de Bâville, comme on sait, ne plaisantait pas avec les affaires de religion, et moins encore avec la discipline. Il ordonna le fouet pour les coupables, et double peine pour les meneuses. On en fit une exécution solennelle, avec quatre soldats postés devant la porte de la maison pour écarter les curieux qui entendraient des cris. Dans la grande salle de classe, les révoltées furent mises à genoux devant le subdélégué de l'intendant, le major et deux prêtres, et leur dos dénudé jusqu'à la ceinture fouetté avec les étrivières à nœuds de la discipline. C'est du moins l'histoire que je réussis à reconstituer grâce aux bribes d'informations arrachées à sœur Sainte-Agathe qui avait gardé pour moi un faible très secret.

Marguerite et Fanchon avaient été domptées, il avait pourtant fallu les éloigner. Peut-être monsieur de Bâville ne croyait-il pas lui-même à l'efficacité de ses terribles méthodes sur les âmes, puisqu'il avait envoyé les deux sœurs chez les Ursulines, qui cherchaient toujours à convaincre plus qu'à brutaliser. On les mit dans une chambre séparée. Sœur Sainte-Agathe s'occupait des deux « nouvelles », qui ne prenaient avec nous ni récréations ni repas. Leur dos zébré de marques suitantes, que l'on ne pouvait effleurer sans leur arracher un gémissement, bouleversait trop la bonne converse pour qu'elle réussisse à me résister quand, dix fois par jour, je la questionnais tout bas en la rencontrant au détour de l'escalier. Nous ne les voyions qu'à la messe et dans la classe d'instruction religieuse, murées dans un silence buté. Nous disions qu'elles étaient impossibles, mais en secret nous ressentions une pointe de cette admiration que l'on a toujours pour la fermeté. Même tenues à distance, elles apportaient dans notre univers retiré quelque chose des tragédies du monde extérieur. Un ferment d'angoisse et de révolte. Nous voyions chaque matin la Mère supérieure traverser le jardin en direction de leur chambre, le front barré d'un pli de souci.

Madon fut la première à les entendre. Le mouvement brusque qu'elle fit pour coller son oreille au mur me réveilla. Dans la lumière pâle du petit matin je distinguai ses yeux qui flamboyaient. Etait-ce vraiment Madon, si réservée, qui avait ainsi peine à contenir son excitation ? J'écoutai à mon tour. A travers le mur, à travers le couloir vide qui nous séparait de la chambre des sœurs de Sallargues, filtrait la musique bien connue d'un de ces cantiques qui m'avaient bercée enfant :

Rendons grâces immortelles
Ô fidèles
A notre souverain Dieu...

D'un seul coup tout m'était rendu : les chaises de paille dans l'ombre épaisse du grand ormeau par une étincelante après-midi d'été, le pied de ma mère balançant par une boucle le berceau du bébé, et sa voix dévidant les couplets qui remplaçaient pour nous les rondes enfantines des catholiques. Je rencontrai le regard de Madon et y perçus un flot d'arrière-pensées. Que nous arrivait-il donc ? Ces filles obstinées allaient-elles nous infecter de leurs maudites erreurs ? La cloche de six heures, pour une fois bienvenue, vint me délivrer de mes souvenirs.

Je priai avec ferveur, je me contraignis à réciter deux fois jusqu'au bout les litanies de la Sainte-Vierge. Cependant, je ne pus empêcher l'air et les paroles retrouvées du cantique de me trotter dans la tête toute la journée.

J'y pensais encore le soir, en me retournant dans mon lit sans trouver le sommeil. Qu'avaient donc cet air, ces paroles, de si condamnables ? Pourquoi étaient-ils interdits ? Puis je repoussai cette pensée coupable. Même si je ne comprenais pas, d'autres savaient ce qui était bien et mal.

Les demoiselles de Sallargues ne firent que passer dans le

couvent. Les religieuses n'avaient jamais vu de telles mules indociles, et faillirent y perdre leur latin. Elles supplièrent elles-mêmes, je crois, qu'on les délivrât de ces obstinées. Le baron de Sallargues annonça alors son intention de les marier au plus tôt à deux gentilshommes catholiques : les dots étaient déjà promises. On convint avec lui que, là où les Ursulines avaient échoué, il ne restait d'espoir qu'en un bon mariage, et l'on consentit à lui rendre enfin ses filles. Elles avaient gagné la première bataille.

Le couvent crut retrouver son calme. Illusion ! Nos cervelles fermentaient — celles des Nouvelles Converties, naturellement. J'avais découvert que la pieuse soumission de Madon n'était qu'un masque, et je n'arrivais pas à en éprouver de l'horreur. Au contraire, un lien semblait s'être tissé entre nous, à travers des silences lourds de sens.

Des mots remontaient comme des bulles de mon passé enfoui. Des bribes des psaumes qui m'avaient servi de chansons de nourrice éclataient soudain dans ma cervelle. Je rêvai du Dragon roux de l'Apocalypse. Puis l'Antéchrist, qui était l'Antéchrist ? Enfin, un mot surgit, insidieux, un mot que je n'avais jamais compris autrefois et qui revenait me tourmenter si bien que j'en parlai au Père qui venait nous instruire tous les jeudis.

« Mon Père, expliquez-moi ce qu'est la liberté de conscience. »

Il devint rouge comme une tomate.

« Cette abomination ! Cette impiété condamnée par l'Assemblée du clergé ! Cette invention du démon qui autorise également le mensonge et la vérité ! »

Je vis que j'avais fait une faute grave et, au bord des larmes, je protestai de mon ignorance. Il se calma et ajouta plus doucement :

« N'oubliez pas, mon enfant, que la vraie liberté est spirituelle. C'est celle que l'on conquiert en dominant ses passions. »

Ce refrain m'était familier et je méritais sûrement de l'entendre une fois de plus. Moi qui réussissais si bien les multiplications en pieds, pouces et lignes, ou les majuscules à boucles, sur le plan de la maîtrise de soi je n'étais pas une très bonne élève des Ursulines.

Quatre fois l'an, j'étais appelée au parloir. J'y trouvais ma tante toujours vive et gracieuse, coiffée l'été d'une nouvelle fontange en dentelles et rubans, emmitouflée l'hiver dans un capuchon bordé de martre. Elle me faisait présent d'une bourse garnie puis m'emmenait une heure dans son carrosse jusqu'au fort construit par monsieur de Bâville, ou sur le cours planté d'ormes qu'il faisait aménager à la place des anciennes murailles. Je n'aimais pas monter en carrosse sous l'œil du cocher chafouin, toujours le même, mais une fois le marchepied relevé, je m'abandonnais aux délices de la promenade. Il était amusant d'être saluée par des cavaliers empanachés, plus amusant encore d'entendre les nouvelles de la ville. Ma tante aimait rire et, bien qu'elle fût excellente catholique ou peut-être à cause de cela, puisqu'elle était assurée de l'impunité, elle se divertissait volontiers aux dépens des prélats, abbés et chanoines qui tenaient le haut du pavé.

Je me souviens d'une exquise après-midi d'hiver, froide et lumineuse, où elle avait rempli son manchon de châtaignes brûlantes achetées près de la vieille porte de la Bouquerie ; nous les décortiquions en riant tandis qu'elle brocardait Mgr Fléchier, qui se consolait de n'être pas évêque en allant à l'Académie de Nîmes écouter la lecture de l'*Art poétique* de monsieur Boileau. Elle ne pouvait se retenir. J'aurais pu faire scandale en rapportant ses commentaires irrévérencieux, mais elle me faisait confiance et ne se trompait pas. Je sentais fort bien que les prétentions littéraires de Mgr Fléchier portaient ombrage au cher évêque d'Uzès, Mgr Poncet de la Rivière, et je ne prenais pas pour argent comptant les critiques de madame de Javelle.

Ce fut au cours d'une telle promenade d'hiver, un 26 janvier, que mon sort changea de nouveau. Nous avions eu ce jour-là une permission plus longue, pour assister à l'inauguration de la Maison-Carrée transformée en église pour les augustins. Mgr Fléchier fit un de ces discours grandiloquents dont il avait le secret ; j'étais, pour ma part, fascinée par monsieur de Bâville, bien qu'entre les têtes pressées je n'aie pu apercevoir qu'une manche brodée d'or et quelques boucles sous un chapeau à plumes. Cet homme que je voyais pour la première fois avait autrefois décidé de mon destin ; je ne soupçonnais pas alors qu'il tiendrait encore mon bonheur — que dis-je ? ma vie entière — entre ses mains capables et indifférentes.

« Savez-vous, mademoiselle, que vous allez avoir quatorze ans ? » dit ma tante comme le carrosse se frayait difficilement un passage dans les rues encombrées de monde.

Je le savais évidemment. Je me demandai où elle voulait en venir après une si étrange question.

« Vous serez bientôt en âge de trouver un époux. Il est temps que vous appreniez un peu l'usage du monde. Les Mères sont satisfaites de vous, et m'ont permis de vous annoncer une grande nouvelle : monsieur l'intendant m'autorise à vous prendre chez moi. »

Je ne pus que balbutier. La stupéfaction me clouait sur place, peut-être aussi l'appréhension. On ne vit pas impunément cinq ans enfermée. De nouveau j'allais affronter l'inconnu et perdre tout ce que j'avais appris à aimer. Je ne reverrais plus Madon ni Babette ni Mariane. Je serais privée pour toujours de sœur Marie des Anges et de sœur Sainte-Agathe. Je n'entendrais plus le carillon cristallin de l'horloge.

Les regards envieux des autres pensionnaires me firent mesurer l'étendue de la faveur qui m'était accordée. Mais cette faveur même n'allait pas pour moi sans remords. On me récompensait de ma bonne conduite juste au moment où le délicat édifice de foi catholique que les religieuses avaient érigé dans ma tête et dans mon cœur commençait à se lézarder.

A vrai dire, on ne me laissa guère le temps d'approfondir mes sentiments, tant les préparatifs de départ occupèrent mon temps. Madame de Javelle souhaitait que je lui fasse honneur et monsieur Pautet, qui ne m'apportait plus de message, venait presque chaque jour pour m'essayer quelque toilette bleue, rose ou couleur de citron qui n'avait plus rien à voir avec mes habituelles robes de serge grise. On m'avait rendu une chambre séparée, comme si l'air du dehors que j'apportais malgré moi eût risqué de polluer mes compagnes. Là je recevais chaque jour la visite de la Supérieure et celle d'un prêtre, anxieux de consolider avant mon départ l'instruction qu'ils m'avaient donnée.

Enfin, le carrosse de ma tante vint me chercher, franchit la porte des Casernes et commença d'escalader la pente de la garrigue en direction d'Uzès. Les ailes des moulins tournaient dans l'air parfumé et doux, le Gardon roulait une eau claire sous les arches du vieux pont Saint-Nicolas et, plus loin, des amandiers en fleur piquetaient de blanc la plaine verte. La campagne, que je n'avais pas vue depuis cinq ans, se mettait en frais pour m'accueillir. Le gros cocher lui-même souriait en descendant le marchepied devant l'hôtel de Javelle. Ma tante me conduisit par la main dans une jolie chambre meublée en gros bleu. Et pourtant, le soir, en pensant au couvent, je pleurai. Oui, je pleurai.

CHAPITRE IV

Uzès, 1691

L'hôtel de Javelle se dissimulait derrière une haute muraille entre la cathédrale d'Uzès et l'église Saint-Julien, dans un îlot de couvents et d'écoles qui avait été autrefois la Juiverie, domaine des changeurs et des banquiers. Maintenant que j'habitais la maison, je comprenais mieux les liens étroits qui unissaient mon oncle et ma tante à l'évêque comte d'Uzès, leur plus proche voisin. Sa Grandeur, qui professait pour les arts et le faste des goûts de grand seigneur, et voulait surveiller les travaux de son nouveau palais accoudé à la cathédrale, s'était installé juste en face dans un hôtel séparé par une étroite venelle de celui de mon oncle. Mieux : les jardins étaient contigus, car il fallait pour aller dans le nôtre franchir un petit pont en dos d'âne qui enjambait la ruelle. Des relations de bon voisinage et presque de familiarité, visites fréquentes et menus services rendus, s'étaient établies entre les deux maisons.

Aussi me trouvai-je sans surprise appelée au salon dès le lendemain de mon arrivée. Sans surprise, mais non sans effroi. Je me sentais affreusement gauche et maladroite, comme j'affrontais la traversée du grand parquet marqueté, sous l'œil curieux du prélat, un beau gentilhomme aux traits réguliers que la cinquantaine laissait droit et alerte. Il avait grand air, assis près de ma tante dans un fauteuil doré. Je perdais mes esprits, je ne savais plus s'il fallait faire une révérence ou baiser son anneau ou les deux, je finis par m'agenouiller pour recevoir sa bénédiction, comme au couvent. Il me releva le menton d'un doigt, et son regard, qui était vif et jaune, croisa un instant le mien, me forçant a détourner les yeux bien vite ; je n'en sentais pas moins sur moi son œil perspicace et je tremblais qu'il ne découvrît en moi quelque chose d'incongru

« Ainsi voici la fille de votre chère sœur, cette religionnaire enragée ! » Sa voix agréablement modulée remontait d'un ton à la fin des phrases, comme pour ôter de la gravité à ses propos. Mes paupières à demi baissées ne m'empêchaient nullement de voir sa main élégante et baguée se diriger vers une coupe d'argent pour y pêcher un bonbon de pâte d'amandes. Une réflexion de mon père surgit brusquement du passé : « Un mondain, pas un fanatique... » Mgr Poncet de la Rivière, on le savait, ne montrait aucun zèle pour les persécutions. Il avait aidé mon père plusieurs fois, bravant les interdictions royales. Les idées se brouillaient quelque peu dans ma tête, mais je cessai d'avoir peur.

« La Mère prieure de Nîmes fait de grands éloges de votre piété, continuait la voix courtoise. Vous avez, je suppose, été sensible aux enseignements de l'abbé Tribolet ou des autres missionnaires. »

J'ouvris les yeux et confessai que toute leur théologie comptait beaucoup moins que ma dévotion toute spéciale à Notre-Dame la Sainte-Vierge et à l'Enfant Jésus.

« Voilà qui est bien, mon enfant » — et cette fois je crus déceler quelque douceur dans son accent. « Si vous suivez la voie de l'amour divin vous ne ferez jamais fausse route... »

Il changea soudain d'expression, comme dérangé par une pensée importune :

« ... Mais un bon catholique doit aussi savoir manier des arguments. Mgr Fléchier a vivement recommandé de poursuivre votre instruction religieuse. Nous pourrions ici vous confier aux Dames de Saint-Maur. Qu'en pensez-vous, madame ? »

Madame ma tante hochait vigoureusement la tête. Il était visible à l'œil le moins exercé que son admiration sans bornes pour Sa Grandeur lui ôtait toute tentation de le contredire

« Perrine la conduira et veillera sur elle.

— Hé bien ! cela semble parfait. Perrine est tout à fait sûre. »

Je la connaissais déjà, cette Perrine, apparemment destinée à s'occuper de moi. Une femme entre deux âges, austère, efficace, l'air d'une forte paysanne endimanchée avec son bonnet ruché de taffetas noir noué par deux larges brides de velours. Elle avait été la nourrice des deux enfants que mon oncle avait eus d'un premier mariage, et qui n'avaient pas longtemps survécu à leur mère morte en couches. Aussi recevait-elle les ordres de ma tante avec une soumission pincée : elle devait considérer avec méfiance cette intruse, trop jeune et trop brillante, convertie de surcroît, et qui gardait la tache d'être née dans une famille huguenote. L'orthodoxie et la piété de Perrine étaient assurément sans reproches. Elle savait lire, car elle ne quittait pas son livre de prières, qu'elle tirait de sa poche au moment précis où je devais faire mes dévotions. La pensée me vint qu'un tel Cerbère devait être chargé de me surveiller plutôt que de veiller sur moi, mais je me la reprochai aussitôt comme une ingratitude envers ma tante si bonne.

Dans ma hâte de me retirer, je trébuchai dans ma révérence et Sa Grandeur daigna sourire. Je tirai si maladroitement la porte du salon que le loquet ne se ferma pas. Les marches qui montaient à l'étage étaient fort hautes, j'y pris mon temps ; c'était amusant de se pencher au-dessus des balustres pour admirer le soleil peint avec tous ses rayons sur la coupole qui couronnait la spirale carrée de l'escalier. Les phrases de Monseigneur, énoncées avec la diction parfaite d'un orateur habitué aux foules, me parvenaient distinctement.

« Vous avez accompli une belle œuvre, madame, avec une persévérance qui mérite de vifs éloges. Cette méthode était bien plus efficace que de vains efforts pour convaincre. »

La réponse de madame de Javelle était inaudible.

« N'avais-je pas raison de répéter que la violence était inutile, et ne servait qu'à faire des hypocrites ? Laissons les parents. Nous avons les enfants, qui feront l'avenir. »

J'arrivai toute pensive au palier de ma chambre. Les mots

de l'évêque s'agitaient dans ma tête comme des pièces de bois qui devaient s'assembler, mais comment ? « Une belle œuvre. » « Une méthode. » « Nous avons les enfants. » Une vérité, je le pressentais, cherchait à se faire jour, mais n'y parvenait pas...

Perrine m'attendait avec une tasse de chocolat fumant. Merveille des merveilles ! Luxe inconnu au couvent ! Je dévorai un morceau de brioche, après quoi une lingère vint me faire essayer un nouveau col bordé de dentelle. Il me fallait aussi, absolument, lire avant souper un livre que m'avait prêté mon oncle, un gros homme paternel et fort érudit : c'était une pièce nommée *Esther*, composée par un certain Racine, cousin, disait-il, de notre voisin Antoine Sconin, pour un couvent de demoiselles protégées par le roi. Tant d'occupations plaisantes ne me laissèrent aucun loisir pour approfondir des réflexions qu'il serait bien temps de poursuivre plus tard.

Quatre cents pas pour aller à l'école et autant pour en revenir, c'était, me disais-je avec délectation, cinquante fois plus d'espace qu'on ne m'en avait laissé à mon arrivée au couvent. Et mille fois plus d'agrément. Sans doute, je devais chaque matin affronter l'affreux cocher qui servait aussi de portier, et que nous trouvions toujours dans la cour ou sous la voûte, occupé à frotter la chaise de ma tante ou les harnais des chevaux. Il s'interrompait pour m'ouvrir la porte avec de grands saluts hypocrites, auxquels il fallait bien répondre. Mais une fois franchi le porche, quel délice ! Le son joyeux des cloches, annonçant quelque mariage, s'échappait de la tour Fenestrelle et faisait vibrer les vieux murs couronnés de lilas. Des chambrières et des porteurs d'eau échangeaient des plaisanteries, des jeunes gens se hâtaient vers le collège proche de Saint-Julien, des voituriers criaient « Ho ! » pour arrêter leurs bêtes quand leur charrette risquait d'accrocher une borne. Les jardiniers appointés par la ville pour ôter le crottin et les ordures venaient de terminer leur travail, si bien que le ruisselet au milieu de la rue coulait clair et propre. Nous le franchissions d'un grand pas en retroussant nos jupes, et je remarquais avec un malin plaisir que Perrine avait des chevilles grosses deux fois comme mon bras, et qu'elle s'essoufflait à me suivre.

Nous tournions devant le logis royal où feu Louis XIII avait dormi en 1629, puis nous montions vers le Duché par une rue bordée de boutiques qui me donnaient de la distraction, un drapier, un marchand d'oublies *, et une forge tout en haut.

Un matin, je vis là un homme d'une taille inaccoutumée qui faisait ferrer son cheval ; sans aucun doute un voyageur, enveloppé d'une courte cape grise, et qui ne paraissait ni officier, ni gentilhomme. Il se retourna brusquement et je baissai la tête, honteuse d'avoir été surprise en flagrant délit de curiosité. Cette fraction de seconde m'avait cependant suffi pour remarquer ses yeux. Ils étaient fort grands, et gris, ou verts, ou peut-être bleus, d'une couleur froide et métallique qui disait l'énergie et la détermination, et là-dessus descendaient de grands cils recourbés qui voilaient de douceur ce regard insolite. Des boucles noires passaient sous le chapeau qui cachait mal un front carré trop grand pour le visage allongé. Je ne sais comment j'avais pu tant voir en si peu de temps, peut-être parce qu'une gerbe d'étincelles avait jailli au même moment de la forge, encadrant l'inconnu d'une clarté irréelle et magique.

« Allons, allons, bougonna la voix enrouée de Perrine Nous serons en retard. »

La cloche des sœurs régentes sonnait déjà le début de la messe, et je me hâtai, missel et chapelet bien serrés contre moi. Nous étions tassées à ne pouvoir respirer dans le grenier qui servait de chapelle, pour écouter l'office dit par un Père cordelier. Les malheureuses régentes n'étaient que quatre pour diriger leur quatre cents élèves. Toutes les Nouvelles Converties de la ville venaient là apprendre à lire, à écrire et à

* Gâteaux.

psalmodier quelques prières en latin, dans les quatre salles du bas, où elles se poussaient, se pinçaient et se tiraient les cheveux sournoisement sur les deux douzaines de bancs de bois fournis en grognant par les consuls.

L'intendant Bâville avait fait venir les Dames régentes en toute hâte au lendemain de la Révocation, et les avait dispersées dans plusieurs villes de la province pour instruire les Nouvelles Converties. On les avait reçues avec honneur, mais sans joie car il fallait les payer et les installer : autant d'impôts en plus. Elles avaient commencé avec une paillasse et une cuiller, plus une seule marmite. Puis madame de Gravezon leur avait loué une maison, et elles avaient obtenu quelques meubles et une servante. Elles n'en vivaient pas moins, affirmait Perrine qui avait ses entrées dans leur cuisine, dans un total dénuement, constamment endettées et réduites à supplier les consuls. Quand je me rappelais le luxe de l'église des Ursulines, les stalles sculptées et le tabernacle doré, les tableaux et les huit tapisseries qui représentaient les sept merveilles du monde plus le cardinal de Richelieu, je me sentais honteuse pour la ville d'Uzès.

Les petites filles trop misérables pour perdre du temps à s'instruire venaient tout de même, chaque soir, par ordre de l'intendant et de l'évêque, suivre le catéchisme. Et une trentaine de demoiselles déjà bien éduquées, et comme moi d'âge à se marier bientôt, formaient une classe toute spéciale à qui le Père cordelier dispensait, après la messe, une heure d'instruction religieuse. Nous étions savantes comme des docteurs sur l'infaillibilité du pape et le salut par les œuvres. Après quoi, pour mettre la doctrine en pratique, nous étions chargées, une fois par semaine, de distribuer les aumônes et les provisions que nous apportions pour les pauvres.

Plus de latin, plus de calcul, plus de broderies, sinon l'après-midi près de ma tante, comme une occupation et non plus comme une obligation. Mon éducation était achevée. Malgré Perrine, un vent nouveau de liberté soufflait sur ma vie. Mes scrupules envers mes amies restées au couvent s'étaient envolés. Je songeais plutôt à taxer d'inconséquence les grandes personnes, qui m'avaient empêchée de me faire nonne quand je croyais être emportée par l'ardeur de ma foi catholique, et me lâchaient la bride maintenant que je le méritais beaucoup moins.

La nuit qui suivit ma rencontre à la forge, je me réveillai plus tôt qu'à l'ordinaire. Une aube grisâtre pointait derrière les contrevents et je me retournai en tous sens pour tenter de me rendormir. Un vague souci me tracassait. Il me semblait que l'inconnu m'avait fixée trop hardiment, et que j'aurais dû m'en offenser et m'en plaindre. Avais-je fait un péché en n'alertant pas Perrine ? Je ne sais comment, dans mon demi-sommeil, cette question se mêlait inextricablement à celle de savoir si la lèvre de l'étranger portait ou non une fine moustache. Je n'arrivais pas à m'en souvenir.

Rien dans mon austère enfance huguenote, rien dans la vie pieuse et retirée du couvent, ne m'avait préparée aux divertissements du monde, et je les découvris avec stupeur. Je m'étais dès le premier moment laissée aller aux plaisirs du luxe et de la gourmandise, mais l'hôtel de Javelle me réservait bien d'autres tentations.

Assurément, on n'y négligeait aucun devoir religieux, ni les prières du matin et du soir, ni le Bénédicité avant de s'asseoir à table, ni le jeûne du Carême, ni les communions régulières précédées de confessions et de pénitences. Mais on y mettait une certaine grâce — comment dire ? —, une aisance de bon ton. Des extases trop voyantes auraient paru ridicules. Cette bienséance raffinée s'accordait avec le nouveau décor de la cathédrale, où des dizaines d'artisans brossaient à l'or fin les moulures du buffet d'orgue et les délicates volutes des grilles. « On dirait une salle de bal », pensais-je avec quelque irrévérence, sans en rien dire à ma tante qui aurait été choquée et peinée.

Je découvrais avec stupéfaction que la frivolité pouvait être permise — mieux, prônée. Les Ursulines n'avaient pas plus que ma mère toléré une occupation qui ne fût pas pieuse ou utile. Au couvent, nous n'avions même pas la permission de broder une ceinture ou un mouchoir de cou, objets de coquetterie. Ici, je voyais ma tante passer une heure entière à choisir des gants ou à faire arranger ses boucles avant d'aller à l'évêché. J'en étais déconcertée : je le fus bien plus quand j'appris que Sa Grandeur souhaitait voir ses réceptions peuplées de belles dames élégantes. Le faste déployé par les catholiques m'avait jadis fascinée ; mais je n'avais plus huit ans, et j'étais désormais capable de me poser des questions.

La messe du dimanche, que nous allions entendre à l'église Saint-Julien, se révéla une rude épreuve pour ma timidité. Il fallait me faire belle, Perrine s'y employait ; j'étais agitée, car nous rencontrions toute la ville en rubans et dentelles. La position de mon oncle, juge au Présidial et conseiller du roi, nous mettait en vue. On me présentait à des douairières qui m'examinaient, et dont je connaissais les arrière-pensées. Des gentilshommes nous saluaient en s'inclinant très bas ; ils se retrouvaient après dîner dans le salon de ma tante.

Après quelques jours printaniers, ce premier mois de mars que je passai hors du couvent fut glacial. Il gelait chaque nuit, on craignait pour les vignes et les oliviers. Le mistral — le « magistraoù » comme on disait autrefois à Grézac — souffla pendant neuf jours, comme il fait quand il se fâche vraiment, hurlant toute la nuit, passant ses doigts de glace sous les portes et dans les joints des fenêtres. On avait allumé dans toutes les cheminées de grands feux de chêne-vert, autour desquels se rassemblait la compagnie. Quelques hommes graves en veste de velours noir et rabats bordés de dentelle se joignaient à mon oncle pour discuter des affaires de la ville. On ne parlait, en cette année 1692, que de la transformation des consuls, jusque-là élus, en maire et lieutenant de maire qui devraient acheter leur charge. Le roi, toujours à court d'argent pour continuer ses guerres, avait trouvé cet ingénieux moyen de s'en procurer. Qui achèterait et deviendrait le premier maire ? Voilà qui les passionnait tous ; lieutenant du sénéchal, Antoine Sconin, le cousin de ce poète Racine que mon oncle appréciait tant, était déjà sur les rangs.

Ce n'était pas pour suivre ces affaires que je tendais volontiers l'oreille vers les propos de mon oncle, mais parce que j'avais cru entendre prononcer mon nom. L'un de ces messieurs avait tourné la tête vers moi en murmurant une phrase qui m'échappa.

« Nous la doterons, répondit mon oncle. Cela semble tout naturel. »

Son interlocuteur ne parut surpris qu'un instant.

« Oui, oui, évidemment, j'oubliais qu'on avait attribué à madame de Javelle les biens de ses parents... »

Les mots glissèrent sur moi. Ils s'incrustèrent sans doute dans un coin de mon esprit, puisqu'ils devaient me revenir et me frapper plus tard. Sur le moment, je retins seulement qu'on s'occupait de mon futur établissement, ce qui paraissait aussi le cas dans le cercle plus gai qui entourait ma tante. Elle adorait les histoires divertissantes et les mots d'esprit, qui ne faisaient que m'embarrasser. On riait, je rougissais. Parfois, on m'adressait la parole ; je ne savais que balbutier, consciente que j'étais d'être mise à l'épreuve et jugée. Je ne passais pas pour une grande beauté ; de toute manière, je ne pouvais qu'être éclipsée par l'éclat de ma tante, malgré sa trentaine largement dépassée. Je lisais pourtant dans les yeux des hommes que je n'étais pas dépourvue d'une plaisante fraîcheur. Ces regards me troublaient jusqu'à la paralysie. Il faut dire que je n'avais pas approché un homme, je veux dire un laïque, depuis que les soldats m'avaient déposée à la porte du couvent six ans plus tôt.

Étais-je seulement jolie ? La question était pour moi toute nouvelle. Elle me tracassait quand je retrouvais le calme de ma chambre bleue après avoir tiré ma révérence. Le bruit étouffé des conversations et des rires montait de l'étage au-dessous. J'étais encore toute chaude de l'ardeur du feu et de l'attention des jeunes gens. Qu'il était donc difficile de me concentrer sur mes « Pater » et mes « Ave » ! Un soir, je me levai pour aller pieds nus pousser le verrou. La chambre, ou

Perrine avait soufflé la chandelle, était encore illuminée par les flammes vacillantes des bûches, et je m'approchai du miroir de Venise qui surmontait la toilette. Doucement, avec le sentiment de commettre une faute affreuse, je défis le haut de ma chemise, découvrant la peau blanche et satinée de ma gorge. Je penchai la tête pour caresser de la joue mon épaule nue, et le plaisir de ce contact me traversa jusqu'au ventre — un plaisir qui rendait soudain proches mon amie Ninette et le délicieux péché que j'avais cru ne pas commettre. D'un geste, j'arrachai la chemise et découvris pour la première fois dans le miroir mon corps fardé de rose par la lumière du feu. Je vis une taille fine, des hanches rondes, un buste épanoui, et le triangle sombre à la naissance des cuisses. Je reculai comme devant l'apparition du démon.

Je me retrouvai sous ma couette, épuisée d'émotion et anéantie de culpabilité. J'entendais la voix de sœur Marie des Anges, vibrante de reproche : n'était-ce pas elle qui nous avait appris à nous dévêtir chastement sans laisser voir un pouce inutile de chair, à défaire corset et jupon sous l'abri de la vaste chemise de toile ? L'immodestie était un péché, je n'en concevais pas clairement de plus grave malgré la langueur sourde qui m'engourdissait encore le ventre.

Cette fois, il faudrait bien que je fasse pénitence. Je tremblais de honte à la pensée d'avoir à révéler une si sérieuse faute au Père Anselme pour ma confession pascale. Les prêtres passaient très vite, je m'en souvenais, sur les fautes ordinaires: « Bon, mon enfant, bon... », mais ils montraient une curiosité insistante pour tout ce qui touchait la chair. Il m'était arrivé souvent de ne pas comprendre leurs questions insidieuses, dont le sens m'apparaissait mieux à présent. Mon effroi et mes remords seraient-ils suffisants pour obtenir l'absolution et le droit de faire mes Pâques ? Je m'attendais à toutes les sévérités, depuis que j'avais clairement senti sur moi le souffle du Malin.

Le Père Anselme, qui dirigeait notre retraite pendant la Semaine sainte, ne parut que médiocrement perturbé par ma confession. Sans doute avais-je sans le vouloir atténué ma faute, et en vérité comment aurais-je pu décrire ce qui n'avait été qu'une profonde vibration de mon corps ? Je m'en tins au déshabillage, qui me paraissait déjà un horrible péché. A peine le Père avait-il commencé à me sermonner que je fondis en larmes, si bien qu'il ne pouvait rien ajouter à une si évidente contrition. Il se fit rassurant : je m'en tirai avec quelques chapelets à égrener, et une légère déception devant le peu d'émotion de mon confesseur.

Je communiai donc à Saint-Julien, où se disaient les offices de la cathédrale le jour de Pâques, avec les autres jeunes filles de ma classe. Parce qu'un peu de soulagement se mêlait à mon émotion habituelle, je dis mes prières d'actions de grâces avec un élan tout particulier. Un rai de soleil tombant sous la voûte faisait luire les ors des chasubles et des dalmatiques, une vapeur légère montait des encensoirs ; je retrouvais presque mes premiers émerveillements, mes premières extases dans la certitude d'avoir accueilli en moi le Seigneur. Comme dans un rêve, je sortis derrière ma tante sur le parvis encombré d'une foule bavarde. L'appel d'une mendiante me réveilla, je fouillai dans mon aumônière et, quand je relevai la tête, mes yeux croisèrent tout droit un regard métallique hardiment fixé sur moi. Je tressaillis, violemment arrachée à mon ravissement. Je venais de reconnaître le cavalier étranger dont, je ne sais pourquoi, je n'avais pas oublié le visage. Le temps de me détourner, et de me retourner sans pouvoir m'en empêcher, il avait disparu dans la foule.

Si inexpérimentée que je fusse alors, j'avais senti que cette seconde rencontre n'était pas le fruit du hasard. Que me voulait l'inconnu ? Était-il un admirateur ? Mon imagination s'enflammait déjà, puis il me sembla que, si tel était le cas, l'homme aurait salué, cherché à faire impression ; il se serait aussi attifé avec un peu plus de coquetterie. La simplicité presque excessive de son feutre noir et de son habit gris aurait dû sans doute m'aider à comprendre, pourtant je ne devinai rien. Allez donc empêcher l'esprit d'une fille de quatorze ans de battre la campagne ! Elle n'a pas besoin de lire des romans pour flairer le romanesque. J'échafaudai cent hypothèses. Le peu de raison que j'avais me faisait pressentir un danger ; je n'en étais pas effrayée, et me serais fait hacher menu plutôt que d'en parler à ceux qui avaient la charge de me protéger.

Au demeurant, je ne restai pas longtemps dans l'incertitude. Trois jours plus tard, en tournant un peu vite dans la rue des Tanneurs comme je rentrais de l'école, je faillis être renversée par les chevaux d'un charretier, dont la voiture chargée d'une énorme barrique emplissait toute la rue. Je ne compris le danger qu'en entendant crier Perrine, qui me saisit par le bras et me tira sans douceur sous un porche. Alors seulement la peur me submergea, mes genoux se dérobèrent, un voile obscurcit mes yeux, je frissonnai si fort que je ne perçus pas tout de suite la présence d'un homme sous le porche. Quand je le vis enfin, je faillis tomber : c'était encore l'étranger aux yeux perçants. La barrique était passée et nous étions en sûreté : il salua très bas Perrine, qui se rengorgea d'être traitée en dame, et me tendit la main pour m'aider à franchir le ruisseau. Puis il salua encore et disparut comme un lézard de muraille. J'avais déjà remarqué son allure rapide et silencieuse, et ne fus pas surprise ; je serrais très fort dans ma paume le petit objet enveloppé qu'il y avait glissé. Il s'était tapi sous ce porche pour guetter notre passage, je n'en pouvais douter. Ma main glissa doucement vers ma poche, Perrine ne se doutait de rien. Je dus attendre plus d'une heure avant d'être seule et de regarder mon trésor.

C'était un mince bijou plat : une croix de Saint-André à laquelle pendait une larme, et que je reconnus aussitôt. Je lissai de l'ongle le papier et y déchiffrai : « Louyse, 17 fév. 1677. » La date de ma naissance.

« Êtes-vous souffrante ? demanda ma tante à l'heure du dîner. Vos yeux sont cernés et vous n'avez pas dit trois mots en une heure. »

Je me redressai aussitôt et souris bravement. Je savais trop bien ce que signifiait une pareille entrée en matière : la visite du chirurgien pour me saigner, ou plus probablement un bon clystère administré par Perrine. Tout, plutôt qu'un pareil remède. Je prétendis que seule l'odeur du printemps me rendait rêveuse, et demandai la permission d'aller la respirer au jardin.

« Vous irez tantôt. Le soleil frappe trop dur maintenant, et pourrait gâter votre teint. »

Je restai donc près d'elle, travaillant à mon carreau de tapisserie, et me forçant à raconter les insipides bavardages de mes compagnes de classe. Pour la première fois, je m'irritai contre elle et sa façon de me tenir en lisière. « Elle se sert de moi pour lui tenir compagnie parce qu'elle n'a pas d'enfants ! » pensai-je avec rage, et pour une fois je n'étais pas loin de la vérité.

Il me fallait du temps, et de la solitude, pour ruminer, ressasser et remâcher l'incroyable événement qui venait de bouleverser ma tranquille existence : un message de mes parents, brusquement surgis de l'absence et de l'oubli. Seuls au monde, ils savaient que cette croix était mienne et que je la reconnaîtrais. Seuls ils pouvaient l'avoir précieusement conservée, dans leur exil, pendant tant d'années.

A peine revenue dans ma chambre, je la cherchai à tâtons, derrière le tiroir où je l'avais cachée. Sa seule vue me fit frémir de tendresse ; mes vieux griefs fondaient comme neige au soleil, dans la joie de renouer un lien que j'avais cru rompu pour toujours. Je suivis du doigt les quatre languettes égales qui luisaient doucement dans ma paume. Ma mère m'avait expliqué, je m'en souvenais fort bien, que c'était là un symbole de notre foi, le signe de ralliement des huguenots.

Notre foi, celle de mes parents ! Mon cœur se serra. Cette foi était une hérésie, que j'avais reniée. Je n'ignorais pas que ce message m'entraînait sur une pente dangereuse. Ma vie ici était toute tracée, et j'avais juré obéissance à l'Église de

Rome. Remettre la petite croix doucement, tendrement dans sa cachette, c'était déjà désobéir, et je le savais. Mais mon sentiment, comme toujours, était plus fort que ma volonté.

Les étranges façons du cavalier inconnu se trouvaient expliquées. Mes parents l'avaient envoyé vers moi. Il m'avait cherchée et retrouvée, je ne saurais jamais comment ; il s'était assuré qu'il ne se trompait pas avant de me donner son mystérieux message. Un autre plus clair suivrait, j'en étais certaine, je m'y préparais déjà. Peut-être mes parents étaient-ils revenus dans le pays ? Et alors, où se cachaient-ils ? Une seule chose était sûre : je reverrais l'homme en gris.

J'attendis. Je guettai longuement la rue derrière les rideaux de ma chambre. Je scrutai les porches et les boutiques en allant à la messe du matin. Je me retournai dix fois quand Perrine ne regardait pas. Je ne vis rien ni personne. Une semaine passa, puis une deuxième. Je devenais nerveuse, irritable, à demi folle de déception. L'étranger semblait s'être volatilisé. Il me fallut explorer l'espace derrière le tiroir, jusqu'à ce que la mince croix me pique le doigt, pour être sûre que je n'avais pas rêvé.

Dans ma vie encore courte j'ai connu bien des épreuves et des souffrances ; pourtant, je ne parviens pas à me souvenir de ce printemps de mes quatorze ans où je vivais entourée de luxe et de sollicitude comme d'une époque heureuse. J'ai connu la peur, le froid, l'épuisement et les horreurs de la prison, mais jamais plus ce déchirement, cette incertitude de ce que je suis et de ce que je veux, cette impression de n'être qu'un jouet entre des mains plus fortes que les miennes.

Le confort de l'hôtel de Javelle ne m'était d'aucun secours, et pas davantage l'affection de mon oncle et de ma tante. J'appuyais mon front aux vitres sans y trouver de fraîcheur ; la tapisserie glissait de mes genoux. Je tressaillais si l'on m'adressait la parole, et ne pouvais répondre qu'après un pénible temps de silence. La solitude et la compagnie m'étaient également insupportables. Je traînais Perrine jusqu'au jardinet qui jouxtait l'évêché, de l'autre côté du pont en dos d'âne, sans éprouver la moindre délectation à distinguer les odeurs mêlées des lilas et des iris. La prière même se desséchait sur mes lèvres et perdait son pouvoir d'apaisement.

Comment pouvais-je ressentir une joie si vive à recevoir un signe de mes parents, ces hérétiques, opiniâtres dans leur erreur, fugitifs traîtres à leur roi ? Devais-je les rejeter pour être fidèle à ma nouvelle foi ? Non, c'était impossible, l'Église catholique, à laquelle j'avais accepté de me soumettre, ne pouvait me demander de renier un devoir aussi sacré, inscrit parmi les dix commandements de Dieu, celui d' « honorer père et mère ». Qui alors m'avait interdit de les voir, avait déclaré leur influence pernicieuse, peut-être diabolique ? Le roi? Le roi, ce représentant de Dieu sur notre terre de France ?

Je me débattais dans les contradictions, je ne pouvais que m'enfoncer dans la dissimulation et le mensonge. Coupable, j'étais coupable quel que soit le côté vers lequel je choisisse de me tourner. J'imaginais mal comment, si le message avait une suite, je pourrais jamais me jeter dans les bras de ma mère, dont je voyais bien maintenant que j'avais renié ce qu'elle m'avait appris. Mais il était encore plus difficile de tout avouer à mon confesseur, de lui remettre la croix huguenote, de dénoncer le messager. Une première trahison en entraînait d'autres, en une chaîne inexorable.

L'apparente disparition de l'homme en gris, en éloignant de moi toute décision à prendre, aurait pu m'aider à retrouver mes esprits. Il n'en était rien. Elle ajoutait au contraire à mes tourments une angoisse intolérable.

Je suivais docilement ma tante à la messe autrefois tant aimée. Les lettres de mon livre dansaient devant mes yeux tandis que mes lèvres psalmodiaient mécaniquement. C'est seulement quand la sonnette de l'enfant de chœur nous jetait tous à genoux, tête baissée, que montait en moi un pressant appel : « Seigneur, ayez pitié de moi ; faites-moi connaître votre volonté. Seigneur, envoyez-moi un signe... »

Le signe vint, ou plutôt je crus le reconnaître dans un événement que l'on tenta en vain de me cacher.

Ce matin-là fut comme tous les autres. On vint cependant me dire que Monseigneur viendrait dîner, et qu'on me servirait dans ma chambre. Puis, flanquée de l'éternelle Perrine, je me rendis chez les Dames régentes, guettant les silhouettes au coin des rues, déçue une fois encore, et je suivis la classe de religion en pensant à autre chose.

Quand je revins avant dîner à l'hôtel de Javelle, un carrosse aux rideaux noirs tirés pénétrait sous le porche. Un homme en descendit, voûté, cireux, vêtu de noir sans aucun ruban, une sorte de fantôme que son valet escorta jusqu'à l'escalier.

« Qui est-ce ? » murmurai-je, impressionnée, à Perrine qui fit semblant de n'avoir pas entendu.

On ne m'écartait pas si facilement. Je souris à la femme du cocher, jaillie de son antre sous le porche avec deux marmots pendus à ses jupes, et déclarai que je reconnaissais ce gentilhomme et qu'il venait de Nîmes.

« Oh non, mademoiselle, dit naïvement la femme qui n'avait pas vu l'œil furibond de Perrine. C'est le pauvre monsieur de Sallargues. »

Le baron de Sallargues ! Je tournai la tête pour tenter de l'apercevoir encore, mais il avait disparu. Un père bien fluet pour ses deux terribles filles. Je me rappelais leur audace, quand elles chantaient des psaumes d'une voix assez forte pour traverser les murs, et notre curiosité passionnée, et l'affolement des sœurs. Pour se débarrasser d'elles, on les avait rendues à leur père qui promettait de les marier. L'avait-il fait ? J'avais quelque peine à les imaginer assagies, ou domptées par des maris catholiques, et appelant le curé pour baptiser leur nouveau-né.

Des années de longs silences au couvent m'avaient appris à deviner ce que l'on ne me disait pas. Perrine ne répondrait à aucune question. On m'avait écartée du dîner pour m'empêcher de rencontrer le baron et de lui parler de ses filles. Et pourquoi donc, si elles étaient converties et heureusement mariées ? Quelque événement avait dû contrarier ce projet. Je revis les vêtements de deuil du père, son air usé. Serait-il possible que l'une d'elles... Non, quelle sinistre pensée ! Leur vitalité ne faisait pas de doute. Il y avait là un mystère, voilà tout. Je trouverais sûrement le moyen de l'éclaircir.

Je n'eus besoin que d'un peu de patience, deux jours pour guetter l'occasion de parler à Delphine Vernède, une Nouvelle Convertie récemment mariée, à qui l'on avait prescrit de poursuivre dans ma classe son instruction religieuse. Elle n'était pas gardée comme une jeune fille, et, fort bavarde de nature, elle saurait tout. Il me fallut encore deux jours de chuchotements pendant la messe et de rencontres furtives pour lui extorquer, bribe par bribe, l'horrible histoire qui avait bouleversé toute la région.

Rien que l'idée de l'écrire me fait trembler la main. Il le faut pourtant, si je veux me comprendre moi-même. Qu'aurait été ma vie sans Marguerite et Fanchon de Sallargues ? J'aurais épousé quelque procureur du roi, je vivrais dans une maison à toit côtelé de tuiles roses et escalier à balustres, j'aurais un jardin plein de lauriers dont les feuilles parfumeraient le civet du dimanche au retour de la messe, je ne connaîtrais rien, ou presque, des épreuves qui sont pour mes frères la trame des jours.

Monsieur de Sallargues, je l'ai déjà dit, avait fiancé ses filles à deux bons catholiques. Mais on ne pouvait rencontrer deux chèvres plus têtues. Rentrées chez elles, elles refusèrent même de voir les deux gentilshommes. Ceux-ci ne renoncèrent pas pour autant : les demoiselles étaient richement dotées. Le baron lui-même tint bon, car les mariages étaient la condition absolue pour qu'on lui permît de garder ses filles Les pères s'aveuglent aisément, ne conçoivent pas que leurs enfants bien-aimés puissent les haïr. Celui-là s'imaginait capable, en alternant la tendresse et l'autorité, de vaincre l'obstination des jeunes filles.

On fixa en janvier le mariage de Marguerite, qui était

l'aînée. On le lui annonça la veille de Noël ; elle ne dit pas un mot. Le baron crut avoir gagné la partie. Une mère, peut-être, se serait inquiétée de l'éclat froid des yeux de sa fille. Le père ne perçut rien du tout.

Comme il se préparait pour la messe de minuit, et qu'à la cuisine l'oie grasse tournait déjà sur sa broche, un bruit curieux le surprit — un coup bref et sourd qui semblait venir de la chambre de Marguerite. On s'étonna, puis on s'inquiéta : sa porte était verrouillée, il fallut la forcer. La jeune fille était étendue sur le plancher, vêtue d'une robe de fête, les doigts encore posés sur le pistolet qu'elle avait dérobé. Fanchon hurlait, on dut la calmer avec de l'eau glacée. La douleur de monsieur de Sallargues faisait peine à voir.

Le pire était à venir cependant. Le lendemain soir, le curé frappa à la porte, enragé de colère de voir ruiné le mariage qu'il avait lui-même manigancé. C'était un dangereux fanatique, un de ces prêtres qui harcelaient les Nouveaux Convertis, notaient leurs absences aux offices ou la manière dont ils s'agenouillaient pour les dénoncer. Depuis qu'il avait fait envoyer ses deux filles au couvent le baron n'osait plus lui refuser sa porte, mais cette nuit-là le curé ne se souciait pas de lui. Il brandissait un jugement qu'il s'était procuré ; les Anciens Catholiques qui l'accompagnaient eurent en une minute attaché sur une claie le corps de Marguerite. On ne pouvait protester, c'était la loi pour une morte relapse qui n'avait pas voulu les sacrements. Le cadavre fut promené le jour qui suivit Noël dans le village, la tête en bas, avant d'être jeté à la voirie. Les beaux cheveux noirs s'étaient défaits et traînaient dans la boue. Dans la nuit, le malheureux père, avec un domestique qui lui était attaché, alla secrètement ensevelir ce que les chiens avaient laissé de sa fille.

Le même jour il avait ôté des murs du château toutes les armes, héritées de plusieurs générations de Sallargues batailleurs. Toutes : les pistolets et les mousquets, les piques, les hallebardes et les pertuisanes. Peu à peu il se rassura. Fanchon, d'abord hébétée, sembla reprendre ses esprits. En janvier, elle fit une promenade ; en février, elle sourit à son père. En mars, elle cueillit dans les prés un bouquet de violettes et accepta de rencontrer son fiancé. Avril fut consacré au trousseau : elle subit comme une poupée les essayages de sa robe de noce. Le 30 du mois, on la trouva reposant paisiblement dans son lit trempé de sang : elle s'était tranché les poignets avec un couteau effilé volé dans la cuisine.

Cette fois, monsieur de Sallargues fit clouer sur le portail des traverses de bois et creusa lui-même, dans une cave, une tombe secrète pour son enfant. Il fit savoir que pour l'atteindre il faudrait défoncer la porte à coups de hache et lui passer sur le corps. Finalement, le curé le laissa tranquille : il y a des douleurs qui forcent la compassion des plus intolérants.

Que pourrait dire l'indulgent, le libéral Mgr Poncet de la Rivière à cet homme rongé de chagrin et peut-être de remords ? Que les voies du Seigneur sont mystérieuses et sa puissance infinie, et qu'Il avait peut-être sauvé des tourments de l'enfer deux créatures qui s'étaient perdues par amour pour Lui ? Je ne savais pas si un prélat catholique pouvait se permettre ce langage, qui impliquait le pardon divin pour les hérétiques sincères. Quant à moi, je pensais voir clairement dans quel dilemme Marguerite et Fanchon avaient été prises. Disposer de sa vie, est-ce un péché plus grave que d'abjurer sa foi ? Se croyant dans les deux cas condamnées à la damnation éternelle, les malheureuses avaient choisi la voie la plus difficile, celle de la fidélité.

Ainsi l'on pouvait aimer Dieu jusqu'à la mort. Peu à peu, l'horreur faisait en moi place à l'exaltation. J'aurais fort mal reçu le catholique qui serait venu accuser mes amies d'orgueil et d'obstination dans l'erreur. Je les voyais, comme à Nîmes, sauvées et purifiées par leur courage. Un courage que je n'avais pas eu, moi qui avais si légèrement accepté de renier la religion de mon enfance. Soudain, tout ce qui m'avait attirée quand j'avais huit ans me faisait honte. Je m'étais laissée prendre à la beauté des rites, je m'étais prosternée devant des images, j'avais cru à la magie de la présence divine dans l'hostie, j'avais renoncé au libre examen pour me soumettre à des prêtres qui soudain m'apparaissaient abusifs.

Le remords m'étouffait. Mon vernis catholique craquait de partout tandis que remontaient du passé les enseignements de ma mère et le souvenir des assemblées où le chant des psaumes s'enflait sous les voûtes. Pourquoi avais-je trahi ? Je ne m'en souvenais plus. Je ne comprenais plus que pour un enfant confiant la Vérité sort de la bouche des adultes qui prennent soin de lui chaque jour. Ni que la soif d'affection et d'approbation d'une petite fille désespérée pouvait aisément l'entraîner vers une religion plus humaine et plus souple que celle des huguenots. Mes faiblesses passées me semblaient abominables.

Il me fut cette nuit-là impossible de fermer l'œil. Les images ensanglantées de mes amies m'apparaissaient dès que je posais la tête sur l'oreiller, et je me redressais en hâte, terrifiée. Si elles étaient entrées dans la chambre avec leurs plaies béantes pour pointer vers moi un doigt accusateur, j'en aurais été à peine surprise. N'était-ce pas moi qui les avais assassinées, moi et tous les traîtres de mon espèce, dont la frivolité et la lâcheté donnaient raison à leurs persécuteurs ? J'en vins à me haïr si fort moi-même que je trouvai du soulagement à tourner ma rancœur contre tous ceux que j'avais tendrement aimés pendant des années. Ah ! comme je voyais clair dans leur jeu maintenant ! Ma tante, que j'avais crue généreuse et bonne… Des phrases entendues, des gestes ou des expressions entrevus me revenaient en mémoire pour prouver un complot dont j'avais été la victime. « Nous avons les enfants », avait dit Monseigneur. Les enfants étaient plus faciles à convertir que leurs parents, il suffisait de les leur arracher, de les séquestrer, de les endoctriner. La méthode, la voilà ! La belle œuvre de ma tante, c'était moi ! J'avais accusé le cocher à tort, il n'avait été que le docile instrument de madame de Javelle. Elle avait combiné mon enlèvement, je le voyais enfin à l'évidence. On lui avait ensuite confié les biens de mes parents pour la récompenser de les avoir trahis.

« Judas ! Judas ! » sifflais-je entre mes dents en me retournant sur l'oreiller.

Le lendemain matin, je me plaignis de migraine pour ne pas aller à la messe ; ce n'était pas un prétexte, ma nuit blanche m'avait laissée toute dolente. Vers onze heures, je descendis au jardin en prétendant que l'air me ferait du bien. Comme je traversais le petit pont avec Perrine sur mes talons je cessai de respirer : je venais de reconnaître, en bas dans la ruelle, une silhouette désormais familière enveloppée d'une cape grise.

Je me forçai à faire le tour du parterre ; je ne voyais rien, ne répondais rien, la migraine pouvait expliquer mon silence. Puis Perrine voulut me faire asseoir sur le banc de pierre à l'ombre des fusains ; elle me racontait quelque obscure querelle entre le bedeau de Saint-Julien et une dame d'œuvres. Je n'écoutais pas : je regardais une orange qui venait de tomber à côté de moi et de rouler doucement jusqu'à la bordure d'iris.

Sa couleur insolite, encore plus violente sur le fond de verdure, finit par attirer l'œil de Perrine qui la ramassa et la considéra d'un œil perplexe. « Je vois ce que c'est ! » proféra-t-elle enfin avec assurance : elle était coutumière des affirmations péremptoires et prétendait ne jamais se tromper. « Madame a voulu la manger au jardin, puis l'a laissé tomber et n'a pas cru bon de la chercher. » Avec Perrine tout venait toujours d'une faute de ma tante. Pour une fois, cela me convenait très bien.

Rentrée dans la maison, comme je m'y attendais Perrine déposa l'orange au sommet de la pyramide de fruits posée sur la crédence. M'en emparer ensuite fut un jeu d'enfant. Il y avait au milieu une lettre assez longue, écrite en pattes de mouche sur un papier roulé comme un petit tuyau, si serré qu'il n'avait fait dans l'écorce, au point d'attache de la tige, qu'un trou gros comme une piqûre d'épingle et invisible à un œil non prévenu.

« Mademoiselle, disait la lettre dont le texte s'est gravé dans ma mémoire, ayez la bonté de me pardonner la conduite indiscrète que j'ai dû tenir pour attirer votre attention. Vous savez maintenant que je suis chargé d'une mission par vos parents, qui vivent en paix à Lausanne. Leur santé est bonne et Dieu leur a donné un nouveau fils Jacques-Louis après avoir rappelé à Lui votre dernière sœur. Ils m'ont demandé de vous retrouver, ce que j'ai réussi après quelques peines, et de vous conduire près d'eux. Ainsi ferai-je si vous voulez bien consentir à suivre mes instructions... »

J'interrompis ma lecture pour serrer la lettre contre mon cœur. La perte de la petite sœur que j'avais bercée autrefois me donnait du chagrin, qui pourtant ne pouvait étouffer ma joie. Mes pensées se bousculaient, mais l'une surnageait, plus nette : « Mon devoir est d'obéir à mes parents. » Comme si, depuis cinq années, on ne m'avait pas appris, justement, à leur désobéir ! Je dus m'approcher de la lucarne qui éclairait le cabinet où je m'étais cachée pour déchiffrer les dernières lignes presque illisibles.

« Quand vous irez au jardin en franchissant le pont, vous trouverez à main droite une pierre du parapet descellée. Placez demain votre réponse dans la fente, et le jour suivant vous y trouverez un message. J'ai l'honneur d'être, Mademoiselle, votre très humble serviteur. » La signature, David Siguier, ferme et sans fioritures, me fit sourire. David, en vérité ! David seul pour combattre le tout-puissant Goliath Louis XIV !

Je n'avais pas besoin de réfléchir. Le retour du messager, suivant de si près les terribles nouvelles de Sallargues, ne pouvait être que le signe du ciel tant imploré. Le chemin à suivre devenait parfaitement clair. J'étais prête à me lancer dans l'inconnu avec l'intrépidité de la jeunesse, avec son égoïsme aussi, car je n'eus guère de remords pour le chagrin que j'allais causer à madame de Javelle. Peut-être aussi (mais j'étais trop naïve pour m'en rendre compte) aurais-je hésité davantage, si j'avais dû remettre mon sort entre d'autres mains que celles de l'homme en gris.

DEUXIÈME PARTIE

« Ces violents plaisirs ont des fins violentes »

Roméo et Juliette

CHAPITRE V

Uzès, mai 1691

Quand je tente de retrouver les sentiments qui m'agitaient dans les quelques heures précédant mon départ de l'hôtel de Javelle, je m'étonne de la légèreté avec laquelle j'acceptais de détruire, d'un seul coup, la totalité de ce qui m'était familier. L'aisance et les agréments de l'existence quotidienne n'étaient que peu de chose : mais les affections qui me soutenaient, la religion qu'on m'avait si patiemment apprise, les protections bienveillantes qu'étendaient au-dessus de moi mon confesseur et Mgr l'évêque, les projets d'avenir déjà formés pour moi ne pesèrent pas davantage. Avec les années vient un attachement plus fort à l'entourage ; sans doute aussi apprend-on à mieux calculer. Je n'y songeais pas. Ce qui avait fait ma vie s'était consumé en un instant, comme une charpente dans une grande flamme attisée par le vent, me laissant délivrée, prête pour la griserie de l'action et l'ivresse de me sentir maîtresse de ma destinée.

Le message trouvé dans la fente du parapet donnait des instructions précises, que je devais suivre sans faute deux nuits plus tard en profitant de la nouvelle lune. A minuit, juste après le passage du guet, je devais sortir sur une étroite terrasse qui prolongeait la bibliothèque de mon oncle. Rien de plus facile, à condition de ne pas faire de bruit. Heureusement, j'avais près d'un jour et demi pour m'y préparer.

J'étudiai lame par lame le plancher du couloir pour repérer les endroits qui craquaient. Là, à l'étage des chambres à coucher, se trouvait le plus grand danger. Je découvris vite qu'en posant le pied tout près du mur on supprimait les grincements. Il me fallait aussi voler un peu d'huile pour graisser les gonds de ma porte. Je mis dans ma poche une petite boîte d'argent, cadeau de mon oncle, avec un chiffon et je feignis la gourmandise pour aller flâner dans la cuisine. « Que fais-tu là, Javotte ? Des oublies ? Mmm... laisse-moi goûter. Ah ! pardon ! Maladroite que je suis ! » Javotte bousculée avait répandu un peu d'huile, que je voulus éponger avec force excuses, et je pus cacher le chiffon graisseux dans ma boîte. Javotte agacée me pria de ne plus la gêner et de disparaître, ce que je fis avec empressement. Ces intrigues m'amusaient follement : je découvrais les plaisirs de la cachotterie. Au temps des messages de monsieur Pautet j'avais ressenti les remords du mensonge par omission et la terreur d'être découverte. Maintenant, cette frayeur même, encore bien réelle, venait pimenter le sentiment de secrète supériorité qu'on éprouve envers ceux que l'on trompe.

La porte des pièces de réception, je le savais, s'ouvrait sans bruit, et je repérai soigneusement la position des meubles de façon à n'en heurter aucun dans la périlleuse traversée de nuit que j'allais entreprendre. Le parquet gémirait peu, et sans doute n'entendrait-on rien d'un étage à l'autre. Restait la porte-fenêtre de la terrasse, qui pourrait causer de sérieuses difficultés quand les volets intérieurs seraient clos. Je résolus de ne l'ouvrir qu'à minuit, quand l'horloge commencerait à sonner les douze coups : ainsi, les légers bruits que je pourrais provoquer n'attireraient pas l'attention. Toute la journée je couvai du regard la grosse boîte en bois d'olivier marqueté d'ébène et de cuivre. Les têtes d'angelots qui en ornaient les quatre coins semblaient me sourire d'un air complice ; les aiguilles de bronze avançaient d'un mouvement saccadé comme pour rythmer ma progression vers la liberté.

Enfin la nuit vint ; je me glissai hors de mon lit comme j'entendais sonner onze heures. Je crus ne jamais arriver à lacer mon corset seule ; il bâillait, en vérité, mais je ficelai mon jupon bien serré par-dessus. En sortant du coffre la robe ordinaire de futaine, que les instructions me recommandaient de revêtir avec une mante bien chaude, je caressai dans le noir avec une certaine nostalgie la soie encore raide de la belle robe jaune d'or commandée pour la Fête-Dieu. Porterais-je encore une robe de soie ? J'en doutais. J'allais vers l'exil et la pauvreté, et j'offrais de bon cœur ce petit sacrifice au Seigneur.

Je tâtonnai pour trouver sous mon édredon le baluchon que j'avais préparé un peu plus tôt et qui contenait une jupe, deux chemises et ma croix huguenote dans la boîte d'argent nettoyée. La porte ne cria pas ; je glissai en silence le long du mur, puis sur les marches de pierre du grand escalier carré vaguement éclairé par un lumignon. Toute lumière était un danger ; mon cœur pesait dans ma poitrine tandis que je tournais la poignée dorée qui ouvrait le salon. Je me glissai dans l'obscurité : j'avais tout mon temps, il me fallait attendre minuit. Les tic-tac de l'horloge prenaient dans le silence la force de coups de cymbales. Enfin mes mains étendues devant moi rencontrèrent une surface irrégulière que je mis un moment à reconnaître : c'était un coin sculpté de la bibliothèque, je m'étais dirigée un peu trop à droite. Je venais à peine de découvrir le volet quand j'entendis les pas lourds du guet dans la ruelle. Au même moment, le premier coup de minuit retentissait dans la chambre.

Avec frénésie, je manœuvrais l'espagnolette qui résistait et me paraissait produire de si affreux grincements que je m'attendais à voir accourir toute la maisonnée. Je crus que l'aventure était terminée, que je resterais enfermée là ; je sentais que je m'acharnais à contretemps. Enfin, la crémone céda et se mit à tourner, une raie plus claire apparut, le volet s'écarta ; ce ne fut plus qu'un jeu d'ouvrir la fenêtre. Je m'avançai sur la terrasse comme sonnait le onzième coup, derrière un laurier planté dans une auge de pierre, je vis bouger quelque chose qui me fit peur ; j'eus un mouvement de recul comme une grande main se posait sur mon bras.

« Ne craignez rien, chuchota l'ombre, mais il faut nous hâter. Je suis David Siguier. »

Il empoigna mon baluchon et me tira vers le rebord de la terrasse, qu'il enjamba. Une échelle de corde pendait dissimulée dans le lierre. A mon tour je descendis, les yeux clos pour empêcher la panique de me prendre. Il guidait mes pieds sur les barreaux, l'un après l'autre, et finalement il me saisit par la taille pour me déposer plus vite dans la rue. J'en aurais rougi de honte si nous n'avions pas été dans une hâte qui rendait le geste naturel ; nous ne pouvions rester dehors, le couvre-feu était très strict. L'homme me prit par la main et m'entraîna vers une porte basse, vingt mètres plus loin ; c'était un autre jardin ; il nous fallut ramper derrière une haie de buis pour atteindre l'entrée d'une cave, où l'on descendait par des degrés de pierre rongée et gluante. « Accrochez-vous à moi, répétait mon guide. Pas de bruit ! Surtout ne tombez pas. Vous êtes en sûreté pour quelques heures. Soyez patiente, je viendrai vous chercher. » Il disparut sans autre adieu, me laissant à cligner des yeux dans la lumière d'une lanterne.

« Suivez-moi », dit une voix chevrotante tandis que le nouveau venu abaissait sa lanterne pour éclairer le sol de terre battue où couraient des rigoles noirâtres. C'était un très vieil homme contrefait aux yeux clairs, à la barbe hirsute et grise, dont l'air de bonté me parut rassurant. Nous passâmes d'une cave à l'autre ; il tirait des verrous, ouvrait des serrures rouillées avec une énorme clé qui devait bien peser deux livres. « Tous ces souterrains communiquent sous la ville », murmura-t-il. Des arcs de pierre suintante d'humidité bâillaient sur des espaces noirs ; il me semblait parcourir les cercles de l'Enfer. Enfin, nous débouchâmes dans une chambre voûtée plus sèche, jonchée de paille, où étaient étendues trois ou quatre formes enveloppées de grands manteaux. La flamme d'une lampe à huile tremblotait au bout d'un croc de fer. Le vieil homme m'installa sur deux bottes de paille et s'éloigna en me répétant de ne pas avoir peur. Je trouvai qu'il en parlait à son aise.

Il faut croire que, recrue de fatigue et d'émotions, je m'endormis malgré ma terreur des rats, car je me souviens d'avoir soudain planté mon regard dans les yeux métalliques de David Siguier penché sur moi. « Vite, vite, disait-il, c'est le moment, quatre heures approchent, nous n'avons pas une minute à perdre ! » Trois heures de sommeil m'avaient fait les membres mous, la bouche mauvaise ; mon corps refusait tout service, il ne voulait que s'affaler encore sur la paille. L'homme me secoua sans trop de douceur. « On ne dort pas quand on risque sa vie et celle des autres. N'êtes-vous qu'une enfant ? »

Le ton dédaigneux me réveilla pour de bon et je me dressai, serrant autour de moi ma mante à capuchon. La cave était vide, les autres dormeurs avaient disparu ; je compris que mon guide les avait emmenés d'abord pour me laisser reposer plus longtemps.

« Prions Dieu pour notre entreprise », murmura-t-il en s'agenouillant sur la paille, et je m'agenouillai près de lui, m'efforçant de répéter les paroles de confiance qu'il semblait tirer de lui-même : « Seigneur, veuille ouïr notre prière. Ô, Seigneur, plaise à toi d'aider à notre délivrance... » Je suivais avec peine : il y avait si longtemps que je n'avais entendu tutoyer Dieu que je ne pouvais me défendre d'une impression d'étrangeté. Le sentiment de retrouver quelque chose de ma petite enfance n'arrivait pas tout à fait à effacer l'audace blasphématoire de ce « toi ». Mais l'homme ne me laissa pas le temps de la réflexion ; déjà il se dirigeait vers un étroit escalier caché derrière un pilier. « Où sommes-nous ? » demandai-je comme je le suivais en trébuchant, et il précisa que la cave s'étendait sous la tour de l'Horloge, près de la porte Saint-Étienne qu'il nous faudrait franchir avant le jour, avant que l'on ne découvrît à l'hôtel de Javelle la porte bâillant sur la terrasse et mon lit déserté.

Quatre portes seulement permettaient de franchir le profond fossé qui entourait la ville. Elles étaient gardées par la maréchaussée et je voyais fort bien que là se situait le point le plus délicat de l'évasion. Ce souci m'absorbait si fort que je ne remarquai pas d'abord le changement de costume de mon guide. Ce fut seulement quand j'entrai à sa suite dans un vaste hangar où deux hommes attelaient de lourds chevaux à des chariots bâchés que je remarquai sa veste de droguet, son chapeau noir à larges bords et ses sabots remplis de paille qui le rendaient exactement semblable aux autres voituriers.

Le hangar était un entrepôt de laine, et l'odeur du suint me prit bientôt à la gorge. Des particules s'échappaient sans doute des monceaux de toisons jaunâtres entreposées jusqu'aux poutres du toit, car j'eus très vite la gorge irritée. Aussitôt le guide fondit sur moi comme un aigle. « Pas de bruit ! N'avez-vous pas un mouchoir pour vous couvrir le visage ? Arrangez-vous, mais vous ne devez pas tousser, pas une seule fois, entendez-vous ? » J'avais beau comprendre qu'une telle rudesse était dictée par un sentiment aigu du péril, une apostrophe si brutale me suffoqua. Il s'en aperçut sans doute, car il dit plus doucement : « Ce ne sera pas long. Vous allez entrer dans cette malle où vous respirerez mieux. »

Une grande caisse recouverte d'une épaisse toile clouée occupait le fond d'un des chariots. Je m'y couchai non sans appréhension, même quand je compris que deux roseaux, traversant le fond de la malle et le plancher de la carriole, devaient me permettre de ne pas étouffer. Un système ingénieux, à condition qu'il ne soit pas découvert ! Je le dis à monsieur Siguier qui se contenta de sourire. « Il ne le sera pas. Rien de tel qu'une bourse pleine de jaunets pour aveugler les gardes ! » Le couvercle retomba sur moi et les hommes commencèrent à empiler la laine par-dessus.

Ce ne fut pas long en effet, bien que chaque seconde me parût un siècle, tant je craignais que les soldats, malgré tout, ne prissent fantaisie d'explorer le chargement à coups de piques comme ils le faisaient si souvent. Les chariots s'ébranlèrent, cahotèrent sur les pavés d'une manière à me rompre les os, et s'arrêtèrent presque aussitôt. J'entendis un concert de voix rudes ; l'un des voituriers cria qu'il allait livrer de la laine à la manufacture de serge au bord de la rivière, et que les papiers étaient en règle. Il ajouta quelques mots incompréhensibles, sans doute une plaisanterie car tout le monde s'esclaffa, puis je sentis la voiture rouler sur le pont de bois. Nous étions passés.

Il fallut cahoter encore un moment, puis attendre qu'on eût tiré la laine avec de grands râteaux de bois. Enfin, la caisse s'ouvrit. Je remuai mes membres courbattus, je sortis, sautai à terre et explosai en éternuements frénétiques. Cette fois, les trois hommes en cercle autour de moi riaient de tout leur cœur.

Il faisait maintenant grand jour. Comme nous sortions du hangar dans l'air encore frais du matin, le soleil montait derrière une haie de jeunes cyprès qui semblaient s'effilocher dans sa lumière éclatante. Je songeai que mon premier jour de liberté serait un jour glorieux. « Voyez ! dit près de moi la voix de David Siguier, c'est ainsi que la splendeur de Dieu illumine et consume les âmes des fidèles. » Il était grave, recueilli, le regard au loin. Je ne reconnus pas l'homme d'action, le conspirateur que j'avais cru rencontrer.

Avant de repartir pour livrer leur laine à la fabrique, les voituriers nous avaient comblés de vœux pour le voyage et de protestations rassurantes : « Avec ce guide-là, Demoiselle, vous n'avez rien à craindre ! Il est enfant du pays, et a déjà fait le chemin plus de six fois ! » J'avais promis que je lui obéirais en tout, et je le suivais docilement comme il se glissait entre deux bergeries, hors de vue, pour gagner une porte basse qu'il poussa sans frapper. Nous nous trouvions dans une cuisine voûtée, où ronflait un grand feu dans l'âtre noirci. La clarté tombant d'une imposte laissait distinguer des hommes attablés devant des écuelles de soupe, servie par une femme assez jeune en cotillon noir.

« Ah ! voici notre petite compagne de la nuit ! » s'exclama l'un d'eux, et tous se mirent debout en tirant leur chapeau. Je reconnus, si l'on peut dire, les dormeurs de la cave, qui avaient dû franchir les portes avant moi par d'autres moyens de fortune. Celui qui avait parlé portait un justaucorps de gros drap bleu sur une culotte fauve de bonne coupe : un grison légèrement voûté par l'âge, et qui me fixait de ses yeux vifs profondément enfoncés sous la broussaille des sourcils. Il m'intimida plus que les autres, un homme dans la force de l'âge et deux très jeunes, des ouvriers sûrement si j'en jugeais par leurs visages tannés et leurs vêtements aux bords élimés.

« Je suis Jacques Espérandieu, drapier à Uzès, reprit le vieil homme, et voici Étienne Bénézet, de Vézenobres, et les deux frères Fabre, tisserands de toile à Saint-Jean-le-Centenier. Ils sont de la Religion comme moi, et souhaitent se rendre à Genève pour fuir cette infâme Babylone où nos frères gémissent en captivité. »

Son langage me déconcerta. Tant d'années passées au couvent ou dans les salons policés de l'hôtel de Javelle m'avaient déshabituée de ces fulgurances bibliques. Pour la première fois, l'excitation de l'aventure laissait place en moi à une nuance de désarroi. En m'élançant sans regarder en arrière vers un monde nouveau, je ne l'avais pas imaginé aussi étranger.

Ce ne fut qu'un bref instant. Déjà la fermière m'avait prise par la main pour m'installer à la table et poussait devant moi une écuelle fumante. « Vous devez être fatiguée, disait-elle, je vous ai arrangé un lit où vous pourrez dormir en sûreté pour vous préparer au départ la nuit prochaine. » Il était doux de s'en remettre à ses mains maternelles. Quand nous eûmes l'un après l'autre traversé un placard dont le fond s'ouvrait sur une chambre cachée, elle m'aida à desserrer mon corset et à m'étendre sous une couette qu'elle avait apportée pour moi Mes quatre compagnons s'enroulèrent comme la veille dans leurs manteaux. Quant à David Siguier, il avait de nouveau disparu.

Je fus réveillée par un assourdissant concert de sonnailles ponctué de bêlements, qui me fit me dresser apeurée sur mon lit de fortune. J'entendais remuer autour de moi dans l'obscurité. Un instant, je crus la ferme envahie par la maréchaussée, et le souvenir de mon enlèvement à Grézac me traversa.

« C'est point encore la Saint-Médard pourtant. » La voix de l'un des Fabre m'apportait à travers la nuit les accents chantants de la langue d'oc qui avait été celle des Bourguet, et que je n'avais pas pratiquée depuis que je les avais quittés.

« Ah ! mais il a fait sec cette année ! » répondit son frère, et ce dialogue qui pour moi n'avait rien de mystérieux, qui simplement me faisait revivre le temps où à Grézac on préparait les troupeaux pour l'estive, me fit retrouver mon calme. Pendant un long moment, éveillée dans le noir, je me reprochai mon mouvement de panique. Assurément, si j'avais échangé une vie de confort contre les inquiétudes et les risques qui seraient désormais la trame de mes jours, je l'avais voulu et je devais l'accepter.

La porte du placard découpa brusquement un carré de lumière : c'était la fermière avec une chandelle qu'elle déposa dans une niche du mur. Elle fit sortir les hommes et s'approcha de mon lit ; je vis alors qu'elle avait sur le bras des vêtements qu'elle commença à déplier : une veste, une culotte et un habit de toile passablement râpé.

« Vite, vous devez partir avant le jour, je vais vous aider à vous changer.

— Non ! criai-je quand je fus revenue de ma surprise. Ce sont des vêtements d'homme ! Je ne veux pas montrer mes jambes ! Jamais ! C'est un péché ! »

Elle me jeta un coup d'œil qui avait perdu toute la bienveillance de la veille. « Les demoiselles font toujours des histoires ! » Elle avait arraché la courtepointe et commencé à défaire ma jupe. Je me débattis et tentai de repousser ses mains, mais elle avait une poigne de fer. « Monsieur David a dit de se hâter. »

J'étais anéantie. La chemise grossière irritait la peau de mon cou, la veste boutonnée serré sur mes seins m'étouffait. Je dus chausser de lourds sabots pleins de paille. Je pleurai de rage quand il me fallut traverser le placard et apparaître dans cette tenue. Mais aucun des hommes ne parut me prêter attention. Ils étaient debout, tête inclinée. Espérandieu tenait dans ses mains une vieille Bible et commença de lire dès que j'approchai. Cependant, je ne réussis même pas à avaler une cuillerée de soupe et ne pus répondre quand la fermière me souhaita bonne route. Je remarquai pourtant que tous mes compagnons portaient un costume comme le mien, ou même de vieilles souquenilles.

Un océan de toisons déferlait dans la cour du mas. Des centaines de brebis se poussaient en bêlant autour de quelques béliers à l'air méchant. Des agneaux tout blancs se serraient contre elles en tremblotant sur leurs pattes grêles, tandis que des chiens couraient tout autour d'un air important. Le maître-berger, un vieux coiffé d'un chapeau enfoncé jusqu'aux yeux, s'appuyait sur un haut bâton pour surveiller son troupeau qu'il avait patiemment décoré de pompons de laine rouge. Jour de fête en vérité, jour de départ, jour d'aventure : pour le souligner encore, il avait accroché aussi des tresses de laine à son sac et à celui de son assistant, un grand escogriffe en cape grise qui, à la vivacité de ses mouvements, me parut beaucoup plus jeune. Mes compagnons de voyage s'étaient fondus parmi les bergers et, sur un signe du chef, je m'efforçai d'en faire autant.

Il était aisé de deviner comment notre guide avait choisi la date de mon évasion. Nous allions, sans attirer l'attention, accompagner le troupeau dans sa grande migration annuelle vers les pâturages du mont Lozère. Dans la cendre grise de l'aube, la trompe du départ retentit, et le maître-berger entouré de ses chiens franchit d'un pas allègre le portail du mas. Nous le suivîmes, et, derrière nous, levant orgueilleusement sa tête pomponnée aux cornes enroulées, le gros bélier conducteur du troupeau. Il tourna dans un chemin poussiéreux qui pointait vers l'endroit le plus sombre de l'horizon et je renonçai à comprendre : la Genève rêvée, le pays où je devais retrouver ma famille et la liberté, n'était-elle pas à l'est, du côté des premiers rougeoiements du ciel? Je me retournai : un épais nuage de poussière, irisé par le soleil levant, masquait le troupeau que seul révélait le tintement des grosses sonnailles de voyage, masquait les ânes bâtés chargés de ballots qui fermaient la marche, et la ferme, et le paysage, et l'horizon, symbole de tout ce qui me séparait encore de la terre promise. Mais il fallait obéir.

Je ne fus pas longue à découvrir qu'on ne pouvait marcher longtemps avec des sabots et, comme les autres, je les pris à la main pour aller pieds nus. La poussière eût été douce si, de-ci de-là, quelque touffe dure ou piquante n'était venue m'écorcher les pieds. Depuis mes sept ans je n'avais plus marché dans la garrigue et j'avais oublié ses pièges, l'attaque sournoise des branches de chênes kermès, l'embuscade d'un rocher qui affleure et vous fait trébucher, le guet-apens d'une touffe de genévrier tombée sur le chemin. J'eus bientôt les pieds en sang ; je serrais les dents, l'orgueil me soutenait. Enfin, nous arrivâmes au pied d'une falaise rocheuse dans une haute hêtraie ; une rivière sortant d'une gorge y formait un « gour », un bassin naturel où le troupeau vint boire et où je pus plonger dans l'eau mes pieds brûlants. Je souffrais un peu moins quand je sentis derrière moi une présence qui me fit me retourner. C'était l'assistant du maître-berger. Il souleva le bord de son chapeau et je croisai le regard vert, ou bleu ou gris, de David Siguier.

« Le plus dur est fait. » Je crus discerner sous sa fine moustache une ombre de sourire. « Encore deux lieues et nous serons arrivés à l'étape. » Et il s'éclipsa sans me laisser le temps de répondre, selon son irritante habitude.

Encore deux lieues ! Je le détestai.

Nous étions presque arrivés quand l'incident se produisit. A vrai dire je ne faisais plus que me traîner le long du chemin, rassemblant mes forces pour rester en avant du redoutable nuage de poussière soulevé par les bêtes. Le chemin descendait dans une vallée cultivée et là se dressait, comme pour veiller sur le vert encore cru des seigles, une croix de fer forgé sur un lourd socle de pierre. Machinalement, si grande était la force de l'habitude, je me signai.

Des voix vociférantes s'élevèrent aussitôt, mais il me fallut un bon moment pour me rendre compte qu'elles s'adressaient à moi. « Graine de papiste ! criaient-elles. Devons-nous vraiment subir cette infâme compagnie ? » Quand je levai les yeux, l'un des bergers se détourna et cracha avec dégoût. Au-dessus de moi grimaçait le visage congestionné d'Étienne Bénézet ; une barbe de deux jours, fort noire, lui donnait l'air d'un ogre sorti d'un livre de contes et qui allait me dévorer toute crue.

« Est-ce pour vous livrer à ces mômeries, mademoiselle, que vous avez pris la route avec nous ? Que doivent penser ces bergers, qui risquent leur vie pour nous et pour notre Sainte Religion, en vous voyant pratiquer les pires singeries papistes ? Je vais vous le dire, moi. Ils pensent que vous les dénoncerez à la prochaine occasion. »

« C'est plutôt vous qui avez peur, méchant homme ! » pensai-je injustement tandis que mes lèvres balbutiaient des mots de détresse et de repentir. Il avait peut-être raison, mais il aurait pu me reprendre de façon moins cruelle.

« Ne savez-vous pas que les catholiques ont fait dresser ces croix partout, pour célébrer leur victoire et la destruction de nos églises ? Et voilà à quoi vous montrez du respect ?

— Laissez-la, Bénézet. Elle sort à peine du couvent.

— Que n'y est-elle restée !

— Allons ! Soyez raisonnable ! Les soldats l'y avaient emmenée de force. Il faudra du temps pour la laver de l'idolâtrie, mais nous y arriverons. Vous voyez bien qu'elle se repent déjà. »

Le vieil Espérandieu, méconnaissable dans sa cape de berger, parlait avec douceur, presque paternellement. Sa sagesse dut frapper Bénézet qui s'écarta en grommelant une vague excuse. L'atmosphère parut plus légère. Les hommes sifflèrent leurs chiens, qui s'en allèrent rameuter quelques brebis attardées à brouter dans les buissons.

« Où serait le mérite d'aller vers Dieu, si le chemin était

jonché de roses ? » me dit encore le vieil homme, et je vis qu'il souriait.

Il me garda sous sa protection tout le restant du chemin. Le paysage me devenait de plus en plus familier et, quand nous atteignîmes enfin le parc à moutons, je constatai qu'il était dans un creux juste au-dessous du bois de Vaunelles. Un seul vallon nous séparait de Grézac. Mon père soudain me sembla proche, comme s'il m'appelait de derrière la colline pour m'emmener voir le seigle.

Déjà, le troupeau parqué, les bergers sortaient de leurs sacs leurs pélardons et leurs bouteilles de cuir remplies d'un vin rêche. Deux jeunes, que je vins aider, s'escrimaient à faire prendre un feu au milieu d'un rond de pierres plates. L'odeur de la soupe à l'ail me fit bientôt oublier ma fatigue : je mourais de faim, j'aurais mangé de la terre, les cris de mon estomac étaient plus forts que les échos du passé. Les souvenirs ne fondirent sur moi qu'au moment où les bergers rassasiés s'étendirent sur le pré, le chapeau sur les yeux, où le soleil vint raser le sommet de la colline, où apparut dans le ciel le trait doré d'une lune naissante, comme autrefois, quand mon père faisait tourner son cheval en disant : « Il faut rentrer ! »

La flamme jaune d'un buisson de genêts à mi-pente m'appelait impérieusement et je me glissai derrière les cabanes de pierre sèche où nous allions dormir pour grimper jusqu'à la lisière du bois de pins. A qui appartenait-il désormais ? Ma tante me l'aurait-elle rendu comme dot si.. Quoi qu'elle ait pu faire, elle m'aimait, j'en étais certaine. J'avais toujours été aimée, à la maison, au couvent ou dans l'hôtel d'Uzès, et je n'avais su que gâcher ou perdre tant de tendresse. Comme je me laissais glisser à terre sur un coin d'herbe piquée de menthe sauvage, j'eus l'étrange impression de redevenir une enfant dans un berceau très doux ; au-dessus de moi voletaient les mains attentives de ma mère, de la Bourguette et aussi de sœur Sainte-Agathe ; la voix de mon père disait tendrement : « Viens, petite », puis celle de Gabriel : « Tu es trop petite pour comprendre, trop petite… » Je gémis et j'ouvris les yeux ; j'étais grande, j'étais une femme, au cœur lourd et vide, désespérément seule entre deux mondes hostiles où elle ne trouvait plus sa place. Personne ne m'aimait plus, je ne cessais d'accumuler les erreurs et les fautes. Se pourrait-il que Dieu m'ait abandonnée ? Non, affreuse pensée ; on m'avait appris qu'il faut mériter Sa Grâce par la confiance et la soumission. Je commençai, par bribes, mon examen de conscience du soir ; ma tête me semblait pleine de nœuds, j'eus un instant de regret pour l'aide et le confort que m'apportait mon confesseur. Allons, je m'enlisais. J'enfouis mon visage dans mes bras pour me livrer à une noire mélancolie.

Soudain, j'entendis un appel qui venait du côté des cabanes. On me cherchait, on s'inquiétait de ma longue absence. Je me secouai et, en dévalant la pente vers le camp, je songeai qu'on me prêtait au moins la même attention qu'à une brebis séparée du troupeau. Fâchée comme je l'étais contre notre guide, je l'imaginai fort bien m'attachant au cou une grosse sonnaille de voyage. Ce mouvement d'humeur me réveilla de mes songes et me fit du bien.

La deuxième journée me parut moins rude. Le soleil, caché derrière de lourds nuages gris, ne nous brûlait plus le dos. D'autres bergers nous avaient rejoints sur le chemin, devenu une large piste que le piétinement de milliers de bêtes avait rendue douce aux pieds. Nous commencions à monter ; au sommet de chaque colline, nous voyions s'étendre à nos pieds le moutonnement vert des garrigues désertes. Par cette route, m'expliqua l'aîné des Fabre, nous sortirions du diocèse d'Uzès en évitant les péages de l'évêque. Il y en avait un à Fons et un autre à La Calmette, où les gardes surveillaient les passages de marchandises, et avaient sûrement été avertis de ma fuite.

Vers l'après-dîner les béliers devinrent querelleurs ; ils sentaient l'orage et me faisaient peur. Les bergers leur envoyaient les chiens en grognant :

« Un orage c'te mois-ci, c'est pas croyable !

— L'herbe va pousser, c'était point la peine de partir si tôt. »

Quand les premières gouttes tombèrent, nous étions presque arrivés au-dessus de Cendras, où nous devions quitter le troupeau pour nous diriger vers le nord. Presser le pas ne nous servit de rien : le nuage noir creva juste au-dessus de nos têtes, et une averse obstinée, serrée, transperça vite nos capes de bure, si bien qu'après quelques conciliabules le guide renonça à nous faire passer la nuit à la belle étoile. Le maître-berger, droit sous la pluie qui coulait de son vieux chapeau, reçut nos remerciements et nos adieux avec une dignité royale. Il nous avait sauvés, mais sans nous prêter attention Aucun souvenir de notre brève rencontre n'entamerait sa vie de solitude et de dialogue avec les ombres des montagnes

Un sentier raide amena notre petit groupe au sommet d'un escarpement rocheux. Là, deux chênes gigantesques gardaient l'entrée d'une ferme isolée dont le portail était encore ouvert. Notre arrivée précipitée ne provoqua aucune surprise : on semblait nous attendre. Un valet sortit de la bergerie pour nous conduire, par une haute porte gothique, dans une pièce voûtée assez vaste, visiblement une ancienne chapelle, qui servait de cuisine. J'appris plus tard le nom du mas : la Rouvière.

La Rouvière. La Rouvière... Ce nom tourne encore dans ma tête comme une musique. Les trois jours que j'y ai passés ont apaisé mes tourments, m'ont apporté la sérénité des certitudes. Ils ont fait de moi une personne.

Nous devions attendre la décrue des rivières, gonflées par le violent orage, afin de pouvoir aisément les traverser à gué. David Siguier avait aussi d'autres raisons que je découvris beaucoup plus tard, et qu'il s'abstint de nous dire. La Rouvière nous offrait un asile parfait, où Maître Vialas, le fermier, un homme aux traits durs et au torse puissant curieusement planté sur des jambes de sauterelle, accueillait notre guide comme un ami Ce réforme fanatique avait deux fils qui prêchaient dans les montagnes ; l'aîné, Jean, avait été capturé en janvier par les miliciens et roué à Montpellier. Depuis, Maître Vialas avait transformé son nid d'aigles en forteresse. Son troisième fils, un gamin de douze ans, et le valet surveillaient en permanence les chemins abrupts qu'on voyait, de là-haut, dérouler leurs lacets entre les dalles rocheuses. Plus bas brillait le ruban argenté du Gardon. Il était impossible qu'une troupe pût s'approcher sans que l'alarme fût donnée.

Tout en mâchonnant les châtaignes que l'on m'avait servies avec un bol de lait de chèvre, et en offrant mon dos mouillé à la chaleur de l'âtre, je tentais de suivre la conversation que poursuivaient les hommes à voix basse. On parlait d'un certain Vivent, qui semblait lui aussi être un de ces prédicants dont j'entendais le nom pour la première fois, sans doute un des pasteurs interdits qui se cachaient dans les bois, au « désert » comme disait mon hôte. Je cherchais avidement à surprendre quelques-uns de ces propos mystérieux. Pendant des années, on m'avait expliqué qu'il n'y avait plus de protestants en France, que tous les sujets du roi avaient accepté de se soumettre à sa volonté et de partager sa foi. Je découvrais qu'il n'en était rien. Je n'en étais pas autrement surprise, retrouvant au fond de moi le vif souvenir des assemblées dans la cave de Grézac et de mon père lisant la Bible à tous.

La Vialatte me tendit une tranche de pain bis et la moitié d'un fromage de chèvre. J'aurais voulu la questionner, mais n'osai pas. Une noiraude au visage sec et peu avenant, troué de petits yeux perçants. A sa foi elle avait donné sa maison et ses fils ; demain elle donnerait sa propre vie avec la même simplicité, sans une plainte. Je pensai à ma tante de Javelle, bouclée et enrubannée parmi les ors de son salon, et je me demandai laquelle avait choisi la meilleure part. Le sentiment de honte que j'éprouvais à évoquer cette vie que je quittais à peine était déjà une réponse.

Soudain, un nom que je crus reconnaître me fit tressaillir Brousson ! Avais-je bien entendu ? Et, si oui, ce Brousson-là était-il celui qui m'avait fascinée quand j'avais cinq ans et qui, je le savais parfaitement, s'était réfugié en Suisse ? Quel lien pouvait avoir ce personnage doux et pondéré, cet élégant avocat, avec les rudes paysans fanatiques qui vivaient dans ce mas perdu ?

Je n'eus pas le temps d'en apprendre davantage. Maître Vialas, debout, nous faisait signe. Nous le suivîmes dans un débarras obscur où trônait un énorme lardoir que les hommes tirèrent de côté. Le lumignon brandi par la Vialatte éclaira un mur de grandes pierres taillées dont deux semblaient descellées. En les faisant pivoter presque sans effort, le fermier découvrit un escalier taillé dans l'épaisseur du mur, et qui aboutissait dans une longue crypte voûtée au sol jonché de paille.

« Vous dormirez ici en parfaite sûreté, dit-il. Le jour, nous tirerons le lardoir et vous pourrez circuler dans le mas. Le guetteur surveille les accès. En cas d'alerte, nous serons prévenus ; il sera facile de tout remettre en place. »

Cette cachette faisait son orgueil. Il nous montra les conduits aménagés pour y laisser entrer l'air, et le boyau par où l'on pouvait s'échapper dans le lit presque à sec d'un torrent.

« ... la plus sûre de tout le pays, répétait-il à Jacques Espérandieu. Les miliciens sont déjà venus plusieurs fois. Ils ont fouillé partout, ha ha ! Les imbéciles. Aucun risque.

— N'est-ce pas ici que s'est tenue cette fameuse réunion en automne dernier ?

— Oui, monsieur. En novembre. Il n'y avait pas moins de sept prédicants, un vrai synode. Et Vivent descendu de son Vivarais pour rencontrer Brousson venu de Lassalle.

— Brousson ? L'avocat ? »

Cette fois je n'avais pu me contenir. La curiosité, l'espoir me dévoraient. J'eus conscience d'un grand silence qui se fit autour de moi, d'une tension soudaine dans les regards et les attitudes, d'une inquiétude à l'idée d'avoir trop parlé.

« Vous le connaissez ?

— Si je le connais ! Il était grand ami de mon père, je m'asseyais sur ses genoux autrefois à Grézac. »

Une sorte de soupir sembla s'exhaler du cercle qui m'entourait.

« Il n'est plus avocat. Depuis bien des mois il est revenu dans nos montagnes pour prêcher la parole de Dieu. »

Maître Vialas s'était adressé à moi en patois cévenol, ce que je reconnus pour une marque d'amitié toute nouvelle. Les questions fusaient, je fis de mon mieux pour rassembler mes souvenirs. Je lus sur les visages de mes compagnons qu'enfin ils me pardonnaient et m'acceptaient comme leur sœur. Ils y mettaient même une nuance de ce respect qu'on a pour un objet précieux, comme si le seul nom de Brousson représentait un talisman magique.

Ils m'installèrent dans le meilleur coin, près du conduit d'air, avec un sac de berger pour oreiller et une cape pour couverture. A la lueur de la mèche qui fumait encore dans la main de la Vialatte, je distinguai la silhouette de monsieur Siguier qui fouillait dans son sac. Il s'approcha, me jeta un bref regard à travers ses étranges longs cils, et me tendit un paquet, qui contenait ma jupe, mon précieux corset et les autres vêtements dont je m'étais séparée avec tant de chagrin.

« Vous pouvez maintenant les remettre », dit-il seulement.

Je ne parvenais pas à le croire. Pendant tout notre voyage, alors qu'il ne cessait de me gourmander, de se montrer brutal et désagréable de cent façons, il avait pendant des lieues porté sur son dos ces hardes auxquelles je tenais comme une enfant. Un poids léger pour lui, sans doute, mais qui représentait un danger très réel si quelque milicien rencontré avait voulu lui faire ouvrir son sac. Cet homme ne se montrait jamais tel que je l'avais cru. L'attrait que je croyais parfois lire dans ses yeux était feint pour cacher une conspiration. La méchanceté dont je l'accusais n'était que le masque de la sollicitude. Cesserais-je un jour de me méprendre sur son compte ?

Le lendemain, il vint me parler.

L'orage avait lavé le ciel, qui semblait vif et transparent au-dessus de l'étroite cour du mas. C'était le jour où la Vialatte cuisait le pain ; le four ronflait depuis l'aube et sa chaleur rayonnait jusqu'au vieux puits, jusqu'à l'auge de pierre où je lavais ma chemise avec tant d'application que je n'entendis pas venir le guide.

« Vous n'êtes guère habituée à ce travail, on dirait ? »

Le battoir s'échappa de mes mains ; je le maniais pour la première fois de ma vie, et visiblement sans aisance. Se moquait-il de moi ? Je me tournai vers lui avec irritation, mais il ne me regardait pas. Ses yeux étaient fixés sur les gros sabots qui dépassaient de ma jupe.

« Je vois que vous n'avez pas jugé bon de remettre vos souliers ! »

La note d'ironie était parfaitement perceptible dans la voix mesurée, courtoise, curieusement dépourvue de l'accent chantant de notre province. Foin des bonnes manières apprises au couvent ! Je laissai éclater mon ressentiment :

« En effet, monsieur, je ne supporte plus les souliers, c'est là le résultat des mauvais traitements auxquels vous m'avez soumise. Je regrette que la décence m'interdise de vous montrer mes pieds couverts de plaies et d'ampoules, par votre faute à vous seul ! »

Mon bref attendrissement de la veille était oublié. Trop de déceptions accumulées faisaient bouillonner ma colère.

« Vous me faites marcher comme une gardeuse de chèvres et vous ne montrez pas le moindre regret, ni la moindre pitié. Mes parents savent-ils que vous me traitez ainsi ? Et, s'ils vous ont chargé de me ramener à Genève, pourquoi me traînez-vous vers la montagne en tournant le dos à la bonne direction ? Où m'emmenez-vous ? »

Je repris haleine ; il ne répondait rien. J'avais dû hausser le ton sans m'en apercevoir, car la Vialatte, occupée à tirer du four une claie couverte de gros pains dorés, s'était interrompue pour nous regarder. J'étais rouge, je sentais les gouttes de sueur que la chaleur faisait perler dans mes cheveux, je suffoquais presque mais rien n'aurait pu me contraindre à me taire.

« Qu'ai-je fait pour être ainsi traitée ? Vous apparaissez et disparaissez comme une marionnette à ressorts, sans jamais un mot d'excuse ? Vous m'avez laissée, à Uzès, vous attendre dans l'angoisse pendant des jours. Attendre encore et encore votre bon vouloir, sans jamais rien comprendre, voilà à quoi je suis réduite... »

Ma colère s'épuisait. Un flot de découragement m'écœura soudain. A quoi bon ? Je querellais cet homme au pouvoir de qui je m'étais mise de mon plein gré.

« ... Pourtant, je ne suis plus une enfant », ajoutai-je, et je souffris de ma pitoyable gaucherie.

« Non, dit-il, assurément, vous n'êtes plus une enfant », et quelque chose dans son regard me fit prendre conscience de mes cheveux défaits, de mon fichu en désordre, de mes manches remontées sur mes bras mouillés. « Vous avez raison ; je ne puis ni ne veux vous refuser le droit d'en savoir davantage. Seul m'a guidé le souci de vous mettre en sûreté le plus tôt possible, mais puisque vous doutez de moi... »

Je fis un geste, mais il leva la main comme pour m'arrêter.

« Savez-vous seulement à quels dangers terribles nous expose ce voyage ? Avez-vous peur ?

— Non.

— Si nous sommes arrêtés, vos compagnons seront condamnés à ramer comme des forçats, enchaînés sur les galères du roi. Pour moi... »

Un nuage sembla passer sur son visage. Il avait, au-dessus de sa fine moustache noire, des sourcils rapprochés et un nez aquilin qui lui donnaient l'air grave chaque fois que son détestable sourire ironique ne venait pas éclairer ses traits. Il ne termina pas sa phrase et reprit :

« Quant à vous, vous irez pourrir dans la tour d'Aigues-Mortes, dont les prisonnières ne sortent plus jamais. A moins de renier leur religion, bien entendu... Mais, j'y songe, vous n'aurez rien à renier, mademoiselle. Vous êtes encore catholique. Vous pourrez le proclamer, et vous ne risquerez rien que d'être renvoyée au couvent. »

Le ton était coupant comme une insulte, et c'en était une,

en vérité, que de me croire capable de trahir encore. Nos regards hostiles se croisèrent et ne se détournèrent pas. J'eus le sentiment que ces yeux froids lisaient en moi, suivaient les méandres de mes hésitations et de mes doutes, jaugeaient mes faiblesses. J'avais cru choisir, mais je m'étais seulement laissée emporter par un élan de sentiment qui n'entraînait pas l'adhésion de tout mon être. Cet homme ne le comprenait que trop bien. Il savait que je n'avais pu effacer en un jour plus de cinq années de vie. Il méprisait sûrement ma tiédeur, comme il méprisait l'inconscience égoïste que j'avais eue de me plaindre d'égratignures alors que lui risquait sa vie.

« Un tel voyage se prépare, mademoiselle. Je me suis absenté d'Uzès dans le but de réunir des papiers, des sauf-conduits qui nous épargneront peut-être de graves ennuis. Et si je vous ai traitée rudement, c'est que je voulais voir de quoi vous êtes capable. Nous nous sauverons seulement si vous pouvez tout supporter. Pour ne pas être découverts et pris, mieux vaut avoir pour compagne une gardeuse de chèvres qu'une demoiselle à qui il faut des petits soins et des mignardises !

— Monsieur Siguier ! C'est trop ! Je ne suis pas...

— Heureusement, j'ai pu admirer votre courage. »

Je fermai les yeux pour savourer le bonheur qui m'envahit, et dont je me fis presque aussitôt reproche. Que m'importaient le dédain ou les éloges qui me venaient d'un guide, un homme qui ne m'était rien, que mes parents employaient et sans doute payaient ? Dans le même instant, j'eus honte de ce sentiment. Tous les huguenots étaient devenus mes frères, et celui-là, par sa bravoure, ses manières, la sincérité de sa foi, la sûreté de ses décisions, par son insolence aussi qui me subjuguait, montrait assez qu'il n'était au service de personne, sinon d'une cause qui nous dépassait tous.

« Vous vous attendiez, mademoiselle, à ce que je vous amène tout droit passer le Rhône ?

— Et pourquoi non, je vous prie, puisque le chemin est plus court ?

— Vous seriez déjà dans les geôles de monsieur de Bâville.

Les passages du Rhône sont bien gardés et les passeurs presque tous des espions à la solde de l'intendant. Vous payez à prix d'or le droit de monter dans une barque la nuit, et quand vous abordez l'autre rive du côté d'Orange, les soldats prévenus sont là qui vous reçoivent dans leurs bras.

— Alors, qu'allons-nous faire ?

— Passer par la montagne. Ce sera long, et vous souffrirez peut-être. Mais je connais des maisons amies comme celle-ci dans tout le Vivarais. Plus au nord... eh bien, ce sera moins surveillé ! Au lieu de franchir le Rhône, nous passerons facilement la Saône. »

Peu à peu, son assurance me gagnait. J'admirais qu'il eût tout organisé, tout prévu dans les plus petits détails, j'en venais à lui pardonner mes deux jours de marche au milieu des moutons. J'avais toujours su au fond de moi que, aussitôt ma fuite connue, la troupe fouillerait les maisons de la ville et patrouillerait les routes, et que notre déguisement en bergers avait seul permis de lui échapper. Le regret d'avoir injustement récriminé me poussait à l'autre extrême, un enthousiasme croissant pour les plans de David Siguier, qui épiait mon revirement.

« Je suis né à Nîmes où ma grand-mère habite encore, dit-il soudain sur un ton inattendu de confidence. Elle connaissait plusieurs Servezanne, et j'ai moi-même vu votre père une fois, quand j'avais cinq ans. »

La scène surgit aussitôt : l'important visiteur, la vieille huguenote, le bambin intimidé cachant sa tête dans les plis de la jupe. Comme s'il avait honte d'avoir évoqué devant moi ce souvenir, Siguier reprit son air sévère.

« J'ai répondu à vos questions, mademoiselle, mais je vous prie de n'en plus poser et de me faire confiance complètement. Je n'aurai plus de temps à perdre pour des billevesées. »

Il me salua et s'en fut vers la cuisine où la Vialatte avait disparu. Il dut lui dire quelques mots, car elle passa bientôt dans la porte sa tête noire surmontée d'un bonnet blanc.

« Venez me montrer vos pieds, grogna-t-elle. Le rebouteux

m'a donné un onguent de plantes qui fait merveille. Avant ce soir l'enflure aura disparu. »

Cette conversation me hanta tout le jour. Je la revivais phrase après phrase, inventant chaque fois, pour me donner le beau rôle, des reparties superbes auxquelles je n'avais pas songé sur le moment. La colère et la honte, la hardiesse et la timidité, la méfiance et le regret se partageaient mon âme. Enfin, je revoyais l'étrange regard de l'homme quand il avait dit : « Vous n'êtes plus une enfant », et aussitôt un alcool brûlant venait remplacer le sang dans mes veines.

Il me semblait que j'avais oublié presque toutes les questions que je souhaitais poser. Comment se portaient mes parents ? Combien de temps durerait le voyage ? Quels étaient ces mystérieux papiers nécessaires à notre sauvegarde ? Si je pouvais « lui » en parler sans attendre, il ne refuserait pas de répondre, comme si notre conversation se prolongeait un instant. Je me retournais au moindre bruit de pas dans la cour. Une fois, je crus l'apercevoir qui tournait l'angle du portail et je me précipitai. Ce n'était pas lui.

J'endurai plusieurs de ces déceptions avant de m'avouer que je comprenais fort bien la nature des précieux sauf-conduits : ils ne pouvaient être que des certificats de catholicité. Les frères Fabre m'avaient raconté qu'on en vendait de faux à prix d'or. On pouvait aussi en obtenir de quelques braves curés qui haïssaient les persécutions et ne croyaient pas aux conversions forcées. D'après Pierre Fabre, il y avait à Boisset un vicaire qui ne demandait jamais de preuves avant de vous donner un certificat. Une fois le papier en poche, on pouvait enfin entrer dans les auberges sans trop craindre les argousins.

Les frères Fabre semblaient prendre plaisir à ma compagnie ; l'aîné, Pierre, me rapporta un criquet dans son chapeau, le second se mit à tresser pour moi un corbillon de paille. L'un pouvait avoir vingt-cinq ans, l'autre vingt à peine. Ils me couvaient de regards attendris et protecteurs que je remarquais à peine. Leur âge les rapprochait de David Siguier, mais à côté de lui ils paraissaient des enfants. Leurs airs soumis m'irritaient presque autant que les épis rebelles de leurs cheveux raides ou leurs mentons mal rasés piquetés de noir. Au-delà de mon agacement, je les aimais bien. Et ils venaient me raconter tous les secrets qu'ils surprenaient car, avec leurs mines d'étourneaux, ils en savaient long.

Ils m'avaient expliqué, avec de grands airs de mystère, pourquoi nous mangions dans de grossières écuelles de terre. Les Vialas avaient fondu leur vaisselle d'étain pour fabriquer des balles, qu'ils avaient enterrées dans un champ avec des provisions et des livres défendus. J'avais vu moi-même, dans un recoin de la crypte où nous passions la nuit, un tas de fusils et de poires à poudre, assez gros pour nous permettre de soutenir un siège. La Rouvière se donnait des airs de forteresse, je l'ai dit, et cependant il y régnait une atmosphère aussi douce et paisible que celle que j'avais connue au couvent. Tandis que la Vialatte silencieuse faisait ronfler son rouet, j'étirais des flocons de laine pour fournir sa quenouille ; elle m'acceptait près d'elle sur le banc de pierre dans la tiédeur de l'après-dîner, comme autrefois ma mère avait toléré ma présence insistante. Je la questionnais avidement sur l'assemblée qui devait se tenir la nuit même dans un vallon proche. Nous avions appris que monsieur Brousson, descendant de la montagne vers Uzès, y parlerait peut-être, et nous avions tous assiégé Maître Vialas de nos supplications jusqu'à ce qu'il eût promis de nous emmener. L'impatience me tenaillait, et le désir d'en savoir davantage. Où était-ce ? Combien de gens viendraient ? Obstinément muette, la Vialatte prétendait n'être qu'une pauvre femme ignorante de tout. Je n'en croyais rien ; les Fabre non plus, qui venaient me rejoindre près d'elle. Étienne Bénézet lui-même grimaçait un sourire dans sa barbe quand il passait près de notre petit groupe.

Un tel mélange de rudesse et de douceur n'était pas fait pour me déplaire ; il s'accordait assez bien avec les souvenirs de mon enfance austère. Je m'y crus revenue quand, rentrant du champ et essuyant d'un revers de main la sueur qui coulait dans ses gros sourcils, Maître Vialas nous appela. Solennellement, il déplaça un carreau situé dans l'ombre de la cheminée, et sortit de sa cachette une Bible reliée dans une peau de mouton blanchie par l'usure. Malgré son apparence fruste et son accent rocailleux, il la lisait en français avec une aisance que j'admirais. Je suis sûre qu'il la savait par cœur.

« Six heures, il faut partir », dit notre hôte, la main au-dessus des yeux, jugeant la hauteur du soleil qui descendait vers la montagne. Il prit avec Siguier la tête de notre petite troupe, appelant d'un geste Espérandieu et Bénézet. Ils marchaient vite ; derrière eux, la Vialatte semblait effleurer légèrement les cailloux, mais j'avais peine à suivre bien qu'ayant remis mes chaussures habituelles. Les Fabre fermaient la marche avec le petit Vialas et le valet. Personne n'avait voulu manquer l'assemblée. Le mas serait vide pour la nuit.

Le lieu où devait se tenir la réunion n'était, par chance, qu'à une heure de marche. Il nous fallut dévaler le sentier jusqu'au bord du Gardon, qui luisait entre les peupliers, puis remonter une côte à pic. Plusieurs fois je trébuchai et manquai tomber, mais David Siguier devait avoir des yeux derrière la tête car, chaque fois, il se retourna et vint me soutenir. Dans les chemins de traverse, nous apercevions d'autres petits groupes qui se hâtaient. En approchant, l'homme qui marchait en tête leva une main amicale :

« Salut, Vialas !

— Bonjour, Samuel, rien à signaler ?

— Non, non, tout est tranquille. »

Cette affirmation ne nous rassurait pas. J'avais menti en prétendant que je n'avais pas peur, je croyais au contraire voir la mort cachée derrière chaque buisson. Nous savions tous que, parmi des gens si nombreux, un traître pouvait aisément se glisser. Dans ce cas, un parti de soldats nous tomberait dessus pendant l'assemblée ; nous fuirions en désordre au cri des guetteurs, mais nous serions vite rattrapés. Quelques douzaines d'entre nous seraient massacrés sans doute ; les autres iraient aux galères ou en prison, c'était le prix à payer pour entendre un prêche.

Le sentier débouchait enfin dans le lit d'un ruisseau ; il fallait grimper sur les grosses pierres entre lesquelles dormaient des mares d'eau verte. A l'automne, me dit la Vialatte, quand il avait plu longtemps, une magnifique cascade sortait de la grotte de Mallezac et remplissait le torrent de bouillonnements sauvages. Dès que le temps devenait plus sec, l'eau se tarissait et la grotte devenait un abri pour les prédicants. Bientôt, la gorge s'élargit en vallée ; la rive s'incurvait en larges terrasses herbeuses parsemées de jeunes chênes. Je tâtai dans ma poche le méreau gros comme un sou et gravé d'une colombe qui devait me servir de passeport. Nous étions arrivés.

Je ne puis décrire l'émotion qui s'empara de moi presque aussitôt. Autrefois, les dorures des autels et les nuages d'encens sous les coupoles des églises catholiques m'avaient envoûtée, et je n'arrivais pas encore à les prendre pour des pièges du démon. Mais ici, dans ce vallon perdu où des hommes simples en chapeau noir et des paysannes en coiffe écrasaient l'herbe de leurs pieds écorchés, je me sentais touchée par la simplicité même du décor. On avait dressé, au centre de l'espace libre, une sorte de chaire faite de planches hâtivement assemblées que l'on pouvait démonter en un clin d'œil. Tout autour, des centaines de fidèles, peut-être plus de mille, cherchaient une place où s'installer pour de longues heures. Le danger mortel qu'ils affrontaient tous également teintait leurs manières d'une sorte de courtoisie fraternelle. Je me trouvai fière de n'être rien de plus que l'une d'entre eux.

Déjà David Siguier avait plié son manteau sur un éperon rocheux où il me fit asseoir, puis il s'écarta et je pris des mains de la Vialatte un petit livre de psaumes qu'elle tira pour moi des profondeurs de sa jupe. Le sentiment de solitude qui m'avait si souvent tourmentée dans les derniers jours s'estompa. Il disparut tout à fait quand, debout, toute l'assistance entonna d'une seule voix : « Esprit divin, change nos cœurs ! » De notre assemblée serrée entre les montagnes, le cantique s'envolait droit vers le ciel. Le soleil couchant passant entre les branches des chênes projetait encore sur l'herbe des flaques de lumière mauve. Des lanternes s'allumaient autour de la chaire. Existait-il vraiment, au-delà de ces arbres, des mousquets braqués, des miliciens munis d'ordres cruels et acharnés à nous poursuivre comme des criminels ? La paix nous enveloppait.

C'est alors que je le vis près de la chaire.

Huit années de vie dangereuse ne l'avaient guère changé. Je reconnus les yeux de châtaigne, les mains élégantes, l'expression affectueuse, le visage à peine amaigri encadré par les boucles de la perruque. Si Claude Brousson n'avait été revêtu d'une robe de pasteur qui me surprit, il aurait été identique à l'aimable visiteur qui m'avait autrefois aidée à descendre du mûrier.

On lui apportait des enfants à baptiser, et il était impossible d'aller vers lui. Je tirai par la manche monsieur Espérandieu :

« Est-il donc pasteur ?

— Oui. On l'a consacré voici deux ou trois ans. Il était venu simplement pour soutenir les fidèles dans l'épreuve, mais ceux-ci lui ont demandé de leur commenter la parole de Dieu et l'ont voulu pour ministre. »

J'en savais assez pour imaginer l'affreuse vie traquée, de grottes en rochers et de cachettes en bivouacs, que menait dans la montagne cet homme. Il lui fallait être prêt à rencontrer la mort à chaque détour de sentier, et pourtant apporter à tous des mots de réconfort et d'espérance. Je me souvenais que mon père avait déjà vanté son courage. Je n'étais que trop préparée à partager l'admiration fervente que lui vouait l'assistance.

Les baptêmes se terminaient et, tandis que les voix entamaient un psaume, je vis s'approcher dans le cercle des lanternes un gaillard trapu à la tignasse flamboyante dont l'air buté et la barbe frisottée me déplurent aussitôt.

« Il s'appelle Henri Pourtal, chuchota monsieur Espérandieu. Il assiste monsieur Brousson. Un fanatique, mais dévoué. »

Brousson, en effet, lui tendait sa perruque et la remplaça par un bonnet de coton avant de monter en chaire. Une jeune fille, que je jalousai, lui apporta une Bible qu'elle cachait sous son tablier. Il leva les yeux et enveloppa l'assistance d'un regard doux et sévère. Triste, peut-être. Du moins, je le perçus ainsi. Puis sa voix s'éleva dans un silence soudain absolu.

Il nous reprochait nos péchés et nos désertions, mais j'avoue que je n'écoutai pas tout. Trop de pensées et de sentiments se bousculaient dans ma tête, et il était plus simple de me laisser aller au charme persuasif de cette voix familière, colorée d'accent provincial, et qui n'usait d'aucun artifice. Je guettais en vain les envolées flamboyantes ou les périodes fleuries qui faisaient la gloire de certains de nos prédicateurs. A Nîmes, cette éloquence trop simple n'aurait pas rassemblé les foules. Ici, elle touchait le cœur.

Je l'écoutais, saisie de honte et de pitié, évoquer notre malheureuse Église, pareille à « une colombe qui se cache dans les fentes de rocher ». Il le disait avec tendresse, sans savoir que sa phrase contenait pour moi un nouveau signe, un appel impérieux. Pouvais-je y rester insensible, moi qui l'avais rencontré au milieu des colombes de Grézac ?

« On dispose de nos enfants et de nos vies comme si nous étions des esclaves ou des bêtes ! Nous sommes tous les jours livrés comme des brebis de la boucherie… »

C'était vrai. Les femmes autour de moi pleuraient. Mais, soudain, il se redressa, parut plus grand et comme transfiguré.

« … Dieu vous met dans une nouvelle épreuve, afin qu'il paraisse que vous l'aimez plus que tous vos biens et que votre propre vie… Il vous fait passer par le feu de la persécution, c'est afin de vous épurer… »

La voix planait au-dessus de nous qui retenions notre souffle, devenait soudain passionnée :

« Si nous mourons avec Lui, nous vivrons aussi éternellement avec Lui ! »

« Nous vivrons ! » répétaient des voix ardentes.

« Dieu veut savoir si vous serez capables de souffrir quelque chose pour l'amour de Lui... »

Cette partie du prêche me transporta : je venais de recevoir une réponse aux questions les plus amères qui occupaient mon esprit. Les terribles épreuves que traversaient les huguenots n'étaient point signe que Dieu les avait abandonnés, mais seulement qu'il leur fallait donner leur sacrifice en offrande. Mon choix était justifié : Dieu était du côté des victimes et non du côté des bourreaux. Je pouvais retrouver la paix et la joie.

Brousson parla longtemps : trois ou quatre heures qui avec les psaumes et les cantiques occupèrent la nuit. Sans avoir fait solennellement acte de repentir, je ne pouvais être admise à la communion. De ma place, le cœur gros, je contemplai le défilé des fidèles qui venaient recevoir de la main de Brousson un morceau de pain et une gorgée de vin. A ma grande surprise, David Siguier s'attarda près de la chaire, je le vis s'écarter en compagnie du rouquin à qui il parlait bas. Le ciel s'éclaircissait au-dessus de la montagne. Un chant monta soudain vers cette lumière :

Ah ! que c'est chose belle
De te louer, Seigneur,
De chanter ton honneur
Quand le soleil se lève...

Ma voix trébuchait encore en essayant de suivre, tant j'étais habituée à dire mes prières en latin et non dans la langue ordinaire qui me semblait leur ôter de leur mystérieuse puissance. Mais l'ardeur mystique où m'avaient plongée les paroles du pasteur m'emportait. Je chantai jusqu'à la fin de la cérémonie, quand je vis David Siguier en conversation avec Brousson lui-même. Je m'efforçai de me dégager de la foule pour courir à eux. Les gens se pressaient en rangs serrés autour de la chaire ; quand je pus enfin l'atteindre, les deux hommes avaient disparu. J'en aurais pleuré de déception si mon esprit n'avait encore baigné dans une lumineuse sérénité. Même sans me rencontrer, Claude Brousson venait de me faire un don qui n'avait pas de prix.

Nous avions presque atteint la Rouvière quand Siguier nous rejoignit enfin sur le chemin. Silencieux comme à l'ordinaire, pour la première fois il marcha près de moi sans s'écarter et je ne pus résister à la tentation de demander s'il connaissait bien monsieur Brousson.

« Brousson ? Mais oui. Je le connais depuis mon enfance. Sa mère habite une ferme proche de celle de mes parents à une lieue de Nîmes.

— Et ce déplaisant Pourtal ? Je n'aime pas que vous ayez affaire à lui. »

Il s'arrêta pour m'envelopper d'un regard amusé.

« Quelle enfant ! Quand donc cesserez-vous de vous tracasser pour tout et pour rien ? »

Brusquement, il changea de ton, souleva son chapeau et prit une manière de cérémonie :

« Mademoiselle Servezanne, vous m'accablez ! Dois-je vraiment perdre l'espoir de mériter votre confiance ? »

De minuscules lignes bougeaient autour de ses yeux qui pétillaient de malice. Si je n'avais craint de me tromper une fois de plus, j'aurais pensé lire en eux une sorte de tendresse.

Le jour était bien entamé quand je m'éveillai, mais pendant un long moment je gardai les yeux fermés. Le bonheur m'enveloppait comme un cocon, un sentiment intense et chaud dont j'avais oublié les causes. Ma vie avait changé, le petit univers qui m'entourait était enfin devenu mien, ou plutôt c'était moi qui lui appartenais. Les chants m'emplissaient encore la tête, et des voix entrecroisées que j'aurais voulu garder autour de moi, encore, encore...

Un léger bruit me dressa soudain sur ma paillasse. Quelqu'un était assis sur les marches de pierre au fond de la crypte presque vide ; je reconnus le plus jeune des Fabre, Antoine, qui tenait entre ses doigts un pipeau de roseau taillé et le tournait d'un air horriblement embarrassé. Comme je me plaignais de la frayeur qu'il m'avait donnée, il balbutia en manière d'excuse :

« J'aime bien vous admirer. »

L'insolent ! La colère faillit me prendre contre ce manant qui se permettait un compliment si mal dégrossi. Mais je sortais à peine de mon nuage de bonheur, et le garçon se montrait si penaud, si gauche, qu'au lieu de me fâcher j'éclatai de rire, un vrai rire bien franc qui le fit rire aussi, et nous restâmes là comme deux sots à hoqueter de joie comme je ne me souvenais pas de l'avoir fait dans ma vie entière, excepté avec mon frère Gabriel. Nous retrouvions tous deux l'enfance dont nous sortions à peine. Je dus me faire violence pour le chasser.

J'aurais pu deviner que cette gaieté serait éphémère, tant la vie que nous menions était fertile en dangers et rebondissements tragiques. L'aurais-je su que ma joie s'en serait peut-être trouvée augmentée. Les moments de bonheur étaient devenus si précieux que, pour n'en pas perdre une seconde, je commençais à trouver naturels des mouvements de plaisir que ne se serait permis ni la petite fille de Grézac ni l'élève de sœur Marie des Anges. A dire vrai, mes bonnes manières continuaient de fondre à vue d'œil.

Ce jour-là, comme nous étions tous assemblés dans la cuisine après dîner, le valet essoufflé poussa la porte :

« Deux visiteurs montent le chemin. »

Maître Vialas coula un regard vers le guide, hocha la tête à demi :

« C'est bon, ne t'inquiète pas, nous les attendons. »

Il sortit dans la cour et nous le suivîmes, intrigués, sur le seuil. Juste en face de nous, un soleil presque blanc rôtissait les crêtes chauves au-delà du Gardon, faisant paraître noires les deux silhouettes qui s'avançaient l'une derrière l'autre à contre-jour. En s'approchant de notre hôte qui barrait la porte gothique de la cuisine, le premier voyageur ôta son chapeau, découvrant des boucles rousses et des yeux enfoncés au regard perçant. Puis j'aperçus son compagnon, une femme. Ses pieds étaient nus et sa jupe effrangée, mais j'aurais reconnu entre mille la gracieuse démarche de biche, les yeux noirs et hardis, le teint d'abricot et la vilaine cicatrice au-dessus du sourcil droit.

« Soyez le bienvenu, monsieur Pourtal », disait Maître Vialas.

« Isabeau ! » criai-je en même temps.

J'aurais voulu me jeter dans ses bras, lui dire que je l'aimais toujours, que je n'avais rien oublié, mais quelque chose d'hostile dans son attitude me tint à distance, fit périr aussitôt née l'illusion que le lien avec le passé pourrait se renouer sans effort. Elle me considérait avec étonnement, surprise de retrouver jeune fille l'enfant qu'elle avait quittée, ou peut-être ne me reconnaissant même pas. Je crus deviner sur son visage crispé une ombre de sourire, mais je me trompais sans doute.

Déjà les visiteurs, attablés avec notre hôte et monsieur Siguier, parlaient à voix basse, têtes rapprochées ; je vis ce Pourtal écarter sa tunique rouge maculée de boue et tapoter le côté de son haut-de-chausses bleu comme pour montrer quelque chose. Du coin où je m'étais réfugiée avec mes compagnons de voyage, nous ne pouvions surprendre de la conversation que des bribes incompréhensibles :

« ... autre message... »

« ... grâce à elle... apporté de l'Aigoual... »

« ... cousu ici en sûreté... »

Puis ils appelèrent Bénézet qui écouta en approuvant de la tête, et je crus saisir un nom que j'avais déjà entendu. Était-ce Vivent ? Je ne pouvais en être sûre, mais mon imagination galopait. Isabeau le connaissait-elle ? Avait-elle apporté un message de ce combattant mystérieux ?

Je ne sus rien de plus jusqu'au moment où notre hôte fit claquer son couteau pour donner le signal d'une sieste tardive. La Vialatte le rejoignit tandis que les hommes disparaissaient derrière le lardoir. Alors, comme Isabeau passait près de moi sans me regarder, je ne pus résister davantage. Tremblant presque d'appréhension, je tirai le bord de son fichu en murmurant : « Isabeau ! C'est Louyse, me reconnais-tu ? » Elle se retourna comme piquée par un scorpion : « Laisse-moi, ne me touche pas ! Je le sais, ce que tu as fait ! Tu as choisi de renier le Seigneur et d'adorer les images de Baal ! »

Elle aussi ! Elle comme les autres ! Pourtant, je repris espoir en constatant qu'elle ne s'éloignait pas. Les imprécations ne me blessaient plus depuis mes expériences des jours passés. Je connaissais cette inévitable méfiance des persécutés, je savais aussi quels mots il fallait dire. Les portes du Royaume des Cieux n'étaient-elles pas toutes grandes ouvertes au pécheur repenti ?

« Je suis revenue, Isabeau. Je suis avec toi maintenant... »

Elle se rapprocha de moi. Elle continuait son prêche, mais sa voix, qui par moments se haussait pour m'accabler, retombait bientôt et redevenait un sermon, presque un plaidoyer : « Repens-toi, repens-toi, il est temps, la fin du monde approche. Tu as commis un affreux péché en allant à la messe. Bientôt, nous serons délivrés et le papisme sera balayé. Mais toi, toi qui as renié le Seigneur, tu dois faire pénitence ! »

J'écoutai un moment puis je m'impatientai. Menaces et prédictions m'emplissaient d'une angoisse que je supportais mal. Je me repentais amèrement d'avoir déserté les miens, mais je n'arrivais pas à croire criminels les élans d'amour que m'avaient inspirés le crucifix ou la communion pendant la messe. Sans doute étais-je incapable de comprendre. Un scepticisme aride s'était emparé de mon esprit, je ne voulais pas raisonner, je ne songeais qu'à rejoindre Isabeau, ce nouveau fragment du passé que je retrouvais sur ma route

Serait-il possible de n'y pas réussir ? J'avais peur, je tendis la main doucement vers la sienne :

« Isabeau, te souviens-tu que tu me tressais des chèvres en jonc, tout un troupeau pour jouer l'hiver près de l'étang, t'en souviens-tu, Isabeau ? »

Elle repoussa ma main et tourna vers moi un visage farouche ; pourtant, des larmes brillaient le long de son nez parfait.

« Ils l'ont pendu. » Sa voix était plate, sans timbre.

« Pendu ? Qui ? Pourquoi ?

— Mon père. Ils sont venus à dix, avec un sergent et Privat le voisin. Ils ont dit : " Cette fois, tu es pris, Bourguet. On a vu le prédicant sortir de chez toi. " Et ils l'ont accroché au grand ormeau de la cour. »

Je voulus parler, mais ma gorge serrée n'émit qu'une sorte de croassement. Il me fallut une longue minute avant de pouvoir articuler :

« Et la Bourguette ?

— Je l'entendais crier. Je m'étais cachée derrière les fagots dans l'écurie. Longtemps. Toute la journée, pendant qu'ils mangeaient, buvaient, juraient, cassaient la vaisselle et les meubles. Finalement, j'ai cru qu'ils étaient partis et j'ai jeté un coup d'œil entre les branches. »

Elle se tut un instant. Elle me fixait avec tant d'hostilité que je me rejetai instinctivement en arrière.

« Elle était là, couchée sans plus bouger, les yeux fermés et la bouche ouverte, évanouie ou morte, je ne sais pas. Ils avaient dû la battre. Sa jupe était remontée jusqu'à la taille et j'apercevais une main poilue posée sur sa cuisse maigre. C'était un soldat, saoul comme une bourrique, ça se voyait. Il tenait sa poche à poudre dans la main gauche... J'entendais la voix anxieuse de son camarade : " Arrête, La Rapée, arrête. Tu sais bien que c'est défendu. Le capitaine pourrait nous surprendre... " — " La salope, elle m'a mordu ! grinçait La Rapée en continuant à la bourrer de poudre. Je lui ferai sauter les dents hors de la tête, tu vas voir ! " Ils sont partis en courant et l'explosion a secoué l'écurie. Une flammèche a dû tomber sur le chaume qui a commencé à grésiller. J'ai attendu pour sortir d'être à moitié étouffée par la fumée, puis j'ai pris le chemin de la montagne. Mon père se balançait sous l'arbre, la tête bizarrement penchée d'un côté. Il y avait déjà trois corbeaux sur la branche.

— Non ! »

Je ne savais pas à quoi je criais non ! Non à l'horreur, à la cruauté, à la mort, non à l'injustice, non à l'odieux fanatisme Ou simplement non à l'ignominie répandue comme un fumier sur mon paradis d'autrefois, sur le grand ormeau qui avait abrité ma vie d'enfant. Salis, tous mes souvenirs, arrosés de sang et d'ordure, les jeux et les ris d'autrefois, et avec eux Isabeau dont je m'écartais soudain. Je souffrais pour elle et je lui en voulais aussi. Des corbeaux, vraiment ! On dit qu'ils commencent par les yeux.

« Je les vengerai ! criait Isabeau. Nous les vengerons tous ! Ces monstres, ces dénonciateurs seront ôtés de la face de Dieu ! Nous avons déjà ôté Carbonnel, Séverac qui avait vendu nos amis ! Et le vicaire de Saint-Marcel a aussi payé de son sang ! »

Le mot la faisait vibrer tout entière, comme dans une transe.

« Il baignait dans son sang, ce suppôt de Baal ! Nous avons obéi à l'Écriture : “ Tu racleras le méchant du milieu de toi ! ” »

Une brusque nausée me fit courir hors de la maison. Il me fallait être seule, appuyer ma tête brûlante sur la rude margelle du puits, étouffer de sanglots secs qui m'arrachaient la poitrine. D'où qu'il vînt, le sang me faisait horreur. Je n'étais pas faite pour un monde aussi brutal, et j'en avais honte. Mes chers Bourguet, comme les demoiselles de Sallargues, avaient payé de leur vie leur fidélité. Et moi... bien tranquille pendant qu'ils mouraient, je m'occupais à broder des nappes d'autel ou à faire des révérences dans le salon de ma tante. J'étais ignoble. Isabeau ne pouvait que me détester. Le passé ne reviendrait jamais, jamais.

Je restai là longtemps, des heures peut-être, jusqu'à ce

qu'un mince croissant effilé, apparu dans le ciel clair, vînt m'apporter comme un message de paix.

Pourtant, à la nuit, quand Isabeau me rejoignit sur la paillasse qu'elle devait partager avec moi, un mur de glace s'élevait encore entre nous. Nous restions là, ennemies, incapables de nous toucher, mais je balbutiai pourtant la question qui me tourmentait le plus :

« Claude Brousson... Pense-t-il comme vous ? Il approuve les meurtres ? »

Elle fut longtemps à répondre. « Non ! dit-elle enfin. Vivent seul approuve la vengeance. C'est pourquoi Brousson l'a quitté l'hiver dernier pour redescendre vers Uzès... »

Au soulagement que j'éprouvai, je compris qu'il me restait au moins quelqu'un d'intact que je pouvais aimer. Je mesurai mieux la distance qui me séparait d'Isabeau, dont la voix chargée de haine sifflait dans l'obscurité :

« Brousson voudrait que nous nous laissions égorger comme des agneaux, en priant seulement que Dieu nous fasse miséricorde. Non, cent fois non ! Je veux rendre coup pour coup ! Je suivrai Vivent jusqu'au bout.

— Tu vis près de lui, dans la montagne ?

— Mes frères sont avec lui. Moi je vis avec son compagnon Vallès, le prédicant. Je porte les messages, je convoque les fidèles aux assemblées. Je suis sa femme ! » ajouta Isabeau avec orgueil, mais je me refusais à comprendre.

« Sa femme ? Vous êtes mariés ? Marqués sur les registres ? Vous faites ensemble... »

Les mots me manquaient.

« Pas mariés devant le roi ! Ni devant les prêtres de leur infâme Babylone. Mariés devant Dieu, nous l'avons juré l'un à l'autre là-haut dans la forêt. »

Je me sentais submergée de doutes, assaillie d'interrogations. Une jeune fille élevée chez les Ursulines ne pouvait concevoir que l'on devînt femme sans la bénédiction d'un prêtre, et pourtant sans péché. Isabeau se vantait comme une fille perdue de partager le lit d'un homme ; elle se vautrait dans le meurtre, ma tante l'aurait classée avec horreur parmi les « phanatiques » capables de tout, je ne la comprenais plus même si je ne pouvais m'empêcher de l'aimer encore. Déjà, je savais que je ne la reverrais plus jamais.

Un sommeil sans rêves m'engloutit enfin, épuisée. Au réveil, la place près de moi était vide. Isabeau et Pourtal s'étaient levés avant le jour et avaient disparu sans adieu. Quand je retrouvai les hôtes de la maison autour de la table du premier repas, je vis avec stupéfaction que David Siguier avait échangé sa culotte grise de la veille contre le haut-de-chausses bleu d'Henri Pourtal. J'en eus un réel chagrin, comme si un souvenir de cet homme ne pouvait que nous porter malheur.

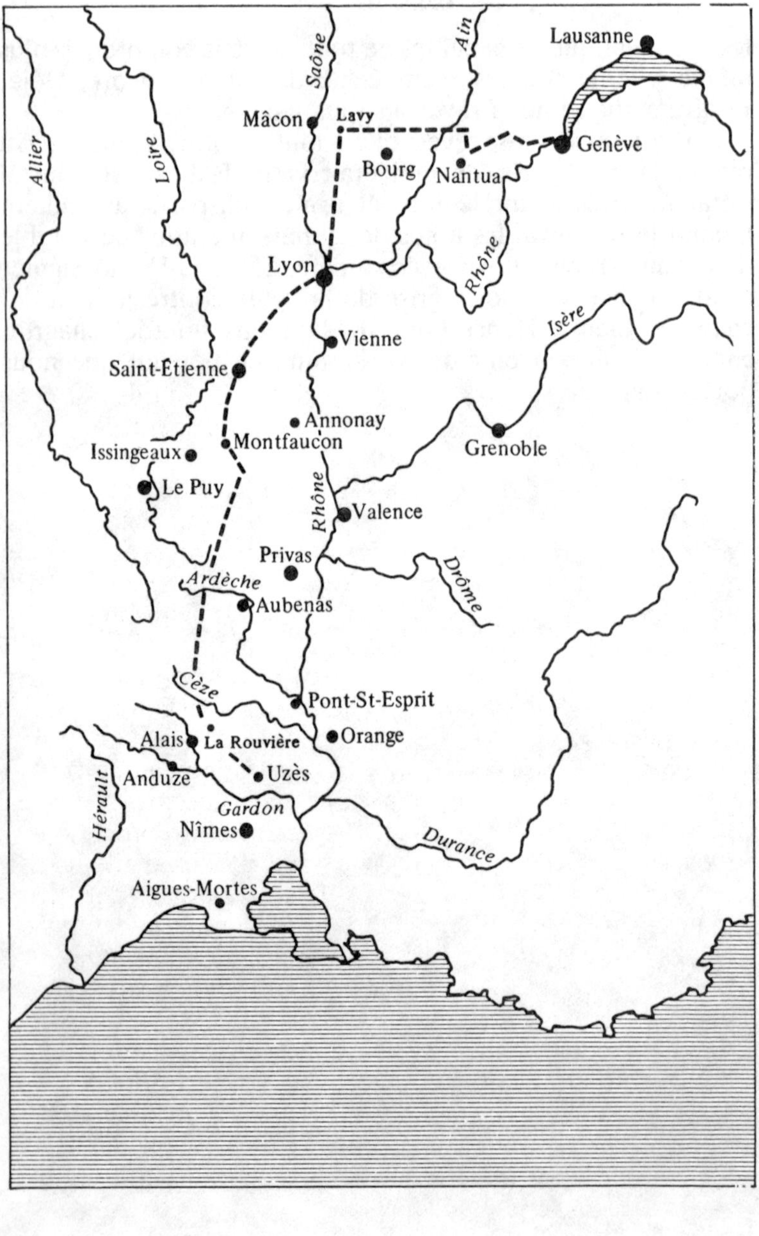

Lausanne
Saône
Ain
Mâcon
Lavy
Genève
Allier
Loire
Bourg
Nantua
Rhône
Lyon
Isère
Vienne
Saint-Étienne
Annonay
Montfaucon
Grenoble
Issingeaux
Le Puy
Rhône
Valence
Privas
Drôme
Ardèche
Aubenas
Cèze
Pont-St-Esprit
Alais
La Rouvière
Orange
Anduze
Uzès
Hérault
Gardon
Nîmes
Durance
Aigues-Mortes

CHAPITRE VI

Cévennes, juin 1691

Il me paraît incroyable aujourd'hui d'avoir pu si vite rayer de mes préoccupations la visite d'Isabeau. C'est que le départ approchait, dans la fièvre. L'excitation de l'aventure balaya bien vite tout autre sentiment.

La plus aimable des trois ânesses chargées de nos bagages s'appelait Coquette. Je lui fis présent d'un grand chardon qui me piqua affreusement les doigts, et elle me laissa toucher ses oreilles veloutées comme des dos de souris. Une amie, voilà qui compte dans un si long voyage. La bienveillance de Coquette me parut rassurante.

Autant que ses compagnes, la malheureuse pliait sous le poids d'un énorme ballot enveloppé dans une toile à sac. Certes, il s'allégerait peu à peu, à mesure que disparaîtraient nos vivres et que se videraient les outres en peau de chèvre remplies de vin qui pendaient sur les flancs des trois bêtes. Il fallait tout emporter : nous nous tiendrions proches des crêtes, à couvert dans les bois. Impossible d'allumer le moindre feu, dont la fumée nous dénoncerait aussitôt. Nous marcherions la nuit et nous reposerions durant les journées. Nous étions trop près d'Uzès, où l'on devait me rechercher activement, pour pouvoir sans danger utiliser nos certificats et nous montrer au grand jour.

Nos « anciens », Espérandieu et Bénézet, avaient longuement discuté l'itinéraire avec le guide et Maître Vialas. Nous allions piquer droit vers le nord, en escaladant les premiers cols pour éviter le château de Portes où monsieur de Bâville avait placé une forte garnison. Nous longerions à distance la route neuve qu'il avait aussi fait percer pour surveiller la région. A l'aube, nous serions en Vivarais, dans le pays de Vivent, terre amie où les soldats ne s'aventuraient qu'en force. Il y avait eu là tant de révoltes et de massacres que nous ne risquerions guère d'y rencontrer le moindre dénonciateur.

La joyeuse ivresse de la découverte et du danger me montait à la tête. J'allais explorer des mondes nouveaux et, pour commencer, les montagnes que l'on m'avait décrites peuplées de loups et coupées d'effrayants abîmes. Dans nos garrigues ensoleillées, mon père n'avait jamais chassé que des sangliers et des lièvres. Les loups ne descendaient pas jusqu'à nos oliviers et nos vignes ; mais ils envahissaient les contes que nous débitait la vieille Clarisse en dépit des interdictions de ma mère. Un berger, pendant l'estive, avait dû se défendre tout un jour à coups de bâton contre une de ces affreuses bêtes. Une autre, qui pouvait bien être Satan en personne sous un déguisement d'animal, venait auprès des chaumières enlever les nouveau-nés dans leurs berceaux. Loups légendaires ou loups familiers, la terreur qu'ils inspiraient venait pimenter délicieusement les veillées paisibles où nous croquions des châtaignes. Maintenant, il faudrait affronter les terribles bêtes, guetter l'apparition de leurs yeux jaunes à proximité de nos campements. Pourtant, je me sentais calme. Le guide avait dû prévoir ce danger-là comme les autres, et y parer. Il saurait nous protéger.

Toute la journée, je souhaitai le rencontrer pour lui demander, sur tel ou tel point de détail, des éclaircissements dont je ne pouvais me passer. Du moins le pensais-je, car finalement je m'en passai fort bien. Je crois plutôt que j'avais besoin de lui confier mon allégresse au sujet du voyage ; il m'aurait alors regardée avec approbation. J'aurais donné beaucoup pour l'entendre encore louer mon courage. Deux ou trois fois je me heurtai à lui dans une porte : il arborait l'air distant et préoccupé qui interdisait toute question. Les hommes étaient tous surchargés de besogne ; je ne trouvai aucune oreille complaisante, sinon celle de Coquette qui oscillait doucement d'arrière en avant d'une façon des plus encourageantes.

A main gauche, les collines se découpaient encore sur le rose ardent du ciel quand le guide donna le signal du départ. Je marchais beaucoup mieux, sans fatigue. Antoine Fabre vint me montrer d'un air malin deux piquets qui dépassaient le bât de l'un des ânes : on avait prévu une litière de toile pour me transporter si je ne pouvais plus avancer. Je n'en eus aucune reconnaissance envers David Siguier : me croyait-il capable d'accepter une aide aussi humiliante ? Je m'obligeais à cheminer aussi vite que les autres, plus vite même que monsieur Espérandieu, dont le souffle était court dans les montées.

Nous atteignîmes vers minuit le gué de la Cèze, près de Peyremale. La rivière n'avait pas baissé tout à fait, hommes et bêtes avaient de l'eau jusqu'au ventre, et David prit le parti de me porter dans ses bras. Comme il luttait contre le courant, je me disais que j'aurais dû faciliter sa tâche en passant les bras autour de son cou, mais je ne le pouvais pas ; j'étais raide comme une bûche et à peu près aussi facile à transporter. Il ne se plaignit de rien, et me mit debout toute sèche de l'autre côté ; il ne me regarda même pas quand je le remerciai. Son caractère m'était devenu familier : je sus qu'à cette minute il me trouvait insupportable. Il avait horreur de toute affectation, et je reconnus qu'auprès de lui je manquais presque toujours de naturel.

Avant le jour, nous dormions tous sous un rocher dans le bois des Barères, après être venus à bout d'un gros pain et d'un jambon. Le voyage s'annonçait bien.

Nous grimpions. Les falaises crayeuses découpées par les rivières dans nos garrigues avaient laissé la place à un désordre de grands rochers gris, que les lichens paraient de broderies jaune d'or. La forêt me semblait de plus en plus étrangère. Plus d'oliviers, presque plus de chênes verts ; en reverrais-je un jour ? Ce pays qui était le mien, ce pays odorant et brûlé de soleil à qui je tournais le dos délibérément, pourrais-je jamais y revenir ? Pourrais-je encore fourrer le nez dans une touffe de lavande, ou descendre au jardin cueillir des feuilles de pistou pour la soupe ? Je n'y songeais pas trop. Je ne savais pas qu'avec les années la nostalgie deviendrait obsédante, que mon cœur s'alourdirait, enveloppé lui-même de neige et de brume.

Des châtaigniers centenaires nous offraient leur ombre puissante. De temps en temps, par un trou du feuillage, nous apercevions en contrebas une ferme isolée piquée sur une croupe, au milieu de maigres cultures en terrasses.

« Voyez, petite. » Monsieur Espérandieu se permettait avec moi un ton de pédagogue indulgent, comme l'aurait fait un grand-père. « Ce fermier est encore un des nôtres.

— Comment le savez-vous ?

— A cause du cyprès isolé. Il marque la tombe. Les morts de cette famille ne sont pas admis dans le cimetière !

— Alors, nous pourrions sans danger frapper à cette porte et demander secours ? »

Il soupira. « Je n'en suis pas certain. Nos frères sont tellement pourchassés et surveillés ! Ils ont peur. Les fugitifs trouvent parfois plus d'aide chez ceux des catholiques qui sont charitables. »

Il était bon cependant de se sentir en pays ami. J'en tirais une trompeuse impression de sécurité, si forte que je finissais par douter de la réalité même de l'intendant, du maréchal de Noailles et de leurs dangereux soldats. L'air était plus léger, plus frais, il me mettait des pétillements dans le sang, de brusques ivresses. Je prenais dans mes bras un chevreau perdu rencontré dans une hêtraie, je souriais à Étienne Bénézet qui répondait d'une moue désapprobatrice, je m'extasiais sur la beauté des lointains montagneux étagés par plans verts, gris, violets. Alors, monsieur Espérandieu me grondait doucement :

« Vous devez donner votre amour à Dieu seul, non à ce qu'il a créé et qui ne flatte que vos sens.

— Oui, oui », disais-je repentante, et je m'appliquais à

rentrer en moi-même et à élever mon âme au-dessus des médiocres félicités de ce monde. Quelques instants, puis des flèches de lumière venaient taquiner mes paupières baissées, j'apercevais dans le jardin d'un mas la tache blanche d'un lilas qui chez nous aurait fleuri un mois plus tôt, et je retombais dans le ravissement.

Les petites piques qui m'opposaient à David faisaient que je pensais à lui constamment. Rien, ou presque rien, ne témoignait de son intérêt pour moi, qui supportais mal de ne pas être aimée de tous. Dix fois par jour, sans même m'en rendre compte, comme poussée par un double tapi à l'intérieur de moi, je trouvais des prétextes pour mettre à l'épreuve cette bienveillance. Un pied tordu, la fuite d'un écureuil, un morceau de pain à partager, tout m'était bon pour attirer son attention. Je savais pourtant qu'il ne me passerait rien, ni faiblesse ni enfantillage, ni ces petites facilités hypocrites qu'à chaque instant on s'accorde à soi-même. La rigueur et la sévérité de ma mère autrefois, je les retrouvais en lui et je les admirais. Les rebuffades ne me peinaient qu'un instant ; je comprenais que, même s'il éprouvait pour moi quelque amitié, il ne se laisserait jamais traiter en bon chien fidèle comme je faisais d'Antoine Fabre.

Au reste, il semblait s'apprivoiser. Bien qu'il m'eût d'avance — j'en gardais le cuisant souvenir — interdit les questions, il les accueillait désormais sans déplaisir. Il évoqua longuement pour moi les liens étroits qu'il avait noués en Suisse avec mes parents.

Ils avaient quitté le pays en 1687 assez facilement, en se faisant passer pour des marchands qui revenaient de la foire de Beaucaire par le coche d'eau jusqu'à Lyon. Puis ils avaient par la Savoie gagné Genève où mon oncle s'était déjà réfugié. Installés maintenant à Lausanne, ils n'y pourraient pas rester : si généreux qu'ils soient, les Suisses ne pouvaient suffire à accueillir et nourrir tous les réfugiés. Bientôt, mes parents devraient partir pour le Brandebourg ou la Hollande. Aussi avaient-ils rassemblé tout l'or qu'ils avaient pu emporter et cacher pour envoyer David me rechercher. Ils n'en avaient pas gardé un sou, eux que j'avais, un moment, accusés de m'abandonner.

Deux chambres étroites et sombres pour eux et leur bébé, voilà où ils vivaient, et j'eus le cœur serré en me rappelant les splendeurs de l'hôtel de Javelle. L'inquiétude, les privations ou peut-être les grossesses avaient altéré la santé de ma mère, ce qui me bouleversa et me parut impossible : elle était dans mon souvenir forte comme les colonnes du Temple, je ne pouvais l'imaginer lasse ou même se reposant. Mon père gardait à travers les épreuves son humeur égale et sa coutumière bonté silencieuse. Ils étaient heureux, affirmait David Siguier, estimés de tous et resserrés avec leurs amis autour de leur église où ils pouvaient chanter les louanges de leur Dieu sans être massacrés.

Bientôt, je serais près d'eux, et l'impatience de ces retrouvailles ajoutait à ma joie, que je ne pouvais cacher. Dominer ses sentiments, ou tout au moins les dissimuler, paraissait aisé dans un univers restreint et clos, les quatre murs d'une maison ou le jardin enfermé d'un couvent ; mais ici, au milieu des futaies et sous le regard des astres, feindre eût semblé une grossière fausse note. Comme si la nature ne supportait que le naturel.

Foin des reproches de mon cher vieil Espérandieu ! Je marchais dans un halo de bonheur, mêlant les sentiments profanes aux effluves du printemps tardif des hauteurs. Un matin que je m'étais attardée seule à la lisière du bois, je vis devant moi une prairie entièrement dorée par des millions de corolles de narcisses. Ah ! que c'était beau ! Je m'y jetai à plat ventre. J'écrasais des tiges juteuses, leur odeur entêtante me pénétrait toute ; mon nez se frottait contre une motte de gazon. Il me semblait que de la terre humide une énergie mystérieuse montait par grandes pulsations dans mon corps collé contre elle.

Je me levai d'un bond : si quelqu'un m'avait vue ! Mais non. Rien ne troublait le paisible caquetage des oiseaux. Ce n'était qu'un moment de folie. Il me montra pourtant par quel cheminement malin l'enthousiasme pour les choses créées pouvait se changer en impiété presque païenne.

Marcher la nuit devenait de plus en plus facile à mesure que la lune s'arrondissait dans le ciel. Le moindre détail du trajet avait été minutieusement calculé. Nous pûmes dormir presque chaque jour dans des granges abandonnées, une fois même dans un campement de charbonniers, braves gens qui firent rôtir pour nous un couple de lièvres pris au collet. De tout ce voyage, je garde un seul mauvais souvenir.

Nous étions, je pense, à mi-chemin. Nous avions évité Aubenas, repaire de papistes, pour suivre un temps le Lignon, et nous étions entrés dans un pays sauvage où des arbres que je n'avais jamais vus pendaient au-dessus des abîmes. Des rivières serpentaient tout en bas, et des montagnes pointues, lisses comme de grosses dents, barraient l'horizon. Les hommes passèrent une partie de la journée à tailler de grosses branches et à les épointer comme des épieux.

« Pour les loups », commenta laconiquement Pierre Fabre.

La chouette ce soir-là hulula plus longuement qu'à l'ordinaire. Elle ne me faisait pas peur : j'avais appris de mes parents à mépriser toute superstition ; pourtant, son insistance me mit les nerfs à vif. David Siguier tentait de nous armer de courage.

« Les bêtes en savent long. Je parie que celle-ci veut nous avertir d'un danger proche. Mais nous le mesurons déjà... »

Il nous fallait franchir une chaîne abrupte par un col soigneusement gardé. David nous fit grimper légèrement plus haut, et nous l'aperçûmes entre deux mélèzes : un paysage désolé, des prairies rases et grillées, des étendues de pierraille sans doute infestées de vipères, et, juste à l'ensellure, un misérable village gris, rues constellées de crottins et de bouses, toits de lauzes posés sur des blocs de granit, serrés autour d'un clocher-peigne et d'une grande croix de fer forgé.

« Tous des papistes qui nous feraient pendre, grinça Étienne Bénézet.

— Ah ! mon ami, pardonnez-leur, ils ont plus d'excuses que d'autres. Trois cents jours par an d'un vent violent qui arrache les toits ; l'hiver, la " burre " qui rassemble la neige en congères si hautes qu'on ne peut sortir de chez soi... De quoi voulez-vous qu'ils vivent ? Ils ne peuvent ni ne veulent s'opposer aux soldats du roi, dont les sous et les écus sont pour eux une douce rosée... Regardez sur la droite. »

De la main, David désignait une grande bâtisse devant laquelle allait et venait un garde, le mousquet sur l'épaule.

« Ils sont là-dedans plus de trente, et ils patrouillent les bois chaque jour. La nuit, ils ont une garde. Et pourtant, il nous faudra franchir à leur barbe cet espace nu entre les bois. »

C'était, à bonne distance du village, un pré en pente parsemé de rochers, assez étroit pour être traversé en quelques minutes mais exposé à la vue du garde s'il lui prenait fantaisie de lorgner les montagnes. Je maudis la lune qui nous avait été si amicale ; son disque déformé venait justement d'apparaître. En même temps, une lumière s'alluma dans la caserne, saluée par une tempête de rires et de jurons.

« Nous attendrons qu'ils soient tous endormis, chuchota Pierre Fabre.

— Pas du tout. La sentinelle n'aurait alors rien d'autre à faire que le guet, alors que maintenant, entre chien et loup, son attention est distraite par la partie de cartes que mènent ses camarades. »

Assurément, le garde, comme s'il obéissait à la volonté de David, venait de s'accouder à la fenêtre éclairée pour suivre avec passion ce qui se passait à l'intérieur.

Le guide leva la main :

« Un instant... Le nuage va passer sur la lune... Les ânes d'abord. Allez ! »

Coquette devinait peut-être le danger, car je sentis son flanc glisser contre moi si vite que j'eus à peine le temps de l'encourager d'une caresse ; ses sabots entourés de chiffons ne faisaient aucun bruit sur le sentier. Elle disparut très vite, avec ses deux compagnes et l'ânier, sous les branches protectrices du bois d'en face. Le plus difficile était accompli.

« A nous, maintenant. Un à un, sur les pieds et les mains, le dos bien courbé... »

La lune sortait du nuage, nous donnant l'horrible impression d'être exposés nus en pleine lumière. Le soldat regardait toujours par la fenêtre. J'atteignais la lisière quand, derrière moi, j'entendis un soupir étouffé. Monsieur Espérandieu venait de glisser ; une pierre arrachée roula sur la pente, rebondit avant d'aller s'écraser en bas contre une clôture. Un chien aboya dans le village ; un autre répondit, puis trois, puis dix. Immobiles, aplatis, nous tâchions de nous confondre avec le sol. La sentinelle s'était retournée en levant son arme.

« Que se passe-t-il donc, La Rosée ? A qui en ont ces chiens ? »

Un gros caporal venait d'apparaître sur le seuil dans un rectangle de lumière. Sa voix traversait la nuit, une voix joviale d'homme bien nourri qui se donne du bon temps, et je songeai que le danger et l'horreur pouvaient prendre des déguisements inattendus. « Hé ! criait-elle, Dubois, Blancpain, La Vinasse, faites-moi une petite ronde dans ce village, et si quelque vagabond s'y cache, par Dieu ! ramenez-le que nous lui rôtissions la barbe ! »

Les hommes s'éloignèrent, nous entendions sonner leurs pas dans les ruelles. Nous ne bougions pas plus que des rocs, à quoi nous nous efforcions de ressembler. Mon bras droit pris sous moi s'était endormi et mon nez picotait horriblement ; ces misères-là, quand elles durent, deviennent de vrais supplices. La patrouille rentra sans avoir rien vu ; les chiens se turent l'un après l'autre. Nous attendîmes encore longtemps avant que le guide donnât l'ordre d'avancer en rampant, pouce par pouce. Dans le bois, la terreur de faire craquer une branche nous condamnait encore à nous glisser prudemment comme des ombres. Enfin, le sentier s'infléchit ; une descente s'amorçait, nous étions sur l'autre versant, nous pouvions aller plus vite.

« Eh bien ! le col est franchi ! » murmura David Siguier en

me dépassant. Il se retourna pour m'examiner dans la lumière nocturne et se mit à rire sans bruit : j'aimai ce rire qui lui ôtait enfin son air de chef et lui rendait son âge, en vérité le même que celui de Pierre Fabre, mais qui s'en serait douté d'habitude ? « Vous voici devenue une vraie paysanne, avec la figure barbouillée à souhait ! »

A cela je ne trouvai pas de bonne réplique, peut-être parce que je ne me sentais nullement blessée, et je pris la main qu'il me tendait pour franchir un petit ruisseau. Nous ne pensions qu'à courir à travers le bois, vite, vite, loin du col maudit. La forêt devenait plus dense ; devant nous, sur la pente opposée, monta un mince et long hurlement qui aurait dû nous glacer d'effroi, mais aucun de nous ne ralentit sa marche. De toute évidence, les soldats inspiraient à notre petite troupe autrement plus de crainte que les loups.

Il ne me venait pas à l'esprit de rechercher la compagnie d'Antoine, cependant je l'accueillais volontiers près de moi pendant nos longues marches. Il m'avait taillé une canne ; ses histoires, débitées moitié en patois, moitié dans un français hésitant où l'on reconnaissait des fragments de la Bible, me faisaient rire. Parfois, je me laissais entraîner par lui à cueillir des fraises sauvages, à poursuivre un papillon ou un criquet. Le guide alors nous rappelait sèchement à l'ordre, comme agacé de ces enfantillages. Je perçus fugitivement que les attentions d'Antoine l'irritaient, ce qui me conduisit à les encourager. Du moins, je le pense aujourd'hui. Alors, je n'en eus pas conscience.

Un jour que nous passions près d'un châtaignier mort, effrayant fantôme projetant en tous sens ses bras blanchâtres, Antoine m'appela pour me montrer que l'on pouvait se glisser dans le tronc creux. J'y entrai sans méfiance, amusée de me trouver dans une sorte de maisonnette de bois dont les orages avaient lessivé l'intérieur jusqu'à le blanchir. Soudain, Antoine se glissa près de moi dans l'étroit espace, je sentis son souffle sur mon cou et son ventre chaud contre le mien. Une onde de plaisir et de frayeur, réveillant des souvenirs endormis, me secoua tout entière. Je criai ; déjà David Siguier accourait, me tendait une main secourable pour m'aider à me dégager. Il avait son visage des mauvais jours. Les joues brûlantes et le ventre en feu, je me réfugiai près de mon vieil ami Espérandieu, qui pour une fois fronçait le sourcil en grommelant quelque chose sur les demoiselles de qualité qui ne savent pas tenir leur rang.

Je ne soufflai plus mot jusqu'à l'étape ; mais quand vint l'heure de la prière du soir, je pleurai amèrement, consciente d'avoir commis un grave péché. Je m'accusais de n'avoir pas tenu Antoine à distance, je me repentais avec horreur de mon émotion, je demandais pardon d'avoir un corps, ordure immonde, et de ne pas savoir le maîtriser. Personne ne pouvait m'aider. J'avais peur de l'enfer et de ses marmites bouillantes, peur de manquer de la foi haute et ferme qui m'aurait assurée de figurer un jour parmi les élus. Des visages sévères apparaissaient, absurdement mêlés devant mes yeux fermés : celui de ma mère lors de notre séparation, celui de la Mère supérieure qui ne croyait pas à ma vocation, celui de ma tante qui me reprochait mon ingratitude, et leurs traits se fondaient en un seul visage accusateur, me désignant une fois pour toutes comme coupable.

Antoine de son côté avait dû recevoir une semonce, car il ne chercha plus à jouer avec moi, ni même à marcher près de moi. Il n'était pourtant jamais bien loin, j'en eus la preuve quand se produisit l'incident du serpent.

Il y en avait beaucoup à Grézac, de grosses couleuvres, inoffensives gobeuses de rats. On m'avait prévenue que les serpents des montagnes sont autrement plus dangereux. Aussi, le matin où, assise sur un talus pour manger tranquillement ma croûte de vieux pain, je vis une forme glisser dans les herbes à moins de deux pas de moi, la frayeur me paralysa presque. A mes appels, Antoine se précipita le bâton haut. Je revois encore le serpent en colère s'enrouler en sifflant autour du bâton, tandis qu'Antoine le jetait sur le chemin où son frère écrasa d'une grosse pierre la vilaine tête triangulaire.

J'avais eu si peur que, oubliant mes remords et mes résolutions, je me jetai au cou de mon sauveur.

« En voilà des histoires pour rien! » Je me retournai en entendant la voix coupante de David Siguier. Son regard paraissait plus dur et plus métallique que jamais. « S'il fallait, chaque fois qu'on voit une vipère, ameuter par ses cris toute la vallée, nous serions vite en prison ! Et vous, Fabre, au lieu de rester planté là, vous feriez mieux de rassembler les ânes qui sont en train de s'écarter du chemin ! »

La sortie était si injuste et si intempestive que personne n'eut le courage de protester. Pierre Fabre parut ironique, Étienne Bénézet médusé. Je n'aurais peut-être pas compris sans leurs airs bizarres, sans l'expression inquiète ou désolée qui avait chassé la sérénité sur le visage du vieil Espérandieu.

J'en étais sûre désormais : un lien particulier s'était crée entre David et moi. Son mouvement de jalousie l'avait trahi. Il était bien le seul à ne pas comprendre encore ; nos compagnons, eux, soupçonnaient la vérité.

Antoine devint franchement maussade, Espérandieu attentif. Mais ce qui me surprit vraiment fut le subit intérêt que me porta Étienne Bénézet. Lui, qui n'avait été jusqu'alors que silence, indifférence ou même réprobation, entreprit avec moi de longues conversations. Il citait la Bible aussi souvent qu'Antoine, mais de façon beaucoup moins pittoresque. Je devais faire effort pour ne pas montrer mon antipathie, qui s'adressait surtout, il me faut l'avouer, à son épais collier de barbe noire bouclée — ridicule ! Il « sentait le huguenot » à plein nez, comme aurait dit ma tante. Sa seule apparence eût suffi à nous dénoncer si nous étions sortis des montagnes et, comme il nous faudrait bientôt en descendre, la pensée d'échanger son austère défroque noire contre un déguisement plus voyant le tourmentait sans cesse.

Il m'inspirait du respect pourtant, cet homme rude et sombre qui se montrait, de nous tous, le plus religieux. J'enviais sa piété sans faille, l'ardeur sincère qu'il mettait à chanter les psaumes comme s'il les vivait intensément. J'admirais qu'il fût encore plus sévère pour lui-même que pour les autres, qu'il ne se plaignît jamais ni de faim, ni de froid, ni de fatigue ; on eût dit que son corps existait à peine, que seuls importaient les besoins de son âme. J'admirais, mais n'espérais guère l'imiter. Il me faisait même un peu peur. S'il y avait parmi nous un fanatique, c'était lui.

Je n'aurais su dire son âge : trente-cinq ans ? quarante ? Beaucoup plus en tout cas que David et Pierre. Si bien qu'il apparaissait tout naturel à notre petit groupe de les reconnaître, Espérandieu et lui, comme nos « anciens », chargés de veiller sur notre conduite et, au besoin, de nous rappeler à l'ordre. En venant me prêcher et m'instruire, il était dans son rôle, je ne le niais pas. Mais je n'avais pas besoin de lui pour sentir le péché rôder autour de moi. Chaque soir, en faisant mon examen de conscience, je le reconnaissais humblement en comptant les folies que j'avais commises dans la journée.

Le Seigneur ne jetait pas l'anathème sur les attachements terrestres, pourvus qu'ils fussent purs et teintés d'élévation spirituelle. Et, en vérité, je mêlais tous mes sentiments dans un grand élan mystique. Oubliés les prêtres chamarrés des cérémonies catholiques, l'Éternel me semblait plus proche, je lui offrais mon repentir et ma confiance, je l'implorais. Mais aussitôt chaque partie de mon être semblait acharnée à m'entraîner vers le danger. Ma langue me trahissait, qui ne pouvait enchaîner trois phrases sans prononcer le nom de David. Mes mains me trahissaient, qui se tendaient malgré moi vers son manteau oublié dans un coin, pour le toucher dévotement du bout du doigt. Mes yeux me trahissaient sans cesse ; ils se tournaient comme aimantés vers lui, et ne rencontraient que trop souvent son regard qu'il dérobait aussitôt. De tels enfantillages, seul pouvait les provoquer l'amour. J'étais amoureuse de David, amoureuse, je le disais aux branches des grands chênes et à mon reflet dans l'eau morte des mares, et aux oiseaux qui s'envolaient en piaillant sur notre passage. Je ne me demandais pas si cette passion avait un avenir avec David, il me suffisait de me repaître de sa présence.

Nous arrivions aux limites du Vivarais. Au-delà, nous allions pénétrer dans un pays catholique où il deviendrait dangereux de hanter les forêts et les maisons isolées. Les pauvres gens n'auraient aucun scrupule à nous dénoncer pour toucher les vingt livres que chaque coupable arrêté devait payer au dénonciateur.

Dieu nous avait jusqu'ici protégés des mauvaises rencontres, et nous avions pu dormir au sec toutes les nuits sur nos lits de feuilles de châtaignier. Mais nos provisions s'épuisaient, nous commencions à souffrir de la faim. Coquette allégée se permettait des caprices qui augmentaient notre mauvaise humeur.

La dernière ferme amie allait changer tout cela : David, en venant de Genève, y avait organisé un véritable relais. La montée pour l'atteindre à plus de trois mille pieds, dans un aigre petit vent du Nord, nous parut fort rude. Juchée sur un mamelon et entourée de bois, elle ressemblait à la Rouvière, mais le fermier à tête de fouine n'avait rien de commun avec Maître Vialas. S'il risquait lui aussi sa vie pour les huguenots, il en espérait au moins de larges compensations. A la manière dont il ramassait prestement les pièces sur la table pour les faire disparaître dans sa culotte, on comprenait qu'on pouvait tout tirer de lui avec de l'or. Celui de mes parents avait été le bienvenu : des mulets nous attendaient dans l'écurie, et furent volontiers échangés par notre hôte contre nos ânes plus une bourse rebondie.

Avec nos passeports et nos certificats, nous allions voyager à découvert et dormir dans les auberges ; Uzès était loin, nous ne courions plus aucun risque d'être reconnus.

« Mais attention de ne pas vous faire remarquer, répétait

David. Beaucoup d'autres qui se croyaient en sûreté se sont fait soupçonner et arrêter pour avoir oublié le signe de croix en s'asseyant à la table d'hôte. »

Mes compagnons faisaient la grimace. Jouer les papistes, même pour un si bon motif, leur paraissait répugnant. Bénézet cependant accepta de revêtir un justaucorps délavé d'une couleur ocre pour se faire catholique. Nous allions tous abandonner nos hardes crasseuses de vagabonds et faire toilette pour gagner Lyon en brûlant les étapes. Avec nos papiers en règle, il suffisait de trouver une raison plausible pour le voyage et de distribuer les rôles.

Mes parents avaient déjà pensé à tout, je le découvris quand David sortit fièrement de son gousset une lettre sur laquelle je reconnus sans hésiter la haute écriture de ma mère. L'émotion fut si forte que je m'accrochai avidement à son bras.

« Je vous en prie... donnez-la-moi ! »

Il me la laissa prendre et je la portai à mes lèvres. Le papier solide et un peu rêche, les lignes penchées et serrées qui semblaient courir au but, la signature nette, dépourvue de toute vanité mais non d'une trace d'orgueil, tout lui ressemblait. L'impression de la retrouver, au-delà des oublis et des rancunes, était si forte que j'en tremblais.

Une de ses tantes, Diane d'Argilier, avait épousé un gentilhomme de Bresse. Leur terre de Lavy était proche de Pont-de-Veyle, dans une étroite région qui passait pour un repaire de huguenots, à vingt lieues seulement de la frontière suisse. Ma mère demandait à sa parente de nous accueillir.

Ce fut pour moi la première révélation du réseau mystérieux d'entraide qui, par-delà les fleuves et les plaines, ramifié sur des centaines de lieues à travers toute l'Europe, reliait entre eux les huguenots persécutés. Tout d'abord, je n'y voulus pas croire.

« Comment est-ce possible ? Comment ma mère sait-elle que sa tante vit encore, qu'elle n'a ni émigré ni abjuré pour devenir bonne catholique ? que nous n'allons pas, en frappant à cette porte, nous jeter dans la gueule du loup ?

— Petit enfant toujours rongé d'inquiétude, gronda David, votre grand-tante Diane se porte comme un charme malgré son veuvage, et vos parents voient ses fils tous les jours ou presque. Cinq d'entre eux, en bons calvinistes, sont passés à Genève ; un seul est resté près d'elle. Assurément, ils ont dû abjurer pour garder le domaine, mais la fidélité de leur cœur ne fait pas de doute. »

Cette histoire ne me plut guère. Je n'avais pas atteint l'âge des concessions. Assurément, je savais que bien des réformés avaient abjuré pour garder leurs biens, puisque le roi en avait même fait une politique. Chez mon oncle de Javelle, j'avais entendu un invité s'esclaffer grossièrement en répétant le mot de monsieur de Bâville sur les convertis « qui aimaient leur religion mais encore mieux leurs biens ». Mes parents n'étaient pas de ceux-là, pensai-je. Eux avaient tout laissé, tout sacrifié à leur religion. Je ne me souvenais pas que, cinq ans plus tôt, je le leur avais amèrement reproché.

« C'est indigne, dis-je tout haut. Comment peut-on marchander avec Dieu ? Se glorifier de lui donner ses fils et en même temps le renier à voix haute, juste pour garder sa maison ? »

Aucun ne me répondit. Ils avaient les yeux tournés vers la terre, comme s'ils méditaient, et la pensée me saisit que je savais bien peu de ces hommes. Où étaient leurs épouses, leurs mères, leurs enfants ? Avaient-ils eux aussi pactisé, marchandé ou seulement gagné du temps ? Non, pas David. Ni Bénézet le fanatique. Et, pourtant, lui aussi était marié, je le savais.

« Qu'est devenue cette belle résolution d'être fermes jusqu'à la mort ? » La phrase de Brousson résonnait dans ma tête. Brousson qui, lui non plus, ne pactisait pas, qui avait une fois pour toutes donné sa vie pour fortifier les autres, Brousson si honnête, si droit qu'il ne pouvait admettre aucun double jeu, Brousson pour qui le péché des péchés était de se rallier, même du bout des lèvres, à l'Église catholique « mère des paillardises et des abominations ».

Pourtant, il n'aurait pas aimé la stupide bravade qui m'échappa :

« Je ne pourrai jamais prendre intérêt qu'à un homme capable de se voir rompre les os plutôt que d'abjurer ! »

David tressaillit et la voix légèrement chevrotante de monsieur Espérandieu monta soudain dans le silence :

« C'est bien de l'orgueil, mademoiselle Louyse. La vie est parfois difficile. Que la volonté de Dieu soit faite ! »

La comédie était au point. Moi, Louyse Servezanne de Grézac, nouvellement mariée, j'allais présenter mon époux à ma grand-tante Diane en Bresse. Le vieil intendant de mon père, Espérandieu, m'accompagnait avec deux domestiques et, bien entendu, Bénézet assez convaincant en muletier. Je voyageais en litière et les autres sur des mulets.

David ferait donc figure de jeune marié. Nos deux « anciens » avaient paru réticents à cette idée, mais ils n'avaient pu proposer aucune autre combinaison vraisemblable. Depuis cette décision, cependant, Espérandieu ne me quittait guère. La garde qu'avec Bénézet il montait autour de moi me surprit, m'amusa et enfin m'irrita, en me donnant le vif désir d'y échapper. Me croyaient-ils donc en danger ? Leur sollicitude était absurde : qui a jamais réussi à protéger contre elle-même une fille amoureuse ?

Le matin du départ, je réussis à leur fausser compagnie, sans autre intention, j'en fais le serment, que de porter à Coquette, en guise d'adieu, une carotte que m'avait donnée la fermière. L'ânesse me fit mille grâces et signaux d'oreilles tandis que je lui disais mon chagrin de la quitter à l'aube. Puis je ne sus comment poursuivre la conversation, un silence plana pendant lequel j'entendis remuer dans la resserre à côté de l'écurie.

Quelques marches y conduisaient, à demi cachées par une pile de fagots. Seules la curiosité et l'étourderie m'y firent grimper, je l'affirme. Comment aurais-je su que là se trouverait David, manches retroussées, en train de mettre en sacs la provision d'avoine pour les chevaux ? Et, pourtant, il fut évident tout de suite que la rencontre était inscrite dans le ciel.

Une lucarne, en plein est, projetait un faisceau de rayons dans lesquels dansait la balle d'avoine. Aveuglée, je ne vis pas l'homme tout d'abord, et lui-même ne se retourna qu'au moment où je pris pied sur le plancher branlant.

« Vous ! dit-il sans cacher sa stupéfaction. Heureusement que je ne crois ni aux fées ni aux apparitions ! »

Je ne pouvais que cligner des yeux et trembler et rester stupide, frissonnante dans la douceur d'une aube de juin.

Il fit un pas et tenta de sourire : « Une aimable visite officielle de ma nouvelle épouse ? » Sa voix se cassa sur la dernière syllabe et il se tut, laissant tomber un trop long silence que seuls troublaient des raclements de sabots dans l'écurie. Sa main s'éleva très doucement, comme en rêve, le bout de ses doigts frôla ma joue, écarta une mèche, suivit le contour de l'oreille. Son regard que j'avais si souvent cru froid se voilait de douceur ; je découvrais avec ravissement les petits points bleus et verts qui piquetaient les iris gris. La caresse légère gagna le cou, glissa sous le fichu, je poussai un soupir saccadé qui ressemblait à un gémissement et je fus dans ses bras. Une seconde, une minute, une heure ? Je ne saurais le dire. Je revins au réel en me sentant brutalement repoussée. Les yeux qui me fixaient, plus durs que jamais, étaient parcourus d'éclairs de colère.

« Allez-vous-en ! » La voix vibrait étrangement. « Tout de suite ! Ne restez pas ici ! » Ses mains tremblaient, comme s'il avait eu peine à contenir une impulsion violente. Je m'enfuis sans comprendre. Monsieur Espérandieu qui me cherchait me trouva en larmes au pied d'un saule ; j'avais encore de l'avoine dans mes cheveux. A ses questions inquiètes, je ne pus donner la moindre réponse.

Journée sinistre. Je pleurais dans ma litière. Passé Montfaucon, la pluie nous tourmenta, une bruine fine, serrée, pénétrante, qui n'avait rien de commun avec nos francs orages du Midi. Il fallait avancer : je me pelotonnai sous une bâche. Monsieur Espérandieu trottait courageusement à mes côtés.

De tout le voyage, le guide ne desserra pas les dents. A peine s'il nous rejoignit, dans la cabane où nous nous étions réfugiés pour dîner, le temps de se couper une tranche de pain bis, de faire claquer son couteau et de disparaître. Il vint à toutes les prières en se tenant le plus loin de moi qu'il était possible. Pas une fois il ne jeta les yeux vers moi : il semblait voir à côté, ou au-delà, comme si je m'étais dissoute dans l'espace. Il aurait fallu être aveugle pour ne pas deviner qu'il s'était passé quelque chose entre nous.

Notre tourment devenait contagieux. Autour de notre petite bande jusque-là unie et sereine, l'air se faisait oppressant. Les deux Fabre se querellèrent pour la première fois depuis notre départ. Espérandieu et Bénézet tinrent plusieurs conciliabules, apparemment sans se mettre d'accord.

Seule, le visage enfoui dans le rude oreiller de la litière, je m'efforçais au calme. Impossible tâche. Une souffrance dévorante, brûlure, déchirure, je ne savais quoi, me tordait et me faisait mordre la toile. Qu'avait donc fait cet homme, entrevu pour la première fois il y avait moins de quatre mois, pour que son absence me soit un supplice, pour que je préfère la mort à son mépris ?

Survenait un moment de répit, et je tentais de réfléchir. Voulait-il donc me prendre ou me laisser ? Tantôt secourable et tantôt méchant, il apparaissait et disparaissait, ses yeux me tenaient un langage que sa bouche démentait aussitôt. Cette alternance perverse avait fait de moi une esclave. Oui, voilà. Cet homme était un monstre de cruauté qui m'avait choisie pour jouet.

Non. Ce n'était pas vrai. Au-delà de mon mal, je le savais. On ne feint pas la tendresse, le souci délicat de l'autre. Un jour, à la Rouvière, je l'avais vu dormir. L'ombre des cils sur sa joue lui donnait un visage si jeune que, moi-même à peine sortie de l'enfance, j'avais senti s'éveiller un sentiment quasi maternel, tendre et avide, le désir de bercer et de garder contre moi cet abandon, cette paix. Non, il ne se jouait pas de moi.

Peut-être se défendait-il ? Cette pensée me fit me redresser, saisie. Cet homme à qui mes parents m'avaient confiée... Je m'étais jetée vers lui étourdiment, tout comme, à cinq ans, je me suspendais au cou de Claude Brousson. Je l'avais provoqué, en un jeu aussi redoutable que le sien.

Je recommençai à souffrir. Comme elle était claire maintenant, la raison de son mépris ! Une tentation diabolique qu'il fallait repousser avec horreur, voilà ce que j'étais devenue pour lui. Je l'entraînais vers le péché et la corruption. Ah ! il se trompait, j'en faisais le serment. Mais je ne pourrais plus jamais le lui dire puisqu'il ne voulait même plus me voir. Pour le désarmer, j'étais prête à tout. Plutôt mourir que vivre sans lui.

A Saint-Didier, je dus me traîner vers l'*Auberge de la Licorne*. Étienne Bénézet vint me gronder, il fallait absolument faire bonne figure. Heureusement, la maréchaussée avait fait sa tournée la veille, ce qui nous assurait une relative sécurité. L'hôtesse se confondit en révérences, et je demandai à souper dans la chambre. On me donna la plus belle, avec deux lits à rideaux brochés rouges. Monsieur Espérandieu devait y dormir avec David près de moi, les autres iraient à l'écurie avec les valets. La précaution se révéla bien inutile car David ne rentra pas de toute la nuit.

Au matin, le souci se lisait sur tous les visages. Il nous fallait décamper au plus vite. En descendant l'escalier, j'avais surpris quelques mots de l'hôtesse à Bénézet le faux muletier :

« Un drôle de jeune marié, qui découche déjà ! Avec une mignonne comme ça dans son lit...

— Il était malade, il ne voulait pas se montrer à son désavantage, expliqua Bénézet qui passa aussitôt à la contre-attaque : Votre marmiton a dû hier soir faire l'omelette avec des œufs couvés. »

Profitant de l'indignation de l'hôtesse, qui protestait de la parfaite santé des autres voyageurs, je remontai jusqu'à la fenêtre ouverte de la chambre pour offrir mes yeux battus à l'air frais du matin, dans le vain espoir d'effacer toute trace de chagrin. L'aubergiste ne manqua pas de m'examiner avec attention. Je lui trouvai l'air sournois et fus saisie de terreur : si elle nous soupçonnait, elle pouvait aisément nous dénoncer en allant faire son rapport obligé à l'officier de police, qui nous ferait poursuivre sur le chemin. Avant de m'asseoir à table, je mis autant de conviction que je pus dans mes signes de croix, et rappelai à moi tout mon latin pour bien dire la prière ; je savais que, pour une fois, mes compagnons ne m'en feraient pas reproche.

Ils se hâtèrent d'atteler les mulets, soulagés d'apprendre que le village était trop petit pour loger une garde. Longtemps, à chaque tournant de notre route, qui descendait vers Saint-Étienne, ils se retournèrent pour écouter et épier les pentes vertes, craignant d'entendre le galop d'une troupe de poursuivants. De ma litière, je les vis parler le visage crispé, comme s'ils lui faisaient des reproches, à David muré dans le silence. Étienne Bénézet grommelait sans arrêt, furieux que nous nous soyons fait remarquer. On ne pouvait, à vrai dire, rien imaginer de plus dangereux. Il avait fallu que notre guide fût rongé de tourment pour commettre cette faute qui aurait pu nous faire prendre tous.

Il ne pleuvait plus. Sous le ciel gris, les bois sentaient la jeune verdure mouillée, mais aucun plaisir ne pouvait me distraire. J'étais à bout ce matin-là, et je finis par céder aux instances d'Espérandieu qui me priait de lui dire la vérité et m'offrait son aide. Il s'était toujours montré bienveillant, mais sa contrariété augmentait à vue d'œil. Me confier à lui me fit pourtant du bien. La tentation, le péché, l'abandon, le chagrin, la panique à l'idée d'affronter seule un monde inconnu, tout cela pesait trop lourd. Je n'omis rien, ni les premiers regards, ni les récents gestes, ni la confiance totale que j'avais en David. Ma vie était entre ses mains. Il en ferait ce qu'il voudrait.

« Les très jeunes filles, dit doucement le vieux monsieur, ont de ces coups de cœur. Notre nature veut toujours le mal. Il faut prier. Quand nous serons arrivés, vous n'y penserez plus.

— Vous vous trompez, monsieur. » Ma détermination sembla l'impressionner plus que n'auraient fait des cris. « Je ne suis pas si jeune puisque ma tante voulait me marier. Si j'ai l'âge de faire des enfants, j'ai aussi celui de savoir ce que je veux. »

Ses lèvres avançaient, reculaient en une moue perplexe. Sur toute sa personne était inscrite la question « Pourquoi lui ? » que je n'avais jamais songé à me poser. Que pouvais-je répondre ? Qu'on ne pouvait rêver plus de douceur sous une enveloppe plus rugueuse ? ou bien qu'il était beau, robuste et nerveux comme un cheval arabe, beau à m'en faire perdre la tête ? ou bien, mieux encore, qu'il m'aimait sans vouloir l'avouer, et que j'en étais sûre au moment même où je pleurais d'en douter.

« Son père vendait de la soie à Nîmes, dit soudain monsieur Espérandieu d'une façon qui me sembla intempestive et me fit enfin sourire.

— Eh bien ! A Grézac, nous produisions de la soie. Voilà une très bonne raison de nous bien entendre », dis-je légèrement sans prendre garde à l'œil inquisiteur du vieil homme. Il ne m'avait pas grondée et je me sentais mieux. Le mulet de tête glissa sur une plaque de boue, il fallut s'en occuper, et la conversation en resta là.

Nous nous arrêtions chaque jour vers onze heures, avant dîner, pour la prière et la lecture de la Bible qui nous étaient maintenant impossibles le matin et le soir à l'auberge. Ce jour-là, qui était un mardi, je m'en souviendrai jusqu'à mon dernier souffle, nous eûmes la chance de découvrir un sentier qui menait à un campement de charbonniers abandonné à la lisière d'une vaste chênaie. Pierre Fabre fit le guet tandis qu'Étienne Bénézet lisait la Bible. Puis la foudre tomba à mes pieds, du moins j'en eus le sentiment, d'autant plus terrible et inattendue qu'elle était portée par la voix calme et mesurée de monsieur Espérandieu.

« Nous allons prier maintenant, disait-il, et implorer la miséricorde du Dieu des Cieux, et sa protection, pour deux d'entre nous qui sont déjà en état de péché, et en grave danger de s'y enfoncer plus encore... »

Mes tempes battaient, le souffle me manquait et je sentais le sang de la honte me brûler le visage. Le traître, le traître, il avait pourtant promis de m'aider, et quel usage faisait-il de ma confidence ? Quand je trouvai la force de lever les yeux, je vis que tous évitaient de me regarder, ou de regarder David, très droit, les poings si serrés que ses phalanges blanchissaient. Le psaume choisi montait sous la voûte de feuilles :

Ô Seigneur, lave et relave avec soin
De mon péché la trace si profonde...
Mon cœur, rempli de tristesse et d'effroi
Connaît sa faute, il sait qu'elle est énorme...

Je me laissai glisser à genoux, la tête dans les mains, accablée de désespoir et de repentir. Monsieur Espérandieu, je le comprenais enfin, tenait parole, il voulait m'aider à me sauver du péché. Un lâche soulagement se fit jour, celui de n'être plus seule à me débattre ; notre petite communauté tout entière avait maintenant fait siennes nos difficultés. J'avais perdu, dans mes années de couvent, la dure discipline de me savoir seule responsable de mes actes comme me l'enseignait ma mère.

Après le psaume, il y eut un bref silence, que brisa soudain la voix de David :

« Vous outrepassez vos droits, monsieur Espérandieu. Vous ne pouvez ainsi laisser planer un doute sur l'honneur de cette jeune fille. Et pas davantage sur le mien.

— Je n'en avais pas l'intention. Mais... » Le vieil homme semblait ému. Il hésita, et ce fut Bénézet qui enchaîna avec sa brutalité coutumière ·

« Mais vous êtes tous deux bien engagés vers le péché de paillardise.

— Bénézet ! Cette jeune fille a été placée sous ma protection. Je ne pourrais supporter que l'on mît en doute ma capacité à faire mon devoir.

— Sans doute. Mais vous en perdez l'esprit ! »

Espérandieu leva la main en signe d'apaisement. Lui seul semblait maintenir quelque sérénité.

« Personne ne songe à douter de vous, mon cher Siguier. Nous avons appris à vous apprécier. Nous craignons seulement, Bénézet comme moi, que vous ne mesuriez pas vos forces. Non, ne dites rien ! Nous sommes vos anciens, avec plus d'expérience que vous des défaillances humaines, et nous savons reconnaître le danger. Seriez-vous un de ces jolis cœurs des villes, légers et luxurieux, que nous serions moins inquiets. Un homme tel que vous ne peut être troublé que par une passion violente. »

Les paroles d'Espérandieu tombaient comme une exquise rosée. Pourquoi les prononçait-il devant moi, au risque de me faire oublier mes remords ? Il avait une intention, que je ne percevais pas, et poursuivait droit son chemin.

« Le Créateur a mis en nous une faiblesse très dangereuse devant les aiguillons de la chair... Et nous ne devons pas mésestimer les pièges du démon. Notre devoir est de vous aider tous les deux.

— Il est vrai », dit soudain David, et les mots semblaient râper sa gorge en passant, « que j'endure des tourments au-delà de toute raison, mais je les surmonterai avec l'aide de Dieu. »

Le regard du vieil homme glissa vers moi, et j'y lus une interrogation, un doute, et enfin, à ma honte, la certitude que je n'arriverais pas, moi, à me dominer. Comme il me connaissait déjà bien ! Le jugement de la Mère supérieure, qui avait elle aussi douté de moi, me revint en mémoire. Je baissai la tête ; depuis ma petite enfance, tous mes efforts pour transformer mes exaltations en persévérance s'étaient révélés vains.

« Nous pouvons, sans doute, vous séparer », poursuivait Espérandieu comme s'il n'avait pas entendu David ; on eût dit qu'il réfléchissait tout haut. « Je pourrais prendre deux mulets et suivre avec mademoiselle Louyse un autre chemin.

— N'y songez pas, répliqua fermement David. Je me suis engagé à la conduire et je la conduirai. Comment trouveriez-vous votre chemin vers la frontière ? Vos passeports ne vaudraient plus rien et vous vous feriez prendre à Lyon dans une auberge.

— Ou assassiner, ajouta Bénézet. Voler, en tout cas. On dit que la ville grouille d'escrocs et de brigands qui jouent les faux guides pour détrousser les malheureux réfugiés.

— Sans doute. Je prévoyais toutes ces objections. Je savais que Siguier ne consentirait pas à abandonner sa mission. Il ne reste qu'une seule autre solution... »

Il hésitait, bredouillait un peu, comme si ce qu'il avait à dire était trop difficile. Et, soudain, je compris ; un espoir insensé me fit me redresser et courir à lui :

« Monsieur Espérandieu, vous le savez et je n'ai pas peur de le proclamer à la face de tous, j'aime cet homme et je suis prête à lui engager ma foi devant Dieu, jusqu'à ce que la mort nous sépare ! »

Sa main ridée s'était posée sur mon épaule, et tous deux nous regardions David, qui secouait la tête.

« Je vous rendrai grâces jusqu'à la fin de mes jours, mademoiselle, pour les mots que vous venez de prononcer. Pourtant, la joie qu'ils me donnent rend mon chagrin encore plus amer. Je ne puis gagner mon bonheur en trahissant vos parents et la mission dont ils m'ont chargé. Je ne puis m'approprier un bien précieux qu'ils m'ont confié.

— Trêve de sottises ! s'exclamait Bénézet anxieux d'en finir. Nous sommes tous ici témoins de votre bonne foi. Vous n'avez pas enlevé cette jeune fille. Nous, les plus anciens, avons pris la décision pour votre salut à tous deux et celui de notre communauté ! Il vaut mieux se marier que de brûler, c'est saint Paul lui-même qui le dit.

— Et si cette union paraissait déplaisante à monsieur Servezanne ?

— Allons ! Madame de Javelle voulait marier cette enfant à un papiste, croyez-vous que ses parents l'auraient préféré ? »

Je n'écoutais pas les arguments ; je pensais à Isabeau, dont le mariage sans prêtre m'avait si fort choquée. Voici que je m'engageais dans la même voie, qui me paraissait à présent juste et noble. Un morceau du mur qui nous avait séparées venait de tomber, mais je ne la reverrais jamais pour le lui dire.

David résista longtemps. Il céda quand Espérandieu lui lut, dans son livre de prières, un texte disant que seul comptait devant Dieu le libre désir des fiancés de s'engager leur foi, et nulle autre considération. On convint d'échanger seulement une promesse, et de soumettre l'engagement à l'approbation de la vieille tante Diane que nous allions rejoindre en Bresse.

La cérémonie fut brève, et je ne me souviens que des yeux de David enfin fixés sur les miens et de ma paume contre sa paume dure et douce. Je ne sais si les oiseaux chantaient autour de nous : nous entrions dans l'éternité, entourés de chœurs de séraphins.

Comme nous sortions du bois, une brèche se fit dans le plafond gris des nuages, laissant filtrer une gloire de rayons brillants. Le ciel au-delà de la déchirure était d'un bleu léger et gai.

« Voyez, murmura David dont la main serrait la mienne, le bonheur est aussi dans le ciel. »

J'étais sûre que Dieu, source de rayons, nous regardait du haut de son trône et nous donnait sa bénédiction.

CHAPITRE VII

Forez, Bresse, juin 1691

« C'est vraiment vrai ? Vous épouserez ce guide, ce roturier Siguier ? »

Antoine Fabre paraissait un peu hébété, comme s'il n'était pas sûr d'avoir bien compris, comme s'il voulait réentendre, pour lui seul, mon engagement solennel.

« Alors, pourquoi pas moi ?

— Mais, Antoine... »

J'étais partagée entre le rire et l'irritation. Pourquoi, pourquoi, ils n'avaient tous que ce mot à la bouche. Est-ce que je savais, moi ? Pouvais-je dire pourquoi, avec son joli nez droit et ses cheveux indociles, avec ses mains robustes et ses yeux noirs plus doux que ceux d'un jeune faon, non, jamais je n'aurais pu regarder Antoine comme une femme regarde un homme. Pouvais-je expliquer pourquoi, à peine sortie de l'arbre creux où son corps avait pressé le mien, je l'avais déjà oublié, alors qu'un frémissement dans la moustache de David m'occupait pendant des heures ?

« Ne soyez pas triste, Antoine, j'ai de l'amitié pour vous et je suis heureuse... »

Il me fit un drôle de sourire, mi-plaisant, mi-fâché, dans lequel je lus mon prochain pardon. Puis je l'oubliai encore. Nous nous hâtions vers la plaine, et la litière était secouée de si abominables cahots que je préférais marcher près de David, qui ne m'évitait plus.

La reconnaissance publique de notre passion avait apaisé pour un temps la faim que nous avions l'un de l'autre. On eût dit que notre appel à la bénédiction divine avait rendu inoffensifs les pièges, tentations et chausse-trapes du Malin. La découverte de notre bonheur absorbait nos forces tout entières. Nos pensées se cherchaient, se rapprochaient telles de précautionneuses antennes. Je m'efforçais en vain d'imiter la gravité sereine de David. Mais la fuite éperdue d'un écureuil me faisait rire de plaisir ; la courbe délicate d'un sentier au flanc d'une colline me faisait pleurer de ravissement ; et je voulais tout partager.

Je lui parlai de mon frère Gabriel, qu'il n'avait jamais rencontré. Il savait pourtant que, devenu officier dans les armées du roi, Gabriel avait été envoyé faire la guerre en Allemagne. Là, profitant de la première occasion, il avait déserté pour rejoindre l'armée de l'électeur de Brandebourg. Il luttait maintenant contre son roi pour sa religion, ce qui me plongea dans une grande perplexité :

« N'avait-il pas prêté serment au roi, en devenant officier ?

— Ah ! dit David, que vaut un serment extorqué ? Gabriel a été enlevé de Grézac et envoyé chez les jésuites par force, on ne peut lui reprocher d'être plus fidèle à Dieu qu'à son roi... »

Si c'était l'avis de David... Je mis de côté cette pensée qui me troublait, en me promettant d'y revenir et d'éclaircir plus tard la difficulté. Aussi bien nous arrivions à l'*Auberge du Lion d'Or,* et cette fois j'entrai au bras de David, rayonnante de fierté. Bien nous en prit : trois officiers attablés autour d'un pichet de beaujolais nous examinèrent avec une grande attention puis, après un échange de saluts, nous invitèrent à partager leur dîner. Nous ne pouvions guère refuser, malgré les risques d'une conversation prolongée. Je rappelai à moi tous les souvenirs des réunions dans le salon de ma tante ; je parlai d'Uzès et du brillant évêque Poncet de la Rivière. David, renfrogné et presque muet, figurait à merveille un mari jaloux. Quand au dessert il prétexta la fatigue du voyage pour m'entraîner vers l'escalier, les officiers échangèrent des coups d'œil égrillards qui ne m'échappèrent pas. Mais que nous importaient ces sots papistes ?

La chambre où nous attendait déjà Espérandieu n'avait à

nous offrir qu'un tapis effrangé et une cheminée couverte d'inscriptions fort vulgaires laissées par des dizaines de voyageurs, et que personne n'avait songé à nettoyer. Le lit répugnant sur lequel je m'allongeai tout habillée était probablement infesté de vermine. Cette crainte me tint longtemps éveillée, à moins que ce ne fût, venant de l'autre lit où le vieux monsieur ronronnait paisiblement, le souffle inégal de David qui se retournait en tous sens, incapable lui aussi de trouver le sommeil.

La pensée de mon frère me taquinait pendant mes insomnies ; ce que j'avais appris de lui me préoccupait. Au cours des quatorze années de ma courte vie, on m'avait appris à révérer le roi. Pas une prière, aussi bien à la maison qu'au couvent, qui ne se terminât par un appel à la bénédiction divine sur ce grand monarque, le Roi-Soleil, à qui aucun autre prince ne pouvait se comparer, et dont les victoires avaient ébranlé l'Europe. Les pasteurs huguenots eux-mêmes protestaient de leur fidélité à Sa Majesté à la fin de leurs suppliques. Dans notre petit groupe, il est vrai, les prières pour le roi se faisaient moins fréquentes, moins ferventes aussi. Et maintenant, Gabriel...

Où était le bien, où était le mal ?

J'en reparlai plusieurs fois à David. Il ne sourit pas, ne se moqua pas de moi, au contraire. Il ne me montrait plus jamais d'impatience ni d'agacement.

« Le roi peut nous demander notre vie et nos biens, qui lui appartiennent. Mais non pas forcer nos consciences. Quand il l'a tenté, souvenez-vous, ce Vivarais que nous avons traversé s'est soulevé en armes.

— Et il a été écrasé. Oui, je le sais. N'est-ce pas le rôle des rois et de leurs maréchaux que de réprimer les révoltes ? Qu'espérait-on ?

— Louyse, nous ne pouvons pas suivre les ordres du roi s'ils sont contraires à la volonté de Dieu.

— Et comment pouvez-vous en juger ? » J'avais élevé la voix. L'enseignement du couvent me revenait par bouffées. « Le roi le veut » ; avec cette phrase-là, nos prédicateurs retournaient des foules entières. Je crus avoir embarrassé David. « Le roi est le représentant de Dieu sur la terre, comment pourrait-il vouloir le mal ? »

Une sorte de frisson parcourut les voyageurs. Étienne Bénézet accourut à la rescousse, lâchant les mules qui ralentirent l'allure. Les frères Fabre, le nez au vent comme à leur ordinaire, se rapprochèrent. Quand monsieur Espérandieu, qui n'était jamais loin, se mêla à notre conversation, le petit groupe prit des airs de congrès de théologie.

« Le Seigneur s'adresse directement à ses fidèles dans les textes sacrés, l'avez-vous oublié ? Nous ne reconnaissons aucun intermédiaire.

— Est-ce cela, être républicain ? » dis-je naïvement. Je me souvenais avoir entendu à l'hôtel de Javelle nommer tous les huguenots de ce vocable obscur.

« Non. C'est seulement prétendre au droit de libre examen, ce que ni le roi ni l'Église de Rome ne peuvent supporter. N'écoutez pas nos ennemis qui nous prétendent républicains.

— Tout de même, Espérandieu, notre grand pasteur Jurieu place les peuples au-dessus des rois ! »

Bénézet paraissait mal à l'aise, incertain pour une fois de ce qu'il fallait penser.

« Mais Jurieu vit à Rotterdam, dans la Hollande qui n'a pas de roi et où le pouvoir vient du peuple. Ce n'est pas ce que nous prônons, je vous assure.

— Ni Gabriel », intervint David. Je compris que, sans le connaître, il était résolu à nouer avec mon frère une sorte d'alliance qui m'entourerait d'un mur de certitudes. Quoi que je puisse dire, il défendrait Gabriel, et je l'en aimai encore plus.

« Alors, comment a-t-il pu s'enrôler chez les ennemis du roi ? » J'avais déjà la veille reçu une réponse, qui ne me satisfaisait pas, et je m'irritais de ne pas pouvoir comprendre.

« Ils ne sont pas les ennemis du roi, mais seulement de sa

politique, expliqua patiemment David. Les princes protestants se sont tous ligués pour obliger le roi à cesser ses persécutions. Pour nous, Louyse ! Ils ne lui veulent pas de mal. Et comment faire autrement ? Ah ! si le roi Louis avait suivi les conseils raisonnables, ou seulement lu nos suppliques, nous ne serions pas réduits à cette extrémité. »

J'avais une telle confiance en David et un tel désir d'être en harmonie avec mes compagnons que je finis par admettre tout ce qu'on voulait. Que le roi d'Angleterre, Guillaume d'Orange, représentait notre seul espoir. Que les princes alliés, après avoir conquis des provinces françaises, les rendraient bien vite au roi si seulement il nous promettait la liberté de conscience. Je crus que l'Europe entière, qui gémissait sur notre sort, songeait à nous secourir par pure bonté. La conviction de mes amis se révélait contagieuse ; à vrai dire, ils étaient tout aussi naïfs que moi.

Une question pourtant me tracassait encore :

« Qu'en dit Claude Brousson ? Lui qui, je m'en souviens, a toujours été loyal envers le roi ? Lui qui prêche contre la violence ? »

Le long regard qu'échangèrent David et Bénézet m'inquiéta. Ils pesaient ce qu'ils pouvaient me dire.

« Nous ne faisons que suivre Brousson », grogna enfin Bénézet, puis il regarda encore David et, brusquement, décida de me faire confiance. « Il refuse les meurtres et les vengeances, mais il croit à une révolte organisée, soutenue par des appuis extérieurs, pour ramener le roi à la justice.

— Des appuis ? Qui donc pourrait soutenir le Languedoc ?

— Le roi d'Angleterre enverra des bateaux, dit David, et il a déjà fait partir une armée chez le duc de Savoie qui est hostile à Louis XIV. Le général de Schomberg...

— Mademoiselle Louyse comprend notre nécessité », coupa monsieur Espérandieu et, en vérité, qu'avais-je besoin d'en savoir davantage ? Si mon cher Brousson était du même avis que David, j'étais convaincue. Mon frère ne méritait aucun reproche. Rien ne m'empêchait d'être heureuse.

En forçant un peu les étapes, trois journées auraient pu nous suffire pour atteindre Lavy, la maison de ma grand-tante Diane. C'était compter sans la peine que nous donna la traversée de Lyon, qui nous fit perdre une nuit et un jour, malgré notre impatience.

Nîmes, qui m'avait autrefois impressionnée, n'était qu'une bourgade à côté de cette grande ville-là, et le grouillement du peuple dans les rues me sembla surprenant et même un peu terrifiant. Nous pouvions à peine avancer, gênés tantôt par un char à bœufs chargé de bûches, tantôt par un carrosse à quatre chevaux dont le cocher réclamait impérieusement le passage. Il y avait des vitriers, des porteurs d'eau et des colporteurs, chacun criant pour attirer la pratique, et des voituriers qui injuriaient les passants pour leur faire céder la place : ce tapage infernal avait de quoi nous faire éclater les oreilles. J'avais tiré les rideaux de toile de la litière, ce qui n'empêchait nullement des gamins barbouillés de passer leur tête pour réclamer un liard. Nous eûmes beaucoup de mal à faire décamper trois commères occupées à médire de leur prochain au beau milieu de la rue, leur bassine pleine de linge en équilibre sur leur tête. Bientôt, nous fûmes complètement arrêtés par la foule agglutinée autour d'un montreur d'ours ; il en avait deux, un noir qui savait grimper sur un tabouret et un brun qui faisait le beau et remerciait quand des pièces tintaient dans la sébile. Je n'avais pas vu de tel spectacle depuis le temps où mon père m'emmenait à la foire de la Saint-Firmin, et la curiosité me fit sortir de ma cachette, laissant Bénézet et Pierre Fabre s'escrimer à frayer un chemin pour les mules. David dut me ramener d'une main ferme, en pestant une fois de plus contre mes enfantillages ; mais je voyais bien qu'il était moins fâché qu'attendri, et j'en profitai pour serrer sa main contre mon cœur.

Je crus que nous ne pourrions jamais atteindre le pont de la Saône, et, quand nous y fûmes, il fallut longuement parlementer avec la garde, acquitter des droits, montrer nos passeports, que sais-je ? Je me demandai ce que pouvait être Vienne, que nous avions soigneusement évité en contournant la montagne du Pilat, à cause de l'horrible réputation que lui donnait la sévérité de ses contrôles. Ceux de Lyon me semblaient déjà effrayants. Enfin, nous fûmes dans la Croix-Rousse, qui est un faubourg tout en ruelles et escaliers planté sur une sorte de taupinière entre les deux rivières. David voulait éviter à tout prix *la Croix-Blanche, la Bonne Chère* et *la Samaritaine* où l'on pouvait trouver fort cher des guides pour Genève : la police, pensait-il, regardait comme suspects tous les voyageurs qui descendaient dans ces auberges. C'était là aussi que se pratiquaient les brigandages et rançonnages, extorsions et dénonciations destinées à soulager de leur or les malheureux fugitifs. Avec nos papiers, nous serions plus en sûreté dans une auberge franchement papiste.

L'hôte du *Buisson ardent* nous posa des questions sans fin, en nous détaillant de ses gros yeux globuleux et à fleur de tête comme ceux d'une grenouille. Il notait nos réponses sur un gros registre qu'il grattait de sa plume de fer. Qui donc étions-nous ? Ah bon ! Et d'où venez-vous, s'il vous plaît ? Et pourquoi donc voyagez-vous vers le nord ? Et que font au juste ces domestiques qui vous accompagnent ? Et combien de chevaux ? Comment, pas de chevaux, seulement des mulets ? (Ici, sa contenance faillit virer au mépris, mais il hésita et se décida pour l'obséquiosité.) Veuillez m'excuser, monsieur, je suis tout à votre service et à celui de votre gracieuse dame, je suis fort chagrin de vous ennuyer ainsi, mais j'ai ordre de porter tous ces renseignements aujourd'hui chez le gouverneur de la place ; vous m'en voyez fort marri, monsieur, mais je ne puis faire autrement, à peine d'amende. Pas moins de quarante-huit livres parisis, si je ne puis me porter garant de votre fidélité, au greffe de la police. Quarante-huit livres ! Ah ! monsieur, les temps sont durs ! Il ne fait pas bon tenir une auberge...

Il aurait, je suppose, poursuivi jusqu'au lendemain matin ses inquisitions et ses jérémiades si je ne m'étais avisée de m'affaisser, épuisée, sur une chaise qui se trouvait là. David dut me porter comme il l'avait fait au gué de Peyremale ; cette fois, je n'eus aucune hésitation à me suspendre à son cou.

« Ne me provoquez pas, petite masque, murmura-t-il le nez dans mes cheveux, ou vous pourriez bien vous en repentir.

— On dirait, mon cher seigneur, que vous n'êtes jamais satisfait », rétorquai-je sur le même ton, et le regard complice qui conclut cet échange me plongea dans une sorte de griserie pour le restant de la journée.

Ce fut pourtant à partir de ces phrases d'apparence légère et inoffensive que le diable se reprit à me tourmenter. Restée seule toute la matinée du lendemain, tandis que les hommes pansaient les mules ou allaient chez le commissaire du roi faire viser nos papiers, je sentais autour de moi les bras de David, j'imaginais la courbe de sa joue tout près de la mienne, je respirais l'odeur de cuir et de laine brute de son vêtement. Ils rentrèrent, et ce fut pire. Ils jugeaient plus prudent de ne pas nous faire remarquer dans les rues et d'éviter la grande salle d'auberge où des officiers du guet venaient souvent jouer aux cartes, aussi tous se réunirent dans ma chambre pourtant étouffante. Pierre et Antoine furent chargés d'aller nous chercher à dîner : ils s'acquittaient à merveille de leur rôle de rustres cévenols incapables de comprendre un mot du parler lyonnais. Je crois que l'on discutait la question de quitter vite l'auberge sans attendre le dimanche, ce qui obligerait d'assister à la messe. Je n'écoutais pas. David non plus, pensais-je. Ma main se posait sur l'accoudoir du fauteuil, je voyais ses yeux glisser le long de mon bras. Je m'éventais négligemment avec un livre, et lui guettait une boucle qui s'envolait sur ma tempe. Enfin nos regards se croisèrent et ne se quittèrent presque plus. Ni lui ni moi ne pûmes apprécier la brioche fourrée de saucisson que l'on nous apporta ; nos compagnons gênés s'efforçaient à une gaieté factice.

Le sommeil ne vint pas m'apaiser plus tôt que les nuits précédentes. Espérandieu ronflait paisiblement comme à son habitude. La chaleur moite m'accablait, je respirais mal dans mon corset pourtant desserré. Peut-être, si j'avais eu plus d'air… Je me glissai hors du lit, puis à tâtons vers la fenêtre. Il était là, debout, silencieux. « Je le savais, ah ! comme je t'attendais !... » Les mots tournaient stupidement dans ma tête tandis que je sombrais, ivre de sentir sa main sur ma hanche et sa bouche avide qui cherchait la mienne.

Le pays qui s'étendait au nord de Lyon ressemblait à un jardin. Ce n'étaient que vertes prairies où paressaient des vaches grasses et paisibles, haies de coudriers peuplées de passereaux, rangées de saules dont une brise légère argentait les feuilles. Les chemins semblaient assez peu surveillés, car la plupart des fugitifs obliquaient à Lyon vers Nantua et Genève. Ces deux journées ne furent qu'une exquise promenade. Parfois, on voyait luire une nappe d'eau claire à travers les buissons, et Pierre Fabre, le plus agile, disparaissait entre les joncs pour me rapporter un bouquet frais et jaune d'iris d'eau. On disait que, plus loin sur notre droite, s'étendait une région dangereuse où des Dames blanches entraînaient dans les étangs, le soir, les voyageurs attardés. Il est vrai que nous vîmes ici et là des traînées de brume, mais si légères qu'elles ne pouvaient nous inquiéter.

David ne s'écartait plus d'un pouce de ma litière. J'avais tenté, le matin, de parler à mon vieil ami Espérandieu, qui avait seulement posé le doigt sur ses lèvres : « Ne dites rien, ma chère enfant... » Le léger sourire qui plissait ses rides m'avait fait supposer, non sans un peu d'embarras, que son sommeil n'avait peut-être pas été aussi profond qu'il nous l'avait laissé supposer. Aussi bien n'étais-je pas inquiète : nous n'avions pas commis de péché, je le savais, la consommation de notre union rendait simplement irrévocable l'engagement déjà pris, qui devenait ainsi un mariage de plein droit. Ce soir même, à la chandelle de l'auberge, nos deux sages écriraient une lettre au pasteur pour le confirmer. Le premier des ministres que nous rencontrerions en Suisse, au vu de la lettre, passerait pour nous bénir sa longue robe noire à rabat bordée de blanc.

Pourtant, David restait soucieux : je le voyais et ne manquais pas de m'en affliger. Je savais bien ce qui le rongeait : nous avions commis une inconvenance inqualifiable vis-à-vis de ma famille. J'en étais aussi consciente que lui, sans parvenir à m'en émouvoir : il me semblait même étrange que mes parents, après tant d'années de séparation, ou cette tante Diane que je n'avais jamais vue, puissent prétendre à me dicter ma conduite. Quand notre petite troupe aborda la longue allée de chênes qui conduisait au manoir de Lavy, je me sentais le cœur léger et l'humeur combative.

Je m'étais imaginé ma grand-tante sèche et renfrognée, et mon étonnement fut vif de la trouver agréablement rebondie et volontiers prête à rire.

Assurément, elle apportait à l'administration du domaine le sérieux et la compétence qui étaient de tradition dans les familles réformées. Mais elle jouait aussi au plus fin avec le pouvoir royal, assistant à la messe le dimanche matin, et le soir à une assemblée interdite pour laquelle elle prêtait sa grange ; et je la soupçonnai vite de prendre plaisir à ce double jeu, ou tout au moins de s'y livrer sans remords excessifs. Son œil pétillait quand elle racontait les bons tours joués au curé ou à l'intendant, si bien qu'elle en oubliait, je crois, les dangers qui pouvaient menacer la mère de cinq fils émigrés, forcément surveillée.

Posé comme un joli bijou sur le velours des prés fraîchement fauchés, son manoir de briques roses, d'une architecture inconnue dans mon pays de pierres, était à son image, c'est-à-dire qu'il s'efforçait à l'austérité sans y parvenir. On franchissait la douve rébarbative qui l'entourait sur un pont orné de ferronneries ; et, de-ci de-là, une folle dentelle de pierre surmontant un linteau venait rompre l'alignement rigoureux des fenêtres. Il est impossible, me disais-je en approchant de la grille, qu'une telle maison soit habitée par des gens durs et méchants. Son charme devait adoucir les plus pointus des caractères, de la même manière que la sinistre sévérité du donjon de Sallargues avait joué son rôle dans le fanatisme de mes amies et leur dramatique disparition.

Un grand escogriffe vint ouvrir la grille et prendre la lettre de ma mère : intendant ou valet, je ne sais, mais il avait tout d'un paysan, excepté ses chaussures à boucle, dont il était si fier qu'il marchait en jetant ses pieds en avant pour les faire admirer. A part cette démarche solennelle et ridicule qui s'accommodait mal avec le reste de sa personne, il paraissait fort bonasse et nous fit entrer tous, mulets, litière et chariot, dans la cour pavée. Cinq minutes ne s'étaient pas écoulées qu'un homme jeune et de mine charmante sortit de la maison et vint me saluer.

« Soyez la bienvenue, ma cousine. Je suis Georges, le seul des fils de la maison qui n'ait pas pris le chemin de la Suisse. Ma mère vous attend, ainsi que tous vos compagnons. »

Il me tendit la main pour m'aider à descendre et m'emmena, par un large escalier à vis, dans une salle ronde meublée de cabinets à l'ancienne mode, où quatre femmes assises autour d'une vaste panière pleine d'étoffes se levèrent pour nous accueillir. L'une d'elles, visiblement grosse, me parut très jolie : je sus bientôt qu'elle était Catherine, la jeune femme de Georges. Les deux personnes un peu maigres et déjà fanées devaient être mes cousines Marguerite et Marie-Françoise, restées filles faute sans doute d'avoir trouvé dans le voisinage des épouseurs de la Religion. Elles n'avaient même pas ôté leurs devantiers, qu'elles portaient sur de simples jupes couleur gros bleu ou châtaigne comme celles de ma mère autrefois. Je crus la reconnaître, elle et sa manie de ne jamais perdre une minute, quand mes cousines, sitôt après m'avoir embrassée, se remirent à leur tâche, me laissant tête à tête avec madame de Lavy qui me serrait contre son cœur.

« Ainsi, voici la fille de la petite Marthe ! » Elle m'écartait d'elle et me tenait à bout de bras en clignant des yeux pour me mieux voir. « Comme tu lui ressembles ! Elle avait juste ton âge quand je l'ai vue pour la dernière fois. »

Une pointe de l'accent chantant du pays d'oc ensoleillait sa voix. Bien qu'elle eût dépassé la cinquantaine, l'embonpoint qui arrondissait ses épaules et sa taille n'avait pas gagné son visage à l'ossature parfaite, dont la peau restait fraîche et tendue sur les pommettes hautes. Je ne m'étonnai plus que le sieur de Lavy fût venu jusqu'en Languedoc chercher une épouse qui avait dû être une beauté fort courtisée, et j'admirai qu'elle fût restée simple et apparemment spontanée. Bref, je sentais monter en moi un de ces enthousiasmes subits dont ni ma mère ni le couvent n'avaient jamais pu me guérir.

Je mis toute mon affection naissante dans le sourire que je lui adressai et me tournai vers David, qui attendait patiemment la fin de nos effusions.

« Madame ma tante, dis-je en le prenant par la main, puis-je vous prier de me permettre... Puis-je humblement... » A force de m'embrouiller en voulant trop bien dire, je franchis précipitamment l'obstacle : « Puis-je vous présenter mon époux David Siguier ? »

Elle rit, et lui adressa un petit salut plein de grâce.

« Je sais. Marthe m'a fait, de Lausanne, prévenir par un messager. Quel ingénieux stratagème. Vous avez tous, j'en suis certaine, joué parfaitement votre rôle, et notre famille vous est infiniment redevable, et à vous tout le premier, monsieur Siguier. »

De toute évidence, elle faisait fausse route, et un flot de sang me monta au visage. La main de David serrait fortement la mienne pour m'avertir qu'il ne parlerait pas, qu'il ne pouvait me demander en mariage puisqu'il m'avait déjà obtenue, enfin qu'il appartenait à moi seule d'établir la vérité. Mes oreilles brûlaient, je sentais mon cou s'empourprer, les regards surpris de mes cousines rendaient intolérable mon embarras. Je ne sais comment je m'en serais tirée si monsieur Espérandieu ne m'avait une fois de plus secourue. Ah ! le cher vieil ami, toujours attentif sans rien demander en échange, toujours prêt à me sortir des difficultés où je m'embourbais comme à plaisir. Il veillait paternellement sur moi et je compris, je crois, à cette minute que mon vrai père, autrefois si tendrement aimé, avait été à jamais dépossédé de son rôle et qu'il était vain d'espérer revivre le passé.

« Madame, disait la voix calme d'Espérandieu, m'accorderiez-vous la faveur d'un moment d'entretien en particulier ? »

Ma grand-tante se tourna, surprise, esquissant un geste qui signifiait clairement : « Oui, oui, plus tard… Laissez-moi à ma famille », puis se ravisa. Elle avait dû lire dans le regard insistant et la contenance ferme du vieux marchand le sérieux et l'urgence de sa requête. Tous deux disparurent derrière une porte basse qui donnait sans doute sur un cabinet de travail, et l'atmosphère se détendit aussitôt, tant mes cousines avaient hâte de satisfaire leur curiosité. Il nous fallut faire face à un feu roulant de questions sur le voyage, les loups, les auberges, sur la vie dans notre Languedoc qui leur semblait aussi lointain que le Monomotapa. Notre accent méridional semblait les mettre en joie, et plus encore le français pittoresque d'Antoine, qui devint vite leur favori. David ne parlait pas. Un pli profond restait creusé entre ses sourcils.

Les minutes se traînaient. Étienne Bénézet fut appelé et disparut à son tour dans le cabinet. « Tant mieux, dit Catherine, il me faisait un peu peur, il ressemble à Barbe-Bleue », et les deux autres : « Que se passe-t-il donc ? Aviez-vous un message secret à transmettre ? » La plaisanterie tomba à plat. Un petit garçon pieds nus apporta de l'eau de mélisse avec des biscuits. J'avais de la peine à me tenir droite dans mon fauteuil et Marie-Françoise s'en aperçut : « Vous êtes toute pâle, ma cousine. La fatigue… Nous devrions vous conduire à votre chambre. »

Au même moment, la porte s'ouvrit toute grande et madame Diane marcha vers nous. Son mouchoir de cou était de travers et sa coiffure dérangée, comme si elle s'était épongé le front. Derrière elle, nos deux anciens souriaient et elle tendait les bras. « Çà, claironna-t-elle, monsieur mon nouveau neveu, venez ici que je vous embrasse ! »

Pendant les heures qui suivirent, la maison fut pareille à une fourmilière dans laquelle on aurait donné un coup de pied. Tout d'abord ce ne furent que cris de surprise, questions, exclamations, congratulations et embrassades. Mon cousin Georges voulut donner l'accolade à David. Je passais moi-même de main en main, tout étourdie par l'excès de mon bonheur. Nos deux anciens, qui avaient manigancé ces merveilles, se rengorgeaient sous des airs modestes, et tante Diane s'éventait avec un mouchoir brodé mais tout froissé qu'elle avait extrait de sa manche. Ses gens, attirés hors de la cuisine par le tumulte, se bousculaient à l'entrebâillement de la porte pour tenter de nous apercevoir sans se faire rabrouer. Ils s'enfuirent affolés lorsque Georges se souvint enfin qu'il était bien plus de trois heures et que nous n'avions pas dîné.

Madame de Lavy, en guise d'excuse, feignit de se plaindre que nous mettions la révolution dans la maison et le désordre dans sa tête. Elle nous fit promptement servir des gaudes *, une épaisse bouillie d'une innommable couleur jaune foncé arrosée de lait, dont le goût me parut bizarre, mais j'appréciai la tarte au lait caillé qui suivit. On nous exprima mille regrets pour cette frugalité ; nous aurions le soir un souper de fête, ajouta tante Diane qui, après les grâces, m'entraîna avec David dans sa chambre.

Là, elle nous fit subir une étrange mercuriale de sa façon, qui mêlait les gronderies et l'indulgence. A vrai dire, elle ne s'en prit qu'à moi, preuve que David lui plaisait ou que monsieur Espérandieu l'avait vraiment disculpé. Quelle honte, commençait-elle, qu'une demoiselle bien née ne sût pas mieux maîtriser ses sentiments, mais elle ajoutait aussitôt que les filles du Languedoc avaient le sang chaud, elle en savait quelque chose, et nos compagnons avaient eu mille fois raison de me préserver du péché d'impudicité. Quel désastre, poursuivait-elle, si mes parents désapprouvaient mon choix, mais ne l'avaient-ils pas guidé en me confiant à David et en me faisant voyager comme son épouse ? Bref, pleurant d'un œil et riant de l'autre, elle finit par nous embrasser encore en déclarant qu'on ne peut s'opposer aux mystérieux desseins du Seigneur, et qu'au demeurant David lui paraissait bon protes-

* Bouillie de maïs.

tant et digne d'estime. Ce pourquoi elle avait envoyé chercher le notaire de Pont-de-Veyle, qui souperait avec nous.

« Je réponds de lui, il ne nous trahira pas, bien qu'il soit converti. Il n'aurait pu sans cela garder sa charge, mais c'est une conversion de pure façade, comme la mienne. »

Je ne lui en voulais plus de cette hypocrisie. Elle était de ceux à qui l'on pardonne tout. David s'étonnait :

« Un notaire ? Pour quelle raison, madame ? Nous ne sommes que des fugitifs sans aucun bien ni l'un ni l'autre. Et, d'après ce que je sais, les parents de Louyse n'ont plus rien à lui donner.

— Voulez-vous donc que vos enfants soient des bâtards, quand vous reviendrez en France ? »

Je n'y avais pas encore pensé. Cette idée semblait la troubler profondément, son ton avait été cinglant : là se trouvait une épine qui la blessait. Elle soupira :

« Ce que vaudra dans ce temps-là notre signature de ce soir, je l'ignore. Au moins sera-t-elle la preuve qu'un mariage a été enregistré. »

Avec un rien d'hésitation, elle effleura ma joue du bout de ses doigts et ajouta d'un ton plus bas teinté d'une légère mélancolie :

« Et je donnerai mille livres à mon aimable nièce, avec l'accord enthousiaste de Georges. Il ne sera pas dit que moi, Diane d'Argilier, qui ai abjuré pour conserver mon domaine, j'ai laissé sans secours mes parents plus courageux que moi. »

Ce don, assurément, était destiné à soulager les tourments de sa conscience, mais que pouvais-je faire sinon pleurer de joie en lui sautant au cou ?

Je retrouvai mes cousines en pleine agitation, occupées à choisir pour le souper des robes qui me fissent honneur ; il leur fallait aussi en trouver une qui me convînt, car il était hors de question, disaient-elles, de fêter ses noces avec une jupe de basin fatiguée par le voyage. On découvrit, dans les vêtements que Catherine ne portait plus depuis sa grossesse, une robe de taffetas grenat qui se retroussait sur une jupe rose et qu'il suffisait d'épingler à ma taille encore très mince. Mes cheveux formaient naturellement quelques boucles, que Marguerite entreprit de resserrer au petit fer.

L'heure s'avançait. Parée d'un collier et de pendants d'oreilles prêtés, anxieuse de me sentir gauche dans mes beaux atours, je fus conduite jusqu'à un salon où Georges et sa mère entretenaient leurs invités. L'un d'eux, superbe dans un habit noir à plastron de batiste et une perruque frisée, s'avança vers moi et, saisie de timidité, j'entrepris une révérence qui faillit tourner au désastre. Il éclata de rire : c'était David, rendu méconnaissable par les soins généreux de Georges. Je le trouvai si beau que je perdis toute conscience claire de ce qui m'entourait. Ses regards me disaient aussi sa surprise et son plaisir. A vrai dire, nous ne nous étions jamais vus que mal coiffés, mal vêtus d'étoffes rudes, salis par la poussière des chemins. Notre double transformation nous laissait interdits.

Je ne sais comment était fait le notaire, je n'avais d'yeux que pour David. Le dîner devait comporter les chapons que j'avais vu, après dîner, la cuisinière plumer dans un nuage de duvet : il ne m'a laissé aucun souvenir, non plus que les papiers où l'on me dit de mettre ma signature. Je ne me réveillai qu'au seuil de la chambre où l'on nous fit entrer lorsque tout fut terminé, fort tard. C'était une vaste pièce avec des recoins d'ombre. Les lumières que l'on planta dans des torchères de fer forgé ne parvenaient pas à en dissiper le mystère ; mais elles éclairaient, de leurs flammes mouvantes, un lit à colonnes immense et accueillant. Les dessins de la courtepointe, les moindres détails des bandes de tapisserie qui l'habillaient sont gravés pour toujours dans ma mémoire.

Nos compagnons étaient impatients de poursuivre leur voyage, et nous ne souhaitions pas prolonger le risque que nous faisions courir à nos hôtes ; ma grand-tante exigea pourtant que nous prenions une journée de repos. Elle refusa toute aide, et Marguerite fut chargée de nous emmener au verger, où Pierre et Antoine étaient allés lui cueillir les dernières cerises destinées aux confitures. Pierre trônait tout en haut du grand arbre de plein vent, remplissant un panier suspendu à la branche par un crochet de bois. Il nous lança des cerises jumelles que David suspendit à mes oreilles, en murmurant tout bas qu'elles n'étaient pas plus rouges que mes lèvres, et qu'il mourait d'envie d'embrasser les taches lumineuses que faisaient sur ma gorge les rayons du soleil jouant entre les feuilles. Marguerite paraissait ne rien entendre. Je fermais les yeux pour me sentir flotter sur un océan de félicité.

Après tant de frayeurs, de soucis, d'émotions, ce vert pays à peine vallonné, où brillaient ici et là les taches dorées des champs de navette *, nous enveloppait de sa douceur presque langoureuse. Une lumière imprécise baignait au loin les collines du Revermont, soulignait rêveusement les lignes d'aulnes et de saules qui dessinaient dans les fonds les trajets des rivières. L'eau était partout : elle se glissait sous les touffes d'osiers et les noisetiers aux feuilles rougeâtres, léchait le bord des prairies sans y abandonner ces étendues caillouteuses qui chez nous dénoncent les changements d'humeur des torrents. Chaque ruisselet suivait sans se presser son chemin vers la Saône, et je m'amusai de retrouver cette détermination tranquille dans le parler traînant et les gestes mesurés des paysans qui nous accueillirent à la métairie. Cette ferme ne ressemblait en rien aux antres farouches que j'avais parfois aperçus dans la montagne. Un chaume à deux pentes coiffait ses gais colombages, et sous l'auvent se balançaient d'énormes épis rouges et jaunes d'une plante inconnue.

« C'est du trequi **, dit Marguerite ravie de mes étonnements. A l'automne, on le met à sécher sous le toit pour nourrir les poules. Il n'en reste presque plus. »

J'avais déjà remarqué l'incroyable fourmillement des volailles dans la cour, les canards en flottille sur la mare, le coq

* Mot local pour colza.

** Turquis ou maïs (blé de Turquie).

triomphant sur le tas de fumier, les poules noires ou blanches se disputant un ver.

« Venez voir mes beaux poulets. » La fermière ouvrit pour nous la porte d'un obscur réduit où une jeune fille, qui me parut blonde, était assise sur un escabeau tripode, serrant entre ses genoux trois poulets dont elle ouvrait le bec tour à tour. Je la regardais avec répugnance forcer un pâton gros comme un œuf dans le gosier d'une de ces pauvres bêtes, puis le faire glisser le long du cou, quand je m'aperçus que les yeux de David n'étaient pas fixés sur le poulet. La fille était vraiment jolie, avec des lèvres pleines et un léger duvet pâle sur ses bras nus. Sa jupe courte à mi-mollet et son corselet tendu à éclater sur une accorte poitrine me causèrent une soudaine irritation.

« Rentrons. Tante Diane doit nous attendre. »

C'était Georges qui nous attendait, avec l'offre de deux chevaux sellés, prêts pour une promenade. Le prétexte qu'il donna pour ne pas nous accompagner ne nous trompa pas une minute. Chacun, dans cette maisonnée, s'ingéniait à rendre plus délicieuses les premières heures de mon mariage, à parer de couleurs éclatantes ce lambeau de bonheur arraché aux persécuteurs appointés du Grand Roi. Il était vraiment injuste d'afficher une lippe boudeuse, mais le souvenir de la jolie volaillère me tracassait.

Ma mauvaise humeur pourtant ne résista pas à un moment de trot dans les chemins bordés de ravenelles. Il fallut bien le constater : mon éducation équestre laissait sérieusement à désirer. J'avais beau essayer de me rappeler les leçons de mon père, j'avais peur au galop et je ne savais pas sauter les fossés. Pourtant, je me sentais en sécurité tant que David veillait sur moi. Il avait repris ses airs d'ironie protectrice, qui ne me vexaient plus depuis que j'avais appris à y lire une tendresse qui refusait de s'afficher. Je le suivis au pas dans un sentier ombreux : il descendait vers l'un de ces innombrables moulins qui, dans ce calme pays d'eau, remplaçaient les moulins à vent dont étaient couronnées nos garrigues. Passé un pont de bois plutôt vermoulu, nous fûmes dans une île ; le sentier conduisait à un banc de pierre dans un rond d'arbres. Un couple de huppes aux ailes rayées s'enfuit à notre approche, on n'entendait que le ruissellement de l'eau sur les pierres du barrage. Je voulus descendre et j'appuyai la tête contre la poitrine de mon époux. Je lui arrivais à l'épaule ; ses lèvres effleuraient mes cheveux.

« David, dis-je, je mourrai si vous regardez encore cette fille, ou une autre. »

Il riait, signe évident qu'il se moquait de moi. Je ne l'avais jamais vu rire d'un trait d'esprit ou s'esclaffer d'une plaisanterie grossière comme font tant d'autres. Sa gaieté était réservée à mes enfantillages, comme s'ils faisaient vibrer en lui quelque corde secrète.

« Folle ! Ne peut-on un instant admirer une plaisante créature de Dieu sans être aussitôt accusé de lubricité, d'impudicité, d'infidélité, que sais-je encore ? N'avez-vous pas honte d'assombrir une journée si exquise ? Et croyez-vous vraiment, ma chère femme, que je puisse être ému par une autre que par vous ?

— Si cela arrivait, j'en mourrais, répétai-je avec obstination. Et je crois bien que je vous tuerais avant.

— Une vraie petite boule de passion », murmura David, et il se penchait vers ma bouche quand une voix rogue nous fit sursauter et nous séparer.

« Celui qui succombe aux passions en oubliant l'amour du Seigneur ne pourra être sauvé. » Étienne Bénézet avait surgi des buissons, traînant une nasse où frétillaient encore quelques perches aux reflets bleus. Un bref instant, ma vieille terreur me revint de ne pas figurer parmi les élus ; elle se mêla bizarrement au souvenir de sœur Marie des Anges lisant l'*Imitation* et répétant, à mon intention, que « c'est en résistant aux passions, et non en leur cédant, qu'on trouve la véritable paix du cœur ». Sur ce point au moins, calvinistes et catholiques se trouvaient d'accord.

« Allons, allons, Bénézet, rabat-joie ! Nous n'oublions rien du tout et vous le savez bien ! Passez votre chemin et portez plutôt votre pêche à la cuisine. » La voix sereinement grondeuse de David me rendit aussitôt le soleil et les fleurs et le goût de vivre. Bénézet disparu, je fis provision de fraises sauvages pour les offrir à ma grand-tante. Je la rejoignis, trottant de mon mieux derrière David, dans la cour du manoir ; elle tenait en laisse un grand chien et discutait avec les fermiers de l'opportunité de finir les foins la nuit suivante, en profitant encore de la lune qui atteignait son dernier quartier. Elle pouvait se montrer rude et décidée aussi bien que bonne et gaie : elle ressemblait à ces protestants du temps du roi Henri, dont mon père me parlait souvent, et que les persécutions avaient peu à peu changés en moutons résignés ou en fanatiques farouches.

La maison était encore en fête. On entendait rire du côté des cuisines où les gens de Lavy échangeaient des chansons avec les frères Fabre. Les Bressans tentaient en vain de leur enseigner une complainte en patois :

Que feray-vo, pouvro hugueno ?
Se vo ne vo converty po
On vo z'accablera de mo,
Adiou, pourra canailla...

tandis qu'Antoine entonnait pour leur répondre un couplet cévenol :

Seigneur, hâte-toi...
Et nous viens tirer
De la grand'misère
Que ce grand vipère
Nous fait endurer.

L'ensemble formait une joyeuse cacophonie qui nous fit tous rire ; tante Diane s'amusa plus encore quand je lui parlai de son pays comme d'un paradis. Il me fallait revenir en hiver, dit-elle, lorsque dans les chemins détrempés les gens s'embourbaient jusqu'aux chevilles et les chariots jusqu'aux essieux, si bien qu'on ne pouvait songer à se rendre à Bourg ou à Mâcon. Le paradis et ses délices devait être dans mon cœur et me brouiller la vue.

Elle avait sûrement raison, et je ne songeai pas à protester. Peut-être vivais-je ces heures hors du temps, dans une bulle irisée. Je ne repris conscience que le soir, à l'heure de la prière. Nous étions tous agenouillés dans la grange, maîtres et fermiers, comme à Grézac autrefois, pour écouter Georges lire un passage de la Bible. Mon regard glissa vers la fenêtre basse qui donnait vers l'est. Les collines du Revermont, qu'il nous faudrait franchir le lendemain avant d'aborder le Jura, étaient coiffées d'un chapeau gris de nuages.

Ce soir-là, nous eûmes la première grave déception de notre voyage.

Tante Diane avait décidé de nous confier à un certain sieur Perret, qui circulait assez fréquemment entre la France et la Suisse : il gérait les terres du margrave de Dohna, ancien gouverneur d'Orange, qui, ayant épousé à Pont-de-Veyle une amie de madame de Lavy, l'avait emmenée vivre en Suisse au château de Coppet. Ce Perret connaissait beaucoup de gens ; il arrangerait sans difficulté qu'un bûcheron de Saint-Cergues vienne, sous couvert de son travail, nous chercher près de Saint-Claude dans un lieu fixé pour nous faire traverser la frontière.

Le messager qui lui avait été dépêché — c'était Chevreau, l'intendant si fier de ses souliers à boucle — revint avec de déplorables nouvelles. Il avait trouvé la maison vide et les voisins en ébullition. Les malheureux Perret, avec leur grand fils Jérémie, avaient été en vingt-quatre heures convoqués par le juge et expulsés. On les avait accusés, semblait-il, « de lire les gazettes d'Olande et d'envoyer leur argent en Suisse », ce qui était probablement vrai ; on disait aussi que leur abjuration n'était qu'« un faux-semblant et une grimace pour tromper », ce qui faisait encore moins de doute. Bref, nous ne pouvions plus compter sur leur aide.

Soucieuse, mais résolument optimiste, madame de Lavy chargea Chevreau de nous emmener jusqu'au-delà de Bourg.

Ses relations dans les villages, sa connaissance approfondie des patois locaux seraient d'un prix inestimable pour négocier le passage de l'Ain, point délicat. Chevreau reviendrait ensuite à Lavy et s'en irait rendre nos mulets au paysan qui nous les avait procurés. Toutes ces missions de confiance ne parurent pas l'effrayer, bien au contraire : il tendit sa bedaine encore plus en avant et sembla en bon chemin d'éclater de fierté. Ses ridicules ne l'empêchaient pas d'être le meilleur des hommes.

Il nous fallut encore résister à l'insistance de Georges, qui tenait absolument à nous prêter deux jolis chevaux arabes pour David et moi : nous n'aurions qu'à les rendre en Suisse à l'un de ses frères. Mais David ne voulut rien entendre : il ne pouvait accepter ni de se séparer de nos compagnons envers qui il s'était engagé, ni de voyager autrement qu'eux. Il finit par se laisser convaincre qu'une monture m'éviterait un excès de fatigues dans la traversée des montagnes. Et il était bien vrai qu'avec tout l'or cousu par tante Diane et par mes cousines dans l'ourlet de ma jupe, je n'aurais pas été très alerte pour escalader les pentes raides.

Quand vint le moment du départ, le soir après la prière, car aucun papier ne pouvait plus justifier notre voyage et nous allions recommencer à marcher de nuit, nous formions une étrange troupe. En tête venait Chevreau sur un cheval gris, puis Étienne Bénézet qui tenait ma jument par la bride. Espérandieu marchait de nouveau près de moi, appuyé sur une canne solide, tandis que les trois jeunes hommes suivaient, chargés de havresacs bourrés de provisions. Tous avaient fort bonne mine dans leurs chemises fraîchement repassées, et leurs joues étaient rasées de si près que même la barbe noire de Bénézet ne pouvait plus faire peur à personne.

Larmes et embrassades vinrent assaisonner nos adieux. Je ne pouvais me résoudre à quitter cette famille heureuse, ni cette grasse terre de Bresse qui avait nourri les moments les plus délicieux de ma courte existence. Enfin, il fallut se résigner : des amis du brave Chevreau nous attendaient dans leur ferme. Ils nous accueillirent à bras ouverts, nous séchèrent car nous avions dû passer trois rivières à gué, et nous remplirent l'estomac de gaudes et de fromage blanc pendant toute la journée du lendemain. De toute manière, il n'y avait pour nous rien d'autre à faire car une pluie obstinée tomba du matin au soir, abîmant ce qui restait des foins et transformant les chemins en fondrières. Le Jura s'annonçait encore plus difficile que les Cévennes.

Le passage de l'Ain se révéla à son tour bien plus dangereux que nous ne l'avions prévu.

Du haut de l'une des collines qui bordent sa vallée encaissée, je l'aperçus au point du jour, cette rivière verte et rapide que nous ne pouvions espérer traverser autrement qu'en barque. J'étais épuisée par notre nuit de marche dans des layons détrempés. Sur les pentes raides, les chevaux glissaient : j'avais fini par aller à pied, après avoir ôté mes bas et mes souliers qui auraient vite été enduits de boue. Je les remis à l'entrée du village qui, au pied d'un donjon carré juché sur un monticule, alignait ses misérables chaumières au bord de l'eau. La maison du batelier, que connaissait Chevreau, était l'une des premières.

Je ne sais quel mensonge on raconta au batelier pour apaiser ses scrupules, mais nous ne manquions pas d'argent et, une fois acquittés les péages pour le seigneur et pour l'abbaye voisine, il nous restait de quoi le convaincre. Nous devions faire vite : en face de nous, les petits nuages qui traînaient encore dans le ciel rosissaient, les passereaux commençaient à pépier dans les saules de la berge. Comme nous allions nous embarquer sur un radeau fait de troncs de sapins liés entre eux, nous fûmes soudain entourés d'une foule vociférante de paysans, qui commencèrent à nous jeter des pierres et de la boue en criant des injures. Le passeur avait disparu, ce qui le fit soupçonner de dénonciation, et Chevreau affolé par cette trahison se prenait la tête dans les mains en criant qu'il était déshonoré et perdrait la confiance de

Madame. Mes compagnons comme moi se sentirent perdus et tombèrent à genoux. Nous n'avions d'autre recours, pensions-nous, que de chanter des psaumes en implorant l'aide du Seigneur, qui en effet vint à notre secours : l'une des femmes, émue, fit taire les autres et vint même essuyer avec un linge mon visage souillé.

David eut bientôt fait de mettre à profit ce bon mouvement : c'était le moment de discuter avec les meneurs de la troupe. Chevreau, dûment chapitré, se ressaisit et marchanda les douze pistoles que demandaient les villageois pour nous laisser passer. Son patois n'était pas tout à fait le même que celui du Bugey, mais tous se comprenaient, et de toute manière le langage des écus était assez clair. On nous permit enfin de partir, avec le batelier miraculeusement réapparu qui nous guida, à l'aide d'une longue perche, vers une langue de terre plate en aval du village. Une fois sur l'autre rive et à l'abri des regards, nous fîmes une nouvelle prière pour remercier Dieu de nous avoir sauvés.

Depuis que nous avions quitté Chevreau, David avait repris la tête de notre petit groupe. Le chemin rejoignait, au bout d'une ou deux lieues, celui qu'il avait déjà pratiqué et qui traversait la montagne en évitant aussi bien la cluse de Nantua, située sur la route de Lyon à Genève et truffée de soldats, que la frontière de la Franche-Comté, où grouillaient les gardes de la gabelle et de la traite foraine[1]. Nous grimpions des pentes abruptes couvertes de hauts sapins presque noirs, aussi effrayants que les dangereux rochers des Cévennes. Parfois, le chemin était barré par de grands troncs roses que les bûcherons avaient fait glisser sur la pente en direction des rivières.

Des bergers nous accueillirent dans une grange à foin, dressée près d'un ruisseau dans un pré tout bleu de fleurs de chicorée. J'y dormis dans les bras de David, bercée par la musique des cloches du troupeau. Des montagnes élevées

* La douane.

montaient la garde autour de nous. Nous savions que nous approchions de la frontière suisse.

Le ciel avait été nuageux toute la journée. Enfin, dans une déchirure, apparut l'arc brillant de la lune qui dessinait un grand D comme le soir où je m'étais sentie si triste en passant près de Grézac. Un mois seulement ! J'avais peine à le croire, tant la petite Louyse de ce soir-là me paraissait étrangère. Dans ces quelques semaines, j'avais commencé à vivre.

La lune fit briller l'eau d'un petit lac perdu dans la verdure, qui nous obligea à un détour. Nous devions être assez haut, à juger par la fraîcheur du sous-bois. Nous recommencions à monter, par d'étroits sentiers de contrebandiers, dans une forêt surprenante où des troncs immenses s'élançaient d'un seul jet ; même le bout de leurs branches se retroussaient vers le ciel. Déjà, la joie me gagnait ; j'avais l'impression de respirer plus à l'aise : nous n'avions plus à franchir qu'une chaîne et une rivière. Quand le jour parut, je mis pied à terre pour me rapprocher de David, profitant de ce que la pente mettait de l'espace entre les jeunes et les moins jeunes. Je posai la main sur son bras. « Comme l'air est doux, déjà ! murmurai-je. Comme nous allons être heureux ! » David me serra contre lui avec une sorte d'emportement ; sa bouche s'attarda sur ma tempe. Je tournai légèrement la tête. A quelques toises, debout entre deux sapins, un garde, l'arme braquée, nous regardait.

CHAPITRE VIII

Jura, juin-juillet 1691

Ceux qui n'ont jamais été privés de leur liberté ne peuvent concevoir l'angoisse où se trouvent plongés les malheureux qui ne sont plus les seuls maîtres de leurs mouvements. Quand un autre décide à leur place du chaud et du froid, du sommeil et de la veille, quand ils ne peuvent sans permission accomplir des gestes aussi naturels que boire ou se soulager, le goût de la vie les quitte peu à peu. Ils ne peuvent que faire offrande de cette vie à Dieu, et lui demander, s'il ne veut les tirer de là, de les rappeler à lui le plus vite possible.

Pour ma part, je n'avais goûté que bien peu à la liberté ; assez cependant pour en être enivrée. L'ardeur de la vie faisait bouillir mon sang.

L'endroit où l'on nous enferma d'abord en arrivant dans un gros bourg dont j'ignorais le nom, était une chambre voûtée éclairée par une minuscule imposte, dans le logis à l'enseigne du *Plat d'étain* où le capitaine Bataillard qui nous avait arrêtés avait établi sa demeure. Nous aurions pu y reposer assez à l'aise si, par malheur, l'un des murs n'avait formé le fond d'une grande cheminée où se faisait la cuisine de l'auberge. Dans cette pièce enfermée, l'air devint vite étouffant, et la chaleur était telle que notre sueur coulait en ruisseaux. Mes compagnons purent ôter leur justaucorps et ouvrir leur chemise, mais la décence m'interdisait d'en faire autant : je retirai seulement mon mouchoir de cou. Au reste, j'étais prête à supporter cette incommodité et beaucoup d'autres tant que j'étais près de David, malgré son air sombre et presque hagard. A cela non plus je ne prêtai pas attention, tant j'étais obsédée par le souvenir de notre arrestation, que je revécus minute par minute dans ma tête, au moins vingt fois.

En apercevant la gueule noire du pistolet tournée vers moi, j'avais jeté un grand cri, que David avait tenté d'étouffer en posant sa main sur ma bouche. Le garde nous demanda assez doucement qui nous étions, où nous allions et quelle était notre religion, mais juste à ce moment Antoine, alarmé par mon cri, surgit au galop, et le garde effrayé tira en l'air. D'autres accoururent. « Cherchez, cherchez, ils sont plusieurs ! » criait le premier. Le cœur serré j'écoutai la brève fusillade, après quoi j'aperçus monsieur Espérandieu et Bénézet solidement encadrés. Pierre Fabre, selon toute apparence, avait réussi à s'enfuir, ce qui ne me surprit guère : il était fort capable de grimper en une minute au sommet du plus haut sapin et de s'y dissimuler. Je songeai seulement avec horreur que, s'il n'avait pas été tout occupé de moi, David aurait pu lui aussi échapper aux gardes. Bien qu'il ne parût pas y penser, j'étais cause de son infortune.

Les hommes qui nous avaient capturés — j'appris plus tard qu'ils étaient des gardes du sel — nous avaient pris d'abord pour des contrebandiers, mais ils virent bientôt que nos sacs ne contenaient pas de marchandises et, en tâtant les poches de mes compagnons, ils découvrirent un petit livre de psaumes qu'Étienne Bénézet gardait toujours sur lui. « Ce sont des huguenots ! cria le premier en brandissant le livre, en voici la preuve incontestable ! » Nous étions trop abattus pour songer à nier. Les autres se mirent à nous injurier avec d'horribles blasphèmes, nous appelant suppôts d'enfer et autres mots doux, suggérant même que nous méritions tout au plus d'être attachés à la queue des chevaux et traînés. Sur ces entrefaites, leur officier arriva qui les fit taire.

« Mais, monsieur, protestaient les gardes, ces huguenots veulent sortir du royaume, ce qui est défendu sous peine de la corde ou des galères !

— Nous saurons bien les en empêcher », répliqua le

capitaine, qui ordonna que l'on me fît remonter sur mon cheval.

Nous redescendîmes en cortège vers la vallée, mes compagnons attachés deux à deux et entourés des gardes, le capitaine chevauchant à mes côtés. Il me dit son nom et demanda le mien ; il tenta même de me parler, peut-être n'était-il pas un méchant homme, il faisait son métier, voilà tout. Mais je ne pouvais que le haïr, et les sanglots qui m'étouffaient m'empêchaient de lui répondre.

Je fus la première tirée de notre prison pour être interrogée par lui. Ses airs paternels ne m'empêchaient pas de trembler comme une feuille, tant je craignais de me laisser extorquer une déclaration qui pourrait compromettre mes amis et surtout David. Les peines les plus terribles, je le savais, avaient été décrétées pour punir les guides ; il fallait éviter tout soupçon sur ce point. La vérité me parut la voie la plus sûre : je déclarai donc que j'allais rejoindre en Suisse le Sieur de Grézac mon père et la Dame ma mère, réfugiés à Lausanne, et leur présenter mon époux David Siguier ; que nous étions tous deux Nouveaux Convertis comme en faisaient foi nos certificats. Le capitaine Bataillard réfléchit un moment puis me demanda où et quand avait eu lieu le mariage, dont mon laissez-passer au nom de Louyse Servezanne ne faisait pas état. Mentionner le mariage au Désert, ou le contrat signé à Lavy, était impossible, si bien que je me troublai et gardai le silence, tandis que le capitaine hochait la tête avec une mine entendue. Comme je sortais de la chambre, je croisai David qu'on y faisait entrer.

En quelques heures nous fûmes tous interrogés séparément : le capitaine se démenait de son mieux, il était visiblement fier de sa prise qui allait lui valoir une belle récompense. Jouer avec nos contradictions à la manière d'un chat qui s'amuse d'une souris lui procurait sans doute aussi un plaisir de choix. Étienne Bénézet proclama bien haut sa fierté d'être un réformé intransigeant, ce qui rendit vains les efforts des autres, qui avaient repris leurs esprits, pour se dire convertis en exhibant leurs certificats de catholicité. Antoine le seul qui avait un papier du curé de sa paroisse, se débattit frénétiquement ; Bataillard lui demanda alors de réciter ses prières. Hélas ! il ne savait son « Pater » qu'en français, et l' « Ave Maria » pas plus en français qu'en latin. Ses bégaiements mirent les gardes en joie : c'était apparemment le destin d'Antoine de toujours faire rire, même dans les circonstances les plus tragiques.

Avec lui, Espérandieu et Bénézet confirmèrent comme je m'y attendais ce que j'avais dit du mariage, sans pouvoir plus que moi en apporter de preuve, car aucun n'eut même l'idée de citer le nom de tante Diane. Mais, par la suite, je crus m'évanouir quand David, l'air plus sombre que jamais, déclara qu'il l'avait nié absolument. C'était se mettre lui-même en danger ; une folie, que je ressentis aussi comme un affront, presque une trahison. Il aurait dû éprouver de la joie, pensais-je, à me déclarer son épouse devant les hommes comme il l'avait fait à la face de Dieu. Son refus incompréhensible me plongeait dans l'angoisse.

Il eût mieux valu pour moi ne jamais comprendre, du moins la pensée m'en vient quelquefois avec le recul des années. La révélation brutale de la vérité me rendit ma confiance en l'amour de David, et m'ôta du même coup tout espoir. Au moment des interrogatoires, tous avaient été fouillés. On m'avait aussi confisqué tout l'or cousu dans l'ourlet de ma jupe, mais je n'en avais cure. Les autres non plus ne pleuraient guère sur leurs pertes. Quant à David... on avait trouvé, cousus dans la ceinture de ses culottes, deux rouleaux de papier fin, pas plus gros que le petit doigt. L'un était une lettre de Vivent, ce rebelle dont on avait mis la tête à prix. L'autre venait sûrement de mon cher Brousson : je n'eus aucun mal à le deviner, bien que David n'en connût pas le contenu, en me rappelant la visite de Pourtal et d'Isabeau à la ferme de la Rouvière. Oui, c'était l'évidence même : le rouquin peu aimable, considéré par tous comme le fidèle assistant de Brousson, avait apporté son message, et Isabeau celui de Vivent. Je comprenais enfin le mystérieux échange de haut-de-chausses qui m'avait si fort intriguée.

Nous étions perdus. Le reniement de David, qui m'avait causé tant de chagrin, n'était qu'une tentative désespérée pour me sauver de toute accusation de complicité.

Ce même soir, on nous emmena sous bonne escorte au dépôt de la gendarmerie. Le commandant en personne s'était transporté au *Plat d'étain* pour nous faire fouiller ; il donna l'ordre à ses soldats de nous extraire de notre fournaise, que je quittai sans regrets. Avant de nous abandonner aux archers, il nous demanda encore une fois si nous ne voulions pas nous rendre, et revenir à l'Église comme le faisaient tous les autres. Mes compagnons protestèrent qu'ils ne pouvaient aller contre les lumières de leur conscience. En vérité, moi qui savais sans faute mes prières en latin, j'aurais pu me tirer de là, mais je ne le voulais pas : je me souvenais trop bien de ma conversation avec David dans la cour du mas de la Rouvière, et de l'engagement de fidélité que j'avais pris envers moi-même. L'officier fit un geste d'impuissance et dit, entre haut et bas, que de tels endurcis méritaient de passer la nuit plongés jusqu'au cou dans l'eau puante d'un égout. Cette pensée me fit frissonner, mais aucun de nous ne céda.

Je vis avec douleur les gardes attacher les mains de mes amis derrière leur dos avec un instrument qu'ils appelaient menottes, fait d'un barreau courbé serré en son milieu par des papillons de fer Ils traversèrent ainsi la ville, moi à cheval derrière eux. A mi-chemin, nous fûmes arrêtés par un religieux pieds nus qui nous offrit sa compassion ; il sortit de sous son froc un petit sac qui contenait, nous dit-il, une pincée de terre sainte, provenant du champ même où Dieu créa Adam. Si nous la prenions dans nos mains, nous serions aussitôt touchés par la grâce et réconciliés avec l'Église catholique. David refusa rudement en notre nom, je ne l'avais jamais vu aussi irrité. Aussitôt, les passants commencèrent à nous insulter. Ce fut bien pis au dépôt de sûreté, une minable maison de pierres croulantes, où le geôlier, un brutal nommé

Marandot, choisit dans un trousseau d'énormes clefs celles qui ouvraient la double porte d'une basse-fosse voûtée où il poussa mes compagnons en criant : « Plus vite, plus vite, diables de chiens ! Je vous ferai marcher, tisons d'enfer ! » et, comme monsieur Espérandieu hésitait sur les marches glissantes, il lui allongea un grand coup de pied qui le fit tomber sur les autres. Le pauvre homme se releva difficilement ; il se tenait le genou en gémissant de douleur, mais Marandot n'en tint aucun compte. J'entendis claquer les verrous et grincer la serrure en frissonnant d'effroi, avant de suivre le brutal qui me conduisit dans l'unique chambre à l'étage. Apparemment, l'on me traitait un peu mieux ; ce n'était rien en comparaison du chagrin de ne plus voir David. Je comprenais que, si l'on nous séparait, c'est que ni le capitaine ni le gouverneur n'avaient cru au mariage. Je protestai, demandai que David vînt me rejoindre : Marandot ne m'accorda même pas un regard. Aurais-je obtenu cette faveur, que David n'y eût jamais consenti, et je le savais bien.

Il y avait déjà trois femmes dans la chambre où l'on m'avait enfermée ; elles se jetèrent sur moi pour me demander ce que j'avais fait pour être ainsi arrêtée. Elles portaient des guenilles d'une saleté repoussante. L'une d'entre elles avait le visage et les mains marqués de taches rouges et constellés de croûtes. Devant mon léger mouvement de surprise, elle dit que c'était la gale, qu'on n'y échappait pas et que je l'attraperais aussi au bout de quelque temps. Elle-même, accusée d'aider la contrebande, avait traîné six mois dans la prison de Pont-d'Ain, couchant sur la paille pourrie sans pouvoir changer de linge. Elle s'était enfin évadée, et venait d'être reprise.

La deuxième avait été dénoncée par des voisins pour avoir étouffé son nouveau-né, et son regard trouble me fit peur. Mais la plus âgée, qui me prit sous sa protection en m'appelant pauvre agneau, se trouva être comme moi de la Religion. Elle avait tenté deux fois de traverser le Dauphiné et la Savoie. Arrêtée, elle avait réussi deux fois à s'échapper. Sa troisième tentative, par le Jura, n'avait pas été plus heureuse.

Dauphine — c'était son nom — m'expliqua la manière

qu'elles avaient trouvé de se préserver des poux dont les paillasses étaient infestées. Avec les bois des châlits, elles s'étaient fabriqué des sortes de bancs sur lesquels elles dormaient assises, adossées au mur ou deux à deux l'une contre l'autre. Il me semblait à chaque instant descendre un degré de plus dans l'horreur. La faim aussi me tenaillait, et les malheureuses n'avaient pas même une croûte à me donner. Je n'avais même plus la force de pleurer, tout juste celle de glisser à genoux pour la prière dans l'obscurité naissante. Ce fut alors que monta du sol, presque inaudible à travers l'épais dallage de pierre, un chant qui pour moi ne pouvait se comparer qu'à la musique des anges. Une vieille chanson populaire de mon pays, conçue pour les malades, mais qui ne s'appliquait que trop bien à notre triste situation :

Ô Dieu, si tu veux,
Je sais que tu peux
Me tirer d'ici.
Mais si, pour cette heure,
Tu veux que je meure,
Je le veux aussi.

Seuls mes amis pouvaient avoir deviné que je reconnaîtrais la chanson, que ses paroles familières viendraient bruire dans ma tête malade pour me rendre la sérénité et le courage.

Le commandant avait laissé cinq soldats en faction devant la porte du cachot d'en bas, preuve du prix qu'il attachait à notre capture. Il avait posté devant ma porte un seul homme qui restait là tout le jour, assis sur l'escalier, et dormait sur les dalles du couloir : ce fut d'abord un blanc-bec avec un soupçon de moustache blonde, à peine plus âgé que moi, qui me couva d'un regard intéressé dès qu'il m'aperçut parmi les autres prisonnières en guenilles. Je sus presque aussitôt qu'il s'appelait Bricard et venait d'Oyonnax où il avait plusieurs sœurs, dont une de mon âge.

Il était le seul être au monde à qui il fût possible d'adresser la parole, car je compte pour rien la femme du gardien, presque aussi méchante que son mari. Nous n'aurions pas trop souffert dans notre prison provisoire si cette femme et son mari avaient été honnêtes, et n'avaient gardé pour eux la plus grande part des dons que recevaient les prisonniers, car les catholiques du lieu se montraient généreux et nous envoyaient du beurre, des légumes de leurs jardins et parfois du linge. L'abbé avait parlé en chaire de la misère des prisonniers et fait appel à la charité des fidèles. Le plus souvent, Marandot revendait tout, ainsi que le pain du roi qui nous était destiné, et nous donnait du pain des chiens. Jamais assez : nous mourions de faim. Les femmes enfermées avec moi étaient maigres et jaunes comme des coings.

La Marandotte nous emmena deux ou trois fois le jour dans une courette entourée de hauts murs derrière la maison. Comme je passais devant Bricard nonchalamment appuyé sur son fusil :

« Pourquoi vous obstiner, ma jolie ? me chuchota-t-il au passage. Dans un mois vous serez gâtée et dégoûtante comme les autres. »

Déjà la Marandotte fondait sur lui en criant : « Avez-vous perdu l'esprit d'adresser la parole à cette engeance ! Si vous recommencez, je vous dénoncerai, moi ! Prenez garde ! »

Elle était beaucoup plus puissante que lui, et il se le tint pour dit, comme un écolier pris en faute et semoncé. Il ne me parla plus, mais chaque fois que je passai près de lui, il me fit derrière le dos de la geôlière une horrible grimace, plissant le front et abaissant les coins de la bouche pour bien me rappeler que j'allais m'enlaidir. A le voir, une bouffée de gaieté me secouait. Sa drôlerie m'aidait à vivre ; pourtant, il avait jeté en moi le germe empoisonné d'une peur nouvelle.

De la fenêtre de la chambre, par une déchirure du papier huilé, je guettais les prisonniers qu'on lâchait le jour dans la cour de la prison. Marandot avait la cruauté de les enfermer tôt le soir dans leur basse-fosse sombre et humide, et de ne rouvrir la porte qu'à dix heures du matin. Comme il n'y avait pas d'air dans la cave où ils étaient entassés, et qu'un pareil régime produisait beaucoup de malades, je pouvais deviner dans quelle pestilence ils étaient condamnés à vivre. Même à l'air libre, on pouvait voir que la vermine ne leur laissait pas de repos. Ils ôtaient leurs chemises et s'occupaient longuement à y chercher les poux ; ils se grattaient sans relâche. Cela ne nous choquait pas : nous nous grattions aussi jusqu'au sang, malgré nos précautions ; le plus clair de la journée se passait dans cette intéressante activité.

Je ne savais comment attirer l'attention de David, mais au moins je pouvais l'entrevoir. Il ne se mêlait pas aux autres, sauf qu'il soutenait souvent le pauvre Espérandieu toujours clopinant. Il ne se livrait pas à leurs mimiques et contorsions. Sa haute silhouette immobile restait adossée au mur, tandis qu'il fixait sur les gardes son regard dont j'avais presque oublié la froideur métallique. Je le trouvai beau, intact ; tout mon être se tendait vers lui ; j'étais sûre que nous ne resterions pas longtemps séparés. Dieu ne pouvait vouloir une épreuve si cruelle.

Il ferait un miracle, je le savais, et il ne fallait rien de moins pour nous sauver. Quand je parlais d'évasion, les autres prisonnières hochaient la tête : on était toujours repris. Elles me parlaient, elles, de ces sinistres forteresses où l'on enfermait les femmes récalcitrantes, la tour de Crest en Dauphiné, la tour d'Aigues-Mortes d'où l'on ne sortait plus jamais, et où l'on m'enverrait sûrement, disait Dauphine qui savait tout, si jamais le prévôt décidait de me renvoyer en Languedoc. La panique me gagnait. La seconde nuit, je fis un rêve abominable, dont rien ne peut effacer la souillure : j'étais agenouillée devant l'autel doré de la grande église des Ursulines de Nîmes, David me tendait la main : il avait abjuré lui aussi, et Mgr Fléchier allait nous bénir. Je me réveillai hurlant dans une sueur d'angoisse, certaine d'avoir été encore une fois la proie du Malin.

Puis une nouvelle crainte me saisit : si le miracle avait lieu et si je retrouvais David, serais-je comme le disait Bricard abîmée et flétrie pour toujours ? Mon mari m'aimerait-il encore autrement que par devoir ? Je questionnai sans pitié Dauphine, qui ne m'épargnait rien. Elle me parla de la prison de Grenoble, où l'humidité de l'Isère faisait tomber les dents et les cheveux. Elle évoqua mademoiselle de Ray qu'on avait laissée six mois dans un cachot sans changer de linge, et qui à sa sortie avait gardé un tremblement de la tête que rien n'avait pu calmer. Les histoires de Dauphine me laissaient désespérée et sans force ; pourtant, je ne pouvais m'empêcher de lui en réclamer encore. La peur prenait peu à peu possession de tout mon être ; en deux jours, je perdis l'appétit et jusqu'au désir de regarder par la déchirure du papier. Ainsi, ce n'était pas à la mort que j'étais promise, cette mort que, malgré la révolte de la jeunesse, j'acceptais volontiers pour la partager avec David et l'offrir au Seigneur ; c'était à une lente pourriture. J'aurais pu affronter la pointe d'une pique bien mieux que l'ignominie et la décomposition qui m'attendaient peut-être.

Moi qui avais si fort condamné les hypocrites, j'appris vite que la peur détruit l'âme, qu'elle rend abject. Qu'elle peut amener, aussi bien que la faim, à renier ses convictions, à trahir son amour, à abandonner ses enfants, surtout quand un danger imprécis, insidieux, renouvelé jour après jour, use la résistance de ceux qui ne peuvent jamais rassembler leurs forces pour l'affronter ouvertement.

C'est dans cet état de honteuse désespérance que j'assistai au départ des autres prisonniers pour Bellai, où le juge de baillage déciderait de leur sort. Quitter Dauphine, que je connaissais depuis deux jours, me chagrina autant que la perte d'une sœur, et les deux autres, bien que galeuses et criminelles, étaient déjà pour moi des amies. La solitude m'épouvantait. Mais notre affaire à nous, semblait-il, sortait de la routine et embarrassait les gendarmes. Je sus bientôt qu'au lieu d'être envoyé à Bellai, notre petit groupe allait être sous bonne escorte transféré à Montpellier et remis entre les mains du terrible intendant Bâville.

Le seul nom de Nicolas de Lamoignon de Bâville, intendant et quasi-roi du Languedoc, provoquait la terreur chez les huguenots. Ils se moquaient des loups-garous, mais ils craignaient ce Bâville. C'était lui, je m'en souvenais, qui nous avait envoyé les dragons quand j'avais huit ans. On disait parfois qu'il n'avait pas souhaité les persécutions, ce qui était peut-être vrai mais ne nous servait guère : car s'il avait lui-même inventé toutes ces cruautés, il aurait aussi su les limiter, tandis qu'en s'y livrant par volonté de plaire au roi ou par docilité de grand commis, il pensait n'en faire jamais assez et n'hésitait sur aucun moyen. Il eût condamné sa propre mère si le roi avait semblé le désirer.

Un tel juge ne nous épargnerait pas. Les lettres trouvées sur David prouvaient nos liens avec les prédicants des Cévennes, ses bêtes noires, qu'il pourchassait sans trêve. Nous ne pouvions attendre aucune pitié.

Transie d'appréhension, je tournais en rond dans la chambre, où désormais personne ne pouvait partager mon angoisse. Plusieurs fois, je tentai d'appeler Bricard à travers la porte, mais il avait sans doute peur d'être surpris à communiquer avec moi. Pour tromper ma solitude, je tentai de nettoyer la chambre en me servant du pied branlant de l'un des châlits, que je finis d'arracher ; il me servit à racler la paille infestée de vermine, que j'entassai dans un coin. Puis je le cachai dans ma poche, juste à temps : la porte s'ouvrait : le capitaine Bataillard venait voir sa prisonnière. Derrière lui, l'affreux Marandot arborait un air mielleux.

A ma grande surprise, le capitaine fit l'aimable et se confondit en excuses. Il semblait fort ennuyé que l'on eût si mal traité une demoiselle de qualité, et promit de m'envoyer du linge. Apparemment, l'or cousu dans mon ourlet l'avait impressionné et il mentionna vaguement son intention de me le rendre pour améliorer mon sort. Puis il entra dans une discussion confuse avec Marandot pour savoir si l'on ne pouvait me loger mieux. Marandot gémissait. Il y avait bien un petit cabinet sur l'arrière de la maison, mais on y entreposait des vieux tonneaux et des chaises cassées.

« Arrangez-le. Je veux que Mademoiselle y soit avant dîner. Le nombre inhabituel des prisonniers, ajouta-t-il en se tournant vers moi, a été cause de votre inconfort. Ce logis n'est qu'une maison ordinaire, qui sert aux gendarmes de dépôt de sûreté. Ils peuvent y garder à vue quelques-unes de leurs captures en attendant leur transfert à une vraie prison. »

Enhardie, je me risquai à lui demander quelques éclaircissements sur le sort qui nous attendait. On nous ramènerait à Lyon, me dit-il, d'où nous serions embarqués sur le coche d'eau qui descendait le Rhône. Quand ? Il ne savait pas. Demain, sans doute. Une escorte viendrait tout exprès de Nantua pour nous transférer à la prison de cette ville.

Je crois que j'oubliai de répondre au salut courtois qu'il me fit en partant. Saisie de panique, j'essayais de me rappeler les récits de Dauphine. Nantua ! La ville austère qui gardait le passage vers Genève. Une prison aux murs si hauts que le soleil n'atteignait jamais la cour ; des maisons serrées au bord d'un lac profond, entre des falaises infranchissables. Des centaines de fugitifs s'étaient déjà fait prendre dans les bois qui couvraient les pentes sauvages ; d'autres s'étaient noyés dans le lac en tentant de s'échapper. Une fois à Nantua, nous serions perdus sans retour.

Il fallait prévenir David ! Lui, trouverait à nous sortir de ce piège. Par la déchirure du papier, je l'aperçus au fond de la cour, un peu à l'écart selon son habitude, bien qu'il ne restât plus avec lui que nos trois compagnons. De cette cour, j'avais vu, le matin, partir les autres prisonniers garrottés, entourés de soldats en armes. Dauphine m'avait parlé d'un prédicant qu'on avait conduit à la prison sur un cheval, les pieds attachés à une poutre qui passait sous le ventre de sa monture, les bras ficelés derrière le dos. Si David devait être traité ainsi, il aurait honte d'être vu par moi, et je sentais que, dans un repli secret de son être, il ne me le pardonnerait pas. J'en tirai une nouvelle raison de me chagriner. Quand la Marandotte vint me chercher pour la promenade, elle se moqua de mes yeux gonflés. J'étais seule, et elle me conduisit cette fois dans la grande cour.

Retrouver David effaça d'un coup mes appréhensions : j'étais toute à ma joie, incapable de vivre en même temps le bonheur et le malheur. Il tenait mon visage dans ses mains, je regardais bouger les points verts et bleus au fond de ses yeux tandis qu'il murmurait des mots d'espoir et de confiance. J'embrassai les trois autres, oui, même Bénézet pour la première fois. Nous étions plus que des frères.

Quand on me fit rentrer au déclin du soleil, le bonheur m'enveloppait encore et j'adressai malgré moi un demi-sourire à Bricard qui montait la garde à la porte. Il ne parut pas me voir ; je le frôlai en passant et l'entendis murmurer comme pour lui-même : « Huit heures. La relève de la garde est à huit heures. »

Un autre soldat fut chargé de garder ma porte cette nuit-là, et j'en éprouvai du regret, tant je m'étais habituée au sourire gai de Bricard et à la pomme d'Adam qui bougeait dans son cou. On me conduisit dans une chambre minuscule, que remplissaient presque une chaise et une paillasse propre garnie de draps et d'une couverture : un luxe que j'avais cessé d'espérer. Une fenêtre étroite et assez haute donnait sur la campagne et les bois ; le murmure du ruisseau montait jusqu'à moi et je me sentis moins oppressée. Je le dis à mon nouveau gardien quand il ouvrit ma porte pour me passer la cruche et le pain habituels, accompagnés cette fois d'une écuelle de soupe chaude. Il ne me répondit pas, mais, avant de disparaître, il m'enveloppa d'un regard où je lus plus de pitié que de cruauté. Il n'était pas jeune ; peut-être avait-il une fille de mon âge.

En tirant ma chaise devant la fenêtre pour y grimper, je voyais beaucoup mieux. Le jour tombait. Un groupe de petits bergers, un agneau dans les bras de l'aîné, apparut dans le pré sur la rive d'en face, disparut sous les branches d'un vieux saule penché et réapparut de l'autre côté : ils avaient dû traverser à gué. Leurs voix aiguës, ponctuées d'éclats de rire, me rendirent soudain toute ma mélancolie. J'étais seule, j'étais promise à de terribles épreuves, j'étais empêchée de vivre. Pourtant, à mesure que les enfants s'éloignaient, j'aurais voulu les entendre encore. Je secouai la fenêtre . elle était clouée. En regardant mieux, il me sembla qu'elle était tenue seulement par deux gros clous rouillés et tordus, qu'on pourrait aisément ébranler. L'idée m'excita soudain. Je sortis de ma poche le morceau de bois que j'avais cassé le matin et commençai à travailler. Tirant, poussant, tordant, j'arrivai vite à tourner les clous et à dégager le battant. On n'entendait plus les enfants ; les buissons qui bordaient la rivière devenaient indistincts ; l'air frais de la montagne me fit presque défaillir de plaisir. Je voulus me pencher, et me rejetai bien vite en arrière. Une sentinelle marchait juste sous la fenêtre, en haut du pré en pente raide qui descendait jusqu'à la rive ; je voyais le haut de son bonnet se déplacer comme une tache sombre. Elle tourna le coin de la maison, fut hors de vue un court moment, revint, tourna l'autre coin, disparut et revint encore. La régularité d'horloge de ses mouvements me fascina ; je restai longtemps sans bouger, mes pensées s'engourdissaient avec la montée de la nuit quand, soudain, un lointain coup de trompette me fit sursauter. J'écoutai : une vague rumeur me parvint, peut-être le piétinement d'un piquet de soldats. En me penchant avec précaution, j'aperçus la sentinelle qui redressait son fusil et époussetait les revers de sa tunique. « La relève de la garde est à huit heures ! » La petite phrase de Bricard éclata soudain dans ma tête. Bien sûr, elle m'était destinée ! L'excellent garçon ! Il avait voulu me signaler qu'à ce moment-là l'absence de la sentinelle serait prolongée. Cette subite illumination m'ôta toute prudence et toute réflexion. Je vis la porte de la cage ouverte, je m'y jetai. Il n'était pas trop difficile de grimper sur le rebord de la fenêtre. A peine la sentinelle eut-elle tourné le coin que je m'y suspendis, puis je me laissai tomber, d'une hauteur de plus de douze pieds. L'herbe amortit le choc qui me fit pourtant un mal horrible, mais il n'était pas question de crier ; je roulai sur le pré en pente à la manière des enfants qui jouent, et me retrouvai dans les osiers au bord de l'eau.

C'était une assez bonne cachette, le temps de reprendre mes esprits et d'attendre que la nuit soit bien noire.

La nouvelle sentinelle reprit la ronde sans fin, sans paraître s'apercevoir que la fenêtre était ouverte. Bientôt, abandonnant mon fichu au courant et bénissant ma robe noire, je rampai jusqu'à l'endroit où devait se trouver le gué. Mes yeux s'habituaient à l'ombre, il me sembla distinguer de grandes pierres plates entre lesquelles coulaient des ruisselets rapides. Il fallait passer, je m'aventurai, glissai, me retrouvai avec de l'eau au-dessus des genoux. Le courant m'emportait, je serrai les dents en m'accrochant aux pierres. Enfin, après une lutte qui me parut durer toute la nuit, je devinai la proximité du grand saule. La rive était tout près, ma main tâtonnante rencontra une racine providentielle où m'agripper pour me hisser sur le pré, trempée et transie. Il fallait remonter la pente pour trouver la lisière du bois de sapins ; j'eus la chance de trouver un sentier qui s'enfonçait sous les arbres. Je marchai, marchai encore, toute la nuit, me heurtant aux pierres, tombant et me relevant, claquant des dents. Ma robe mouillée collait à mes jambes, mais il fallait avancer, avancer, quitter le sentier pour dérouter les poursuivants, se guider uniquement sur la faible clarté qui finit par apparaître d'un côté du ciel. Je me trouvais alors au pied d'une haute falaise faite de bandes horizontales de rocher. Je levai la tête pour tenter de les mieux voir, mon pied heurta une racine et je tombai encore. Cette fois, je n'arrivai pas à me relever.

Une voix proche, inquiète, murmurait des paroles incompréhensibles. Une main serrait la mienne, touchait mon épaule. Puis, le noir. Puis j'entendis de nouveau et cette fois je compris, malgré l'étrange accent.

« Elle n'est qu'évanouie, disait la voix.

— Tu crois ? Ses mains sont glacées.

— Ça ne veut rien dire. J'ai touché son cou. Elle brûle de fièvre.

— Elle aurait attrapé la mort, ça ne m'étonnerait pas, à courir comme ça la nuit dans la montagne.

— Et toute mouillée encore. Tâte donc sa robe. »

Il y eut un long silence. Puis, la première voix reprit :

« Qui c'est, tu crois ?

— Tu te le demanderas plus tard. Tu ferais mieux de voir s'il reste un peu d'eau-de-vie dans la gourde. »

Une gorgée de liquide coula dans ma bouche. Je toussai, ouvris les yeux et les refermai plus vite encore. Les visages des deux hommes étaient tout noirs. Un instant je crus être arrivée en enfer.

« Hé ! On lui fait peur, à la petite ! Tu n'as jamais vu de charbonniers, mignonne ? »

Des mains rudes et bienveillantes me soulevaient, m'entortillaient dans un vêtement chaud, forçaient une nouvelle gorgée d'eau-de-vie entre mes lèvres.

« Tu peux la porter, Julien ? Allons vite au camp, il reste sûrement des braises. »

Devant le feu qui commençait à sécher ma jupe, je me rappelai enfin qui j'étais et ce que je faisais dans cette forêt. Le souvenir fondit sur moi avec une telle brutalité que je me dressai avec un cri d'horreur. David ! David, mon époux, mon bien-aimé, j'avais fui sans même penser que je l'abandonnais, sans réfléchir, dans un sursaut de la volonté de vivre. Cette volonté maintenant fléchissait devant la certitude qu'il me faudrait payer mon salut de notre séparation. Comment supporter une existence où je traînerais le remords d'avoir tranché le lien qui m'attachait à lui, alors que j'avais peut-être été cause de sa capture ?

Julien me forçait à me rasseoir, me tapotait l'épaule avec bienveillance :

« Allons, allons, petite, n'aie pas peur. Nous ne te ferons aucun mal. C'est la fièvre qui t'égare.

— Vous vous êtes échappée ? » demanda brusquement l'autre charbonnier, en français, et le ton plus cérémonieux mit soudain une distance entre eux et moi.

Je leur dis tout. Je n'aurais pas eu la force de mentir. Et que m'importait, après tout ! S'ils avaient décidé de me ramener au lieutenant, c'est-à-dire à proximité de David, je les aurais remerciés. Je crois même que je les suppliai de le faire.

Mais ils ne l'entendaient pas de cette oreille. Ils dirent que j'avais perdu l'esprit, et que les prisons du roi et la compagnie des soudards ne convenaient guère à une jeune femme. Je n'étais pas la première huguenote qu'ils voyaient marcher vers la Suisse, et le métier de dénonciateurs ne leur plaisait pas.

« Dans une heure, dit Julien, les bois grouilleront de soldats à la recherche de Madame. On ne peut la garder ici.

— Pourquoi pas dans la grotte ? »

Julien secouait la tête.

« Non. Elle n'y survivrait pas. Elle est malade, il faut la soigner. Attends, je crois que j'ai trouvé ! La grange du père Mignat. Qu'en dis-tu ?

— Une idée merveilleuse. C'est un brave homme, et il connaît les herbes de la montagne. Elle sera vite sur pied. »

C'est ainsi que, mi-portée, mi-traînée, je grimpai jusqu'à un pré immense où carillonnaient les clochettes de centaines de vaches, tous les troupeaux des villages de la vallée. Le père Mignat, leur berger, me prit en charge sans autre commentaire qu'un vigoureux hochement de tête. Dans la grange, le foin fraîchement coupé était chaud et odorant ; je cessai de grelotter sous la vaste cape du berger. Alors, comme l'ombre de son bâton planté en terre indiquait l'approche de neuf heures, il sortit de sa besace un quignon de pain, et partagea un morceau de fromage jaune, compact et plein de trous, un fromage que je n'avais jamais vu.

Si incroyable que cela puisse paraître, ma nuit d'aventure ne me causa ni toux ni fluxion. Ma robuste constitution de demi-paysanne résistait à tout, et ma fièvre, due sans doute à l'excitation plus qu'à la maladie, céda en deux jours aux tisanes du père Mignat, qui me soigna comme si j'étais sa petite-fille et la prunelle de ses yeux.

Ce vieil homme taciturne ne parlait guère que par grognements, mais nous nous entendions bien. Il pouvait rester un long moment, planté sur ses jambes écartées et appuyé sur son bâton, à me regarder manger avec effort ma part de soupe qu'il apportait chaque matin du village. Alors, je lui adressais une timide grimace amicale, mais lui ne savait pas sourire : il ne me répondait que par un raclement de gorge. A midi, quand le tintement d'un lointain angélus montait de la vallée, il s'agenouillait pour marmonner, dans un latin des plus étranges, un « Ave Maria » qui venait du fond du cœur et ne me choquait pas. Lui, me regardait sans hostilité, avec seulement un peu de surprise au fond de ses yeux délavés, s'il m'arrivait de chanter un psaume. Nous sentions l'un et l'autre, sans pouvoir l'exprimer clairement, que nos prières différentes montaient ensemble vers le Ciel, que les haines, les cruautés et les mépris familiers aux gens des villes et des vallées n'étaient que de la politique.

Jamais la pensée qu'il pourrait me dénoncer pour gagner une récompense ne m'effleura. Ni lui, j'en suis sûre. La familiarité quotidienne avec les torrents, les sommets et les nuages ne laissait aucune place à la vénalité.

Pourtant, il me quittait chaque soir, me laissant sa cape en guise de couverture, pour ramener les troupeaux au village J'en profitais pour laver ma chemise dans la source et pour chasser les poux que m'avait laissés ma captivité. La chouette au dehors me rappelait celle de Grézac. J'entendais, bien au chaud dans ma grange à foin, quelques cavalcades de mulots, mais la prison m'avait habituée à des rats plus sinistres. Je n'avais pas peur. Je ne craignais que le moment où, les menues besognes terminées, les souvenirs et les remords viendraient m'assaillir. L'image de David fondait brusquement sur moi dans le noir, me causant une si violente souffrance que je devais étouffer mes cris sous la cape de bure. Puis la douleur s'apaisait, une torpeur me gagnait, à travers laquelle mon esprit malade s'abandonnait à des visions d'avenir rose. Je remontais mes genoux sur mon ventre. où grandissait un enfant, j'en étais sûre ; je voyais déjà David sauvé se pencher sur son berceau.

Le troisième jour, le père Mignat sortit de son silence. Il voulait savoir où étaient mes parents. Je lui montrai le Credo * qui barrait l'horizon, vers l'est.

« En Suisse, derrière la montagne, au bord du lac. »

Il ne commenta pas, mais le lendemain matin, en montant du village, il sortit de son sac tout un attirail ; un encrier et une plume d'oie, un bâton de cire et une feuille de papier. J'étais stupéfaite.

« A quoi pensez-vous, père Mignat ? On m'a pris tout mon argent, comment pourrais-je payer toutes ces merveilles ? »

Il m'expliqua difficilement que tout avait été prêté par un colporteur de ses amis, pour que je puisse écrire à ma famille de m'envoyer un guide à Saint-Germain-la-Chute. Le colporteur ferait passer la lettre. Je pourrais le récompenser plus tard. Sans doute le vieux berger n'avait-il pas fait un si long discours depuis des années, car il parut soudain épuisé.

J'écrivis. Il n'y avait rien d'autre à faire.

Pour tous les Réformés du Languedoc et du Vivarais, Genève paraît la Terre promise, ou presque. Pour moi, elle était aussi la terre de l'exil loin de ce que j'aimais. Quand, franchis les dures pentes, les rochers et les cailloux pointus du Grand Credo, sous un ciel épais et couvert de nuages, passée la frontière de la Suisse, je m'agenouillai pour rendre grâces au Seigneur, mon cœur était empli de deuil autant que de joie. Je priai de toute mon âme pour que David fût délivré comme je l'étais, et peu à peu je sentis venir l'apaisement de la confiance. Je me rappelais la gloire de rayons qui avait accompagné notre engagement. Si Dieu avait ainsi béni notre union, il ne voudrait pas nous laisser séparés. Si j'avais pu m'enfuir, moi qui ne valais guère mieux qu'une fillette

* Crêt d'eau.

maladroite, David le pourrait encore mieux. D'ici quelques jours, quelques semaines au plus, il viendrait me rejoindre. Il me donnerait encore son sourire ironique et attendri. Je sentirais encore sur ma bouche le frôlement de sa fine moustache ; je le suivrais encore aveuglément, sans me plaindre, rien que pour mériter un regard approbateur de ses yeux gris-bleu-vert. Attendre et prier, voilà de quoi désormais remplir ma vie. J'en oubliais presque l'émotion de revoir ma famille.

Pourtant, quand je vis sur le seuil de la porte la longue silhouette noire de mon père, quand je me jetai dans ses bras en pleurant, quand je remarquai sur ses tempes sans perruque les fils argentés qu'y avaient laissés les années, j'eus un instant l'illusion que le couvent, la fuite et la prison n'avaient été qu'un mauvais rêve. Un instant trop court, quelques minutes de victoire sur la cruelle réalité. Deux semaines plus tôt, la fièvre scarlatine avait emporté ma mère et son nouveau bébé. Cette horreur-là venait compléter toutes les autres, comme si les joies terrestres m'étaient à jamais interdites.

Je ne goûtai rien de la Suisse, ni les maisons pimpantes aux volets bariolés ni les barques joyeuses fourmillant sur le lac. Je m'enfermai avec mon père : nous avions tout à nous dire. Je craignais sa déception et ses reproches après mon mariage au Désert : ce silencieux trouva des mots pour m'approuver, me plaindre et me dire d'espérer. Sa peine ne pouvait être adoucie, au moins pouvais-je lui montrer ma tendresse. Je souffris moins que je ne l'aurais cru de la disparition de ma mère ; après tant d'années de séparation, sa présence ne me manquait pas, et le souvenir de sa dureté le jour de mon départ m'avait empêchée de mettre trop d'espoir dans nos retrouvailles. Mon plus grand chagrin venait de n'avoir pu effacer ce souvenir ; j'avais maintenant perdu à jamais l'espoir qu'un regard tendre et de douces paroles viendraient me faire oublier la cruauté de notre séparation ancienne. Maintenant encore, et de plus en plus souvent, ce regret vient me transpercer le coeur.

Mais, en ce temps de mon refuge à Lausanne, la pensée de

David ne laissait place à aucun autre souci. Le vide cruel que creusait son absence m'était de jour en jour plus intolérable, à mesure que s'accumulaient les menues désillusions. La généreuse bonté de mon père ne m'avait consolée qu'un moment. Sa douceur mesurée ne me suffisait plus depuis que je connaissais les couleurs violentes de la passion ; sa piété tranquille nourrissait mal une âme habituée à l'exaltation. David m'avait forcée à affronter le danger, il m'avait élevée au-dessus de moi-même, jamais plus je ne pourrais me passer de sa force ni de son exigence. Je n'étais pas grosse : ce fut une rude déception. Un enfant de David m'aurait aidée à prendre patience.

Comment s'évaderait-il ? Je le voyais tour à tour plongeant d'une barque dans les tourbillons du Rhône, rampant dans des souterrains, escaladant d'infranchissables murailles. Je l'attendais tous les jours, en transes dès que l'on annonçait l'arrivée d'un groupe de réfugiés. Il fallait qu'il s'évadât, sans quoi je mourrais de la honte de vivre en le laissant au pouvoir de nos bourreaux. Je mourrais, je mourais déjà d'attendre. Mon père s'efforçait de me calmer ; je fermais les yeux pour fuir son regard où je craignais de lire plus de pitié que de confiance. Nous aurions bientôt des nouvelles, disait-il, car la communauté des fugitifs du Languedoc était en correspondance constante avec les prédicants des Cévennes, et mon père écrivait parfois à son ami Claude Brousson.

« Je sais, dis-je tristement en me souvenant des messages pris sur David. Les guides emportent des lettres.

— Pas seulement les guides. Les marchands aussi, les colporteurs, les voituriers. Quand vous étiez à Nîmes, Louyse, avez-vous entendu parler de l'*Auberge des Trois Maures* ?

— Je ne crois pas, père. Nous ne sortions presque jamais du couvent.

— C'est vrai. Mais vous auriez pu l'apercevoir dans une promenade avec votre tante. Une maison à deux étages de chacun deux fenêtres, avec trois marches qui conduisent à une porte ronde... C'est là que les voituriers de Genève déposent le courrier, et Brousson envoie son assistant le chercher.

— Son assistant ? » La barbe rousse d'Henri Pourtal surgit dans mon souvenir. Cet homme qui ne me plaisait pas, et qui avait causé notre perte, allait maintenant servir de messager à mon angoisse et, peut-être, nous transmettre de bonnes nouvelles.

« J'enverrai demain une lettre pour Brousson à mademoiselle Monier, qui tient les *Trois Maures* », conclut mon père, et mon cœur se mit à battre d'un espoir fou.

Deux, trois semaines... Oui, l'attente ne durerait guère davantage. Mon père avait formé le projet de quitter la Suisse pour gagner la Hollande, où les États-Généraux faisaient bon accueil aux réfugiés, ou la Frise dont les États distribuaient des terres. Mais il ne pouvait être question de partir avant que David ait pu nous rejoindre. Dans un mois peut-être ? Dieu me donnerait assez de patience. Et le moment viendrait où David et moi, main dans la main près de mon père consolé de son deuil, nous irions à Bâle nous embarquer sur le grand bateau ventru qui descendait le Rhin jusqu'à Rotterdam.

Je commençai à passer des heures derrière les rideaux, guettant le mouvement de la rue, espérant voir tourner au coin de la place la silhouette familière d'un messager. Pourtant, quand il vint, je le manquai. J'entrai sans méfiance dans le cabinet de mon père, qui se retourna. Il tenait un papier, et je remarquai les deux rides profondes creusées entre ses sourcils.

« Il ne reviendra pas », dit-il.

TROISIÈME PARTIE

Le bonheur est un oiseau bleu

CHAPITRE IX

Delft, printemps 1698. Pierre

Frileusement serrées les unes contre les autres, les maisons de Tulpengracht se ressemblent toutes : cinq marches pour atteindre la porte à heurtoir de cuivre, deux fenêtres à chacun des trois étages, reliés par des escaliers raides comme des échelles de bateau, conçus sans doute pour rappeler à chaque bon calviniste que la vie doit être un effort constant sur soi-même. Seuls les distinguent les hauts pignons parfois sculptés. Ils se mirent dans l'eau du canal avec tant de netteté que le passant hésite à distinguer la réalité de l'image, jusqu'à ce que les reflets soient brisés en mille petites lignes colorées par le sillage en V d'un canard qui se hâte en poussant l'eau de ses pattes.

Madame de Rochelat n'a guère le temps de s'attarder à ses fenêtres : mal aidée, elle a fort à faire pour garder la maison dans l'état de rutilante propreté qui est de mise ici. Résolue à ne mériter aucune critique en temps que Française, elle met son point d'honneur à faire encore mieux que les autres. Dès l'aube, elle court du haut en bas des cruels escaliers, retrouvant sans le savoir les gestes, les attitudes et jusqu'au ton de voix de sa mère autrefois. Avec un peu plus d'agitation pourtant, comme si elle voulait forcer le rythme de son activité pour s'y perdre. Dès avant six heures, elle est au fond du petit jardin qui donne sur un autre canal, près du ponton où des barques chargées viennent livrer du bois ou de la farine, du lait ou des chandelles. Elle compte, surveille ; Cadet monte les sacs, non sans ronchonner parfois, entre haut et bas, contre les exigences de Madame : « Elle veut toujours que le travail soit terminé avant d'être commencé ! » Il grogne sans aucune hargne : il n'y a aucune méchanceté dans le perfectionnisme de madame de Rochelat, et Cadet l'aime bien. Il se sent responsable d'elle, comme si le colonel la lui avait confiée. Pas besoin de paroles entre vieux amis : Cadet veille sur Louyse.

Les minutes s'envolent, et le petit Jacques, gavé de bouillie d'avoine et bien propre dans sa chemise empesée dont il n'a pas encore écrasé les plis, vient saluer sa mère d'un joyeux bonjour et lui tendre sa joue ferme.

« Maman, Maman, dites-moi pourquoi la nourrice ne parle pas comme Père et vous ? »

« Maman, regardez la vache brune sur le bateau, croyez-vous qu'elle donne du chocolat ? »

Elle se retourne, range d'un doigt une mèche échappée à son bonnet. Les bouffées de mélancolie qui viennent parfois obscurcir son esprit ne résistent pas à la présence de Jacques, à sa joie de vivre, preuve tangible que la bienveillance du Seigneur s'étend encore sur elle. La beauté de l'enfant au teint mat la comble, bien qu'elle surprenne parfois les Hollandais, habitués aux bébés blonds et roses. Plus d'une fois, on a demandé à la nourrice si le garçon avait du sang espagnol. Espagnol ? Papiste ? Mais non, madame, c'est un bon petit huguenot. Soulagement.

Il serait délicieux de retrousser les cheveux déjà longs, juste pour le plaisir de sentir sous les doigts le doux duvet de la nuque. Louyse résiste à son envie. Elle a appris de sa mère, autrefois, que les cajoleries sont amollissantes. Elle cherche une phrase, ne trouve pas. La présence de l'enfant la fatigue vite.

« Emmenez-le, nourrice. Le cheval sera prêt à huit heures. D'ici là, montrez-lui un peu la Bible. Il faut qu'il apprenne une nouvelle lettre aujourd'hui.

— J'en sais déjà trois, Maman. Nourrice dit que c'est bien. » Il brandit sa main dodue, élevant en l'air, avec application, un, deux et enfin trois doigts. Louyse sent son cœur se gonfler de fierté, et s'oblige à se détourner d'un air froid.

« Va. Nous nous reverrons à l'heure du dîner. »

Aujourd'hui, l'emploi du temps est encore plus chargé que d'habitude. Comme chaque mercredi, madame de Rochelat doit se rendre à Schiedam, où elle fait un cours de broderie aux jeunes réfugiées. Mais, avant, il faut préparer la grande salle pour les deux visiteurs qu'attend Pierre. Deux hommes de qualité, qui ont fui, l'un Nîmes, l'autre Orange avec un groupe de quatorze Nouveaux Convertis repentis. Leur visite au colonel de Rochelat, ancien de l'église de Delft où ils voudraient se faire admettre, est toute protocolaire ; Louyse leur fera servir son meilleur café de Ceylan, dans ses plus jolies tasses de porcelaine peinte, mais ne viendra pas les voir. Non, pas même pour apprendre quelque chose du cher Brousson qui est reparti prêcher dans les Cévennes...

La nervosité est bien près de faire craquer l'écorce de dignité calme de madame de Rochelat. Ne peuvent-« ils » donc la laisser en paix ? Un mouvement de découragement, vite dominé. Il est urgent de mettre le feu en route, pour lutter contre l'aigreur du matin. Et de disposer un bouquet dans le vase de Chine.

Oubliant l'enfant qui s'éloigne après un baiser soumis sur la main de sa mère, Louyse se penche vers les narcisses, étoiles blanches à cœur orangé. Il y en avait aussi près de Grézac... non, elle ne sait plus. De toute manière, ceux-ci sont plus gros, plus forts, visiblement heureux dans la terre gorgée d'eau. Et les tulipes vont s'ouvrir... Louyse aime leur splendeur violente, qui l'a tant surprise à son arrivée aux Pays-Bas. A Nimègue, du bateau, on distinguait leurs taches éclatantes dans les jardins qui descendaient jusqu'au Rhin. Elles ne coûtent plus autant qu'une maison, comme c'était parfois le cas il y a cinquante ans, mais on y attache encore assez de prix pour que la maîtresse d'un jardin en soit fière.

Cadet, un peu en arrière, se racle la gorge. Il attend les ordres.

« Tout à l'heure, tu prépareras les chevaux pour aller à

Schiedam. Oui, le carrosse. Et, en attendant, monte vite du bois pour la grande cheminée. Ces visiteurs doivent craindre le froid d'ici ! »

Debout devant la fenêtre à petits carreaux de la chambre, Pierre tourne la tête vers le jardin. L'index de sa main droite marque encore le verset qui l'a frappé dans le Livre ouvert près de lui sur un haut pupitre : « La beauté de la femme réjouit le visage, et surpasse tous les désirs de l'homme. »

Son regard embrasse les pierres moussues, les jeunes frondaisons d'un vert encore jaunâtre, le fourmillement des barques qui se croisent sur le canal et, au loin, la pointe aiguë d'un clocher de village, puis revient se fixer sur la silhouette de Louyse, occupée à rassembler des corolles blanches de narcisses. Est-ce le soleil du printemps ou sa nouvelle grossesse qui lui rosit les joues ? Pierre a remarqué combien elle est plus belle dès qu'elle porte un enfant, et il doit reconnaître que son éternelle robe noire met en valeur la fraîcheur de teint que, dit-elle, elle tient de sa mère. Sa taille n'a pas encore épaissi, sa démarche est vive, Pierre lui envie ses vingt ans.

Il entrouvre la fenêtre et, au bruit de l'espagnolette, Louyse se retourne et sourit :

« Je viens ! »

Le temps qu'elle monte l'escalier, Pierre lit la phrase suivante, et la répète à voix haute quand elle apparaît :

« La femme paisible, et d'un bon cœur, est un don du Seigneur.

— Vous me flattez, sourit Louyse. Suis-je si paisible ? Ne découvrez-vous jamais en moi d'orages cachés ?

— Non. Laissez-moi croire que le bonheur les oblige à se détourner. Vous mettez de l'ordre et de la beauté dans cette maison, et vous enchantez mes soirées avec votre clavecin… »

Un brin de légèreté dans son propos l'aide à masquer son émotion. Il baise la main de Louyse, à la française.

« Savez-vous, ma chère femme, qu'il y a six ans j'étais si fou des aventures et des combats que je croyais ne jamais pouvoir quitter l'armée ? Et puis j'ai rencontré votre père dans la boutique de Daniel Brousson * et nous sommes tombés dans les bras l'un de l'autre, après quoi j'ai changé d'avis... Vous m'avez fait découvrir les joies d'une vie tranquille... »

Les yeux de Louyse sont deux étangs sans fond. Soudain, il ne peut plus supporter la distance qui le sépare d'eux. Il attire sa femme contre lui, enferme les tempes nues dans ses deux mains, lisse des paumes les cheveux noirs tirés sous un béguin de lingerie.

« Louyse... Vous aimez, vous aussi, la douceur de notre vie dans ce jardin, avec notre fils. Dites-le-moi.

— Vous le savez bien. » Et, comme il ne la lâche pas, elle ajoute : « Je fais tout ce que je peux. »

Il la laisse aller, triste de percevoir une ambiguïté alors qu'il avait espéré un élan. Puis il se traite de fou : les élans ne font guère partie de l'éducation calviniste. Qu'allait-il donc chercher ? Il rejoint Louyse qui, pour détendre l'atmosphère, examine avec attention un tableau que l'on vient de suspendre au mur dans un cadre de bois poli, et qui représente une jeune femme faisant de la musique dans un boudoir.

« On l'a installé hier. Vous plaît-il ainsi, Louyse ?

— Je m'y habitue, mais il me surprend encore. Le sujet est si... familier. En France, on voit plutôt de vrais portraits ou bien, dans les églises, des peintures religieuses destinées à l'idolâtrie. L'avez-vous acheté fort cher ?

— Non, Van Brugh me l'a laissé pour presque rien. C'est un peintre qui a eu son heure de succès, vous savez, un certain Vermeer qui est mort ici il y a quelques années. Pas un très bon peintre, voyez ces petits points blancs sur la robe... Mais cette femme à l'épinette me fait penser à vous, bien qu'elle soit blonde !

— Merci. J'aurai plaisir à rester accrochée à votre mur, et à veiller sur vous pendant que vous étudiez. »

* Le frère de Claude Brousson, réfugié à Amsterdam.

Il y a un silence, qui fait un cadre au sentiment de tendre complicité surgi entre les époux. Le soleil qui commence à monter derrière les vitres fait jouer les couleurs du rideau de tapisserie. On entend un gazouillis d'enfant, le frôlement d'une jupe sur l'escalier ciré, le fracas du heurtoir de la porte d'entrée. Le charme est rompu. Cadet tout agité passe la tête dans la porte :

« Deux personnes attendent monsieur le Colonel dans l'antichambre. »

Trois pas hâtifs vers la porte, puis Pierre se retourne, hésitant :

« Ne souhaiterez-vous pas les voir ? Ils auront des nouvelles fraîches de votre pays. S'ils connaissaient, au moins par ouï-dire, votre tante madame de Javelle, je n'en serais pas surpris. N'aimeriez-vous pas savoir... »

Louyse a pâli. Ses doigts croisés sont si serrés qu'ils blanchissent aux jointures ; elle répond d'une voix étouffée, monocorde :

« Non. Je ne la connais plus. Je ne veux pas qu'on me parle d'elle.

— N'êtes-vous pas un peu injuste ? Elle croyait accomplir un devoir, corriger les erreurs de vos parents en vous envoyant au couvent. Elle voulait vous épargner une vie difficile en ce monde, tout en assurant son salut dans l'autre. L'idée de sauver son prochain malgré lui est naturelle à ceux dont la foi est vive.

— Vous l'excusez ? »

Le moment de grâce est loin. La tiédeur de son mari irrite madame de Rochelat, dont les narines frémissent malgré elle. Comment Pierre, si valeureux sur les champs de bataille, peut-il manquer ainsi de vigueur dans sa foi ? Il n'est jamais sûr de détenir la Vérité, et comment peut-on combattre pour l'Éternel sans cette certitude-là ?

« Je ne l'excuse pas. Mais elle vous aimait, Louyse, vous n'en pouvez douter.

— Elle n'était rien qu'un misérable instrument. Ceux qui se servaient de la religion catholique pour assurer leur pouvoir l'ont utilisée sans vergogne. Je voudrais leur pardonner, et à elle aussi, je ne puis, je n'en trouve pas la force. Tout est arrivé par sa faute. Elle a détruit ma vie, elle m'a corrompue en m'enseignant la facilité, elle m'a fait tomber dans le plus vil péché... »

Ce péché, le reniement de la « vraie foi », la brûle encore ; elle revoit sa confession publique devant le Consistoire, à Lausanne. Déjà vêtue de noir, elle avait balbutié qu' « ayant été enlevée par les ennemis de la Vérité et enveloppée dès l'enfance dans la religion romaine, elle avait eu la faiblesse d'aller à la messe, mais que, délivrée d'une façon extraordinaire, elle renonçait aux erreurs et aux faux cultes... ». Et elle avait pleuré, comme autrefois Clarisse du Puget, pleuré de repentir et d'humiliation tandis que les Anciens hochaient leurs têtes grises.

Son regard croise celui de Pierre accablé. Il trouve malsaines les attitudes excessives, il réprouve les sentiments violents, le fanatisme, il n'épargne aucun effort pour amener Louyse à plus de sérénité. Un peu de rose remonte aux joues de la jeune femme, comme si elle avait honte de l'avoir blessé.

« ... Heureusement, j'ai grâce à vous oublié ces angoisses, mon cher époux. Vous me demandiez tout à l'heure... Eh bien, oui ! je trouve notre vie infiniment douce et je n'en veux pas d'autre. Le Languedoc est loin, et je ne veux pas que l'on m'en entretienne. »

Elle va vers la porte et s'immobilise un instant, droite dans sa robe noire qui la fait paraître plus grande. « Cette robe est un reproche, se dit Pierre avec une lucidité soudaine, qu'ai-je donc fait ? Ah ! J'en viendrai à bout ! » Quelque chose passe entre eux ; dans la voix de Louyse, il y a soudain comme un appel :

« Enquérez-vous tout de même de notre cher Brousson qui doit être dans ces parages. Je voudrais... » Elle s'interrompt. Ses lèvres tremblent : « Pourquoi me poursuit-on ? Qu'on me laisse en paix ! »

La formule est revenue spontanément sur ses lèvres. « Pourtant, est-ce la paix qu'elle veut ? » songe Pierre en regardant la porte qui se referme. Il n'aime pas ces rideaux qu'elle tire devant des replis secrets de son âme. Tant qu'il ne les aura pas écartés, tant que sa patiente sollicitude n'aura pas conquis le droit d'explorer avec elle ces recoins cachés où se tapit quelque souffrance, il ne pourra pas la guérir de la peur. Parfois, rarement, le découragement s'empare de lui. A quoi donc sert d'aimer, se dit-il, puisqu'on ne peut jamais partager les souvenirs ?

« Voici près de vingt ans que ça dure, monsieur, et les choses ne font qu'empirer ! »

La main du visiteur, posée sur le tapis rouge et bleu, se referme. Mieux que des paroles, le poing serré, dur, dit la fureur impuissante. Abel Soulier, bourgeois de Nîmes, et Jean d'Alençon, chassé d'Orange par les récentes décisions de Louis XIV qui s'approprie la principauté, ne demandent qu'à raconter leurs malheurs, auxquels le colonel de Rochelat, saturé de récits, compatit avec un rien d'accablement.

« Près de vingt ans, c'est vrai... Dix-huit exactement, chez nous, en Poitou. C'est en 1680 que Marillac a eu cette idée diabolique de nous envoyer les dragons !

— Ah ! monsieur, nous savons cela. Vous avez souffert les premiers, et plus fort. C'est ce qui a tant effrayé les gens de chez nous, et les a fait signer par milliers. Il faut comprendre... »

Jean d'Alençon approuve en hochant la tête, et Pierre de Rochelat examine avec curiosité ses deux visiteurs. Auraient-ils eux-mêmes quelque chose à se reprocher, qu'ils avoueront demain, avec leur repentir, en comparaissant devant le Consistoire ? C'est l'évidence, que cependant Pierre a peine à croire. Tous deux ont des contenances fermes, des traits creusés par les épreuves. Abel Soulier, le plus âgé, yeux enfoncés et front têtu, porte encore la barbe carrée, à la huguenote, que l'on aimait sous l'ancien roi. Le plus jeune arbore une moustache drue et piquante au-dessus d'un menton énergique. On imagine mal l'un et l'autre se traînant avec répugnance à une messe forcée ; on les voit très bien, au contraire, barricadés dans leur maison, dirigeant la prière du matin et du soir et demandant à l'Éternel miséricorde pour les égarés. Pendant plus de quinze ans. Comment ont-ils pu le supporter ? Il fallait que leur foi fût bien solide pour qu'ils aient finalement abandonné tous leurs biens et pris le chemin de l'exil en risquant les galères.

Emporté par ses spéculations, Pierre n'a pas suivi le récit qu'Abel Soulier vient de faire de sa fuite par la Savoie et de son voyage sur le Rhin. Il masque son embarras par un ton bourru :

« Eh bien, messieurs, ne racontez à personne d'autre ce que vous venez de me dire, et ne citez plus jamais le nom de ceux qui vous ont aidés. Ils seraient bien vite inquiétés. La Hollande est pleine d'espions qui rendent compte à l'envoyé de Louis XIV. Depuis la signature de la paix, le comte d'Avaux est revenu, plus néfaste que jamais...

— Mais vous-même, monsieur, ne nous direz-vous pas comment vous êtes parvenu jusqu'à cet heureux pays ? »

Une trace d'agacement passe sur le visage de Pierre. C'est la trentième fois, la centième peut-être, qu'il raconte son histoire à quelque fugitif nouvellement arrivé en Hollande. Chaque fois, les souvenirs lui font mal, pourtant il ne peut s'empêcher d'y revenir toujours, comme on écorche malgré soi une vieille cicatrice qui ne veut pas se refermer.

« J'étais en Languedoc près de l'avocat Brousson. Ma mère a tenu trois ans avec mes frères, et quand je suis revenu... »

Il s'interrompt. Il ne peut décrire à des indifférents l'angoisse de ce retour, après les multiples dangers courus avec Claude Brousson. La maison morne, le village dévasté, le temple démoli. Les paysans, qui autrefois le saluaient gaiement, s'écartaient de lui, surveillés par le curé qui tenait registre de leurs paroles et de leur présence à la messe. Les femmes à joues lisses et rouges le suivaient de ce regard fuyant que l'on a quand on songe à dénoncer ou quand on craint de l'être. Il était devenu impossible de parler sincèrement à qui que ce soit.

Judith de Rochelat avait sans tarder réuni ses trois fils et sa fille en conseil de famille. C'était une forte femme, assez compétente pour diriger sans aide le domaine que lui avait laissé son mari. Ses fils s'étaient contentés d'acquiescer à des décisions déjà prises.

« Vous partirez tous les trois. » Le ton ne souffrait pas de réplique. « Vous passerez la rivière et contournerez La Rochelle jusqu'à la Charente. J'ai envoyé quelqu'un s'entendre avec le patron de *la Colline au sanglier ;* c'est un bateau de pêche assez solide pour vous emmener jusqu'en Angleterre. L'homme est des nôtres ; il ne vous trahira pas. Et je ne le paierai qu'à son retour.

— Nous ne pouvons vous laisser, mère...

— Taratata. Je ne risque rien. Je me ferai catholique avec votre sœur, pour que le domaine ne soit pas confisqué. Vous le retrouverez un jour, quand vous reviendrez. Si Paris valait une messe pour le roi Henri, Rochelat en vaut bien une pour nous. Mais je ne veux pas voir, jamais, des enfants portant notre nom devenir papistes. »

Le plan était tout son portrait, allant à l'essentiel en sacrifiant l'accessoire, s'il le fallait. Pierre n'aurait pu expliquer le sentiment ambigu de fierté effarouchée que provoquait en lui le réalisme terre à terre de la vieille Judith. Les Rochelat ne seraient jamais des fanatiques, ce qui parfois causait au colonel des ennuis avec certains excités du Consistoire. Ce qui l'opposait aussi à Louyse. Quand il lui avait raconté cette histoire, peu après leur première rencontre, elle avait pris un air buté, presque hostile :

« Je connais ce raisonnement... Une de mes parentes, en Bresse, a fait la même chose ! J'en ai été choquée, puis, parce que je l'aimais, je lui ai trouvé des excuses... J'ai eu tort ! Il n'y a pas d'excuses... Depuis, j'ai réfléchi... j'ai compris... »

Là, sa voix s'était curieusement étranglée. Il la revoyait, si jeune et frêle, émouvante dans sa robe de deuil. Elle venait d'arriver en Hollande avec son père ; ses yeux immenses et noirs semblaient trop grands pour son mince visage ; elle avait ce regard ardent et vide des enfants qui ne peuvent ni comprendre ni supporter ce qu'on les oblige à vivre. Pierre se souvenait de Grézac, et de la spontanéité joyeuse d'une fillette de cinq ans. Il avait été si bouleversé qu'il avait dû résister au désir de la cajoler et de la protéger, comme on donne un bol de lait à un chaton perdu. Il s'était aussitôt juré de lui rendre le goût de la vie et du bonheur. Par moments, il croyait y avoir réussi.

Il perçoit soudain le silence qui se prolonge et l'air surpris de ses visiteurs. Allons ! Il s'est encore laissé entraîner par ses souvenirs. « Je vieillis », pense-t-il en un éclair ; bien qu'il n'ait pas encore atteint la quarantaine, il préfère de plus en plus souvent à la conversation des autres le commerce de ses propres pensées. Honteux, et craignant de voir sa distraction passer pour de l'indifférence, il enchaîne :

«... et là, je me suis embarqué avec mes frères Antoine et Jacques, la jeune femme d'Antoine et sa petite fille Angélique. »

Malgré lui, il sourit en poursuivant son récit. Sa belle-sœur avait dû garder le bébé au sein pendant une journée entière pour l'empêcher de pleurer. Les sept fugitifs — ils avaient emmené Cadet et une femme pour Angélique — étouffaient dans la cale, assis sur des rouleaux de corde, gardant leurs têtes bien exactement au-dessous des poutres pour n'être pas atteints au cas où des soldats viendraient planter leurs lames à travers le pont, comme ils faisaient souvent. Même ainsi, il semblait miraculeux d'avoir pu franchir Rochefort. Les papiers du bateau — dont Pierre ne prononce pas le nom devant ses hôtes — n'étaient en règle que pour des gardes résolus à se boucher les yeux. Judith avait encore le bras long.

« Pour se glisser autour des îles, truffées de douaniers qui guettaient les barques isolées, il fallait que le patron fût un bon marin. Le bateau dansait affreusement, mais nous avions trop peur pour être malades. »

L'Angleterre bon enfant de Charles II les avait chaleureusement accueillis. Ils avaient repris des habitudes oubliées :

vivre sans se cacher, parler sans baisser la voix, dire spontanément ses pensées. Un an de bonheur, puis, patatras ! la mort de Charles II avait mis sur le trône un roi catholique, Jacques II, et la peur avait repris les trois frères. Antoine et Jacques étaient allés s'établir en Irlande. Pierre avait choisi la Hollande et avait pris du service pour combattre avec Guillaume d'Orange. Aider ce Hollandais calviniste, gendre de Jacques II, à chasser son beau-père papiste pour prendre sa place avait été un vrai plaisir, à la mesure de la contrariété qu'en ressentait Louis XIV. Pierre y avait aussi gagné honneurs et pension, ce qui n'était pas négligeable.

« Avez-vous de quoi vivre ? » dit-il, se penchant soudain vers les deux Méridionaux.

Les États-Généraux subvenaient aux besoins des pasteurs expulsés de France ; les autres réfugiés se débrouillaient de leur mieux. Sans trop de peine pourtant : la plupart retrouvaient vite du travail, et la difficile transition était adoucie par la générosité inépuisable des citoyens. Ceux qui étaient de langue française, les « Wallons », venus un siècle plus tôt au moment où les guerres de religion faisaient rage, s'émouvaient de malheurs qui rappelaient ceux de leurs bisaïeuls. Ils n'étaient pas les seuls : on quêtait partout avec succès dans les Provinces-Unies, même chez les catholiques qui, semblables à leurs compatriotes protestants, se montraient aussi compatissants aux misères du prochain qu'ils étaient pingres pour les dépenses de prestige.

« J'ai vendu ma maison et mes meubles à vil prix avant de partir, soupire Jean d'Alençon. J'avais cousu un peu d'or dans les ourlets de ma culotte. »

Abel Soulier hoche seulement la tête sans rien dire, et le colonel de Rochelat dissimule un sourire. Les gros marchands se débrouillent toujours mieux que les autres ; habitués qu'ils sont à commercer au-delà des frontières, ils trouvent aisément le moyen de transférer leurs biens en émigrant. Voici deux nouveaux venus qui ne seront pas à la charge de la paroisse de Delft. On ne peut en dire autant de leurs compagnons : il y a parmi eux des femmes seules et une famille nombreuse qu'il faudra bien aider.

Confortés de bienveillantes promesses, les visiteurs se détendent. Ils parlent du Languedoc et du terrible Bâville, mais aussi de leurs propres espoirs : monter une compagnie de commerce ou peut-être une fabrique de velours. Ils sont heureux d'avoir retrouvé, si loin, plusieurs réfugiés nîmois — une sorte de famille.

« Madame votre épouse elle-même est bien nîmoise ? Et ne disiez-vous pas, monsieur, que le célèbre pasteur Brousson était de vos amis ? Une seule fois, j'ai assisté à l'un de ses prêches clandestins — dans le bois de Vacqueirolles le jour de Noël quatre-vingt-dix. Je m'en souviens comme si c'était d'hier. Ah ! que c'était beau ! Nous pleurions tous quand il éleva la voix pour crier : " Vous n'êtes point montés aux brèches et vous n'avez point réparé les cloisons de la maison d'Israël, pour vous trouver au combat. " Je n'ai cessé depuis de me repentir amèrement de ma lâche faiblesse...

— Nous avons eu l'honneur, en effet, de l'accueillir ici. Savez-vous quelque chose de lui, monsieur, puisqu'il est de nouveau en Languedoc ? »

Oui, assurément, Abel Soulier sait quelle aide il apporte aux populations opprimées des Cévennes. Elles en ont bien besoin. Longtemps, elles ont espéré que les Anglais viendraient les délivrer. Puis, que le traité de paix obligerait le roi à leur rendre la liberté de conscience. Rien ne s'est passé. Sans Brousson, les huguenots auraient sombré dans le découragement. La flamme de la résistance, c'est lui.

« Il croit de son devoir de s'exposer pour soutenir nos frères. Mais nous, ses amis, sommes inquiets. Nous savons que les persécutions s'accroissent depuis que la paix de Ryswick a laissé les mains libres à Louis XIV. Ma femme serait heureuse d'avoir des nouvelles... Brousson est pour elle comme un père. »

Les visiteurs secouent la tête. S'ils connaissent la grande réputation de Claude Brousson, ils ne peuvent rien dire de ses allées et venues secrètes. Ils se lèvent pour prendre congé.

Pierre de Rochelat semble hésiter. D'un geste, il arrête le salut de son hôte :

« Monsieur Soulier, le nom de David Siguier vous est-il familier ? Un Nîmois, lui aussi...

— Siguier ? Il y avait une famille de ce nom. Dans le commerce de la soie, je crois. Avec de nombreux enfants. David ? Non, je ne me souviens pas. »

La main de Pierre retombe. Il n'apprendra rien de plus et, du reste, qu'espérait-il donc ? Il a honte, maintenant, d'avoir trahi par sa question une curiosité morbide et jalouse dont il se croyait incapable. Cette longue conversation, trop chargée d'émotions diverses, l'a fatigué. Il aspire à retrouver sa chambre, le livre ouvert sur le pupitre dans la lumière pâle de la fenêtre. La quiétude.

« Madame est de bonne humeur comme tous les mercredis », se dit Cadet en voyant sa maîtresse flatter les naseaux des deux chevaux alezans attelés au vieux carrosse. Et, en vérité, Louyse se sent le cœur léger comme les effilochures de nuages qui traînent dans le ciel clair. L'idée de se rendre au pensionnat des jeunes réfugiées, d'y trouver madame de Dangeau qu'elle aime tendrement, la fait sourire de plaisir. Parmi toutes les dames huguenotes qui prodiguent aux malheureuses exilées leur temps et leur savoir, qui ouvrent à l'occasion leur bourse, madame de Rochelat s'est révélée la plus experte dans l'art délicat de la peinture à l'aiguille, si bien qu'on lui a confié le soin de diriger chaque mercredi l'atelier de broderie. Elle en garde une sincère gratitude à madame de Dangeau, la directrice. Bien qu'elle refuse de se l'avouer, elle est heureuse de quitter sa maison aux sombres boiseries pour passer quelques heures dans l'atelier où le soleil du matin fait luire les soies multicolores et étinceler les fils d'or, où se pressent autour d'elle de fraîches écolières avides d'apprendre. Comme autrefois autour de sœur Marie des Anges... Non ! Non ! Cette image-là, venue du passé honteux où la petite Louyse se laissait circonvenir par les papistes, est vite rejetée, enfouie, et reniée la tranquillité heureuse qu'elle évoque.

Il y a sept ans, à son arrivée en Hollande, la jeune femme n'aurait jamais pu espérer entrer dans l'une de ces merveilleuses écoles créées, avec l'aide de la princesse d'Orange, par les dames françaises des Pays-Bas pour accueillir le flot incessant des exilées de France. On y enseignait le français entre deux lectures de la Bible, les bonnes manières aussi bien que l'art de la dentelle, dans une atmosphère de piété sereine dont Louyse, égarée par le chagrin, ressentait le besoin sans même s'en rendre compte. Mais comment Charles Servezanne aurait-il trouvé, chaque année, les quatre mille florins qu'aurait coûté la pension de sa fille ? On avait beau les exempter d'impôts et acheter à prix d'or les ouvrages des élèves, les écoles restaient trop luxueuses pour des réfugiés qui avaient perdu tous leurs biens.

Dans ces premiers mois, le père et la fille n'avaient fait que vivoter frileusement. La présence de Daniel Brousson, le frère de Claude, les avait attirés à Amsterdam, et en effet Daniel leur avait trouvé un logis dans un ensemble de modestes maisonnettes, habitées par des huguenots, et qui se serraient autour d'une fontaine derrière l'hospice wallon. Toutes semblables, avec une unique fenêtre au rez-de-chaussée et un escalier raide conduisant à l'étage. Au moins pouvait-on s'entraider, parler français. Mais la joyeuse animation de la ville en pleine activité, le mouvement incessant des grands bateaux dans le port et des barques sur les canaux, les cris du marché, le bruit des voitures sur les pavés n'atteignaient pas ce refuge. Charles Servezanne sortait beaucoup, passait son temps en démarches. Louyse s'installait derrière la fenêtre avec sa broderie, soufflait sur ses doigts gourds, suivait des yeux les arabesques des bordures de buis autour de la fontaine. Des buis, orgueil des garrigues, transplantés dans la grisaille de l'hiver hollandais.

La voiture s'engage en cahotant sur le chemin qui zigzague de Delft à Schiedam au gré des ponts sur les canaux. Certains sont couverts de nénuphars ou de minuscules plantes d'eau qui forment comme une moisissure verte. L'eau des plus larges arrive aussi au ras des prairies et, de loin, on croirait voir des barques posées sur l'herbe. Jusqu'à l'horizon brouillé rien n'empêche le regard de Louyse de glisser sur la plaine verdoyante, rien ne vient la distraire de ses souvenirs.

L'hiver humide d'Amsterdam sous le ciel morne... morne comme ses journées. Elle vivait dans une sorte de coma, où les mauvaises nouvelles du Languedoc ne pouvaient que l'enfoncer. Perdu, Vivent, le farouche prédicant, dénoncé et tué en combattant comme le lion à qui il voulait ressembler : son corps avait été traîné sur la claie et brûlé. Perdus, Antoine Fabre et Étienne Bénézet, enchaînés sur les galères du roi. Perdu à jamais, le cher vieil Espérandieu mort dans son cachot. Louyse ne comptait autour d'elle que des ruines. Comment le supporter, comment accepter d'avoir vu plusieurs fois son bonheur détruit, sans perdre jusqu'à l'espoir en Dieu ? Et la rancœur, la haine, le remords aussi, et ce mortel péché de désespérance pouvaient-ils assombrir des yeux de quinze ans jusqu'à lasser la tendresse d'un père ? Une distance se creusait entre elle et Charles Servezanne dont la présence ne parvenait plus à la réchauffer. Il revenait le soir, guettait sur ses joues la trace de larmes séchées, posait sur son épaule une main maladroite et se réfugiait dans le silence. Certains jours, il tentait de l'entraîner, proposait : « Viens, petite, allons voir les patineurs ! » avec exactement le même ton qu'autrefois quand il disait « allons voir le seigle ». Il ne réussissait qu'à irriter sa fille. Croyait-il donc que rien ne s'était passé, qu'aujourd'hui prenait tranquillement la suite d'hier ? Même sa voix mesurée lisant la Bible le soir ne pouvait plus émouvoir Louyse.

Ce campagnard n'aimait pas Amsterdam, qu'il arpentait à grands pas, chaussé de bottes semblables à celles qui lui servaient à parcourir les terres de Grézac. Il allait de visite en visite, à la recherche d'un moyen d'existence qui lui permît de quitter enfin la ville. Louyse ne voulait ni comprendre ni accepter cet acharnement à revivre. Elle eût préféré s'enfermer avec lui dans la résignation et le deuil, mais il refusait, la laissait seule... Elle s'enfonçait dans la tristesse et la solitude Peu à peu, sans même s'en apercevoir, il rentrait de plus en plus tard.

Jamais elle ne lui avait avoué que, parfois, elle sortait dans l'obscurité et le froid pour gagner la berge du canal. Elle restait là, immobile, à regarder les frémissements de l'eau, la tête vide, incapable même de souhaiter mourir, répétant indéfiniment le nom de David. Un jour, elle avait oublié sa mante ; un passant s'était ému, l'avait ramenée transie à sa porte. Elle l'avait supplié de se taire et il avait promis, déconcerté.

« Que serais-je devenue ? », se demande pour la millième fois Louyse en s'appuyant aux coussins fatigués du carrosse « Que serais-je devenue si je n'avais rencontré madame de Dangeau ? Ou si elle ne s'était pas prise d'affection pour moi ? »

Dans la colonie huguenote, madame de Dangeau paraissait une brillante étoile, familière de la princesse d'Orange devenue la reine Mary d'Angleterre. La petite réfugiée derrière sa vitre n'aurait eu aucune chance de la connaître si son père ne s'était lié d'une amitié inattendue avec un extraordinaire personnage, le marquis de Venours.

« Petite, avait-il dit un soir, prépare-nous un bon dîner demain. Nous aurons un hôte de marque. »

Elle avait compris aussitôt. « Monsieur de Venours ? » Son père lui parlait souvent de ce descendant d'une famille immigrée au temps des guerres de religion, qui ne cessait de remuer ciel et terre pour aider les réfugiés. Elle, qui d'ordinaire ne voulait plus voir personne, avait consenti à sortir de son apathie, et couru dès le matin chercher des huîtres et du vin de Bordeaux. C'était en février ; le temps avait changé, comme pour faire signe à Louyse que sa vie elle aussi arrivait à un tournant. Un froid mordant gelait les canaux, le soleil jouait à cache-cache derrière les pignons ; les traîneaux et les patineurs multicolores s'en donnaient à cœur joie. Le visiteur était arrivé avec des glaçons dans sa moustache trop fournie pour la mode : un homme à grosse tête et gros sourcils sur un torse carré et des membres curieusement grêles. La voix courtoise trahissait l'habitude d'être écouté, les yeux bienveillants ne manquaient pas de lucidité.

On voyait bien qu'il avait quelque projet en commun avec Charles, mais celui-ci ne s'était décidé à parler qu'au moment où la jeune femme apportait le dessert.

« Louyse — il hésitait, comme pris de timidité — que diriez-vous d'aller en Frise, dans la ville de Balk qu'a fondée le marquis de Venours ? »

La jatte de crème avait failli atterrir sur le carrelage.

« En Frise ? Pour y vivre ? Dans le Nord ?

— Un beau pays de lacs et de prairies, vous verrez. On y distribue des terres aux huguenots. Un vrai miracle... que monsieur de Venours a obtenu des États frisons, tout comme il a persuadé nos illustres et vénérables seigneurs les bourguemaîtres d'Amsterdam de construire des refuges pour les dames huguenotes, et bien d'autres choses encore. Ne vous disais-je pas qu'il est notre providence ?

— Et... la nuit vient encore plus tôt, là-bas ? »

Consciente de l'attention des deux hommes, Louyse aurait voulu maîtriser mieux l'émotion qui faisait trembler ses mains. La neige, les lacs gelés, le froid qui dans ce pays peut être si gai ne l'effrayaient pas. Mais la nuit... Quand vers quatre heures, sitôt après dîner, le crépuscule tombait comme une cendre grise sur sa broderie, alors sortaient de l'ombre tous les fantômes que la flamme mouvante de la lampe à huile était impuissante à chasser. La panique creusait dans sa poitrine un vide glacé. A genoux, elle tentait de prier, elle implorait Dieu qui ne répondait pas. Ou bien elle accusait son père de l'abandonner, elle l'appelait, il ne rentrait pas. Non. Elle pouvait supporter toutes les austérités, mais pas la nuit...

Monsieur de Venours l'examinait en plissant les yeux, ce qui lui donnait l'air attentif et sagace d'un chat aux aguets. Il avait laissé s'établir un petit silence, puis s'était levé pour prendre congé, d'un mouvement déterminé et plein d'aisance

« Mon cher Servezanne, avait-il dit, rien ne presse. Attendez donc l'été pour vous rendre à Balk. A moins que... oui, j'ai une autre idée... »

C'est ainsi qu'il avait emmené Louyse chez madame de Dangeau, et que l'air et la lumière avaient enfin pénétré dans cette vie recluse.

On approche de Schiedam ; un clocher pointu signale l'église, et l'on voit tourner les ailes des moulins à farine alignés au bord de l'eau. La route suit maintenant le bord d'un large canal, et Cadet met les chevaux au pas, comme le lui a souvent demandé Madame. « Si c'est son idée, après tout... » Le nuage de poussière retombe, découvrant aux regards les gamins qui pêchent et les petits bateaux dissimulés entre les roseaux sur de minces voies d'eau. Seuls les sillages des canards rident la surface plate et moirée. Il y en a de toutes sortes, noir et blanc, beige moucheté, immaculés comme des cygnes, ou gris perle presque nacrés. Un couple de plongeons s'éloigne dédaigneusement, un nouveau-né perché sur le dos de la mère, tandis qu'un héron impassible épie les ablettes de son œil rond.

« Je me demande si, vues du ciel, nos activités humaines paraissent aussi futiles et absurdes. » Louyse a souri, arrachée à ses souvenirs. Le printemps hollandais l'enveloppe de douceur, un printemps nordique qui est l'explosion d'une vie frénétique dans une nature longtemps engourdie. L'heure passe, il faut repartir au galop vers madame de Dangeau.

Entre cette femme mûre, mise par la princesse Mary à la tête des pensionnats de La Haye et Schiedam, et la presque enfant désemparée et méfiante que lui présentait madame du Moulin, la fille du marquis de Venours, une compréhension silencieuse s'était aussitôt établie malgré la différence d'âge. Louyse a-t-elle laissé voir, en dépit du protocole, son besoin éperdu d'une affection maternelle ? Peut-être... De quelques mots chaleureux, madame de Dangeau a su réveiller une trace d'appétit de vivre, provoquer un demi-élan de fragile confiance... Elle avait décidé, sans attendre une deuxième rencontre, d'accueillir Louyse dans l'un des pensionnats. Sans argent ? avait protesté Charles Servezanne. Sans argent. Elle apporterait en dot son talent pour la broderie.

« Cette femme, se dit madame de Rochelat avec une gratitude mêlée d'irritation, chaque fois qu'elle évoque cette scène, a reçu du Ciel un don miraculeux. Chaque personne qui l'approche se sent aimée et indispensable... Ce ne peut être vrai qu'à demi. »

Ce léger reste de méfiance n'entame pas l'amitié infiniment précieuse qu'elle porte à madame de Dangeau. Depuis sept ans, son égalité d'humeur, reflet d'une âme solide et calme, apaise Louyse qui oscille constamment de la gaieté à la rêverie, avec des élans d'enthousiasme fébrile et des plongées dans la plus noire mélancolie.

La perspective du pensionnat avait ôté à Louyse ses appréhensions. Bien que son père ne parlât plus de départ, leurs relations ne cessaient de s'effriter lentement. Fuyant le deuil éternel qu'elle avait cru partager avec lui, il reprenait goût à la vie, et ne pouvait le dissimuler malgré ses façons réservées. Un dos moins voûté, un pas plus élastique, une brêve gaieté au coin de l'œil le trahissaient devant les yeux accusateurs de sa fille, en qui s'amassait la rancune. Une séparation partielle ne pouvait que retarder une inévitable querelle.

Elle n'avait pas prévu qu'elle accompagnerait un jour son père chez le frère de Claude Brousson, et qu'elle rencontrerait dans sa boutique d'orfèvre une autre figure surgie d'un lointain passé : Pierre de Rochelat.

Les chevaux ralentissent de nouveau comme on arrive au pied des moulins de Schiedam. Ils ressemblent, avec leurs ailes puissantes et leurs toiles gonflées, à ceux qui s'alignaient au nord de Nîmes sur le rebord de la garrigue, et que la petite Louyse aimait à regarder tourner d'une fenêtre de son couvent. Le pourpre lavé d'un mur de briques, presque rose sous le soleil du matin, lui serre le cœur : il a l'exacte nuance du vin de Lirac qui coulait autrefois dans les verres, les après-midi de fête. La jeune femme soupire : lutter contre la nostalgie de son enfance est un travail sans répit. Elle le voudrait pourtant, de toutes ses forces : s'accrocher au présent, à la vie heureuse, droite, unie que Pierre lui a reconstruite dans sa nouvelle patrie.

Pierre... Pourquoi, ce premier jour, était-elle sortie de son indifférence habituelle pour l'examiner ? Il se montrait discrètement chaleureux. Une poussière de souvenirs de Grézac flottait autour de lui ; mieux, il avait été le compagnon de Claude Brousson. Ces noms-là agissaient comme des talismans. Une bonté sereine émanait de cet homme. L'air était humide et doux. Les aiguières d'argent luisaient dans le jour finissant.

Elle ne l'avait guère revu, même lors de ses visites à son père, jusqu'au jour où Charles Servezanne avait reparlé de Balk. Accord avait été conclu pour des terres. Il fallait s'installer avant les labours d'automne. « Mais vous n'aurez pas trop de travail, Louyse, parce que... parce que... »

Il bredouillait, soudain intimidé devant sa fille, et une vague de détresse la submergea. Se pouvait-il que ce fût là l'homme dont elle attendait tout dans son enfance ? Elle sentait qu'il allait l'abandonner une nouvelle fois. Amère, révoltée, elle lui avait arraché par bribes l'aveu de ses projets, de son prochain remariage avec cette Gabrielle de Langlade qu'elle haïssait déjà, comme elle haïssait le nouveau bonheur trop visible de son père. Ainsi, sa mère était déjà oubliée, cette mère qu'elle-même avait tour à tour adorée, accusée, regrettée et qu'elle retrouvait intacte, régnant sur son passé. Au moins lui serait-elle fidèle. Elle porterait son deuil avec celui de David, à jamais, sous cette robe noire qui maintenant lui collait à la peau.

Ce soir-là, Pierre avait annoncé sa visite.

Louyse aurait marché sur les genoux jusqu'au bout du monde plutôt que de suivre son père et sa nouvelle épouse. Il lui avait suffi de se laisser glisser doucement dans le mariage. Dans la sécurité. Dans l'amour dont l'entourait Pierre. D'y flotter comme dans un lac tranquille. Tant de douceur autour d'elle l'avait engourdie. Elle ne souffrait plus. Elle lisait à peine les lettres de Balk. Quand le premier enfant de Gabrielle s'était annoncé, son fils à elle, Jacques, venait de naître. Une autre vie...

De la main, elle époussette sa longue jupe de laine noire maculée par la poussière. Madame de Dangeau l'attend sur le perron en jupe grise et casaquin bleu, le visage illuminé de ce chaleureux sourire qui dit : « Vous voici enfin ! Comme je suis heureuse ! Je mourais d'impatience de vous voir ! » Aujourd'hui chasse autrefois, aujourd'hui est bienveillant, fraternel.

« Nos filles sont fort agitées. Mademoiselle de la Moussaye annonce sa visite pour le mois prochain. »

Louyse fronce le sourcil. Si elle avait pu prévoir cette visite, elle aurait préparé avec ses élèves un col en point de Venise comme cadeau. Mademoiselle de la Moussaye, envoyée de la reine Mary, n'arrive jamais les mains vides. Depuis qu'elle occupe le trône d'Angleterre à la place de son père catholique, Mary se montre encore plus généreuse envers les maisons d'accueil qu'au temps où elle était princesse d'Orange.

« Nous avons bien avancé le paysage de neige, suggère enfin madame de Rochelat. En aidant un peu nos brodeuses, nous le terminerons à temps pour l'offrir à Sa Majesté. »

Déjà, elle se dirige vers l'atelier, quand madame de Dangeau la rappelle et lui glisse à mi-voix :

« Vous trouverez deux nouvelles pensionnaires avec vos élèves. » Elle hésite, son regard posé sur Louyse est alourdi d'une inquiétude qui dépasse de loin ce qu'elle laisse voir d'ordinaire. « Elles me semblent fort troublées... mais elles sont à peine sorties de leurs épreuves ; je suis certaine que vous les aiderez. »

Elles sont assises côte à côte dans un coin de l'atelier, des étoffes sur les genoux, avec l'air un peu hagard de ceux qui n'arrivent pas encore à croire à la fin de leurs malheurs. Élisabeth, blonde Parisienne, et Marie-Charlotte échappée d'un couvent d'Orléans, se sont rencontrées dans un même groupe de Nouveaux Convertis fugitifs, tombés dans une embuscade à la frontière. Le jeune frère d'Élisabeth a été abattu par les soldats du roi en protégeant leur fuite. Elles racontent avec simplicité, sans s'apercevoir que sur le visage de madame de Rochelat le sourire s'est effacé. Figée, le regard lointain, elle laisse échapper de ses mains un écheveau de soie. Les figures autour d'elle oscillent dans une brume étrange. Où est-elle ? Elle croit sentir une odeur de feuilles mouillées, des visages l'entourent, des voix... Les soldats, les soldats... Elle tend les mains en avant, elle va crier.

« Comment progresse cette broderie ? dit la voix calme et naturelle de madame de Dangeau. Ces nouvelles jeunes filles sont-elles habiles dans la peinture à l'aiguille ? »

CHAPITRE X

Delft, été 1698. Brousson

La deuxième semaine d'août est celle où l'on repasse la lessive d'été. Deux femmes secondent madame de Rochelat ; leurs pas et leurs voix mettent dans la maison du canal, où flotte une odeur de linge chaud, une effervescence inhabituelle. Pierre fuit ce remue-ménage : il s'en va pour la journée à Rotterdam rendre visite à son ami le philosophe Pierre Bayle, dont il goûte l'esprit ouvert et redoutablement caustique. Cet ours mal léché, qui ne met jamais le nez hors de ses précieux bouquins, supporte on ne sait pourquoi Pierre de Rochelat, et s'arrache pour lui à la rédaction de sa grande œuvre, un dictionnaire. Peut-être est-il, sans vouloir l'avouer, sensible à la fidélité. Depuis qu'il s'est disputé avec le pasteur Jurieu, grand homme de la colonie huguenote, celle-ci lui bat froid. Pierre de Rochelat déteste hurler avec les loups et accabler les vaincus. Jurieu est son ami aussi, il admire sa fougue et lui donne souvent raison ; pourtant, il n'a pu supporter la hargne avec laquelle le pasteur, accusant Bayle d'athéisme, l'a fait priver de sa chaire de professeur à l'Université. Cette méchanceté a beau avoir été accomplie pour défendre la vérité que Jurieu croit détenir, elle suffit à rendre éternelle l'amitié envers le vieux solitaire que ressent Pierre, pour qui la tolérance est la première des vertus.

« Je regrette de vous quitter, ma chère femme. Tout ce blanc vous sied à ravir. »

Louyse l'accompagne sur le seuil, enveloppée d'un tablier immaculé.

« Ne vous attardez pas trop… Je crains beaucoup l'influence sur vous de ce Bayle, cet horrible vieux sceptique... Pour un peu, il vous prouverait que le roi a eu de bonnes raisons de nous persécuter ! »

Pierre rit de bon cœur. « Aucun danger. Il a bien trop horreur de la contrainte comme moyen de gouvernement ! Il se plaindra des misères que lui fait son catarrhe, il en viendra à la monarchie, qu'il estime naturelle et légitime, il ajoutera que Jurieu est un énergumène. Je puis survivre à tout cela.

— Survivez, je vous en prie, Pierre, je tiens à vous ! Et revenez-moi vite ! »

Elle s'envole dans l'escalier. Un instant, son mari la suit des yeux avec envie, lui qui parfois trouve les marches trop hautes et s'essouffle. Serait-elle plus heureuse avec un homme de son âge ? Il se redit encore que de tels détails comptent peu dans la haute conception du mariage que se fait une femme vertueuse, mais il manque de conviction. L' « autre » était beaucoup plus jeune... Il se trompe en comptant les années, égaré par une jalousie qu'il connaît trop bien et qu'il méprise sans pouvoir s'en défendre.

Louyse n'a pas conscience de ces remous que Pierre dissimule toujours sous une parfaite égalité d'humeur. Là-haut, dans le vaste grenier aux poutres peintes en bleu qui lui sert de lingerie, elle s'affaire dans la buée autour des deux poêles ronds où chauffent les fers. Nappes et draps sont étendus sur une immense table à tréteaux, puis pliés entre des planches et déposés sur la presse à grosse vis de bois. Madame de Rochelat les caresse d'une main attentive. Le moindre faux pli entacherait l'honneur de la maison.

« Nous aurons fini demain, madame, dit la plus âgée des deux repasseuses.

— Demain ? Le 14 ? » De l'index, elle gratte machinalement un motif brodé, les yeux dans le vague, sous le regard curieux des deux femmes. Tous les gens de la maison connaissent ces absences de Louyse, ces silences peut-être hérités de son père, pendant lesquels elle semble perdue dans une rêverie si profonde qu'elle n'entend pas ce qu'on lui dit.

« Le 14 août... »

Il y a juste un an que Claude Brousson a quitté la Hollande pour retrouver l'enfer clandestin qui est sa vie en France.

Brousson. Décidément, les vies de Pierre et de Louyse restent entrelacées avec la sienne. Il a séjourné deux fois en Hollande, où sa grande réputation lui a valu d'être nommé pasteur des nobles à La Haye. Ainsi assuré du lendemain, il a fait venir son grand fils Barthelemy et sa jeune femme Marthe. Parce qu'elle porte le prénom de sa mère, Louyse l'a tendrement accueillie, puis l'a prise sous sa protection pour délivrer Brousson d'un souci. Non sans surmonter une nuance d'agacement : Marthe est volontiers geignarde.

Louyse se souvient avec un plaisir bien moins mélangé de la première arrivée de Claude Brousson. C'était le printemps 1694, peu après la naissance de Jacques… oui, au-dessus des jardins fleuris le vent marin chassait dans le ciel des troupeaux de moutons, et Louyse, encore fragile après ses récentes relevailles, avait dû s'envelopper d'une mante pour accompagner Pierre qui allait attendre le prédicant à Rotterdam. Depuis que le bateau du Rhin avait franchi la frontière, les nouvelles de son approche volaient de bouche à oreille : « Il est à Nimègue… à Arnhem… il descend le Lek… » Puis, soudain, du môle noir de monde, ils avaient distingué le bateau qui volait sur l'eau comme un grand oiseau noir et blanc, et enfin ils l'avaient aperçu, lui, debout à l'avant en justaucorps gris et veste rouge, un chapeau noir bordé bien enfoncé sur sa perruque. Il avait souri en reconnaissant Pierre et lui avait tendu les bras. Puis il s'était tourné vers elle : « Est-ce vraiment la petite Louyse, celle du mûrier ? A-t-elle encore peur d'être abandonnée dans le noir ? »

Il avait dit cette phrase, qui d'un coup rendait à la jeune femme son enfance, comme s'il lisait dans son cœur à livre ouvert. Il l'avait dite avant de demander des nouvelles de son ami Servezanne, avant de se tourner vers les notables venus pour l'accueillir. Et Louyse, pour la première fois depuis près de trois années, avait senti fondre son angoisse.

A peine finis les discours et les salamalecs, les Rochelat avaient littéralement enlevé Claude Brousson dans leur carrosse mité, à la barbe de monsieur La Borie, l'ancien pasteur d'Uzès, du pasteur Chauvin et de plusieurs autres. Ils ne voulaient laisser à personne la tâche d'héberger et de soigner leur ami. Ils l'avaient trouvé maigre, l'œil creux, le dos voûté. Pourtant, il n'acceptait qu'avec réticence leur sollicitude, s'efforçant, en réponse à leurs questions inquiètes, de masquer la gravité de ses soucis. Oui, on l'avait traqué et presque pris en novembre, mais il s'était échappé, ne laissant dans sa cachette trahie que ses draps et une couverture de laine blanche... Oui, Bâville avait promis une fortune et l'anonymat à qui le dénoncerait, mais ses amis de l'Uzège périraient plutôt que de le déceler... Oui, il avait à Lausanne trouvé sa famille dans la misère, mais tout s'arrangerait dès que le synode des Pays-Bas l'aurait confirmé comme pasteur...

Presque malgré lui, les Rochelat et Daniel, le frère de Claude, avaient réuni quelque argent que Brousson avait envoyé à Marthe, et il s'était senti plus serein.

Éperdu de fierté, le couple avait installé son héros là-haut, dans la belle chambre pourvue d'un lit clos que l'on pouvait refermer pour laisser toute la place à la table, aux livres, aux papiers. La fenêtre s'ouvrait presque dans les branches d'un grand hêtre pourpre. « Je pourrai me croire encore en pleine nature ! » avait plaisanté Brousson en remerciant Louyse. Il ne pouvait, disait-il, rêver meilleur endroit pour récrire ses sermons prêchés au Désert, qui devaient paraître en Hollande sous le titre *la Manne mystique.*

Chaque jour, Louyse lui montait du thé de Java qu'il aimait, et qu'elle commandait exprès pour lui. Il levait alors les yeux de sa feuille et souriait :

« Voici Louyse du bassin aux colombes, devenue une mère de famille... »

D'autres fois, il soupirait :

« Comme j'aurais voulu revoir mon ami Charles ! Peut-être serions-nous enfin d'accord. J'ai changé, j'ai depuis longtemps cessé de croire à la résistance violente... »

Mais Charles Servezanne était parti pour l'Irlande, où le roi Guillaume distribuait des terres aux réfugiés. Sa femme n'avait pas aimé Balk. Brousson avait bien peu de chances de le revoir jamais.

Jour après jour, l'admiration de Louyse se muait en un lien d'affection. Brousson était le seul être au monde à qui elle pût parler avec une liberté entière, sans crainte de faire mal et avec la certitude d'être comprise et fermement conseillée. Il avait connu et estimé David, c'était assez pour établir avec la jeune femme un lien muet. D'un commun accord, le nom n'était jamais prononcé, mais il flottait entre eux, traînant après lui des tentations de découragement et de remords que seul Claude Brousson réussissait à combattre. Sa foi vigoureuse, sa certitude naïve et absolue d'un autre monde resplendissant entraînaient Louyse, lui rendaient l'espoir.

« Ah ! soupirait-elle, ne voyez-vous pas que Dieu m'abandonne, que mes péchés ont provoqué sa colère ? »

Alors, il devenait sévère, presque fâché. « Votre foi est-elle donc une foi à temps, que le vent de la persécution dissipe ? Dieu permet que ses fidèles soient cruellement persécutés par les ennemis de la Vérité, pour être rendus conformes à leur Sauveur... »

Sa voix s'enflait, devenait passionnée. Louyse percevait mieux ce qui en faisait le charme, une douceur légèrement chuintante, des « r » montant du fond de la gorge comme un roucoulement. Cette voix l'entraînait doucement, irrésistiblement vers la confiance.

« Quand Il me tuerait, affirmait-il, j'espérerais toujours en Lui. »

Il avait raison. C'était ainsi qu'il fallait croire. La tentation de l'absolu, Louyse l'avait toujours éprouvée. Elle aimait que Brousson ne lui passât rien, aucune défaillance, aucune complaisance pour ses chagrins passés. Sa sévérité la soutenait comme un corset de fer. Elle n'ignorait pas que pour le prédicant elle n'était rien, qu'une âme en danger de perdition, mais cette distance, qui le plaçait loin au-dessus d'elle, ne faisait qu'attiser son attachement. Elle avait plaisir à se blottir dans le cocon de tendresse que tissait autour d'elle le dévouement de Pierre. Mais Brousson, lui, la tirait hors d'elle-même, la forçait à affronter les difficultés, la guidait toujours plus loin et plus haut.

Le soir, le prédicant descendait de son perchoir, les yeux rougis et le dos voûté de fatigue. Le souper le redressait : il était prêt à discuter avec ses amis, pour qui Louyse sortait nappe blanche et flacons de cristal. Les historiens Basnage et Élie Benoît venaient de Rotterdam. On ne pouvait inviter le grand Bayle, encore tout meurtri de sa querelle avec Jurieu et qui ne voulait voir personne : d'ailleurs, son scepticisme moqueur aurait sûrement horrifié Claude Brousson, comme l'horrifiaient les sanglantes disputes qui divisaient les philosophes et théologiens réfugiés. Bayle croyait à la monarchie, Jurieu, lui, répétait que les rois sont faits pour les peuples et non les peuples pour les rois. Bayle prônait la tolérance, et l'on ne pouvait faire plus intolérant que Jurieu. Élie Saurin, le pasteur de La Haye, les renvoyait dos à dos à leur grande fureur. Madame de Rochelat se désolait de ne pouvoir inviter ensemble ces grands esprits ; sa maison fût devenue un champ de bataille. Jurieu surtout était brouillé avec tout le monde. Quand il venait — seul avec sa séduisante épouse —, il fulminait, vaticinait, tonnait contre la Nouvelle Babylone. Il ne voyait de salut qu'en l'Angleterre et Guillaume d'Orange ; ses ennemis l'accusaient tout bas d'être leur agent.

Brousson écoutait, la tête penchée de côté, un sourire triste errant sur ses lèvres fines. Il souffrait de ces controverses où s'épuisait l'énergie des réfugiés. Au temps de son amitié avec Vivent, il avait, lui aussi, espéré une délivrance par les puissances protestantes. Il avait depuis longtemps dominé cette tentation désespérée. De révolté, il était devenu apôtre ; la douceur mystique qu'il opposait aux déclamations des autres méritait sûrement l'ardente admiration de la jeune femme. Il ne voyait plus le salut que dans la foi constamment réaffirmée.

Deux mois, trois mois... Ce n'avait été qu'un trop court séjour, mais qui avait laissé Louyse heureuse et fortifiée. La peine qui la rongeait semblait vaincue ; elle était enfin présente, répondait aux questions sans paraître faire effort. Elle pouvait reconnaître les bénédictions dont elle était comblée, l'amour attentif de Pierre, la grâce robuste de son beau bébé brun. Elle avait voulu, avec l'accord du pasteur Chauvin de Delft, que Brousson le baptisât lui-même : peut-être espérait-elle ainsi infuser un peu de spiritualité dans ce gros joufflu à l'inépuisable appétit.

Le synode des Pays-Bas avait enfin reconnu le prédicant comme pasteur. Aussitôt, il s'était installé à La Haye. Louyse gardait sous son oreiller un petit livre des psaumes de Clément Marot, qu'il avait oublié sur sa table. La lumière qu'il avait apportée persistait dans la maison du canal.

Louyse choisit toujours d'aller en barque faire ses visites à Marthe Brousson. Elle se demande souvent pourquoi : après tout, entre Delft et La Haye il y a près de deux lieues qu'il serait plus rapide de parcourir en voiture. Peut-être est-ce pour amuser le petit Jacques, qu'elle emmène volontiers ? Ou pour admirer en passant les tours qui encadrent la porte de la ville ? Elle ne sait plus. Les habitudes pénètrent sournoisement chez nous et s'y installent, pense-t-elle. Je n'ai que vingt ans et déjà ma vie en est tissée. Pierre, les repas de l'enfant, le poissonnier qui passe, l'école de Schiedam et madame Brousson. La semaine prochaine sera toute semblable à celle-ci. Alors que tant d'hommes se débattent dans les incertitudes et les dangers...

Le visage de Claude Brousson flotte devant elle, maigre et tanné, avec des pattes d'oie qui apparaissent aux tempes et quelques fils blancs dans les cheveux noirs, tel qu'il est devenu après des années de courses clandestines dans les redoutables montagnes cévenoles. Chaque nouveau voyage laisse une trace, plus révélatrice qu'un récit des épreuves traversées. Où est-il ce matin, le voyageur éternellement traqué ? Dans un bois de chênes verts, peut-être. Il a dormi sous l'abri précaire d'un rocher ; en se levant, il a soigneusement épousseté son habit. Puis, la prière dite et vidée l'écuelle de soupe, il a saisi son ais, la planchette de noyer qui lui sert de table et sur laquelle, le sourcil froncé, il écrit les grandes lignes d'un sermon pour l'assemblée du soir.

« Peut-être y aura-t-il une nouvelle lettre », rêve Louyse Brousson écrit fréquemment à sa femme, et ses messages, transmis par des voyageurs avec parfois des mois de retard, aident madame de Rochelat à supporter les jérémiades de Marthe. La dernière lettre parlait avec enthousiasme des étranges miracles qui se produisaient dans le Dauphiné et le Vivarais, où l'on voyait des enfants au berceau se dresser soudain pour réciter la Bible, et des jeunes filles illettrées, ne connaissant que le patois, se mettre à prêcher en français d'admirables sermons. Était-ce un signe que de grands événements allaient se produire ?

La barque glisse lentement sur l'eau grise, rasant les escaliers de brique qui marquent l'entrée des maisons, zigzaguant pour éviter les embarcations bâchées chargées de bois ou de grain à livrer. Louyse baisse instinctivement la tête en passant sous les ponts en dos d'âne, qui font s'accroupir Cadet. L'activité frénétique des bateaux la distrait ; elle aime à s'y mêler : c'est plus gai que de se tordre les chevilles sur les chevrons de brique qui pavent les rues.

Marthe habite une étroite maison à pignon en escalier, juste à l'endroit où le canal fait un coude avant de rejoindre une nappe miroitante au carrefour de deux voies d'eau. De l'unique fenêtre qui éclaire chacun des trois étages exigus, elle pourrait admirer les légers voiliers paisiblement amarrés au quai de bois, ou suivre de l'œil, sur la rive de sable rose qui lui fait face, les battoirs des lavandières. Elle n'y songe pas : elle est bien trop occupée à se plaindre des escaliers qu'il lui faut monter et descendre sans cesse, pour aller de sa cuisine au ras du quai à la chambre de Barthelemy sous le toit. Barthelemy n'est que son beau-fils, l'enfant d'un premier mariage de Claude, mais elle l'a élevé, et il vient la voir assez souvent depuis sa garnison. Il se fait parfois accompagner d'un ami, officier comme lui, et de quelques bouteilles. De la petite chambre sous le toit sortent alors, tard dans la nuit, des bruits étranges qui blessent les oreilles de Marthe horrifiée. Le lendemain, elle gémit du désordre causé par Barthelemy, mais, quand il ne vient pas, elle gémit encore plus d'être négligée.

Elle a préparé du café pour sa visiteuse. Les précieux grains viennent tout droit de Batavia, lui a affirmé le marin qui lui en a vendu un sac, et elle en ressent quelque fierté. Elle sort du four un biscuit encore brûlant. A sa façon, elle aime Louyse qui a quinze ans de moins qu'elle, et qui pourrait — presque — être la fille qu'elle a souhaité en vain de mettre au monde. Elle la comble de chatteries naïvement maternelles, sans se rendre compte que, des deux femmes, c'est la plus jeune qui veille sur l'autre.

Le biscuit léger, moelleux, embaume. Marthe rosit de plaisir sous les compliments jusqu'à ce que Louyse, enfin, ose questionner : « Des nouvelles ? »

Des profondeurs de sa jupe bleue, madame Brousson extrait un papier qui craque comme elle le déplie.

« Une longue lettre, mais qui date du début d'avril. Il dit que l'atmosphère est horrible, que l'on recommence les dragonnades, que nos frères se découragent.

— Mais pas lui. Il ne perdra jamais l'espoir.

— Ah ! Louyse, si vous saviez à quels dangers il échappe sans cesse ! Cet hiver, il a dû passer tout un jour dans un puits. Le 28 mars encore, un traître l'a dénoncé et il a failli être pris à La Baume. Il est resté longtemps sans manger dans une grotte et il y serait encore si un brave sabotier ne l'avait fait traverser la montagne dans la neige entre les passages gardés

— C'est un miracle de la bonté de Dieu. Vous voyez, Marthe, que le Seigneur le protège et veut le garder. Rien ne peut lui arriver. Les balles même ne le toucheraient pas

— Un miracle... Faut-il toujours espérer des miracles ? » Les lèvres de Marthe tremblent, ses yeux se voilent. « C'est le quatrième danger grave auquel il échappe en deux mois. Pourquoi, mais pourquoi toujours repartir ? N'a-t-il pas assez risqué sa vie pour la gloire du Seigneur ? »

Louyse se résigne. Elle sait déjà tout ce qui va venir, l'habituel torrent de paroles.

« Il venait chez mes parents, autrefois, à Castres. Un jeune homme brillant avec un grand avenir. Et si beau, si doux, il séduisait tout le monde, on ne pouvait lui résister.

— Je sais...

— Alors, quand il est revenu après la mort de sa femme, quand il m'a demandée à mon père, j'étais si fière ! Je croyais... »

Elle se mord les lèvres, mais on lit en elle à livre ouvert. Une belle maison cossue, des enfants aux joues de pêche, l'argenterie, le vin qui coule dans les verres au milieu des rires amis... Elle n'a rien eu de tout cela. L'exil et la solitude, voilà son lot.

« En quinze ans de mariage, savez-vous combien de temps il a passé près de moi ? » Elle compte sur ses doigts, un vieux compte refait cent fois, alourdi par le chagrin et les griefs. « Un an à Genève en 1684, après notre fuite, puis Claude est parti pour demander l'aide de l'électeur de Brandebourg et des Hollandais contre la persécution. Quelques semaines en 1689, et en 1694. Six mois en 1695 quand je suis venue le rejoindre ici...

— Six mois de bonheur paisible ! »

Ce n'est pas tout à fait vrai, et Louyse en a conscience malgré son désir d'encourager son amie. Marthe avait cru être heureuse en s'installant dans un joli pavillon de briques roses, pourvue d'une pension de 400 livres et entourée de la considération des notables de La Haye. La déception n'avait été que plus dure. Claude n'avait pas le succès escompté. Son « assent » faisait sourire, ses prêches mystiques, qui tiraient des larmes aux Cévenols opprimés, laissaient froids ses aristocratiques paroissiens habitués à une éloquence de cour plus flamboyante. Brousson avait vite eu l'impression de perdre un temps précieux : que faisait-il à La Haye, dans le confort, tandis que ses frères protestants du Midi souffraient ? Travaillé de scrupules, il avait voulu repartir en France.

« ... Et quatorze mois encore l'an dernier. Cela ne fait même pas quatre années sur les quinze ! C'est affreux pour moi ! »

Madame de Rochelat regarde Marthe sans aménité. Elle n'ose pas dire qu'elle aussi souffre de l'absence de Brousson, que sans lui elle se sent moins solide, presque à la dérive. Mais leurs peines à toutes deux, comment les comparer au martyre qu'endurent les malheureux auxquels le voyageur apporte son soutien ?

Madame Brousson s'est penchée en avant, sa poitrine secouée de soupirs au-dessus des miettes de biscuit.

« Ce ne serait rien s'il n'était pas si dur avec moi !

— Dur ? Lui qui est la bonté et la douceur même ? Comment, dur ?

— Il ne comprend pas mon chagrin, mon angoisse. Il m'a écrit après son départ une lettre si sévère ! Oui, presque cruelle. Je ne voulais pas vous en parler. Mais je suis si malheureuse ! »

Ses mains potelées fouillent un tiroir, écartent des papiers. « De quoi se plaint-elle ? » pense méchamment Louyse. « Elle est ici bien tranquille, à se bourrer de gâteaux grâce à la pension des États-Généraux. Elle exaspérerait même un ange comme monsieur Brousson ! »

La lettre est fort longue, deux feuillets couverts d'une écriture serrée que Louyse ne fait que parcourir, mais quelques lignes plus appuyées lui sautent aux yeux : « Vous avez si peu de force d'esprit pour supporter les épreuves... Vous résistez toujours en quelque manière à la vocation de Dieu, au salut et à la consolation de son peuple, à mon devoir et à mon propre salut... Il faut que vous fassiez à Dieu le sacrifice de toutes les considérations de la chair et du sang... »

Les épaules affaissées de Marthe, ses mains inertes repliées dans son giron, tout son corps mou supplient qu'on ait pitié.

Pourquoi, pourquoi faut-il que Brousson lui ait demandé, à elle, Louyse, de soutenir sa femme si faible ? Il est vraiment injuste d'être soi-même au-delà des larmes et de devoir sécher celles des autres.

« La prière seule vous apaisera, dit-elle avec effort. Dieu conduit toutes choses avec sagesse. S'il a choisi votre époux pour répandre sa Parole et consoler son peuple, il veillera aussi à le préserver. »

Aucune des deux femmes ne sait, parce que Pierre de Rochelat a pris grand soin de le leur cacher, que la tête de Claude Brousson vient encore d'être mise à prix. Monsieur de Bâville a presque réussi à venir à bout des prédicants des Cévennes. Même Henri Pourtal, le dangereux homme au poil roux, a été arrêté et horriblement torturé avant son exécution. Tous les autres ont été pris. Leur compagne Isabeau, la fanatique illuminée, pourrit dans la tour de Constance * d'où l'on ne sort plus. Quand il tiendra Claude Brousson, le dernier, l'intendant pourra enfin pacifier le pays. C'est près de 10 000 livres, cette fois, qu'il offre aux dénonciateurs.

* A Aigues-Mortes.

CHAPITRE XI

Delft, automne 1698. David

Depuis que Jacques a passé quatre ans, sa mère prend de temps en temps plaisir à partager son repas, tandis que Cadet monte au colonel, dans sa chambre, une petite table servie. Pour cette fête qui fait briller les yeux de l'enfant, Louyse s'installe avec lui et la nourrice dans la grande cuisine claire qui occupe tout le bas de la maison, et qui ne ressemble en rien aux cavernes enfumées que l'on voit parfois en France. Des carreaux nacrés tapissent les murs, et même le fond de l'âtre où l'on pourrait rôtir un mouton. Deux buffets peints en vert pâle portent chacun une devise :

« Aux oiseaux Dieu donne leur pâture, mais ils ont à s'envoler pour l'avoir. »

« Celui qui boit sans soif et qui mange sans faim meurt plus jeune. »

Mais l'austérité de ces avertissements ne peut assombrir l'éclat des chaudrons de cuivre, la fantaisie des faïences, le brillant du carrelage noir et blanc lavé trois fois par jour, sur lequel la porte ouverte dessine une flaque de lumière. C'est dans cette cuisine que madame de Rochelat se sent parfois devenir hollandaise.

Louyse regarde son fils en s'appliquant à paraître sévère · tout crispé par le soin qu'il prend de plaire, il s'efforce de saisir proprement son morceau de viande entre le pouce et l'index, sans laisser tomber sur la nappe la moindre goutte de sauce. Il ignore les nourritures légères et odorantes, tomates, ail, basilic, qui ont fait les délices de sa mère enfant ; le régime nourrissant des pays froids, saucisses et soupes de choux et de fèves, en fera un enfant moins gracile. Il ne connaît ni le mistral ni la tramontane, mais le grand vent salubre des plages du Nord. Il est né à Delft ; déjà, il comprend aussi bien que le français le néerlandais de sa nourrice. Les Pays-Bas seront sa patrie. Pourquoi alors s'obstiner à lui apprendre les manières françaises, à lui raconter l'histoire de ce pays qu'il n'a jamais vu ?

Pourquoi, pourquoi, elle le sait bien. « Maman » ! murmure timidement l'enfant, conscient de transgresser la règle qui lui interdit de parler le premier, mais le repas se termine, il ne tient plus en place. Louyse n'entend pas, elle réfléchit à l'étrangeté de leur vie, confinée sous le ciel des Pays-Bas à un cercle étroit de fugitifs français. Un monde emboîté à l'intérieur d'un autre et presque sans contact avec lui, comme une poupée à l'intérieur d'une autre poupée creuse. On y parle le français le plus pur ; on salue ses voisins, on choisit son chapeau, on suspend un chapelet d'oignons dans la cuisine exactement comme on le faisait chaque jour au fond de sa province. Et les enfants sont élevés comme s'ils étaient certains de retourner là-bas.

« Moi, je n'y retournerai jamais », pense encore la jeune femme avant de revenir au présent. Doucement, discrètement, Jacques tire sur le volant de sa manche comme pour lui rappeler qu'il existe. Il faut se lever, dire les grâces, renvoyer aux bâtons et aux bouclettes de sa page d'écriture l'enfant, dont l'air affairé et sérieux attendrit sa mère en secret. Reviendra-t-il au pays de ses aïeux, ce bel enfant sage, quand il sera devenu un gentilhomme accompli ? Louyse ne le croit pas, et sans doute ne le veut pas. Elle sait qu'il y a peu d'espoir, et se trouve soulagée de n'avoir pas la question à se poser.

« Je m'accommode de ce pays presque aussi bien que Pierre », se dit-elle en regardant les feuilles du hêtre pourpre voltiger derrière la fenêtre, tandis qu'une autre part d'elle-même décide en même temps de faire balayer le jardin. Une bizarrerie de son caractère, ou peut-être l'habitude de l'examen de conscience, ancrée en elle depuis le couvent, fait qu'elle ne cesse jamais de se regarder agir et de se juger ; sa nature primesautière est enfin domptée. Sa lucidité pourtant est loin d'approcher celle de Pierre, affinée comme un scalpel ; elle ne s'attaque pas à certaines zones d'ombre. Louyse ne comprend pas les limites et les nuances de son affection pour son mari, qu'il perçoit, lui, de manière aiguë ; et pas davantage l'aide qu'elle tire, pour accepter sa nouvelle patrie, de la terreur atroce qui submerge tout son être à l'idée de jamais revoir le Languedoc, de ne jamais fouler la moindre motte de terre soumise à la férule de monsieur de Bâville.

Et pourtant, ce Languedoc l'obsède, elle ne réussit pas à en chasser le souvenir. Les jours qu'elle y a vécus déroulent dans sa tête leur tapisserie, dès qu'elle est seule, jusqu'à un point précis où un rideau noir s'abat. Qu'y a-t-il derrière ? Elle ne sait plus. Quelque chose d'horrible que tout son être refuse. Le rideau noir la protège, lui permet de vivre. Pierre souhaite qu'elle oublie aussi tout le reste ; ses efforts sont vains, elle ne le peut pas. Il devrait empêcher ces promenades solitaires au bord de l'eau, mais interdire n'est pas dans sa manière. Il aime trop sa femme pour la forcer à quoi que ce soit.

Lui-même, n'est-il pas trop nostalgique ? Il pense trop à Rochelat, à sa vieille mère Judith qui disait : « Quand vous reviendrez... », à la maison, aux prés, aux sources qu'elle lui garde au prix d'un monstrueux sacrifice. Sans les terreurs de sa femme, qui sait, qui sait s'il ne céderait pas un jour ? Plusieurs fois, il a évoqué l'amnistie que Louis XIV a accordée cette année, pendant six mois, à tous les émigrés. S'ils se convertissaient, évidemment ; il ne pouvait être question d'accepter. Et cependant... La pensée de mourir sans avoir revu sa terre natale est insupportable.

Louyse porte soudain les deux mains à son ventre où vient de s'agiter brusquement le bébé qu'elle porte. Un de ses rares sourires éclaire son visage tandis qu'elle pense à Pierre. Elle va lui donner un nouveau petit Hollandais. Lui, lui seul, saura bien les attacher à ce pays.

Pierre de Rochelat est bien loin d'être le seul à souffrir le mal du pays. Depuis tant d'années qu'il vit en exil, il a entendu tous les réfugiés chanter cette chanson du retour. Se bercer d'illusions. Discuter les moyens de fléchir Louis XIV. En vérité, soupire parfois Pierre, il n'existe qu'une chose pire que le désespoir : c'est l'espoir.

Les premiers fugitifs avaient cru s'éloigner pour quelques semaines ou quelques mois, le temps de voir se calmer ce qu'ils prenaient pour le coup de sang d'un intendant trop zélé ou d'un ministre. Le roi ne pouvait être au courant de la persécution : quand il l'apprendrait, il désavouerait le coupable, qui avait osé maltraiter ses loyaux sujets. Beaucoup, s'imaginant que seuls les chefs de famille couraient un risque, étaient partis en laissant leur femme, leurs enfants et leurs biens. Ils avaient payé cher leurs illusions. La tourmente avait tout dévasté. Un ami de Pierre avait sa femme et sa mère en prison, ses enfants dispersés dans les couvents ou les collèges jésuites ; son père ramait sur les galères, son frère combattait dans l'armée anglaise. Il avait bien fallu admettre que telle était la volonté du roi.

Alors, la colère avait fait naître les rêves les plus fous. Cette abomination ne pouvait durer, Dieu ne le permettrait pas. Du haut de sa chaire de Rotterdam, la belle voix tonnante du pasteur Jurieu commentait la Bible, annonçait la prochaine destruction de la Bête de l'Apocalypse. Pour 1689, si ses calculs étaient justes. On reprenait espoir, on envoyait des messages aux religionnaires en France, pour qu'ils tiennent bon jusque-là.

1689 était arrivé, et rien ne s'était passé. Comment, rien ?

Guillaume d'Orange était devenu roi d'Angleterre, ce n'est rien ? L'Europe entière liguée pour faire la guerre à Louis XIV, n'est-ce pas le commencement de la fin ? Les princes protestants viennent au secours des persécutés ; les Anglais vont débarquer en Normandie ou bien à La Rochelle ; leur armée, jointe à celle du duc de Savoie, traversera le

Dauphiné pour donner la main aux malheureux Cévenols. Les huguenots seront sauvés.

Tous ces beaux projets avaient avorté. Déçus par la guerre, les réfugiés s'étaient repris à espérer en la paix. Le traité allait se négocier à Ryswick, une bourgade juste à mi-chemin entre Delft et La Haye. Le retour des huguenots chez eux devait absolument y être inclus.

Mais comment fallait-il s'y prendre ? Impossible de se mettre d'accord. Dès que trois émigrés étaient réunis, ils se disputaient. Guillaume d'Orange doit parler haut, disait le premier, imposer par la force que la tolérance soit rétablie dans le Royaume de France. Vous n'y songez pas, protestait le deuxième, aller irriter le roi en ce moment ? Il est bon au fond, il sera sensible à une supplique bien humblement rédigée. Peut-être, rétorquait le troisième, mais il écoutera encore bien mieux si les princes protestants tous ensemble appuient poliment notre demande. La discussion tournait vite à l'aigre ; les exilés, qu'un même malheur aurait dû unir comme des frères, se divisaient en clans ennemis. Trop souvent, un quatrième homme arrivait qui, faisant semblant d'accorder les adversaires, s'arrangeait pour jeter de l'huile sur le feu : c'était un agent de Louis XIV.

L'espoir, pourtant revenu à tire-d'aile, s'enlisait dans ces disputes stériles. Il fallait en sortir. Un seul homme, par son tact, son éloquence mesurée, pouvait tenter de calmer les esprits.

Claude Brousson avait renoncé à son apostolat clandestin pour passer en Hollande l'année 1697. Presque indifférente à sa mission politique, Louyse avait ressenti sa présence comme une grâce personnelle. Elle était sûre qu'il trouverait le temps de l'aider, de soutenir sa foi et sa confiance. Dès qu'il était proche, elle cessait de sentir le vide autour d'elle.

« Vous rappelez-vous, Louyse, combien les Français d'ici étaient joyeux tout l'été passé ? »

Les yeux de Pierre ne quittent pas un grand pot de Delft, qui, du haut de l'armoire, semble narguer le plumeau de sa femme juchée sur un petit banc. Sur la pâte fine d'un blanc pur, on reconnaît tous les symboles de la prospérité et de la gloire, depuis les fruits du verger jusqu'aux anges sonnant de la trompette ; sur le couvercle d'argent, il ne peut le voir mais il le sait, sont gravées les armes de tous les pays réunis l'an dernier à Ryswick pour signer la paix. Un souvenir de joie et d'espoir, une petite folie que l'on se permet pour faire durer la mémoire des moments heureux.

« On payait ces bibelots à n'importe quel prix... »

« C'est vous qui l'avez acheté, mon cher mari, et vous étiez aussi fou et plein d'espoir que les autres », se dit tout bas Louyse tandis qu'elle saute légèrement de son perchoir pour rejoindre Pierre. A voix haute, elle ajoute :

« Je me rappelle surtout que nous ne pouvions pas sortir de chez nous, tellement Delft était encombré par les carrosses les soirs où monsieur de Harlay donnait une fête dans le palais du prince d'Orange ! Nous n'étions pas ravis d'avoir ces abominables envoyés de Louis XIV vivant presque à notre porte. Il avait fallu les loger à Delft, et les autres diplomates à La Haye, pour que leurs gens ne se battent pas !

— Ah ! dit Pierre, peu nous importait, c'était pour la paix... »

La paix tant espérée. En cet été de 1697, le ciel hollandais lui-même s'était mis en fête, et durant des semaines ne s'était voilé que de légères effilochures blanches. La petite ville de Ryswick n'avait jamais connu pareille gloire. Le peuple s'amassait autour du château, pour admirer les brillants équipages qui amenaient les négociateurs de tous les pays, salués par des roulements de tambours et des éclats de trompettes. A toutes les fenêtres, tendues de draperies et parées de verdure, les oriflammes flottaient, les plus nombreuses de couleur orange pour Guillaume. Les cygnes blancs glissaient sur les plans d'eau du jardin à la mode de Versailles. On acclamait l'équipage à six chevaux noirs de Lord Pembroke, l'ambassadeur d'Angleterre. Les plénipotentiaires de

Louis XIV, messieurs de Harlay, Crécy et Caillères, arrivaient dans un carrosse doré et empanaché portant un lion orgueilleux sur son écusson ; eux-mêmes étaient couverts de dentelles, de plumes et de rubans, et les femmes se poussaient pour les apercevoir. Parfois, quelqu'un crachait au passage de la voiture.

« Et pendant ce temps, se souvient Louyse, notre ami Brousson travaillait comme un fou. Il écrivait aux Puissances des " Très humbles remontrances ", des " Considérations ", des " Réponses aux objections ", que sais-je ? Nous pouvions à peine l'entrevoir.

— Il croyait, comme nous tous, que le temps était venu de voir cesser une persécution qui indignait l'Europe. Quinze ans, c'est long.

— Aviez-vous bien mesuré l'orgueil du roi ? Pouvait-il reconnaître qu'il s'était trompé ?

— Il pouvait, une fois, se montrer raisonnable. »

Tout ce que le roi avait retiré de la Révocation, c'était de perdre ses meilleurs artisans, ses meilleurs manufacturiers, ses meilleurs marins. Et l'or qui s'en allait enrichir les pays étrangers.

Guillaume d'Orange, roi d'Angleterre, et tous ses alliés européens n'avaient pas vaincu la France, mais le Roi-Soleil ne pouvait pas non plus se dire vainqueur. Alors ? Il devrait, bon gré mal gré, accepter de discuter du retour des réfugiés. Dans tous les petits cercles français, les langues marchaient bon train. On pourrait revenir à la paix religieuse comme sous le bon roi Henri. Les huguenots promettraient solennellement d'abandonner leurs idées républicaines et d'obéir au roi. Le roi, en échange, restaurerait gracieusement la liberté de conscience. Chacun retrouverait son château, sa métairie ou sa boutique. Les plus excités préparaient leurs coffres et s'inquiétaient de l'état des chemins.

« Nous avions été si confiants, si certains du résultat, que la déception nous a paru encore plus cruelle. »

Hésitante, la main de Louyse tâtonne vers Pierre. Elle, si peu prodigue de marques de tendresse, effleure et lisse doucement les quelques fils blancs apparus depuis quelques mois aux tempes de son mari. Elle n'aurait jamais cru possible le surgissement en elle de ce sentiment de compassion fraternelle. Est-ce bien là l'homme qui s'était juré de la soutenir de toute sa force ? Le voici à son tour meurtri, traînant un inguérissable chagrin. La pire épreuve pour lui a peut-être été la « trahison » de Guillaume d'Orange, en qui il avait placé tant d'espoir.

« J'ai pardonné à Guillaume, dit-il soudain comme s'il lisait les pensées de sa femme. Certes, il a renoncé à nous défendre, mais il attendait depuis neuf ans l'occasion de se faire reconnaître par la France comme vrai roi d'Angleterre. Ce n'était pas le moment d'exaspérer Louis XIV. J'en veux davantage à tous ces princes allemands qui étaient nos amis, nos soutiens, et qui nous ont abandonnés sans raison...

— Je me demande s'ils ont jamais eu grande envie de voir les huguenots rentrer en France avec leur or et leur savoir-faire ! »

Pierre rit en prenant la main de Louyse, enfin détendu.

« J'admire votre redoutable sens politique, ma chère femme. Vous avez tout à fait raison. Et je crois que notre ami Brousson l'a senti aussi.

— Sûrement... »

Un pincement au cœur rappelle à Louyse son vif chagrin de l'an dernier. Claude Brousson était reparti brusquement, sans presque s'occuper d'elle, obsédé, lui si rebelle au découragement, par l'échec qu'il pressentait.

« Tous mes efforts ne servent de rien, avait-il dit. Je serai beaucoup plus utile en France. »

Louyse avait plaidé en vain pour qu'il restât encore. Marthe aussi. Rien n'avait pu le retenir, et il n'avait pas assisté à la triste mascarade de la fin. Les diplomates avaient joué à qui ne remettrait pas à temps aux envoyés de Louis XIV le mémoire des émigrés et, quand ils avaient été bien certains qu'on ne soulèverait pas l'épineuse question du retour, ils avaient montré un soulagement comique.

Côte à côte, mari et femme ressassent en silence leur amère

déception. La paix de Ryswick a pourtant évité la première, la seule grande querelle dans leur ménage. Si Louis XIV s'était montré généreux, s'il avait permis aux religionnaires de rentrer sans abjurer leur foi, comment Louyse aurait-elle pu refuser de revenir à Rochelat, qui après tout n'est pas sous la botte de monsieur de Bâville ? Et comment, se dit-elle, aurait-elle pu l'accepter ?

Une fille. Depuis la quatrième heure après minuit, Judith Marthe Cornélie repose dans son berceau de chêne découpé, sous une couverture de velours vert. Elle ne peut passer pour très belle, avec sa peau plissée et son crâne déformé par l'accouchement, mais, en l'honneur de son père venu la saluer, elle a soulevé ses paupières translucides et laissé filtrer le regard étonné de deux grands yeux bleu foncé.

« J'espère que vous n'êtes pas déçu, Pierre. Vous auriez préféré un second fils.

— Si cette demoiselle est une réplique de sa mère, je ne souhaite rien de plus », rétorque Pierre, qui cache sous la banalité de la réplique sa joie attendrie. Un lien de plus avec Louyse. Sa famille se construit, les angoisses du passé reculent un peu plus chaque jour. Il est heureux, il le sera davantage quand Louyse sera moins fatiguée. Elle doit oublier les souffrances de cette longue nuit. Qu'elle repose.

A son réveil, elle trouvera la surprise qu'il lui a préparée : il a commandé à son ami d'Amsterdam, Pierre du Moulin, qui commerce avec les Moscovites en échangeant de l'argenterie contre des fourrures, un lot de peaux de martres. Lourd sacrifice, qu'elle n'aura pas le cœur de refuser, il le sent, pour s'accrocher à sa mante noire.

Sur le quai devant la maison, on a répandu de la paille pour que les fers des chevaux ne sonnent pas sur le pavé de brique. Ainsi, le roulement des carrosses ne troublera pas le sommeil de l'accouchée. Cadet y veille si bien que l'on entend à peine arriver madame de Dangeau, rayonnante comme à l'ordinaire de joie affectueuse. Elle veut tout savoir, admire tout, complimente la mère, félicite la sage-femme, s'ingénie à lire sur les traits chiffonnés du bébé des promesses de beauté et d'esprit.

« Judith, s'exclame-t-elle, quel beau nom, un nom d'héroïne sans peur qui a sauvé son peuple ! Quand la baptisez-vous ?

— Nous attendrons le retour de notre ami le pasteur Brousson.

— Bientôt ?

— Peut-être. Sa dernière lettre relate encore les merveilles qu'il a vues en Vivarais, où les enfants eux-mêmes tombent en extase et prophétisent. Il ajoute qu'il quitte ce pays pour le Rouergue, beaucoup moins surveillé.

— Ne court-il pas, même là, de graves dangers ?

— Ah, ma chère amie, nous savons que Dieu le protège. Il ne permettra pas qu'on touche un cheveu de sa tête. » Louyse s'est à demi dressée, un feu d'exaltation aux joues.

« Je le crois aussi », abrège madame de Dangeau résolue à ne pas poursuivre le sujet. Elle déplie le cadeau qu'elle a apporté dans un carré de velours : une longue robe et un béguin garnis de dentelles, œuvre des élèves de Schiedam. Exclamations.

Quand la visiteuse s'en va sur la pointe des pieds, laissant la jeune femme glisser paisiblement vers le sommeil, Pierre de Rochelat prévenu sort de sa chambre pour la reconduire. Il tient un papier à la main ; madame de Dangeau est frappée de sa pâleur. « C'est moi qui devrais le soutenir », se surprend-elle à penser tandis qu'il la guide par la main dans l'escalier, et elle hésite à sortir, anxieuse, pressentant quelque drame qu'elle ne comprend pas.

D'un geste, Pierre écarte Cadet, fait entrer la visiteuse dans la salle déserte. Son visage qui ne cherche plus à feindre se creuse de chagrin, ses lèvres tremblent.

« Surtout ne le lui dites pas, murmure-t-il. Elle ne doit pas savoir. Pas maintenant. Brousson a été arrêté à Oloron le 18 septembre. »

Autour de l'accouchée encore étendue dans son lit, une conspiration du silence s'est établie. Pierre filtre les visiteurs, affecte la gaieté, apporte bonbons au miel et chocolat mousseux. Seuls les pasteurs de Delft et La Haye ont été avertis, ainsi que Daniel Brousson, l'orfèvre d'Amsterdam. Il a consenti volontiers à ne pas prévenir encore sa belle-sœur Marthe, qui se répandrait en lamentations. Comme lui, Pierre pense que mieux vaut attendre une confirmation avant de plonger dans l'angoisse des êtres fragiles. Qui sait ? Envers cet homme doux et pondéré, qui a pour toute arme sa foi rayonnante, la justice du roi pourrait, une fois n'est pas coutume, se montrer clémente.

Penché au-dessus du tapis de table sur lequel la lampe à huile dessine un cercle mouvant, Pierre scrute de nouveau, avec madame de Dangeau revenue voir Louyse, la lettre que lui a prêtée le pasteur Olivier. Un religionnaire de Pau l'avait écrite le 22 septembre, le jour même où Brousson avait été transféré à Pau sous bonne garde, pour être interrogé par l'intendant du Béarn. L'histoire était bien simple : Brousson, voyageant comme un gentilhomme à cheval, était descendu chez le sieur Saint-Pé à l'*Hôtellerie de la Poste*. Cet étranger, qui avait rendu visite à plusieurs Nouveaux Convertis, avait attiré l'attention d'un receveur de la foraine *, qui avait demandé aux Etats de Béarn la permission de l'arrêter. Son faux passeport au nom de Paul de Beauclose n'avait trompé personne, et lui-même, sans se défendre, avait raconté sa vie et sa mission avec sérénité. L'intendant bégayait du bonheur d'avoir attrapé un homme dont la tête était mise à un prix si élevé. De lui, on ne pouvait rien espérer, il s'était d'ailleurs hâté de prévenir Bâville. Seule une très puissante intervention pourrait sauver le prisonnier. Il fallait agir vite et frapper fort.

« Le roi Guillaume ? dit madame de Dangeau

* La douane.

— Ah ! madame, c'est notre seul espoir. Puisque la paix est faite entre les deux souverains, Louis XIV consentirait sans doute à accorder au roi d'Angleterre la grâce d'un simple ministre. Il pourrait l'expulser seulement.

— Encore faudrait-il joindre Londres à temps.

— Vous êtes la seule à le pouvoir, madame. Le pasteur Olivier le sait bien. Il connaît nos liens avec vous, et ceux qui vous attachent à la reine Mary. C'est pourquoi il m'a remis la lettre, n'en doutez pas.

— Un courrier partira dès ce soir. Je considère comme un honneur de tenter l'impossible pour sauver monsieur Brousson. Mais les chances de succès sont infimes, vous le savez.

— Espérons en la miséricorde de l'Éternel ! »

Comment sauraient-ils qu'en cette même douce journée d'arrière-saison, où le soleil donne une teinte de miel aux peupliers des vallées, un prisonnier vêtu de noir monte dans une chaise de poste entourée de vingt grenadiers et d'un capitaine des gardes, pour se diriger vers Montpellier. La cour, impitoyable, a chargé monsieur de Bâville de juger son vieil ennemi. L'intendant exulte ; et tout autant Mgr Fléchier, enfin pourvu de la crosse et de la mitre d'évêque de Nîmes. Enfin, enfin, l'homme qui les brave depuis plus de douze ans est en leur pouvoir. Le dernier des prédicants.

Depuis douze ans, avec une patience de fourmi, Bâville prépare le jour de son triomphe. Il garde dans un dossier secret toutes les lettres de Brousson saisies par ses espions ; des messages à sa femme, que Marthe n'a évidemment jamais reçus ; d'autres à son assistant Pourtal ou à des amis ; plus grave, une lettre dans laquelle il discute le droit des opprimés à se battre ouvertement pour leur religion. Et, pire encore, les papiers saisis il y a sept ans sur David Siguier : le malheureux message apporté par Isabeau, et destiné au général Schourberg, commandant des troupes anglo-savoyardes.

Ils prouvent, ces papiers, que Claude Brousson a mis, au moins un temps, son espoir dans une invasion étrangère ; qu'il a une fois fait cause commune avec les ennemis du roi, au point de leur tracer un itinéraire pour rejoindre un soulève ment dans les Cévennes. Il a bien changé depuis. Sa pensée a pris de la hauteur, ses prêches se sont enrichis d'une spiritualité nouvelle. Il n'espère plus que dans la foi, ardente et toujours réaffirmée, pour fléchir Louis XIV — autant dire déplacer une montagne. Cela n'empêche pas la lettre saisie de rester soigneusement classée, avec un numéro griffonné d'une main rageuse, dans le dossier de monsieur de Bâville, prête à servir comme une arme empoisonnée.

Pierre de Rochelat l'ignore, et aussi madame de Dangeau. Ils comptent sur l'habileté de l'ancien avocat pour prolonger le procès, jusqu'au moment où la bienfaisante intervention de Guillaume pourra obtenir la clémence de Louis. Après tant d'années, ils comprennent encore bien mal le Roi-Soleil.

Novembre tire à sa fin. Un brouillard cotonneux, dans lequel se perdent et se dissolvent les cimes des arbres, enveloppe Tulpengracht. Seuls visibles, les troncs alignés, noirs au bord de l'eau noire, semblent des sentinelles au garde-à-vous. Une poussière de gelée blanche ternit le vert encore cru des gazons.

Deux silhouettes sombres, chapeau sur les yeux et vaste manteau frileusement ramené devant le nez, sortent de la brume au pied de la maison Rochelat. L'un d'eux saisit le heurtoir de cuivre qui vient frapper une tête de lion luisant faiblement dans la brume. « Ah ! c'est vous, monsieur le Pasteur ! » dit Cadet entrouvrant l'huis. Un demi-tronc d'arbre brûle dans la haute cheminée de la salle ; débarrassés de leur cape, les deux hommes tendent vers lui leurs doigts engourdis.

Le colonel de Rochelat n'a pas besoin de les questionner pour savoir qu'ils apportent une mauvaise nouvelle : elle est inscrite dans la mine défaite du pasteur Olivier, dans la contenance accablée d'Abel Soulier, le marchand de Nîmes, qui tâtonne pour sortir de sa poche un papier couvert de petites lignes serrées. Pierre se porte vers lui avec une telle hâte qu'il en oublie de refermer la porte derrière lui.

« C'est fini, murmure le pasteur. Madame de Dangeau est arrivée trop tard. »

Abel Soulier réussit enfin à déplier son papier. Les cachets rompus sont noirs, comme en signe de deuil, note sans savoir pourquoi Pierre qui ne réussit pas à mettre trois mots bout à bout. « Signe de deuil, signe de deuil... », le refrain tourne absurdement dans sa tête.

« Monsieur Soulier a reçu de Montpellier une lettre qui donne tous les détails. Un de ses amis l'a écrite le soir même, le 4 novembre.

— Le 4 novembre..., répète Pierre hébété.

— Monsieur Brousson est arrivé le 30 octobre à Montpellier, accompagné par deux régiments de grenadiers Au moins quatre mille personnes s'étaient précipitées pour le voir. On le traitait bien, comme un illustre prisonnier. Monsieur de Bâville est allé l'attendre à l'esplanade et l'a même fait porter dans sa chaise à l'interrogatoire. On dit qu'il répondit à tout avec tant de fermeté et de douceur, ne niant rien mais refusant de prononcer un seul nom de personne ou de lieu, qu'il força le respect de son ennemi. »

Le rire sans joie que Pierre laisse échapper ressemble plutôt à un croassement rauque.

« Bâville... du respect pour un hérétique... J'ai de la peine à le croire !

— C'est pourtant la vérité, monsieur, vous le verrez ensuite. Il est vrai cependant que Bâville lui refusa la permission d'écrire à madame son épouse, et lui dépêcha en vain un missionnaire convertisseur.

— Vous voyez bien. Il n'espérait pourtant pas le convaincre.

— Non, certes. L'intendant avait justement trop d'estime pour lui. Il l'a montré en lui accordant un privilège exceptionnel. Quand les juges, le matin du 4 novembre, l'ont condamné à subir avant de mourir la question ordinaire et extraordinaire, monsieur de Bâville ordonna qu'il soit seulement présenté au banc de la gêne, mais sans subir aucun supplice.

— Une clémence facile. On savait bien qu'il ne parlerait pas.

— Il y avait bien dix mille personnes au pied de l'échafaud, toutes profondément émues par le martyre du malheureux pasteur. Vingt tambours battaient pour que l'on ne puisse entendre ses prières. Selon l'ordre assez humain de monsieur de Bâville, le bourreau descendit sous l'échafaud pour l'étrangler au début de l'exécution. Mais la foule ne le savait pas et l'on entendit un torrent de lamentations et de sanglots quand l'homme rouge leva la lourde barre de fer qui devait lui briser les membres... »

Un cri soudain emplit la maison, un cri horrible, presque un hurlement de bête. Les trois hommes se retournent vers la porte encore entrebâillée, se précipitent. Louyse est debout au pied de l'escalier, droite dans sa robe noire, le visage hagard entre ses deux poings serrés sur ses tempes. D'une voix stridente, monocorde, elle crie : « David... David... David... »

CHAPITRE XII

Delft, hiver 1698. Louyse

Elle dort. Ses épais cheveux noirs, qu'elle tresse d'habitude pour la nuit, se répandent sur l'oreiller blanc. Nez délicat, cils recourbés sur la joue brune. La respiration un peu sifflante, peut-être ? Pierre se penche, inquiet, mais ne perçoit rien d'anormal. On n'entend que le crépitement vif du bois trop vert dans la cheminée. La lumière du matin joue dans les verres colorés de la fenêtre, fait briller un coin de la table cirée, allume un reflet sur un lourd cadre doré. Chaque objet semble à son exacte place.

Les traits de Pierre de Rochelat se détendent légèrement Sans bruit, il referme la porte de chêne ; il effleure d'un geste léger, affectueux, le front anxieux de l'enfant qui attend sur le palier. « Non, Jacques, tu ne peux voir maman, elle dort. » Il ignore l'interrogation qui se lit dans le regard de la nourrice. Qu'ont-ils donc tous ? Rien ne se passe.

Rien, vraiment ? Et pourquoi, alors, ne réussit-il pas à contrôler le tremblement de ses mains quand, enfermé enfin dans sa chambre, il tente de reprendre son livre ? Il se ment à lui-même et aux autres. S'il veut être honnête et accepter de regarder la vérité en face, il doit s'avouer qu'il a peur. Une peur étrange, irraisonnée, viscérale, qui noue ses nerfs jusqu'au plus profond de lui-même, et que ne suffit pas à expliquer l'affliction causée par la perte d'un ami cher, d'un être lumineux et admiré. Pierre se pique d'une exigeante lucidité : il ne peut se cacher longtemps qu'un fantôme vient de bouleverser son existence, de prendre possession de sa maison et de sa femme.

Hier soir, quand elle a crié... oui, il a été le seul à comprendre. Les visiteurs se sont docilement laissé mettre dehors. « Ce n'est rien, mes amis, une crise d'agitation due au choc de cette terrible nouvelle. Ma femme était attachée à monsieur Brousson depuis son enfance... Veuillez l'excuser, demain elle aura dominé la violence pardonnable de son émotion. » La porte à peine refermée, il a rabroué vertement les domestiques dont les têtes curieuses apparaissaient en haut de l'escalier. Il voulait être sans aide, même Cadet était expédié pour la forme, d'un mot, à la recherche d'un médecin. Pierre seul pouvait deviner, et personne d'autre au monde, que la violente douleur causée par la mort horrible de Claude Brousson sur la roue en réveillait une autre, ancienne et plus violente encore, si intolérable que depuis sept ans Louyse ne survivait qu'en barricadant son esprit contre ce souvenir.

« Elle savait donc ? » se répétait Pierre avec surprise. Il se souvenait de sa conversation avec Charles Servezanne, le jour où il avait pour la première fois évoqué un projet de mariage. Le père de Louyse ne lui avait assurément rien caché de ce qu'il connaissait, le couvent et la conversion, l'évasion et le mariage au Désert, puis la fin tragique de l'aventure. Louyse, veuve à quinze ans, c'était assez pour expliquer sa tristesse et son désarroi. « Mais elle est si jeune ! » avaient ensemble pensé les deux hommes. « Elle oubliera vite un lien de quelques semaines, un mariage de quelques jours qui ne peut l'avoir marquée. Elle revivra. » S'étaient-ils donc tous deux trompés ? Servezanne avait confié à Pierre les atroces détails de la fin de David Siguier, et son courage sous la torture. Les bourreaux de Bâville n'étaient pas tendres, ils pratiquaient l'horrible supplice de l'estrapade, destiné à obtenir des renseignements : ils suspendaient le condamné par les poignets liés derrière le dos, jusqu'à dislocation des épaules. Ainsi soumis à la question, le jeune homme n'avait rien révélé, pas même un nom, avant de mourir sur la roue. En recevant ces récits à Lausanne, le père de Louyse avait pris grand soin d'enfermer les lettres à clef pour les cacher à sa fille. Les avait-elle donc découvertes ?

Elle s'était effondrée sur la rampe d'escalier et il s'était précipité pour la soutenir ; mais au moindre contact Louyse se raidissait et criait de nouveau. La compassion que ressentait Pierre se mêlait peu à peu à un pénible sentiment d'impuissance. Ainsi, ces années de tendresse attentive n'avaient servi de rien. Le bonheur qu'il avait patiemment construit comme un rempart entre elle et son passé s'écroulait au premier choc. La déception enrouait sa voix, rendait ses gestes maladroits. Longtemps, il s'était efforcé d'arracher doucement Louyse à ce pilier auquel elle s'accrochait. Il n'avait pas réussi. Il commençait à se décourager quand le petit Jacques était soudain accouru hors de sa chambre. « Maman, venez ! » et elle s'était laissé prendre par la main et conduire à son lit comme un agneau. C'était l'enfant encore qui, avec une maturité qu'on eût dit bien au-dessus de son âge, l'avait persuadée de desserrer les dents pour boire la potion d'opium donnée par le médecin, et qui avait permis de la saigner.

Elle avait sombré dans le sommeil, et Pierre avait enfin retrouvé la douceur de la prière et la paix. Une paix qui gardait pourtant un arrière-goût d'amertume.

« Où suis-je ? » La fraîcheur d'un drap de toile fine contre la joue. Ce n'est pas le couvent. Ce n'est pas une grange de montagne avec sa couche de feuilles de châtaigniers. Louyse se retourne, entrouvre les yeux. Elle émerge d'un sommeil drogué qui se dissipe peu à peu à la manière d'une traînée de brume. Une lumière qui blesse les yeux... Non, ce n'est pas Grézac. Elle étend la main, soulève avec effort les paupières. Un montant de bois ciré. Du bois sombre, doux au toucher comme de la soie. Ah... a... ah !

La souffrance la saisit, lui écrase la poitrine au moment même où elle reconnaît sa chambre. Je suis Louyse de

Rochelat, la tête sur mon oreiller bordé de dentelle, pendant que là-bas, dans la terre cruelle du Languedoc, « leur » chair se détache de « leurs » os brisés et retourne en poussière. Non, ce n'est pas vrai. Ce n'est pas possible. Je ne veux pas. Qui suis-je ? Je ne suis pas moi. Je ne veux pas être moi.

De longues minutes se traînent, puis l'angoisse desserre son étau. La jeune femme étend la main vers sa table de chevet, tâtonne, trouve la petite Bible finement imprimée sur un papier si mince qu'il en est presque transparent. Des signets marquent les pages souvent lues et relues. On trouve l'apaisement dans la lecture du Livre. Pendant des années, il a aidé Louyse à chasser de son esprit les images qui lui faisaient mal, à craindre l'Éternel et à espérer sa miséricorde. Doù vient qu'aujourd'hui son pouvoir semble usé et inefficace ? La main retombe, le volume glisse sans bruit le long des draps jusqu'à terre.

Voilà. La douleur revient en même temps que la mémoire de la conversation surprise la veille. L'homme en rouge lève la barre. Non ! Louyse se soulève à demi, sa respiration s'arrête, son cœur semble remonter dans sa gorge. La barre de fer s'abat, un gémissement d'horreur monte de la foule. Arrêtez ! Vous ne voyez pas que cet homme lié sur votre croix de fer, c'est Brousson, si bon, si doux, un ange sur la terre ? Non ! La barre se lève encore et tout se brouille. Ne recommencez pas ! Je le sais, je le sais, c'était déjà ainsi l'autre fois. « Père, dit un enfant dans la foule, je ne vois rien, prenez-moi sur vos épaules. Comment il s'appelle, le monsieur sans chemise là-haut sur la roue ? — Il s'appelle David Siguier, tu vois mieux, maintenant ? » Regarde de tous tes yeux, petit monstre, ces bras où les os brisés pointent à travers la chair tuméfiée, ils m'ont serrée à perdre haleine. Cette bouche d'où sort un gargouillis sanglant, je l'aimais, elle connaissait la mienne. J'ai voulu l'oublier, quelle infamie ! Ah ! ne le faites pas ! David ! David !

Elle a crié, elle crie. Déjà son mari est près du lit, penché sur elle, s'efforçant de la prendre entre ses bras pour l'apaiser. En vain. De tout son corps raidi, arqué, de la tête rejetée en arrière le plus loin possible, elle refuse le contact. Il tente de presser ses doigts et recule, épouvanté par l'expression de terreur qui vient déformer le visage familier, par le retrait brutal des deux mains que Louyse cache sous elle en gémissant.

« Ne me touchez pas ! Je ne veux pas qu'on me lie les poignets ! »

« Elle n'est pas ici, pense douloureusement Pierre. Son esprit n'est pas avec moi, mais avec ce David, là-bas... » Il s'arme de patience. Bien souvent, il a senti sa poitrine se contracter devant les étrangetés de sa femme, mais l'angoisse d'aujourd'hui est tout autre. Immobile devant la fenêtre, il regarde le jardin qu'elle aime tant, remarquant les arbres maintenant noirs, presque dépouillés de leurs feuilles, espérant que son dos ne trahit pas son affolement.

Combien de temps Pierre est-il resté ainsi, immobile, l'attention anxieusement fixée sur les bruits de la chambre derrière lui, il ne peut le dire. Louyse ne crie plus. Quand il se retourne enfin vers elle, elle semble le regarder au lieu de voir au-delà de lui comme tout à l'heure ; très bas elle murmure :

« Pardon ! »

Pardon pour le souci qu'elle cause ou pour les sentiments qu'elle ne peut maîtriser ? Peu importe : elle a repris ses esprits, une bouffée de joie éclaire le visage de Pierre qui se penche vers elle :

« Ce n'était rien... un mauvais cauchemar... »

Il n'ose pas s'approcher, lui tendre la main, de peur de réveiller ses terreurs, mais le plaisir qu'il a de la voir mieux fait germer dans sa tête toutes sortes de projets. Il faut lui montrer ses enfants, le bonheur de les voir lui fera du bien. Et lui faire préparer un repas délicat, où avait-il la tête, d'oublier que la saignée lui avait ôté des forces ! L'esprit tout occupé d'idées pour soigner sa femme, il se tourne vers la porte avec un geste d'adieu, si vite qu'il n'entend pas le chuchotement anxieux de la malade :

« Pierre... d'où viennent les cauchemars ? Qui les envoie ? »

Une visiteuse en robe de soie sombre attend dans la grand'salle.

« Chère madame de Dangeau ! Ah ! que je suis heureux de votre visite ! Ma femme vous aime, elle a confiance en vous. Votre présence achèvera de lui rendre la santé. »

A une amie si affectueuse et si fidèle Pierre ne veut rien cacher. Longuement, il décrit la crise que vient de traverser Louyse et sa propre angoisse. Comme il conduit madame de Dangeau vers l'escalier, la nourrice en descend, la mine légèrement anxieuse :

« Elle refuse de manger, monsieur... Elle repousse le plateau comme s'il lui faisait peur !

— Je vais la convaincre, dit la visiteuse. Laissez-moi seule avec elle. »

Un faible sourire éclaire le visage de Louyse comme son amie s'installe auprès d'elle. Un sourire réticent, note madame de Dangeau, un sourire de façade où perce une pointe de méfiance. La malade est sortie de son lit pour s'installer en camisole devant sa table à écrire, dont elle sort des papiers qu'elle jette un à un dans la cheminée.

« Ils veulent les lire, mais ils ne les trouveront pas.

— Qui cela, Louyse ?

— Les soldats. Ils sont partout. Ils entourent la maison. Ils vont prendre tout, tout... Ne les entendez-vous pas ? »

Un froid glacial s'empare de madame de Dangeau. Que dire ? Que répondre ? Ses misérables dénégations, elle le sent bien, n'atteignent pas la conscience de son amie, qui paraît écouter, un doigt sur les lèvres, puis jette au feu une nouvelle liasse tout en continuant son monologue :

« Déjà ils m'ont couchée dans ce cercueil, là... Mais j'en suis sortie. Je ne les laisserai pas faire. »

Tout à coup elle se dresse, comme traversée par une idée subite :

« Mon bébé ! Ils viennent me prendre ma petite fille ! Dans l'escalier, leurs bottes... je les entends.

— Ne craignez rien, je vais la chercher, je vous l'apporte à l'instant », dit madame de Dangeau qui appelle aussitôt la nourrice. Quand elle revient, Louyse s'est affalée dans un fauteuil ; elle semble avoir oublié la crainte qui l'obsédait une minute plus tôt et murmure, comme accablée :

« Je ne sais plus... tout s'embrouille dans ma tête ! »

Elle se laisse docilement reconduire à son lit, border comme une enfant. Madame de Dangeau tapote l'oreiller, arrange la couverture. C'est une femme d'action qui croit à l'efficacité des gestes, ou peut-être se sert d'eux pour éloigner l'effroi qui s'empare d'elle. La soudaine apathie de la malade lui fait illusion ; elle approche le plateau dédaigné, saisit la cuiller et l'écuelle de bouillie d'avoine.

« Mangez un peu, plaide-t-elle, il le faut pour retrouver les forces qui vous manquent. »

Elle pousse un cri. Louyse s'est dressée et a repoussé si violemment l'écuelle que le contenu s'est répandu sur la robe de soie.

« Vous aussi ! vocifère-t-elle, vous êtes avec eux, vous voulez m'empoisonner ! »

« Je te rends grâce, ô Père céleste, de ce que, dans ta bonté, tu m'as gardé pendant la journée qui vient de finir... »

La prière accoutumée s'étrangle dans la gorge de Pierre de Rochelat. Les mains jointes, le front penché jusqu'à toucher le livre, il tente de dominer le chagrin et la peur qui le rongent. « Seigneur, aie pitié. Je sais que tu nous envoies le malheur pour éprouver et endurcir notre foi. Mais comment, ô Dieu tout-puissant, puis-je te rendre grâce de m'avoir gardé quand je vois cette femme, qui n'est avec moi qu'une seule chair, souffrir et se détruire ? Qu'avons-nous fait, Seigneur, pour provoquer ainsi ta colère ? Sans doute ai-je été trop tiède, presque sceptique par moments. Ah ! Seigneur, veuille éclairer mon cœur et répandre sur ma Louyse ta miséricorde... »

La chandelle projette sur le mur son ombre mouvante et démesurée. Il ne sent pas le froid de décembre qui raidit ses doigts et blanchit son haleine, tandis qu'il prie, pleure et s'accuse. A travers l'horreur du présent, il perçoit clairement le message que veut lui transmettre l'esprit égaré de sa femme : que celle-ci soit vivante ou morte, qu'elle ait ou non retrouvé sa raison, jamais, jamais il n'acceptera, même pour revenir à sa terre natale, de vivre un seul jour sous la botte sanglante du tyran. La violente douleur qu'il en ressent lui fait comprendre combien proche il était de céder à la tentation, de tomber dans le piège du démon. Ne s'est-il pas montré plus que tiède : prêt aux apparences du reniement ? L'expiation est venue. Juste, mais si dure...

Un grattement discret à la porte. Sur le palier, Jacques, intimidé, vient souhaiter le bonsoir à son père. Ému, Pierre scrute le petit visage tourné vers lui, et qui a les cils de Louyse, le nez fin de Louyse... Une fois déjà, l'enfant a réussi auprès de sa mère. Peut-être, cette fois encore...

« Viens. »

Côte à côte, ils poussent la porte, s'immobilisent près du lit dans la flaque de lumière projetée par la lampe que tient haut la nourrice. Louyse repose les yeux grands ouverts, noirs et vides, ou plutôt fixés sur des lointains inaccessibles. Voit-elle Jacques ? On ne sait. Il attend, se penche enfin pour embrasser comme d'habitude la main qui émerge d'un volant festonné.

« Va-t'en, petit serpent ! siffle Louyse si méchamment que l'enfant recule, affolé, et se met à pleurer.

— Voyons, ma chère femme ! Votre enfant, votre fils. Vous ne l'avez pas reconnu, dans l'ombre. »

Un rire grinçant, lugubre.

« Si, je l'ai vu ! Un petit traître comme tous les autres. Tous, tous ! Ils trahissent tous ! »

La nourrice fait un geste d'effroi, se retourne brusquement vers la porte, laisse échapper le chandelier dont le pied de Pierre écrase aussitôt la flamme. Dans la pénombre à peine éclairée par les braises du foyer, on distingue encore le visage blanc retombé sur l'oreiller.

« Allez voir dans sa chambre, vous trouverez la médaille qu'il cache pour la baiser tous les jours. Je le vois d'ici. Il croit me tromper mais je le vois. »

Elle s'est soulevée pour pointer un doigt accusateur. Doucement, la porte se referme sur les sanglots de Jacques.

Soir après soir, quand la nuit enveloppe la maison, Louyse retombe dans son délire.

Le jour du Jugement est arrivé. Les fautes de chacun sont pesées sur une énorme balance.

La terreur recroqueville Louyse dans son lit. Elle geint et implore tandis qu'on pèse ses péchés, la médaille et la messe, et aussi, et surtout, celui qu'elle est seule à se reprocher, l'ardeur à vivre qui l'a poussée hors de la prison en abandonnant David à ses bourreaux. Que les poids sont lourds ! L'ange a peine à les soulever. Puis elle tombe dans un trou noir sans fin, sans fin...

Elle se débat, trempée de sueur. Les diables ricanants sont là avec leurs fourches, et la marmite d'eau bouillante, et la foule hideuse des damnés qui se tordent et gémissent.

Dehors, un brouillard épais enveloppe le canal. Les soldats du guet qui font la ronde de nuit émergent le long de Tulpengracht, portant un fanal qui dessine sur les pavés un rond de clarté visqueuse. Soudain, ils s'immobilisent, glacés jusqu'aux os par un cri sinistre, presque inhumain. C'est madame de Rochelat qui hurle à la mort.

Postface

Le 24 mars 1691, une jeune fille de quatorze ans, Louyse de Vignole ou Vignolles (l'orthographe était à l'époque très incertaine), était arrêtée à Saint-Julien-d'Arve par Louys Bourgeois, « capitaine étably pour la conservation des grains en Savoye ». Sous la conduite du guide Gabriel Picq, âgé de vingt-cinq ans, elle tentait de passer la frontière suisse pour gagner Genève. Ils étaient accompagnés de cinq autres huguenots fugitifs, qui avaient pris la route avec eux à Uzès.

Louyse, enlevée toute jeune à sa famille protestante, avait été élevée dans un couvent, puis confiée à une tante, mademoiselle de Valette. Ses parents, réfugiés à Lausanne, avaient chargé Gabriel de la retrouver.

Les Archives de l'intendance du Languedoc (aux Archives de l'Hérault, Montpellier) ont conservé le dossier de cette affaire, devenue célèbre parce que Picq avait sur lui des lettres écrites par les prédicants des Cévennes, qu'on accusait de soulever la population contre le roi. Un message du plus fameux d'entre eux, Claude Brousson, au commandant des troupes anglo-savoyardes, Schomberg, servit plus tard dans son procès.

Qui était cette jeune fille, tiraillée entre deux religions, héroïne involontaire d'une aventure peu commune ? Une « information » rédigée par le juge criminel Perdrix, le 20 avril 1691, précise qu'elle est « fille du sieur de Vignolles, native de Prades ». J'ai tenté de retrouver sa trace parmi les documents, nombreux mais incomplets, que nous possédons sur les huguenots de la fin du XVIIe siècle. J'y ai rencontré beaucoup de Vignolles, mais seulement une Louyse, née à Nîmes et morte à Utrecht (Pays-Bas) en 1708.

Elle était la fille de Charles de Vignolles, seigneur de Prades, près de Lassalle, époux de Marthe de Beauvoir du Roure. Après la révocation de l'édit de Nantes, il alla rejoindre son frère aîné déjà réfugié à Lausanne, puis il gagna Nimègue et finalement Dublin, où il mourut en 1721. Marthe était morte jeune en lui donnant six enfants dont peu vécurent ; il se remaria et en eut encore neuf, d'après Haag (*la France protestante,* 1re édition) et les fiches des églises wallonnes des Pays-Bas.

Tout concorde, sauf le lieu de naissance et l'âge : la Louyse de Haag aurait eu sept ans en 1691, alors que celle du juge Perdrix en a quatorze. Y a-t-il eu des erreurs, fréquentes à une époque où l'état civil était des plus imprécis, surtout chez les protestants ? Ou bien existait-il deux Louyse de Vignolles de Prades ? J'avoue ne pas le savoir, et peu m'importe au fond. Ce qui m'intéressait avant tout, outre les possibilités romanesques de cette histoire, était l'évocation d'une époque où l'on trouvait légitime d'arracher à leurs parents des enfants de sept ans, pour leur faire subir ce que nous appellerions aujourd'hui un lavage de cerveau. Et la psychologie de ces malheureux enfants.

Fascinantes aussi, et étonnamment modernes, les questions qui tourmentaient les consciences des protestants persécutés par Louis XIV : celle des limites de la loyauté, celle des accommodements de surface avec le pouvoir politique, ou celle des rapports avec une puissance étrangère dont on partage l'idéologie.

Ma Louyse n'est donc pas Louyse de Vignolles, bien qu'elle vive une aventure toute semblable. J'ai changé les noms, déplacé les lieux et les dates, modifié le cadre et la classe sociale de Louyse, car la famille de Vignolles était beaucoup plus importante et fortunée que mes Servezanne de Grézac. Mais, comme son modèle, ma Louyse n'est qu'une enfant emportée dans une tourmente politique qui la dépasse. Il y a eu des milliers de jeunes gens dans ce cas à la fin du XVIIe siècle, ancêtres des enfants perdus de notre XXe siècle.

Le lecteur, me semble-t-il, a le droit de savoir ce qui est réalité et ce qui est fiction. C'est pourquoi je lui propose quelques notes historiques afin de l'aider, s'il le désire, à mettre chaque chose à sa vraie place.

Il trouvera également, pour chaque chapitre, la liste des sources auxquelles j'ai largement puisé, sans prétendre accomplir un travail d'historien. Il sera peut-être surpris de trouver les ouvrages protestants plus souvent cités que les ouvrages catholiques. Ce n'est pas partialité de ma part : les écrits des huguenots sont en effet beaucoup plus nombreux. Dans toute répression violente, les victimes ont tendance à raconter leurs malheurs et les persécuteurs à observer un silence pudique. Je n'ai pas pour autant occulté ce qu'on a pu reprocher aux protestants : leurs faiblesses, leurs hésitations, leurs querelles et leurs intelligences avec les ennemis de Louis XIV. N'appartenant moi-même à aucune religion, je n'ai pas eu la moindre raison de prendre parti, sinon la sympathie naturelle qui pousse vers les victimes.

Notes historiques et sources

La révocation de l'édit de Nantes par Louis XIV en octobre 1685, les mesures répressives qui l'ont précédée, l'exode massif des protestants qui l'a suivie, les persécutions qui, dans les Cévennes, ont conduit à la « guerre des Camisards » en 1702, ont fait l'objet de nombreuses études. J'ai consulté plus souvent certains ouvrages que je cite ici, pour ne pas répéter les références à chaque chapitre :

C. Bost, *Les Prédicants des Cévennes et du Languedoc*, Paris, Champion, 1912.

D. A. de Brueys, *Histoire du fanatisme de notre temps*, Utrecht, Le Febvre, 1737.

J. Delumeau, *Le Péché et la Peur*, Paris, Fayard, 1983.

C. Devic et J. Vaissette, *Histoire générale du Languedoc*, Toulouse, Privat, 1912.

H. Leonard, *Histoire générale du protestantisme*, Paris, PUF, 1961.

S. Mours, *Le Protestantisme en France au XVIIe siècle*, Paris, Librairie protestante, 1967.

M. Richard, *La Vie quotidienne des protestants sous l'Ancien Régime*, Paris, Hachette, 1966.

N. Weiss, *Histoire des réfugiés protestants de France*, Paris, Charpentier, 1853.

Archives départementales du Gard, Nîmes.

Archives de l'intendance du Languedoc, Archives départementales de l'Hérault, Montpellier.

Bulletin de la Société d'histoire du protestantisme (BSHP).

PROLOGUE

Les Pays-Bas du Nord, calvinistes, ont accueilli depuis l'époque des guerres de religion environ 60 000 réfugiés français. Ils venaient par terre de Picardie ou de Champagne, par mer de Normandie, du Poitou, de Bordeaux. Leur histoire a été écrite par R. L. POOLE (*A history of the huguenots of the dispersion*, Macmillan, Londres, 1880) et par N. WEISS.

Leur nombre suivait les fluctuations politiques, comme le montre clairement le rôle des réfugiés admis à la Cène par l'église wallonne de La Haye (Archives municipales de La Haye). Faible dans la première moitié du XVIIe siècle, l'immigration reprit de plus belle dès que Louis XIV prit le pouvoir en 1661. A partir de 1680, les réfugiés arrivèrent en masse de toutes les provinces, et notamment du Languedoc en passant par la Suisse. Le nombre des églises de langue française passa de 26 en 1683 à 46 en 1687 (Actes synodaux des églises wallonnes des Provinces-Unies, Bibliothèque wallonne, Amsterdam).

Ces églises prenaient en charge les pasteurs et leurs familles (Actes des synodes, Bibliothèque wallonne, Amsterdam), tandis que les États-Généraux pensionnaient des officiers ayant servi dans l'armée néerlandaise ou des personnalités. Cependant, les calvinistes des Pays-Bas craignaient la contagion de mœurs un peu moins austères que les leurs (R. L. POOLE) et plus encore les « innovations dangereuses » (variations de doctrine) des pasteurs réfugiés : on leur demanda un « acte de soumission expresse » (Actes des synodes de Rotterdam et de Balk, avril et septembre 1686).

— Sur la fuite de Pierre de Rochelat, voir notes du chap. IX.
— Sur l'intendant Bâville, voir notes du chap. VI.
— Sur les dragonnades, voir notes du chap. III.

NOTES HISTORIQUES ET SOURCES

CHAPITRE I

Pour décrire la famille Servezanne de Grézac, j'ai emprunté de nombreux détails à la famille de la vraie Louyse de Vignolles. Jacques de Vignolles, seigneur de Prades, premier converti à la RPR dans sa famille, eut seize enfants de Louise de Bachi d'Aubais. La plupart moururent jeunes, et les autres, dont le cadet Charles, émigrèrent après la révocation de l'édit de Nantes. J'ai respecté tous les détails sur la famille de Marthe, les Beauvoir du Roure, y compris le nom de Grézac qui était dans cette famille au XVIe siècle. J'ai en revanche imaginé le personnage de Gabriel, frère aîné de Louyse, et naturellement celui d'Isabeau.

Pour l'éducation de Louyse et la vie quotidienne à Grézac, je tiens à remercier les amis protestants d'une part, uzégeois d'autre part, dont les souvenirs d'enfance m'ont apporté des éléments précieux. Ont été consultés en outre :

BÂVILLE (N. de Lamoignon de), *Mémoires,* Amsterdam, 1734.

R. BEAUVAIS, *Nous serons tous des protestants,* Paris, Plon, 1976.

F. DURRLEMAN, *Les Mères huguenotes,* Carrières-sous-Poissy, La Cause, 1937.

V. DURRLEMAN, *L'Éducation protestante,* Montpellier, La Cause, 1942.

I. FLAUGÈRE, « La vie à Uzès au temps de la Renaissance », *Rhodanie,* juin et septembre 1983.

P GOUBERT, *La Vie quotidienne des paysans français au XVIIe siècle,* Paris, Hachette, 1982.

E. LEROY-LADURIE, *Les Paysans du Languedoc,* Paris, Flammarion, 1969.

S. MOURS, *La Vie protestante d'autrefois,* Valence, 1946.

G. E. NICOLET, *Les Écoles primaires protestantes en France* (thèse) ; Auxerre, Imp. Gallot.

F. et Th. PLATTER, *Mémoires et Voyages, 1595-1598,* Montpellier, rééd. Coulet, 1892

R. POUJOL, *Vébron, histoire d'un village cévenol,* Montpellier, Club cévenol, 1981

Les mûriers existaient en Uzège dès le XIIe siècle. La sériciculture y fut pratiquée sur une grande échelle à partir de 1700. Avant, vers à soie et filature de la soie relevaient de l'artisanat, surtout pratiqué dans les grandes ou assez grandes propriétés. Les fabricants de soie durent être catholiques à partir de 1682. (A. CHABAUD, *L'Uzège et la Région bagnolaise,* Uzès, Péladan, 1967.)

L'Uzège, calcaire, ne produit guère de châtaignes. Il existe pourtant ici et là des « castagnets » sur les zones sableuses.

D'innombrables livres et documents contiennent des détails sur la période de répression précédant la Révocation : d'abord les mémoires de huguenots (Jean Migault, Dumont de Bostaquet, Marie Molinier, Daniel Brousson, Jean Rou, Jacques Fontaine, etc.) ; puis les documents du musée du Désert au Mas Soubeyran (Gard) ; enfin les ouvrages généraux. Ont été utilisés, à part ceux déjà cités (H. LÉONARD, S. MOURS, M. RICHARD) :

P. GACHON, *Quelques Préliminaires de la révocation de l'édit de Nantes en Languedoc,* Toulouse-Privat, 1899.

J. ORCIBAL, *Louis XIV et les Protestants,* Paris, Librairie philosophique J. Vrin, 1951.

R. STEPHAN, *L'Épopée huguenote,* Paris, Vieux-Colombier, 1945.

Théâtre sacré des Cévennes, introduction, Brignon, Presse du Languedoc, 1978.

La politique de Louis XIV fut d'abord d'interdire tout ce que l'édit de Nantes n'avait pas expressément permis ; puis on supprima les universités protestantes et les Chambres mi-partie, on interdit de chanter les psaumes, de se réunir à plus de dix, on supprima temples et écoles. Les protestants ne pouvaient plus être procureur, huissier, sergent, officier de la maison d'un prince, conseiller-secrétaire du roi, imprimeur, libraire, sage-femme, avocat, médecin, chirurgien, apothicaire (J. ORCIBAL).

Les conversions de catholiques, anciens ou nouveaux, à la RPR étaient rigoureusement interdites et les relaps punis comme des criminels (des galères pour les hommes, en Languedoc, à partir de 1690). Le temple qui accueillait un relaps était fermé, le pasteur interdit et ses biens confisqués. Les affaires comme celle de Clarisse, servant de prétexte à la fermeture d'un temple, étaient fréquentes : l'une d'elles est racontée par R. L. POUJOL. Elles étaient portées devant le Parlement de Toulouse, qui prenait soin de les juger séparément pour ne pas attirer l'attention. D'où la tentative de Brousson pour faire un éclat en 1683 et alerter l'opinion, en plaidant pour quatorze églises à la fois (S. MOURS).

Les dates des voyages et des séjours de Claude Brousson ont été partout respectées. En dehors de C. BOST, *Les Prédicants...*, j'ai consulté :

A. COURT, *Claude Brousson, avocat, pasteur, martyr*, Paris, Librairie protestante, 1961.

L. MÉNARD, *Histoire de la ville de Nîmes*, Nîmes, Clavel-Ballivet, 1874-1875.

S. MOURS et L. RAUZIER-FONTAINE, *Claude Brousson*, Genève, Labor et Fides, 1948.

L. NEGRE, *Vie et Ministère de Claude Brousson*, Paris, 1878.

Il y a désaccord entre MÉNARD et les autres historiens sur la date de la fuite de Brousson par l'égout. La date de 1683 est la plus vraisemblable, étant donné la date (1684) du jugement contre les pasteurs.

Les scènes de prières et de chants clandestins, les pressions amicales pour obtenir des conversions, les visites du maître de latin et beaucoup d'autres détails figurent dans le *Livre de raison* inédit de Jacques de Beauvoir du Roure, transcrit en 1970 par M. Chaussin du Guerny, archiviste aux Archives du Gard à Nîmes. Les divergences sur la nécessité de la résistance sont évoquées entre autres dans J. FONTAINE, *Mémoires d'une famille huguenote*, Toulouse, Société des livres religieux, 1877.

CHAPITRE II

Le 13 août 1685, l'intendant du Languedoc, d'Aguesseau, jugé trop doux parce qu'il refusait de pratiquer la dragonnade (conversion forcée par le logement de la troupe), fut remplacé par Nicolas de Lamoignon de Bâville, ancien adjoint de Marillac en Poitou. Bâville arrive à Montpellier le 27 septembre, et dès le 28 les dragons parcourent la région jusqu'au 15 octobre (R. POUJOL, C. DEVIC et J. VAISSETTE). « Il n'y a point de paroisse qui n'ait été bien nettoyée », écrit l'intendant. La réputation de Bâville, la panique jetée par les nouvelles des excès des dragons en Béarn et à Montauban provoquèrent des conversions massives et anticipées.

Sur les dragonnades, voir N. Weiss et :

E. Arnaud, *Histoire des protestants du Vivarais et du Velay,* Paris, Grasset, 1888.
G. Blond, *Les Enragés de Dieu,* Paris, Grasset, 1970.
A. Chauffepie, « Journal 1685-1688 », *BSHP,* t. 6.
P. Dez, *Histoire des protestants et des églises réformées du Poitou,* La Rochelle, Imprimerie de l'Ouest, 1936.
C. de Janze, *Les Huguenots, 100 ans de persécutions,* Paris, Grassart, 1866.
J. Migault, *Mémoires,* Paris, SHPF, 1910.

La Révocation retirant la liberté de conscience aux protestants rencontra à Rome un accueil décevant, mais enthousiasma l'opinion publique et le clergé français (textes de Bossuet, Massillon, Mme de Sévigné dans N. Weiss). Sur les événements entourant la Révocation, voir Marquis de Sourches, *Mémoires sur le règne de Louis XIV,* Paris, Hachette, 1883-1884.

Les enfants des protestants eurent le droit de choisir leur religion d'abord à partir de quatorze et douze ans, puis en 1681 à partir de sept ans. Le moindre geste montrant une « inclination » pour la religion catholique pouvait dès lors être invoqué pour soustraire l'enfant à l'influence de ses parents ; on l'éduquait alors, à leurs frais, dans une pension catholique, le plus souvent un collège jésuite pour les garçons et un couvent d'Ursulines pour les filles. Les Ursulines avaient accepté cette mission avec réticence, sur la demande du roi.

Plus tard, on se passa de prétexte et on enleva les enfants aux parents sur simple lettre de cachet.

Des récits et des documents ont été publiés dans *BSHP,* t. 52, 56, 58, 61, et :

Marie Comte, *Mémoires du Refuge,* études de théologie et d'action évangélique.
Marie Molinier, « Mémoires », *BSHP,* t. 62 et 63.
Les Enlèvements d'enfants, brochure du musée du Désert.

Les événements de Nîmes (destruction du temple, conversions massives, « collaboration » du pasteur Cheiron...) sont décrits par

L. MÉNARD (*Histoire de la ville de Nîmes*). Sur quatre pasteurs, deux choisirent la résistance et deux la soumission. La conversion du pasteur Cheiron fut récompensée par sa nomination comme premier consul, tâche qui fut vite rendue pesante et dangereuse par le mépris et la haine des huguenots nîmois.

Les villes étaient gouvernées par quatre consuls, représentant à l'origine quatre classes sociales, et choisis par un système complexe qui combinait l'élection, la cooptation et le tirage au sort par boules. Sous Louis XIV, l'intendant s'arrogea peu à peu un rôle prépondérant dans leur désignation et, finalement, comme en 1690 on avait besoin d'argent pour la guerre, le premier consul devint un *maire* qui achetait sa charge (à Uzès, 8 000 à 10 000 livres).

Les événements d'Uzès (visite de Bâville et Noailles, conversion du pasteur Thomas) sont décrits par C. BOST. Les prédicants et la liste des nobles du voisinage qui ont abjuré se trouve dans : Abbé ROUQUETTE, *Études sur la révocation de l'édit de Nantes en Languedoc*, Paris, Arthur Savaite, 1908.

Dès 1685, on constate l'apparition de visions (troupes d'anges dans les airs, trompettes et tambours) ou d'hallucinations (psaumes chantés dans les airs) et une tendance au prophétisme (C. BOST).

Les tracts imprimés de Brousson furent répandus au milieu de 1685 (« Prenez courage, fortifiez-vous en la foi, voilà le temps de l'épreuve et de la tribulation ») puis à l'automne (« Les maux des églises protestantes ne sont qu'un juste châtiment de leur tiédeur et de leur lâcheté »), C. BOST.

L'ordre de détruire les livres protestants date du 16 février 1686. Voir J. ORCIBAL, *Louis XIV*, C. DEVIC et J. VAISSETTE, et :

C. BOST, *La Première Vie de Pierre Corteiz*, Paris, Fishbacher, 1935.
M. COMTE, *Mémoires du Refuge.*
J. MARTEILHE, *Mémoires d'un galérien du Roi-Soleil*, Paris Mercure de France, 1982.
BSHP, t 31.

La grand-mère de Marie Comte jeta ses livres dans un marais mais confia sa Bible au curé qui la cacha dans l'autel en disant : « Personne ne viendra la chercher là. » J'ai attribué ce geste à l'évêque d'Uzès, parce qu'il correspondait parfaitement à son caractère (voir notes du chap. IV).

CHAPITRE III

Le Refuge, maison créée, pour la réhabilitation des filles abandonnées à la débauche, sous le patronage de l'évêché de Nîmes, existe dès 1682. En 1684, elle reçoit de la ville une dotation de 3 000 livres, et on l'installe « dans un petit corps de logis qui fait partie de la maison épiscopale ». La directrice (séculière) est Mlle Degilly ; les filles pensionnaires gardent un quart du produit de leur travail. L'acte officiel de fondation, par lettres patentes du roi, ne sera signé que le 24 janvier 1687 (Archives départementales du Gard, H 776 et 777 et L. MÉNARD).

Il y avait à Nîmes deux couvents d'Ursulines. Les Archives départementales du Gard conservent de cette époque les dossiers du Grand et du Petit Couvent, avec les noms des religieuses et des converses, les inventaires du mobilier, des objets de culte, des livres de la bibliothèque, les listes de pensionnaires, les comptes, le récit de certaines cérémonies (H 766 et H 767).

Pour la vie au couvent, outre les souvenirs d'anciennes élèves, j'ai utilisé surtout :

M. ARON, *Les Ursulines*, Paris, Grasset, 1936.

Anne BERTOUT, *Les Ursulines de Paris sous l'Ancien Régime*, thèse de doctorat, Paris, Beauchesne, 1956.

Mère de CHANTAL-GUEUDRE, *Histoire de l'ordre des Ursulines en France*, t. II : *Les Monastères d'Ursulines sous l'Ancien Régime*, Paris, Éd. Saint-Paul, 1958.

M. de SAINT-JEAN, *L'Éducation des Ursulines*, Rome, 1947.

« Extrait du règlement de la Maison des Nouvelles Catholiques de Rouen », *BSHP*, t. 84.

Anne de Chauffepie et la Mère de Chantal-Gueudre parlent de l'isolement des jeunes protestantes. Le jeu de l'oie pour Nouvelles Converties est conservé au musée du Désert au Mas Soubeyran (Gard).

Le travail de conversion au catholicisme, confié en général à des missionnaires, venait compléter l'immersion dans l'atmosphère du couvent qui suivait le premier isolement. Il devait conduire « à la soumission intégrale aux lois de l'Église hiérarchique fondée par l'apôtre Pierre », et consistait d'abord à prêcher l'humilité et à lutter contre l'esprit d'indépendance, lié à l'orgueil. Il fallait exclure le « doute délibéré, la revendication du droit de libre examen et une soumission conditionnelle ». Le missionnaire démontrait aussi que les protestants tendaient à multiplier les sectes et à « altérer le sens des Écritures ». (*Dictionnaire de spiritualité,* Beauchesne, Paris 1937-1984. — Th. MAINAGE, *Psychologie de la conversion,* Paris, Beauchesne 1915. — A. BLOCHER, *Simples Conseils aux nouveaux convertis,* Paris, 1934.)

L. MÉNARD (*Histoire de la ville de Nîmes*) donne de nombreux détails sur la vie nîmoise de l'époque. M. de Bâville transforma complètement la ville. Il fit non seulement démolir le célèbre temple, mais encore restaurer la Maison-Carrée, construire un fort, des casernes, une promenade sur l'ancien rempart. Il s'intéressait à l'Académie et correspondait avec Mgr Fléchier. Celui-ci, désigné pour l'évêché de Nîmes en pleine querelle du pape avec Louis XIV, qui voulait étendre le droit de « régale » aux évêchés du Midi, dut attendre pendant cinq ans sa bulle d'investiture. Voir :

GOIFFON, « Catalogue des évêques de Nîmes », *Bulletin de l'art chrétien,* 1879.
« Les évêques de Nîmes au XVIIe siècle, 1687-1850 », *Gazette de Nîmes,* Nîmes, 1873.

Les Archives du Gard à Nîmes conservent des vues de la ville en 1700. Pour les vêtements :

S. AGRON, *Précis d'histoire du costume*, Paris, 1976.
S. BOUISSON, *Petite Histoire du costume français,* Paris, Dunod, 1962.

Charles de Vignolles et sa famille font partie des listes de fugitifs entre 1685 et 1688 (abbé ROUQUETTE, *Études sur la révocation...*). L'offre de l'évêque pour le sauver fait allusion à la manière dont Mgr Poncet de la Rivière a obtenu la liberté du baron de Fournès (voir notes du chap. IV).

Un certain nombre de Réformés de la région Nîmes-Montpellier furent embarqués à Marseille et déportés vers les Antilles (*BHSP,* t. 6, 11 à 30, 34, 41. — JURIEU, « Une rencontre en mer », *Lettres pastorales,* vol. I, Paris, Librairie évangélique, Matthieu Lelièvre,

1881. — SERRES, *Un déporté pour la foi,* Paris, M. Lelièvre, 1881) L'histoire de Madon et de son père vient d'une lettre de Mlle de Fouquet, citée par JURIEU, *Lettres pastorales,* vol. II.

La révolte des pensionnaires dans la Maison de la Propagation de la Foi, ainsi que le châtiment du fouet, raconté dans le *BSHP,* t. 11, se serait produite à Uzès, mais sa description, colorée par une indignation passionnée, me semble devoir être acceptée avec réserves. Il n'y avait aucune maison de ce nom à Uzès, à moins que le surnom « Filles de la Propagation » ne concerne les Dames de Saint-Maur (voir notes du chap. IV). La confusion est possible . leurs principes permettaient un châtiment public ne dépassant pas trois ou quatre coups de verges (C. CORDONNIER, *Le R.P. Nicolas Barré,* Éd. Saint-Paul, Paris, 1938).

CHAPITRE IV

Uzès était au XVIIe siècle une ville importante et son évêché considérable. Le diocèse, très étendu (l'évêché d'Alais ne fut créé qu'en 1698), comportait 207 paroisses et rapportait 32 000 livres de revenu ; il était l'un des plus importants du Languedoc. Il comptait moins de réformés que celui de Nîmes ; en 1690, il y en avait pourtant encore 23 000. Voir :

Archives municipales, Uzès.
H. BÉRAUD, *Uzès, son diocèse, son histoire,* Uzès, 1947.
BÂVILLE, *Mémoires.*

Les archives du diocèse ont été détruites à la Révolution, si bien que les documents sur Michel II Poncet de la Rivière, évêque comte d'Uzès de 1677 à 1728, grand seigneur fastueux, docteur en Sorbonne et conseiller du roi, sont peu nombreux à part quelques-unes de ses lettres à la Bibliothèque de Nîmes. J'ai surtout consulté H. BÉRAUD et le « Catalogue » de GOIFFON (voir notes du chap. III) et aussi :

AUGIER, « L'évêque Poncet et les jésuites. Anecdotes », *La Cigale uzégeoise,* 1926. — « L'évêque Poncet, homme du

monde et homme d'esprit », *La Cigale uzégeoise*, 1929
G. MERANS, « Anecdotes », *La Cigale uzégeoise*, 1933.
« Notes sur Mgr Poncet de la Rivière, évêque d'Uzès », *Revue du Midi*, 1904.

Mgr Poncet de la Rivière, ennemi de la violence et qui montra une réelle mansuétude envers les Nouveaux Convertis, était pourtant partisan des enlèvements d'enfants. « Dans un diocèse gâté comme celui d'Uzès par l'hérésie, l'instruction des enfants dans la religion catholique est le seul moyen de convertir le pays. On ne peut remédier à l'hérésie qu'en mettant les enfants dans les couvents. C'est un des principaux objets des pensionnats » (Lettre aux Archives nationales, série G9 d.168).

Ennemi des jésuites, il fut suspecté de quiétisme, mais il était trop puissant pour être mis en cause.

Il y avait à Uzès un couvent de visitandines, et à partir de 1687 trois puis quatre « Dames royales » ou « Dames de Saint-Maur », qui dirigeaient 500 élèves. Les difficultés de leur installation, les détails de leur maison, de leur salaires, etc. figurent aux Archives municipales d'Uzès.

La Congrégation des Dames dites de Saint-Maur avait été fondée en 1666 par le R.P. Barré pour enseigner gratuitement les petites filles pauvres. Louis XIV les choisit pour instruire les Nouvelles Catholiques du Languedoc. Bâville en fit venir huit en 1685, puis d'autres en 1686, notamment pour Uzès, Alais, Nîmes. Mme de Maintenon les chargea aussi d'enseigner à Saint-Cyr. (C. CORDONNIER, *Le R.P. Nicolas Barré,* Paris, Éd. Saint-Paul, 1938. La Congrégation des sœurs du Saint-Enfant-Jésus, dites de Saint-Maur, Lyon, 1950.)

Les Dames régentes étaient reçues avec honneur mais sans enthousiasme car leur installation et leur entretien augmentaient les impôts (Archives municipales d'Uzès, et L. MÉNARD).

La cathédrale d'Uzès, détruite au XVIe siècle par les Réformés, était en 1691 en pleine reconstruction ainsi que le palais de l'évêché. Antoine Sconin, cousin de Racine, devint en 1693 le premier maire d'Uzès. Sur l'histoire d'Uzès, voir H. BÉRAUD, et :

G. CHAUVET, *Uzès, son histoire, ses monuments,* Uzès, Péladan, 1977.
P. PELISERO, *Uzès,* Rennes, Éd. Ouest-France, s.d.

G. Teraube, *Histoire d'Uzès et de son arrondissement,* Valence, 1879.

La vie quotidienne est décrite par Th. Platter et récemment par J. Flaugere (voir notes du chap. i). Les détails sur les protestants sont dans H. Béraud. Une carte du diocèse figure aux Archives du Gard, un plan de 1625 (avant le démantèlement des fortifications) dans *la Cigale uzégeoise* (1926) et une vue en 1710 au Cabinet des Estampes de la Bibliothèque nationale.

Sur la dévolution des biens des fugitifs, voir P. Miquel.

Les demoiselles de Sallargues : les sœurs Chambon de la Rouvière, voulant échapper à des mariages catholiques, se sont suicidées en quelques semaines d'intervalle au château d'Arpaillargues en 1761 (Archives du Languedoc, C 448). A cette époque, on avait depuis longtemps cessé de traîner les relaps sur la claie, mais on le faisait encore en 1691 selon la Déclaration du roi du 29 avril 1686 (H. Gelin, *BSHP,* t. 52). Daniel Brousson (voir notes du chap. v) mentionne son horreur devant ce spectacle. Les spectateurs apitoyés avaient l'interdiction de recouvrir le corps (N. Weiss). J'ai volontairement simplifié la procédure juridique engagée par le curé.

Le bijou en forme de croix de Saint-André, dit croix huguenote, se répandit dans le courant du xviie siècle ; la croix portait un pendentif en forme de pilon (le « trissou ») qu'on a souvent appelé larme. Un orfèvre de Nîmes imagina en 1688 de la remplacer par une colombe. Voir : P. Bourguet, *La Croix huguenote,* Paris, Librairie protestante, vers 1965.

CHAPITRE V

Les récits de sortie du royaume abondent. J'ai consulté notamment ceux de Marie Molinier, Marie Comte, Jean Migault (voir notes du chap. ii), Jeanne Fraisse, Jeanne Terrasson, Cambolive, et aussi :

I. Dumont de Bostaquet, *Mémoires,* Paris, Lévy Frères, 1864.

« Histoire de la vie de J. Cabrit », *BSHP,* t. 39 et 40.

La Sortie de France de Daniel Brousson et de sa famille, publ. par N. WEISS, Paris, Fischbacher, 1885.

Mais les détails de la fuite de Louyse ont été imaginés sur place d'après la disposition des lieux.

Les manufactures de textiles se trouvaient en dehors de la ville au bord de la rivière (P. PELISERO).

Le petit groupe qui partit d'Uzès avec Louyse de Vignolles est bien connu (procès Picq, dossier Brousson, Archives du Languedoc). J'ai fait d'Espérandieu le doyen, et du plus jeune tisserand le frère de Pierre Fabre. Leurs caractères et leurs aventures ont bien entendu été imaginés. Nous n'avons aucune indication sur le trajet qu'ils ont emprunté, sinon le lieu de leur arrestation à la frontière de Savoie. J'ai préféré choisir arbitrairement un itinéraire par les Cévennes, voisin de celui emprunté par J. Cabrit et un certain Berger. « On passe partout en Auvergne, en évitant la ville du Puy » (P. BASTIE, *BSHP*, t. 62). Ce trajet, enneigé et impossible en hiver, était considéré comme difficile à cause des loups. Les plus faciles (mais non les moins dangereux) étaient par Marseille, où l'on cherchait un bateau pour Nice, ou par Beaucaire au moment de la foire, en se mêlant aux marchands pour prendre un bateau sur le Rhône : C. BOST, « Les routes de l'exil », *BSHP*, t. 47 et 49.

Les troupeaux transhumants partaient en principe à la Saint-Médard après la tonte de mai, pour monter, par les « drailles » des Cévennes, vers les pâturages de l'Aigoual ou du mont Lozère :

Marie BRISEBARBE, *Bergers des Cévennes*, Paris, Berger-Levrault, 1978.

Marie MAURON, *La Transhumance*, Paris, Amiot-Dumont, 1957.

Hélène TRUCHOT, *Les Troupeaux transhumants*, Digne, Chaspoul, 1937.

Il existe encore, dans toute la région des Cévennes et du Bas-Languedoc, de nombreuses croix dressées près des villages ou aux carrefours des chemins. Elles furent placées sur ordre après la Révocation, aux frais des villages (R. L. POUJOI). Ne pas se signer en passant devant elles constituait un délit, grave présomption de protestantisme.

Pour les mouvements des prédicants et notamment de Brousson, voir : C. BOST, *Les Prédicants.* La famille Vialas et leur mas font allusion à la famille Roussel, qui abrita une célèbre réunion de sept prédicants. La cachette à double issue est celle de leur mas Saint-Geniès, décrite dans : L. MALZAC, *Les Cachettes huguenotes*, Montpellier, Éd. générale du Midi, 1911.

Jean d'Héran, le vicaire de Boisset qui délivrait sans vérification des certificats de catholicité, est cité par presque tous les auteurs, ce qui rend son cas exceptionnel. Il est fréquent en revanche de voir citer des ecclésiastiques réticents, non devant le principe de la Révocation, mais devant les persécutions : le curé de Marie Comte, Mgr Poncet de la Rivière, Mgr Séguier prédécesseur de Fléchier à Nîmes (d'après Fénelon, cité par J. ORCIBAL).

Les récits d'assemblées sont nombreux dans le *BSHP*, par exemple : J. BONNET, « Une assemblée du Désert à Uzès », *BSHP*, t. 30.

Les dénonciations étaient payées 100 pistoles (ordonnance du 29 mars 1686). Au Mas Soubeyran (Gard), le musée du Désert conserve des souvenirs (des méreaux, une chaire pliante, etc.) et l'assemblée qui s'y tient chaque année tente d'en évoquer l'atmosphère. C. BOST (*les Prédicants...*) donne une liste des assemblées tenues par Brousson dans cette période, et G. BLOND (*les Enragés de Dieu*) le récit de l'une d'elles. Les phrases citées ont toutes été prononcées ou écrites par Brousson, souvent à une autre occasion. Son assistant, Henri Pourtal, était bien l'auteur du meurtre, le 19 mai 1691, du vicaire de Saint-Marcel-de-Fonfouilhouse, qui détermina Brousson à se séparer de Vivent. Sur Vivent, voir C. BOST, G. BLOND et également : F. TEULON, *François Vivent,* thèse, Paris, 1946.

D. A. de BRUEYS a publié la lettre de Brousson au commandant ennemi Schomberg (neveu du célèbre maréchal). Brousson y indiquait un itinéraire pour que les troupes anglo-savoyardes viennent rejoindre les Cévenols révoltés. C'est Pourtal qui apporta à Picq cette lettre dangereuse et qui, pour la lui remettre, fit avec lui un échange de culottes dans un cabaret de Nîmes. Cet épisode a été conservé pour garder sa vérité au caractère de Brousson et expliquer la sévérité des juges. J'ai toutefois, pour des raisons purement romanesques, retardé la date de cette affaire, qui s'est produite fin mars 1691

CHAPITRE VI

L'intendant du Languedoc, Nicolas de Lamoignon de Bâville, dans ses *Mémoires* et plus encore dans ses « Mémoires secrets » (*Chroniques du Languedoc*, t. III, 1877), expose sa politique pour venir à bout des Réformés, « soutenus par la cabale huguenote » des pays étrangers. Cette politique comporte trois points essentiels : 1) la formation de bons prêtres ; 2) l'éducation des enfants, car il n'a aucune confiance dans la sincérité de leurs parents convertis de force ; 3) le contrôle de l'armée et de la police, aidées par des milices d'Anciens Catholiques ; pour le faciliter, il construit des forts, ouvre des routes dans la montagne, pourchasse impitoyablement les prédicants et instaure des procédures expéditives. D'accord avec lui, Mgr Fléchier conseillait aussi « l'instruction et la crainte » (M. Richard).

Les avis diffèrent sur Bâville, considéré comme tantôt « dur », tantôt « doux », en tout cas autoritaire et efficace. Portraits par :

Cazenove, *BSHP*, t. 54.
Louis Viau, *Les Lamoignon, une vieille famille de robe*, Paris, Lethielleux, 1896.

Les difficultés et stratagèmes des fugitifs sont décrits par N. Weiss et :

Gaultier de Saint-Blancart, « Histoire apologétique des églises réformées, 1688 », cité dans *le Refuge huguenot* in *BSHP*, t. 16.

Certains catholiques, attirés par les primes, se faisaient dénonciateurs ; d'autres se montraient secourables (S. Mours) ; leur aide est mentionnée dans la plupart des mémoires cités. J. Migault notamment est sauvé par de nombreux catholiques : une voisine le cache, une autre soigne son enfant, une dame emmène sa femme en voiture dans un bois, le vicaire l'a arrachée aux dragons ; un domestique lui montre une grotte. Un curé, en revanche, veut faire jeter son bébé mort aux chiens. La terreur des NC est aussi mentionnée souvent.

Les fugitifs par la montagne s'armaient d'épieux, de bâtons à pointes de fer, ou de cannes creuses dissimilant une épée, pour lutter contre les loups très nombreux dans le Massif central. Ceux-ci suivaient fréquemment les groupes la nuit, mais ne s'attaquaient pas aux voyageurs résolus et armés (MALTIER, *Le Loup, ses mœurs, ses destructions et sa chasse en France*, thèse, Poitiers, Impr. Housin, 1948). Ils n'étaient agressifs que poussés par la faim en plein hiver (D. BERNARD, *L'Homme et les Loups*, Paris, Berger-Levrault, 1981).

Sur les auberges, voir notes du chap. VII.

Après la Révocation et jusqu'en 1787, le seul état civil fut celui des registres des paroisses. Beaucoup de réformés cependant refusèrent d'accepter les cérémonies catholiques, et les mariages au Désert se multiplièrent, bien que les enfants fussent légalement des bâtards. Il n'y avait pas toujours de pasteur clandestin disponible ; mais, le mariage protestant n'étant pas un sacrement, on se contentait d'un « engagement solennel contracté sous le regard de Dieu », et béni plus tard par un ministre. Les notaires NC, secrètement complices, acceptaient de dresser des contrats pour laisser une trace. Voir :

BESSIÈRES, *Le Mariage des protestants au Désert*, thèse, Cahors, Impr. A. Coueslant, 1899.
A. GÉLIN, *Les Mariages au Désert*, 1814.
L. NÈGRE, *Vie et Ministère de C. Brousson.*
C. PASCAL, « Les mariages protestants sous le régime de la Révocation », *BSHP*, t. 47.

Les synodes étaient sévères sur le péché de « paillardise » surtout si on l'avait caché, notamment pour aller à la Sainte Cène ; mais indulgents pour une consommation anticipée du mariage : « s'il n'y avait pas d'église dressée à cet endroit, ils feront seulement ratifier leur mariage » (Acte du synode de La Vigne, 1564).

La mobilité sociale, moins forte au XVIIe siècle qu'au XVIe, subsistait cependant, surtout chez les Réformés. Une sœur de Charles, Marguerite de Vignolles, avait épousé en 1673 un marchand de Nîmes, Pierre Richard.

Pour Lavy et Diane d'Argilier, voir notes du chap. VII.

CHAPITRE VII

Les Réformés ne pouvaient être officiers, ce qui était possible pour les Convertis. On voit ainsi J. de Beauvoir du Roure (*Livre de raison*) acheter une charge d'officier pour son jeune fils élevé chez les jésuites. Les désertions des NC en Allemagne pendant la guerre de la Ligue d'Augsbourg furent nombreuses.

Partisans de la liberté de conscience et donc contestataires du pouvoir absolu, les Réformés furent souvent appelés « républicains » dès le début du XVIIe siècle. Après la Révocation, ils mirent tous leurs espoirs en Guillaume d'Orange, stathouder de la République de Hollande, puis roi d'Angleterre. Les huguenots des Cévennes comptaient voir les Anglais débarquer à Nice ou envahir le Dauphiné par la Savoie. Des troupes anglaises et savoyardes avaient été placées sous le commandement du comte de Schomberg, neveu du célèbre maréchal protestant qui avait été autorisé à émigrer. Il envoya en février-mars 1691 un émissaire à Vivent et Brousson qui, à l'époque, était partisan d'un soulèvement des Cévennes coordonné avec l'invasion. Il s'en était expliqué dans une « Lettre à M. de Bâville » en 1690 : « Il est toujours étrange, dira-t-on, que des sujets prennent les armes contre leur prince [...]. Mais ils ne les prennent que pour la défense de leur propre vie [...]. Les plus pacifiques se lassent enfin d'être dévorés sans sujet, d'être traités en esclaves et d'être égorgés comme des bêtes [...] » A dater de 1691, il changea et prêcha de résister uniquement par la foi. Les troupes de Schomberg entrèrent en Dauphiné trop tard (en 1692) et se retirèrent (C. Bost, *Les Prédicants...*).

Les auberges, très surveillées par la police, faisaient courir de grands risques aux voyageurs qu'un geste ou un détail de costume pouvait trahir. Les hôteliers devaient, depuis 1635, faire rapport sur leurs hôtes au commissaire de leur quartier. Ces gîtes étaient en général d'une saleté repoussante, pleins de vermine et décorés de graffitti. On couchait à plusieurs par chambre, souvent à deux par lit. Voir : Th. Platter ; raconté aussi par D. Brousson, et :

Denisart, *Collection des décisions nouvelles*, Paris, Savoye, 1771.

J.-A. de GUIBERT, *Voyages en France et en Suisse,* Paris, d'Hautel, 1806.

Certaines auberges de Lyon-Croix-Rousse étaient de véritables officines d'émigration vers la Suisse ; d'autres, des coupe-gorge où de prétendus guides détroussaient ou même assassinaient les voyageurs. Certains aubergistes se livraient au chantage, et les prisons de Lyon regorgeaient de Réformés. Les guides, punis de mort depuis 1687, étaient fort chers (1 200 à 4 000 livres) ; il y en avait de toutes les conditions (C. BOST, *Les Routes de l'exil* et L. RAUZIER-FONTAINE, *Quand on sortait de France,* La Cause, 1953, et M. RICHARD).

Le domaine de Lavy correspond au château d'Asnières, près de Pont-de-Veyle (Ain), dans une petite région de Bresse restée fidèle au protestantisme. La famille de Loriol, qui l'habite encore et que je tiens à remercier pour m'avoir généreusement communiqué ses archives, était à l'époque protestante et s'était alliée par deux fois à des familles du Languedoc. Georges II de Loriol avait épousé en 1670 Diane d'Agoult ; de leurs huit enfants, cinq fils émigrèrent à Genève et Berlin. Diane, convertie du bout des lèvres, passait pour mauvaise catholique ; elle maintenait tout près un « cimetière huguenot » et on chuchotait qu'elle se prêtait à des cérémonies clandestines.

Une de ses voisines, la demoiselle d'Épeyssolles, avait épousé le margrave de Dohna et vivait à Coppet, où le précepteur de ses enfants avait été Pierre Bayle (voir chap. XI). L'histoire de son intendant Perret est authentique. Voir :

S. CADIER-SABATIER, *Les Protestants de Pont-de-Veyle au XVIIe siècle,* Trévoux, Éd. de Trévoux, 1976.

P. CHAIX, *La Bresse protestante au XVIIe siècle,* thèse, Bourg-en-Bresse, Imp. Reynnis, 1977.

La chanson bressane est citée par S. CADIER-SABATIER et la languedocienne par C. BOST, *Les Prédicants...*

L'incident avec les villageois est adapté du voyage de la famille Hubert (S. BASTIDE, *L'Exode des huguenots,* Vernes-s/Lausanne, Augier, 1959).

CHAPITRE VIII

Le récit détaillé de l'arrestation de Louyse de Vignolles et de ses compagnons est conservé dans les Archives de l'intendance du Languedoc, dossier Brousson (Archives de l'Hérault, Montpellier). On trouve d'autres récits notamment dans :

J. FONTAINE, *Mémoires d'une famille huguenote.*
N. WEISS, *La Sortie de France de D. Brousson.*
« Récit de la captivité de Jeanne Faisses », *BSHP*, t 26.

On y voit que les arrestations pouvaient être effectuées par n'importe qui : dragons, gendarmes, gardes du sel ou douaniers, ou même villageois. Des menottes de dragon sont conservées au musée du Désert.

Les révoltantes conditions de vie dans les prisons surchargées de l'époque sont décrites par Jeanne Faisses, D. Brousson, ainsi que par le sieur SERRES (*Un déporté pour la foi*), etc., et, pour la tour d'Aigues-Mortes, évoquées par A. CHAMSON (*La Tour de Constance*, Paris, Plon, 1970). La prison de Grenoble, où des dizaines de prisonniers étaient entassés dans un cul-de-basse-fosse dont les lucarnes sans vitres laissaient passer les brouillards de l'Isère, était particulièrement redoutée (J. TERRASSON, citée par M. RICHARD).

La charité des populations, même catholiques, envers les prisonniers est souvent évoquée ; mais certains geôliers n'hésitaient pas à garder pour eux les dons destinés aux prisonniers (J. FAISSES). L'absence totale d'hygiène favorisait les maladies. Sur la vermine et la gale, voir D. BROUSSON. A la Maison de justice de Bourg-en-Bresse, on luttait contre les épidémies fréquentes par des fumigations d'acide nitrique (Archives de l'Ain, Bourg-en-Bresse).

Dans la Bresse et le Bugey, que traversent mes fugitifs, il y avait trois autres Maisons de justice, et quatre Maisons de dépôt plus petites, plus des « dépôts de sûreté établis près des brigades de gendarmerie ». Les évasions y étaient très fréquentes.

Le récit d'une spectaculaire évasion figure dans les Mémoires manuscrits de Jean NISSOLLE (texte dans les *Lettres* de SERRES,

Paris, Lelièvre, 1881), ainsi que celui d'une intervention du gouverneur.

Les interrogatoires détaillés du guide Picq et des autres prisonniers, ainsi que la description de la lettre trouvée sur Picq, sont conservés dans le dossier des Archives du Languedoc. On y relève la contradiction des dépositions de Louyse et du guide ; toutefois, elle ne va pas dans le même sens que celle de mes deux personnages à qui j'ai prêté des sentiments passionnés.

Sur la traversée du Jura :

La route directe de Lyon à Genève passe par la cluse de Nantua, facile à surveiller et très dangereuse. De nombreux fugitifs cherchaient à l'éviter en traversant la Franche-Comté, ou le Bugey. Le passage le plus facile impliquait un grand détour par Dôle et la région de Pontarlier, au nord des chaînes du Jura (J. Cabrit se fait ainsi affecter à la garnison de Dôle pour s'enfuir plus facilement). L'inconvénient étant que, la Franche-Comté annexée en 1678 étant encore réputée « province étrangère », la traverser impliquait deux passages de frontières surveillées par des brigades de douaniers (J.-C. BOY, *Administration des douanes de France sous l'Ancien Régime*, 1976).

La frontière sud de la Franche-Comté, marquée par des bornes, suivait l'actuelle limite du département de l'Ain. Peut-être est-ce pour l'éviter que les voyageurs empruntaient la difficile route qui escaladait le Credo (décrite par COULON, *Voyage de France*, Paris, G. Clouzier, 1654, aussi empruntée par J. NISSOLLE). Elle leur permettait aussi de guéer le Rhône en évitant le redoutable fort de la Cluse (C. BOST, *Les Routes de l'exil*).

Cependant l'émigration était telle que l'on trouve partout trace du passage de huguenots, même à Saint-Claude, ville située en Franche-Comté, encaissée entre de hautes montagnes et résidence d'un puissant abbé (Archives municipales de Saint-Claude, Jura).

S. BASTIDE (*L'Exode des huguenots*) évoque l'aide des pâtres et bûcherons suisses et raconte des anecdotes de passages de frontières.

La plupart des cantons suisses se montrèrent généreux envers les réfugiés. Genève avait accueilli ceux du Pays-de-Gex, puis ceux du Dauphiné et du Languedoc. Mais ils arrivaient par milliers (en 1687, entre 800 et 1 100 par semaine) ; ils s'entassaient jusqu'à vingt par chambre, et il devenait impossible de les secourir tous. Craignant aussi les représailles de Louis XIV, Genève encouragea le transfert de réfugiés vers d'autres pays (N. Weiss). Lausanne était moins menacée.

CHAPITRE IX

La principauté indépendante d'Orange appartenait aux princes d'Orange-Nassau, et donc à Guillaume d'Orange, stathouder de Hollande. Bien qu'en 1672 Louis XIV l'ait occupée pour la rattacher à la France, elle ne le fut vraiment qu'en 1713. Le culte réformé y fut libre, et attira beaucoup de fidèles du Languedoc, jusqu'en 1685, où la dragonnade du 24 octobre rendit la situation des huguenots très difficile. Ainsi le pasteur de Chambrun quitta la ville pour devenir à La Haye l'aumônier de la princesse d'Orange.

Abel Soulier est un personnage inventé, mais l'arrivée de Jean d'Alençon, d'Orange, est signalée en janvier 1698 et celle des quatorze Nîmois aux environs de Pâques 1698 (Archives municipales de La Haye, *Rôle de ceux qu'on a reçus à la Sainte Cène de temps en temps)*. Le même document rapporte de nombreux textes d'abjuration devant le Consistoire.

L'histoire de Pierre de Rochelat est adaptée de celle de Pierre d'Aulnis, qui s'embarqua à Fotay (Charente) le 14 novembre 1685 et fut plus tard un des officiers français au service de Guillaume d'Orange (il y en eut 736). Le baron d'Aulnis de Bourrouill (à La Haye) qui a bien voulu me communiquer le récit de voyage de son ancêtre et d'autres archives familiales trouvera ici l'expression de ma reconnaissance.

La route maritime était probablement encore plus fréquentée que la route terrestre par les fugitifs des pays de l'Ouest, mais aussi par ceux du Languedoc et de Provence, qui parfois contournaient l'Espagne. Les difficultés d'embarquement sont évoquées de façon saisissante par J. Migault et Isaac Dumont de Bostaquet. Les passeurs malhonnêtes ou même assassins se rencontraient aussi bien qu'à terre (M. Richard) et les pirates barbaresques sévissaient jusque dans l'Atlantique. Les réfugiés allaient en Angleterre, en Hollande et en Amérique.

Pour l'accueil des réfugiés en Angleterre et en Hollande, voir N. Weiss ; et W. E. J. Berg, *De refugies in de Nederlanden*, Amsterdam, 1845.

L'itinéraire par Amsterdam et Balk que j'ai prêté à Charles ne correspond pas à celui de Charles de Vignolles, signalé à Londres en 1692, sans précisions sur sa fille.

On rencontre des traces multiples de l'activité de Charles Gourjault, marquis de Venours et père de Mme du Moulin. On le voit, en 1682 et 1683, demander aux « Bourguemaîtres et Régens » d'Amsterdam des subventions destinées à créer, puis à meubler une maison pour les jeunes filles protestantes (Archives municipales, Amsterdam) ; suggérer aux États-Généraux de Frise de donner terres et subsides aux réfugiés (Archives municipales, Amsterdam) ; créer ainsi la ville de Balk et la représenter comme Ancien aux synodes généraux de Delft en 1685 et de Balk en 1686 (Actes des synodes des Pays-Bas, Bibliothèque wallonne, Amsterdam). Enfin, en 1689, il s'intéresse, sans doute au nom de Guillaume d'Orange, aux projets d'insurrection cévenole que pourrait rejoindre une invasion (C. Bost).

Son appel en faveur des Françaises réfugiées fut entendu partout, il concernait surtout, il est vrai, les « personnes de distinction ». Le 30 janvier 1683, il fonda à Haarlem la « Société des Dames françaises », qui fit école dans les autres villes (Archives municipales, Haarlem) ; le Conseil d'État donna, le 20 janvier 1689, 10 000 florins par an, la princesse d'Orange 2 000 florins par an pour les réfugiées (W. E. J. Berg).

Ces Sociétés créèrent quatre pensions-refuges à Rotterdam, Utrecht, La Haye et Schiedam, ces deux dernières gouvernées par la marquise de Dangeau (R. L. Poole). Celle de La Haye est décrite dans les *Lettres* de Mme du Noyer (vol. I, Cologne, 1708), et une aquarelle de la maison de Schiedam est à la Bibliothèque wallonne d'Amsterdam.

Les espions de Louis XIV renseignaient l'ambassade sur les filières d'évasion empruntées par les fugitifs.

Les fidèles des Églises wallonnes se montraient généreux dans les collectes, mais également ceux des Églises catholiques. Craignant une persécution en retour, ils étaient très opposés à la politique de Louis XIV (B. Neveu, *Les Protestants français réfugiés aux Pays Bas vus par un évêque catholique*, Bibliothèque royale, La Haye).

De nombreuses villes offraient aux réfugiés le droit de bourgeoisie et des exemptions d'impôts. Voir les *Négociations du comte d'Avaux ambassadeur de Louis XIV,* Paris, 1752 et ses *Dépêches* au ministère des Affaires étrangères. Sur les transferts de fortune, N. Weiss et « Les Relations de Jean Claude », in *BSHP,* 1971.

En 1693, Guillaume III devenu roi d'Angleterre permet à 600 familles de s'installer en Irlande. J'ai, pour construire mon histoire, avancé la date du remariage de Charles avec Gabrielle (qui eut lieu en 1694) comme j'avais avancé celle de la mort de Marthe.

Le tableau de Vermeer évoqué est la *Jeune Femme à l'épinette* actuellement à la National Gallery (Londres). Bien que Vermeer, il tomba dans l'oubli après sa mort en 1675 jusqu'à la fin du XIXe siècle.

CHAPITRE X

La Hollande, « la grande arche des fugitifs », disait Bayle, était devenue le lieu de refuge des intellectuels protestants. Historiens, philosophes, théologiens réfugiés, prédicateurs que la cour et la ville voulaient entendre, avaient fait de l'arc de villes proches Rotterdam-Delft-La Haye-Leyde un centre culturel d'un éclat extraordinaire. Des gazettes paraissaient à Haarlem et Amsterdam.

Ce rayonnement fut malheureusement obscurci par les dissensions théologiques et surtout par la célèbre querelle entre les deux grands hommes, Bayle et Jurieu. Bayle, sceptique, tout au plus déiste, était partisan d'une monarchie laïque et tolérante. Jurieu, religieux jusqu'au fanatisme, et bien près d'être républicain, ne rêvait que d'extirper l' « erreur ». Sur cette querelle, voir N. Weiss, et :

G. H. Dodge, *The political theory of the huguenots of the dispersion.*

E. Faguet, *Dix-Huitième Siècle. Études littéraires,* Paris, Sté française d'imprimerie et de librairie, 1890.

Napoléon Peyrat, *Bayle et Jurieu.*

Sayons, *Histoire de la littérature française à l'étranger,* t. I.

« Avis important aux réfugiés sur leur prochain retour en France », par Monsieur C.L.A.A.P.D.P. (attribué à Bayle), Amsterdam, chez Jacques le Censeur, 1690.

Claude Brousson, après quatre années et demie passées dans les Cévennes, avait séjourné à La Haye et Londres en 1694-1695. Le synode des Églises wallonnes l'avait accepté comme pasteur en 1694, et nommé à La Haye en avril 1695. Au temps où il était avocat à Castres près de la Chambre de l'Édit (mi-protestante, mi-catholique) avant sa suppression par Louis XIV, il avait épousé en secondes noces Marthe Dollier, qui le suivit en Suisse et y vécut plus ou moins « dans la misère ». La lettre à Marthe est authentique. Brousson revint clandestinement en France de fin 1695 jusqu'à juin 1696, puis de nouveau à partir d'août 1697 (voir notes du chap. I).

Il a été impressionné par les prophètes qui surgissaient partout en Dauphiné et Vivarais. D'après les catholiques ce n'était que naïveté ou même imbécillité (D. A. de BRUEYS) : « Il ajoute foi à tout ce qu'on lui dit, trouve merveilleux tout ce qu'il voit, et va de village en village, suivi d'une troupe de fols... »

Sur la reprise des dragonnades après Ryswick, témoignage (entre autres) de J. MARTEILHE, *Mémoires d'un galérien du Roi-Soleil*, Paris, Mercure de France, 1982.

CHAPITRE XI

D'après certains historiens, les exilés huguenots, et en particulier Brousson, envoyé en mission en 1685 auprès de l'électeur de Brandebourg puis de Guillaume d'Orange, auraient joué un rôle actif dans la constitution de la Ligue d'Augsbourg contre Louis XIV.

D'après D. A. de BRUEYS, le but en était « de chasser le roi légitime de son trône pour y mettre un prince protestant ». On ne peut suivre Brueys qui manie trop facilement l'invective pour être impartial, mais on peut au moins en retenir que les catholiques interprétaient de cette manière les efforts des protestants.

Le musée de Ryswick, près de La Haye, conserve les documents, gravures, souvenirs concernant la paix de Ryswick en 1697 (y compris le pot de Delft décrit). J'ai consulté d'autre part :

L. ANDRÉ, *Louis XIV et l'Europe*, Paris, Albin Michel, 1950.
M. MANDROU, *Louis XIV et son temps*, Paris, PUF, 1973.
J. ORCIBAL, *Louis XIV et les Protestants*.

SADRAS de COURTILZ, *Annales de la Cour de Paris, 1697-1698,* Cologne, 1701.

BSHP, t. 16.

Tous les exilés rêvaient de rentrer en France grâce à l'intervention des puissances protestantes. D'abord par la force, mais, l'invasion attendue ne se produisant pas, ils tentèrent de négocier, sans pouvoir se mettre d'accord sur la manière. Les « durs » (Jurieu, Élie Benoit...) avaient formé un « Comité des Six » prônant une intervention énergique de Guillaume d'Orange, les « mous » firent un « Comité des Dix » pour adresser une pétition à Louis XIV. Ni les uns ni les autres ne furent soutenus. Le médiateur suédois, M. de Lilienrot, ne remit le mémoire des exilés aux ambassadeurs français que deux jours avant la signature du traité. Louis XIV feignit de ne pas l'avoir reçu. Il protestait aussi contre ce que l'on appellerait aujourd'hui « une ingérence étrangère dans les affaires intérieures de la France ».

La paix déçut aussi les protestants de France ; P. CORTEIZ raconte que dans son village l'espoir en 1697 était tel que les femmes s'étaient groupées en « syndicat » pour refuser la messe

Claude Brousson fut arrêté à Oloron le 18 octobre 1698 et conduit à Pau devant l'intendant du Béarn, Foucault. Les détails sont connus par une « Relation venue de Montpellier datée du mois de 9bre 1698 » (manuscrit à la Bibliothèque wallonne, Amsterdam). On possède aussi trois lettres écrites de Pau à Bâville les 20, 26 et 28 octobre 1698, décrivant l'arrestation et l'identification de « ce Brousson » et annonçant son envoi à Montpellier (Archives du Languedoc).

Brousson ne savait pas que Bâville possédait la lettre à Schomberg confiée à Gabriel Picq. Bâville avait tenu ce fait très secret et s'en servit pour amener Brousson à se contredire (D. A. de BRUEYS). Les relations catholiques et protestantes du procès ne diffèrent pas sur les faits, mais sur leur interprétation. De même, la relative mansuétude de Bâville abrégeant le supplice de son ennemi est interprétée par certains comme un signe de respect (c'est la version que j'ai adoptée) et par d'autres comme un acte politique destiné à éviter le danger d'une réaction populaire.

L'exécution marqua la victoire définitive de Bâville sur les prédicants des Cévennes ; mais, en privant les Cévenols de leurs cultes clandestins, elle conduisit indirectement à l'explosion des Camisards quatre ans plus tard.

Il y eut une intervention de la cour de Londres en faveur de Brousson, trop tardive et de toute manière inefficace. Le rôle de Mme de Dangeau est inventé, encore qu'il soit assez vraisemblable de prêter à une amie de la reine d'Angleterre ce rôle d'intermédiaire.

CHAPITRE XII

Un modèle de l'échafaud qui servait à l'effroyable supplice de la roue figure au musée du Désert. Le condamné était attaché en chemise sur une croix formée de deux poutres assemblées en oblique ; le bourreau lui cassait tous les membres et les côtes à coups de barre de fer. Il repliait ensuite le corps de façon que les talons touchent la tête, et l'exposait sur une roue placée à l'horizontale sur un pivot, où il mourait lentement de douleur et d'épuisement (R. ANCHEL, *Crimes et Châtiments au XVIIIe siècle,* Paris, Librairie académique Perrin, 1933).

*

Les citations bibliques ont été puisées dans la Bible de David Martin (La Haye, Jean Neaulme, 1743).

Les chansons cévenoles viennent de C. BOST, « Poésies populaires huguenotes du Vivarais », *BSHP*, 1940.

Les textes des cantiques ou prières ont été, notamment dans le récit de l'assemblée, remplacés par leurs équivalents modernes.

*

Je souhaite encore remercier pour leur aide bienveillante, outre les familles déjà citées, Mmes Marie-Claire Hoszwald, Renée Jaffrès ; le Dr G. Congy, le Dr Valentin ; la Mère M.-B., des Ursulines, et le pasteur Brenner ; MM. les Conservateurs des Archives départementales de l'Ain, du Gard, de l'Hérault, et des Archives municipales d'Amsterdam, La Haye, St-Claude, Uzès ; M. le bibliothécaire de la

Bibliothèque wallonne d'Amsterdam ; M. Chaussin du Guerny, Mmes Duvaux, M. Fontaine, G. Frémont, du Muraud, Mlle Vrins ; Mlle Zeeman et M. Van Loon, à Amsterdam ; Mlle Fonville à La Haye ; Mme J. Flaugère, MM. A. Boissin, P. Pelissero et J. Vincent à Uzès.

Table

Achevé d'imprimer en décembre 1985
sur presse CAMERON
dans les ateliers de la S.E.P.C.
à Saint-Amand-Montrond (Cher)
pour France Loisirs
123, boulevard de Grenelle, Paris

Dépôt légal : décembre 1985.
N° d'édition : 11099. — N° d'impression : 2137.
Imprimé en France